三民叢刊 139

神樹

鄭義著

三民書局印行

獻給普林斯頓

神樹

目次

第一章

世界渾沌如夢。

吱呀一聲銳響，石建富老漢推開窯門，一邊咳嗽一邊走進秋天的夜色。

人老了，覺少了。每天黎明之前，他便出來摸山。咳出老痰，隨便往哪棵老樹下一站，張開雙臂貼抱上去，便與樹與山合為一體，漸入一種迷離境界。與和尚打坐不同的，他做不到物我兩忘，虛靈空妙。眼耳俱老去，唯有這雙勞作終生的蒲扇般的大手出奇地靈敏。祇要輕一撫觸，風起草曳獸走蟲鳴，皆從樹皮上印進掌心。先是每日植樹時竟摸出樹苗的戰慄，漸漸便摸出樹汁的流動，摸出他親手種植的山林如歌似水的絮語。多年之後，他的這雙繭套繭的大手已能摸出春草拔節，秋果灌漿。倘若全身緊貼上去，更能摸出夜獸輕盈的腳步和月光下群山的顏色。在這無言的擁抱裏，夜氣氤氳之大山化作一支童年的山曲，輕輕遊遍周身。這慈悲的大撫慰裏，沉重苦痛之人世悄然遠去。當年跟和尚說，和尚便很肅然：一花一世界，一葉一如來。是佛在點化你哩。這兩日來，他一貼上大青楊，就摸出遙遠的夜色裏有一棵樹對他說話。他驚駭不已，又跟和尚說。和尚笑道，阿彌陀佛，哪有樹說話，是你心說話啵？風動幡動是心動。上山這麼多年，你還是前念今念後念，念念相續不斷。心不清靜心不清靜！他覺得和尚有理。可是，今天一入靜，就又摸到那樹的聲音……俺開花啵？……俺開花啵？……俺開花啵？……他摸出那不是他種的樹，而是一棵遍體流血的蒼老的樹。

他推開大青楊，循聲而去。

夜色依然茂盛。山林小路和黑顏色的風如夢一般流過。

最後，建富老漢發現自己站在一棵巨大的樹下。

他張臂貼在樹幹上，問道：神樹，是你要開花嗎？

俺開花啵？樹仍舊是這倔強的一句。

神樹，幾十輩兒的人都沒見過你開花，你要開花？

俺開花啵？

他撫摸著那皺裂如山岩的樹皮，感覺到一股生命的顫慄。

俺開花啵？

開就開啵！驚駭過去，建富老漢豁出去了，大聲說：神樹，你是一根神樹，想開花就開啵！

剎那間，一股異香從樹頂如瀑布奔流直下。

當老漢抬起頭來，夜空中已是滿樹白花！

是誰在唱山曲？在夜風裏毛羽般輕輕浮漾：

苦菜開花實在苦，
生也苦來死也苦。

神樹開花天睜眼，
痛痛快快活兩天……

是個年輕妮子在輕聲唱，甜生生耳熟熟的，卻憶不起是誰。建富老漢就咳一聲問道，誰們家妮妮？那邊停了唱，半晌才怯怯答道，是俺，爹！老漢繞樹一圈，未見人影。一激淩，一股冷血在脈管裏流過……

*

天明之後，和尚跟二子去蒔弄菜地。建富老漢記起神樹開花的事，又懵懵懂懂走到半坡上，扒開林邊的灌叢朝村裏瞭望。

陽婆已爬上東山圪梁，把她第一綹金線投向神樹。總是這樣，村子裏每天迎送陽婆的總是高入雲天的神樹。此刻，棲於神樹的數千蝙蝠早已悄然結隊歸穴，而那數萬隻紅嘴鴉、黃雀、種穀鳥、喜喳喳、麻雀、野鴿兒們才狂呼亂叫地四散而去。一種有如晨鐘暮鼓的肅穆之中，陽婆靜靜地繡神樹那山峁般巨大無比的樹冠。這時辰，村落還沉沒在古老的藍霧中。祇是在神樹已抖出萬點金光之際，陽光方閃過最低的樹杈，照亮神樹那擎天巨柱般的樹幹，照亮神樹底村一百五十三戶莊稼人的房頂。

神樹沒有開花。

建富老漢疑心是陽光晃眼，沒看真，就從狐子溝繞下山，回到村裏，一直走到神樹廟。沒有花。祇有滿樹的綠在秋風中晃。

「建富叔，大清早的，你這是眊甚哩？」說話的是村長趙家文，披件皺皺巴巴的西服。

「甚哩？」建富老漢愣怔一下。

趙家文走過來祇有高聲道：「瞭甚哩建富叔？」

「沒眊甚，」建富老漢醒過神來，問，「家文子，一大早去煤窯？」

「昨晚井下有點透水，也不知道抽乾了沒有。——這樹咋啦你總瞅這樹？」

趙家文要去煤窯，建富老漢要回山上，兩人就廝跟上往村外走。半道上，老漢忍不住把天亮前的事絮叨一番。最後嘆道，「唉，人是老嘍！來回兩趟，原來是做了個夢！……夢見開花也不知道主凶主吉？還聽見一個妮子在唱甚生呀死的。」趙家文笑道，「這圓夢的事兒，你得去問老陰陽。要讓咱說，開花總是喜慶的事兒，開花嘛還能不是大吉大利？」

＊

天已黑盡，趙家文忙完一天的事，疲憊不堪地回到自家的紅磚小洋樓。先到娘的屋裏跟娘說了幾句話，把井下的情況講了一番，叫娘放心，就上二樓窩在沙發裏抽菸翻報紙。翻著報，突然想起幾天前《農民報》上有一則短訊，講的也是開花的事，是老鄧家鄉有棵甚麼樹開花。把舊報紙翻得滿天滿地也找不到，便惱怒地大喊：藍秀藍秀，誰又到我這屋來亂翻了？說他娘的我這屋的東西不許動不許動就偏要動！藍秀！藍秀！家文婆姨藍秀跑上樓來。咋啦咋啦天火山燒你了？誰動我的報紙了？告你不要動不要動你就非動不可？報紙呀？藍秀揚揚手裏拿著的一扇正在納的鞋幫，說，娘穿不慣買鞋，俺叨空空給她做雙鞋，就拿了你兩張舊報紙畫鞋樣，咋啦？趙家文氣得話不能出，衝到樓下婆姨的房裏翻檢那些剪碎的報紙，總算找到了那條短訊。

成都消息：四川地方報刊爭相報導廣安市協興鎮牌坊村鄧小平故居前的一棵鐵樹連續九年開花的消息。報導稱，九年來不論天旱雨澇，這棵鐵樹都綻放金色花朵，引來大批遊客。

怪不得前些年恁大陣仗也沒把他江山掀翻！門口鐵樹開花，氣運還沒絕哩！趙家文拿上報紙又到娘屋裏，把大清早遇見建富老漢的事跟娘說了一遍。來弟大娘摸摸索索地把正吼喊著梆子戲的錄音機關上，說，建富子一冇老糊塗二不說瞎話，他說開花就真是開花了。趙家文說，咋天明了去瞅又沒開花？娘瞪著一雙死魚眼思忖片刻，問道，夜來香白天開不開？趙家文一激淩，說，我這就去瞅瞅？娘說，神樹真要是開花了，咱又是村長又是支書，祇怕是衝咱趙家來的。他皇上家的鐵樹能開花，咱趙家的神樹也能開花！趙家文連忙跑到神樹下，拿大號手電照了又照，祇見葉子不見花。回來一夜沒睡踏實，天亮前披上西服趿拉上鞋片又去看。剛一開門就覺得不對，一股透骨的異香和山影一起撲面而來。跑到廟前，哈，不用手電就看見滿樹的白，好像落滿大雪。哈哈，咱的神樹也開花咧！趙家文搓著雙手在神樹廟前直轉圈，不知如何是好。忽見一條黑色的蝦影溜牆根兒走過，高興得大叫：老支書，你來看，神樹開花咧！

下臺支書李金昌正從老伙計草珠子熱被窩裏鑽出來，不便見人，嚇一跳。祇好搭訕道，「家文子你說甚？神樹咋咧？」

趙家文也顧不得人家是跑黑道的，激動地奔過去，比手劃腳地讓他看神樹，「你說這日怪不日怪，咱這千年的神樹開花咧！」

「好，好，」李金昌這才定下心來，扶扶眼鏡，看看滿樹的白花，附和道，「好，好，看來咱村還有的發！」

趙家文還不讓人家走路，把石建富的事跟他講了一遍，又說，「……石建富說他夢見了神樹開花又找不見花，這回我可是真真地看見開花了！你說說，石建富他是不是在做夢？」

「先說你是不是在做夢啵？」李金昌笑了，眼鏡片裏泛著朦朧的月光，「石建富下山來批准神樹開花——這是你夢見的啵？他父子倆跟和尚多少年囚在山上當野人，連糧食都是送上去的，他真回村來了？這陣兒神樹開花了，莫非你的夢成真了？」

趙家文扭頭又看看神樹上如霜似雪的白花，笑道，「開花就行，管㞗到底是他在做夢還是我在做夢呢！」

「那是那是！」連副帶正，李金昌當支書統治神樹底半輩子，一眼就穿透趙家文心思，隨口逢迎道，「不開花的東西但凡開花，總是主貴。神樹開花，主大富大貴！恐怕就應在你這一把手當得不賴！」然後趕緊逃離這不無尷尬的黎明，「要不，咋就叫神樹哩！忘神！」

*

神樹確非凡間之物。

神樹之大，大到百餘人不能合抱。多年前，這一帶大山是八路軍的根據地。村西頭住著黨校和報社。村東頭神樹廟裏，住的是總部醫院。山高林密土瘠民貧，日本人不常來轉悠，算是個小後方。那時節，當兵的年輕，當官的也年輕，一二百人來來往往，笑笑鬧鬧，村子也顯得年輕。有一年，日本人來了次「大出發」，史稱「五月大掃蕩」，八路軍吃了大虧，連副總參謀長都犧牲了。醫院動作慢，叫人家堵了門。眼看突不出去了，一忽隆就上了樹。神樹葉茂枝粗，傷兵們隱在樹頂的那些大杈裏，往下扔手榴彈。日本人槍打不著，點火又燒不著，最後祇好撤。這件事，後來報上還登了篇文章。事過之後，傷兵們和院長打賭，吆來幾十號人摟神樹。除了爬不起來的重彩號，總部醫院的傷兵連帶醫生看護伙夫全體出動，幾十個兵扒樹幹上，手接手的，祇摟了大半圈。摟不住了，又撤下一夥兒去補。事後引發一場爭論：傷兵們說一百零九，王院長祇承認一百零四，說是有九個人祇有一條胳臂。神秘的是，據說那次摟過神樹的，不等仗打完，差不多死了個光。都是個打仗，咋黨校和報社的人沒見死幾個？神樹之高，高到槍打不著樹端的鳥兒。當然不是快槍，是鳥銃。方圓幾十里地面，從來無人敢招惹神樹上的鳥兒。於是，成千上萬的鳥兒便把神樹綴成個大鳥窠。偏是土改那年又鬥地主又打廟，村裏一趟姓賴後生，神槍手又會點武，在自衛隊裏耍槍弄棒。見樹頂落了過路的一群仙鶴，棲成白花花一片，便回家拎桿鳥銃來摟了一槍，裝上藥又摟一槍。結果鳥毛兒沒見一根，第二槍倒炸了膛，當下臉上開花，一隻眼睛險些沒瞎。從此得了個綽號叫疤眼，年代一久，連自家也忘了大號趙傳狗。

神樹大有來歷。相傳女媧補天之時，滿世界採來三萬六千塊五色寶石，最後又抱了些引火柴，一併填進背簍。行至太行山，冷不防野藤編的背帶猛然崩斷，女媧一趔趄，靠上迎面山壁。倆奶頭在山壁上靠下的痕跡，就是今天野雞嶺斷崖上的雙奶洞。洞裏流出兩股清泉，叫雙奶泉。泉水在崖下積了一潭，就叫雙奶潭。那背簍一跌，蹦出一根小引火柴，竟然落地生根。千朝萬代過去，這引火柴雖歷經諸多劫難，卻畢竟得山川之壯美，吸日月之精華，終於長成曠世奇樹。

前二年，省林業廳老廳長離休後立志考察全省古樹。那一日行到神樹底村，見了神樹，驚得半日無語。喚來村幹部，恭恭敬敬行了個鞠躬禮，說，感謝神樹底的鄉親們，把這棵樹保護得這麼好！哪裏哪裏！村幹部們正要謙遜，被老局長舉手止住，正色道：這是國寶。中國最老的樹，在陝西黃陵縣黃帝陵，相傳是軒轅皇帝親手種的，柏樹，樹齡大概在四五千年之間，圍粗不過十米。臺灣有株紅檜樹，可惜雷殛死了，有三千年歷史。中國現存最大的樹在山東莒縣定林寺，樹齡也在三千多年，是一株銀杏，就是白果。高二十五米，圍粗四十六米，有三十來抱吧。你們村這棵樹，是那些樹不能比的，比莒縣銀杏還大三四倍！這一番話，說得村幹部們喜滋滋的。村長趙家文謙遜道，聽老人們道閑，武鄉有根廟槐，跟神樹一般大哩。老廳長說，這倒不是傳說，近世修的《武鄉縣志》有記載，說是「大可百圍」，是株龍爪槐，可惜早就沒了。從資料上看，世界上最老的樹是美國亞利桑那州的一株芒果松，樹齡四千六百歲。美國的加州紅杉，也是世界級別的大樹。我看，全世界也祇有這兩株樹跟咱這神樹還有一比。趙家文便問，老廳長，人家的樹都有名兒有姓兒，咱的樹呢？連縣志上都沒說個長短！老廳長抬頭瞧一眼神樹說，這可考住我了。回頭我叫人察察。闊葉樹，四季長青的樹種很多，照你們說從來就不落葉的，不管闊葉針葉，還沒聽說過。叫神樹就挺好，這樹是像有點來歷。女媧補天不是迷信，是傳說。就是迷信也不錯嘛，我這一路看下來，所有保存下來的古樹大樹，靠的都是迷信，哪裏是我們黨的法令政策！

老廳長一番話，並沒給神樹底的人們增添幾分自豪。自打老祖宗在神樹下建村立祠，數百年來，他們一直對神樹頂禮膜拜，奉之為守護神。人生來去匆匆，禍福難測，唯有這神樹，歷百代風霜而不凋，經千載劫難而不殘，櫛風沐雨，頂天立地。鄉間多廟，卻絕少樹神廟。以樹王為主神，與龍王爺平分秋色，更是鮮有聞見。神樹廟正殿裏，右為樹王，一位綠面金冠的慈祥老者；左為龍王，因龍王掌管收成，得罪不起，以左為尊，讓他坐了尊位。但龍王祇有泥胎，而樹王就在前院立著，廟名又叫神樹廟，暗底裏還是樹王占了尊貴。這也是莫奈何的事，誰叫神樹底離龍王爺遠離樹王爺近呢。尋常廟宇，皆建廟在先植樹在後。依樹起廟的，神樹廟該是絕無僅有了。神樹長在村東頭漳河畔的一片大石崖上，兩進院的廟，一入山門，左右手照例是鐘樓鼓樓。第一進讓神樹占了一多半地面，第二進是供奉神祇的正殿。若把神樹圈到裏院，神樹當院一立，就沒了人敬神的地方。更妙的是戲臺：廟裏的戲臺，總是和正殿相對，唱戲酬神，那戲名份上是給神看的。若是把神樹圈進後院，居中一立，又其大無比，恰似在正殿和戲臺之間立了一堵牆，這是成心不讓神看戲，自然人也看不成。把神樹圈到外院，裏外院之間建戲臺，神和人倒是都能看戲了，可這一來，恭敬了樹王爺的泥胎，又冷落了樹王爺的真身。老祖宗們頗費一番心思，建了個沒後牆的透明戲臺：逢龍王爺的日子，戲衝著後院唱。逢樹王爺日子，先朝前院神樹唱一小折專門酬神的開鑼戲，再用席片幕布一堵，掉轉屁股正兒八經給神像和人唱。這樹，也忒大啦！後人們全不念祖宗建廟的為難，反倒編出句歇後語兒，叫做「神樹廟的戲臺——兩面派」。

*

山裏的天，黑得快。陽婆一落山，遠近的山林村舍剛褪去白日裏鮮亮的顏色，便沉入一派曖昧的灰藍。神樹上，鳥雀們歡天喜地一歸巢，成千上萬的蝙蝠便一個跟一個，靜靜從樹洞裏飄出，在遲暮的天空中扯成一縷漫長陰冷黑線。這時辰，山民們的屋頂上便冒起炊煙，被順坡溜下的山嵐一罩，散落下來，暮色就更濃重了。

李金昌盤腿坐在一把土改時分的紅木太師椅上，半閉起眼，抽菸。婆姨醜女抱著剛哄睡著的小孫子，說，睡呀。李金昌也說，睡呀，就又接上一根菸，悶起頭還是個抽。婆姨把小孫子放炕上，搭上條小被子，又說，這麼些年了，誰見神樹開花來？倒是白天也開呀，讓咱也開開眼！再說哩，神樹又光不是他趙家的，大富大貴，不也是咱全村人們的？你可真是鹹吃蘿蔔淡操心！李金昌懶得答理她，心裏說，屁話，老子眼還冇瞎。從清早見到神樹開花，整整一天，他都心神不定，前十年後十年地犯開了琢磨。如若神樹開花真是主富貴，祇怕也不是人人有份。趙家文正是得勢，風水還不全得讓他占盡？老人家一閉眼，世道說變就變，眼瞅著趙家文這地主崽子奪了自己的印。他娘那腿，還真個成了三十年河東，三十年河西！人們依舊恭敬，口口聲聲還是「老支書」。但他慢慢就聽出，這個「老」字變了味兒：再不是人怕人求的那個「老」，而是老屎、老鬼、老不死、老鱉蛋、老棺材瓤子的那個「老」。趙村長，趙支書，你高興得還太早！

他鬼魅般地飄進庫房，拽亮一盞網著蛛絲的昏燈，從牆旮旯兒翻撿出鏽成一餅的木匠工具。最後在一個小鐵筒裏找出一小包朱砂，再把桃膠化開，調起，展平兩張黃表紙，捉住毛筆哆嗦出兩張符。這是司命六神護衛家堂的一道秘符。複雜的曲線圓圈中，暗含著「雷霆鎮宅鬼・雷」六個變形漢字。不放心，又一層層解開塑料布、油紙，拿出本泛黃的線裝書，比照一番。見一筆無誤，便心裏笑道，看他這老不死的，幾十年了，記性倒蠻好！李家幾代祖傳木匠，拜過魯班爺，既能蠱毒魘魅又能驅邪誅精，凡人怕三分。畫符貼符是秘事，《魯班秘書》規定「不可令四眼見」，李金昌便努足勁，躡手躡腳拱起梯子，往正房和牲口棚的梁上貼符。貼時用左手，貼完邊點火化紙邊念動「安家堂真言」，步步正規合矩，一絲不苟。然後退幾步欣賞。趙家文，你也不能總走紅，咱也不能總倒運！

又走到兒子媳婦住的東廂房，在電視機的大聲中用力叩窗。

寶柱子出門，見他滿眉棱頂虛汗，一驚：「爹，不是又犯病咧？」

「把狗兒殺嘍。」

「咋？」寶柱子瞪起眼，心想爹有心臟病卻沒有癔症。

「咱家的狗兒不是黑狗嗎？一根樹嘛，咱給它淋上兩圈黑狗血，我看它還成精！」

寶柱子這才醒過神兒來，說，「爹，開花就開花唄，與咱屌相干！」

「殺。」

寶柱子還想說，卻看見黑暗中的眼鏡片閃出狼光，祇好惱悻悻地問，「咋殺？」

「冇殺過狗還冇殺過豬？搬炕桌去！」說完便轉身去拽亮院裏的大燈。

一刀剁下去，大黑狗猛一掙翻身跳起，疼得滿院打轉。靜夜裏，大黑狗喉間夾著血泡的喘氣聲很是怪誕。寶柱子就有些兒手軟，覺著像是殺人。

冇屌用的東西，八成是割斷氣管了。老子要的不就是那點子血！李金昌氣恨恨地剜兒子一眼，「吃貨！咋做你來？」一把奪過刀，低聲喝道：「黑蛋兒，臥下！」那疼得直犯迷糊的狗，吃主人一喝，不由自主竟怯怯地站住。李家院裏，大黑狗最是近他。「黑蛋兒，」李金昌輕輕喚，見狗兒艱難地擺了擺尾，便哄孩兒似地把它抱起來往炕桌上放。一見那炕桌，狗兒便掙，衹好就勢放地上。看他眼色，寶柱子把接血的臉盆挪過來，他從身後慢慢掣出刀，照喉嚨一閃，再把刀隨地一撂，雙手按著亂掙的黑狗，冷笑道，「冇殺心，倒活成個漢！」

手粘乎乎的，是血。往門板上抹擦兩把，抻起袖梢兒拭去眉棱頂上的虛汗，點上菸，跍蹴在正房的幾步石階上看兒子往陶罐裏倒狗血。柱子這孩兒，甚也不賴，七尺高的漢，咋就冇股殺氣？嗨……他當大支書指點神樹底江山那陣兒，滿心希望兒子能熱心權勢，他再點化一番，團支書副支書地當下來，名正言順就接了班兒。可寶柱子偏對木匠生了興趣，初時撿起他的舊工具在家裏敲敲打打修理爛家俱，後來父子倆大吵一場，便負氣跑出去學藝。人勤謹，手眼快，錛鑿斧刨鋸十八般兵器件件掄得圓。加之門裏出身，自帶三分，幾年下來，學成全把勢。外作起屋蓋房，裏作箱櫃桌椅鍋蓋風箱，樣樣拿得起，樣樣做得美輪美奐。漸四鄉聞名，成了這一方水土的巧匠。眼看兒子成了氣候，也是奈何不得，由他去了。後來，這

「由他去」中又漸生出另一層意思，那是捉奸之後的事情了。

＊

老支書長老支書短，人前人後趙家文狗日的總算還恭敬。可那些臭屄們，臉子慢慢就越掛越長像掛麵。神樹底的婆姨妮子沒少從自己手上過，真正有點交情的不多，三五個。要說下了臺不給冷屁股抱的，也祇有草珠子了。那一日溜進草珠家，三句話不說上炕就幹。辦完了事兒，繫上褲帶就要走，到門邊卻驀然回頭，說，草珠子，鳳凰落架不如雞，現如今咱可是要錢冇錢，要權冇權了，你不蹬我下炕，圖甚哩？他看見草珠苦苦一笑，那張俏臉上便蒙了細細蛛網：知道哩？怕是緣分冇盡？女人跪炕上拽展蹬亂了的褥子床單，屁股一扭一歪的很好看。他說，屌的個緣分，老婆老漢是緣分，搭伙計還說甚緣分！就是屌的緣分，女人屁股一歪坐在炕上，圖你屌頭子硬唄。那是！一句話得意得他如同剛踩過蛋的老公雞，你當我幾十年的鐵襠功是白練的！說，還有甚？女人翻身下炕，噗哧一笑，說，幾十年鐵襠功是冇白練，神樹底的女人們讓你肏遍嘍！他覺得女人的手緊緊攥住他胯下的那一堆，臉子奶子都貼上來：從十六上你肏俺肏到三十九，你肏俺還有三分真情。他似乎聞見一股子衝鼻的大蔥味兒，一閉眼竟跌出兩點老淚。他聽見一個啞啞的聲音莊嚴地說：草珠子，我至死記著你這話！又一日，和草珠在被窩兒裏纏緊，剛捧住她綿軟的大屁股還沒來得及死命砸炕面，就聽得驚天動地一聲雷。待扭過頭，屋裏已擁進一片幸災樂禍的惡毒的眼睛。老疤眼抽了鬆緊帶兒，把花布褲衩扔給他，嘻笑道：好賴是咱的老支書，總不能叫光著上街！……後來的事就記不真了，衹記得像根雞毛輕飄飄的，被風一裹就身不由己地飄出屋，飄出院，飄上街。背後有人嚎哭，像是草珠子：狗！狗！都是些仗勢欺人的狗……多少年了闔村人誰不知道？早不捉晚不捉，人家下臺了你們就……狗！狗！……背後，一個趙家煤窯上的外省窯黑子敲著臉盆，幾個半樁樁耍孩兒敲打著杯子碗兒用好聽的童音念唱捉奸囉捉奸囉捉奸囉囉囉囉囉囉囉……他半閉起眼，聽見街門一個接一個打開，一群一群的眼睛向他唾吐著舊仇新怨。雙手提著大褲衩子，用赤腳探索著村街上每一塊石頭。原來，那些被踐踏了許多世代看起來很平滑的街石，實際上處處傾斜尖利。他聽見了趙家的小洋樓，聽見了一聲驚惶失措的叫聲：站住！疤叔你們這是作屌甚哩！亂抓人遊街，咋，是又來了文化大革命？他心裏說，少他娘的陽打夜症，蛇鑽窟窿蛇知道！家文子，玩這套花花腸子你狗日的差得還遠！他覺著有人給他披上了一件衣裳，便眼也不睜一字一字地念出一句話：家文子，我記住你了。——除了魯班經裏那些對房屋宅院的神秘咒語，這句話是他對世間活人最可怕的詛咒了。

事後，他發現，他白晰蒼老的皮膚，還永遠地記住了村街上的寒風。事後，他還發現，他確實把另一種希望寄託到了兒子身上。好好當你的木匠啵！快點畫完一千根大料啵！我等你那根蠱毒魔魅的如意墨株！

＊

盛了黑狗血的黑釉陶罐泛起幽幽綠光。

今日就是今日了！李金昌把菸屁股一拽，雙手托住膝蓋立起。柱兒，拎上，跟爹走。

「俺說算了啵爹！」

「是怕啦？」他臉逼臉盯著兒子，說，「邪不壓正。咱李家門裏的人還怕個鬼神！」

父子倆一前一後在村街上疾走。小風清輕地散布著慘淡星光和模糊的恐懼。

遠處響起鬧熱的鑼鼓。駐足一聽，仿佛是神樹廟方向。李金昌心裏嘆道，狗日的家文子，祖傳的，你還真會買哄人心！不拘誰家紅白喜事，你狗日的上一份頭禮。臨年傍節，請個草臺班兒來唱上幾齣戲。神樹開花，你又掏腰包鬧紅火與民同樂。你買哄吧買哄吧……

已然塵封多年的鐘聲撞響了……

＊

當村人們紛紛扶老攜幼趕至神樹廟時，廟院裏已是火光燭天。神樹那陰可數畝的巨大冠蓋反射下無數松明火把的光焰，宛若傳說中神殿金光閃閃的穹頂。廟門大開，喧天鼓樂聲中鞭炮無聲地爆成金星閃爍，濃煙深處舞出一彪大紅大紫的人馬。打頭的是十幾支嗩吶，樂手們鼓腮晃腦，高奏著威風凜凜的得勝令。緊隨其後，是一隊隊喜慶鬧熱的舞旱船、踩高蹺。幾對獅子滾繡球之後，青白二龍搖頭擺尾，逐著夜明珠蜿蜒飛騰。人們瞪直了眼，嘖嘖讚嘆不絕。這些傳統的社火節目他們從娘胎裏出來就熟悉，每年正月農閑季節，村村都聚起社火隊自演自娛。別看傢伙不起眼，如若敲打蹦達得性起，便一股氣殺進鄰村，殺進縣城，風光紅火，揚名吐氣。今晚真正令人稀罕眼氣的，是那做工講究的道具和鮮亮衣飾。嗨，有人忍不住向龍尾的後生打問：你們是哪個鄉的？縣裏的？龍尾是最難舞的，那後生緊踩著步點，頭也沒扭。也許他壓根兒就沒聽見：鑼鼓隊過來了。

三十二條漢子抬著一個神樹底人們從未見過的大如碾盤的紅鼓。鼓架上，八個勻溜溜精壯後生，頭箍白羊肚手巾，身著綠綢褲，精赤著胸背，按八卦乾坤坎離震艮巽兌方位站定，雙手握槌，大力擊鼓。隨著鼓點的節拍，後生們從丹田裏呼出蠻狂的吼喊：嘿、嘿嘿、呵——哈！震耳欲聾的鼓聲和吼喊聲中，祇見槌尾的大紅綢裏風帶勢上下揮舞，豆大汗珠在鼓手們凸凹分明的腱子肉上滾彈飛濺。他們情痴神迷地擊打著、跳躍著，粗長的松木抬桿隨著鼓點的節奏不勝重負地吱嘎亂響。

其後簇擁著為數眾多的抬鑼大鑔，金光明亮。鑼鼓齊鳴，一股大力雷霆萬鈞地直撞入心窩！

鐵棍是太行山社火的絕活兒與驕傲。鐵棍隊最惹眼的招牌，是那個在雲端飛翔的小男孩。幾丈長的一根細挺杉木桿，細梢兒上騎個身著戲裝的男孩。離粗頭幾尺處設一支點，兩條胖大漢子抱住桿尾慢慢搖動，桿梢上那孩兒就哨著風兒在人們頭頂飛竄。這整套玩藝兒都坐在八人大抬的架子上，起，一聲吆喝抬起來走，那孩兒上則飛檐越脊，摘星攬月，下則手執拂塵東抽西打。當街擋道的人們，挨了抽打，便嘻笑著閃開身去。臨街店鋪的掌櫃們，誰都盼那孩兒能挖一把自己店裏的糖果吃食，圖個吉利。那孩兒得挖便挖，核桃紅棗油麻花冰糖點心地揣上滿懷。揣滿了，便天女散花般從半天裏往人們頭頂上亂撒，普天同慶。這叫挖棍，背棍才是鐵棍之正宗。簡單說來，大致是背簍的意思，祇不過背的是一根頂端縛著小孩兒的鐵棍。孩兒們上妝打臉穿個花紅柳綠，小腳踏在鐵棍橫枝上，腰牢牢縛鐵棍梢上，長裙一罩，種種機關全然不見。遠處望去，祇見得孩兒們輕鬆消停，隨鼓樂節奏擺呀擺擺動手中的彩巾飄飄欲仙。背鐵棍的漢子最要真功夫，背得起二三百斤麻袋不一定背得了鐵棍。雖說四五歲的孩兒們不算重，可越高越不穩，再要背起來三里五里地遊行舞蹈，就更不是一般人敢攬的活計。今黑夜的鐵棍不同往常，挖棍後面，黑壓壓的人頭上凌空浮起幾十個濃妝艷抹的童男女，細瞧上去，竟是紅樓夢的全班角色。令神樹底人們高聲叫好的，是賈寶玉、林黛玉、薛寶釵三人竟在一根鐵枝上！再瞧下去，鳳姐兒、賈璉、平兒、襲人、晴雯、麝月等等都是！

尋常人，背上一個孩兒還能邁開步就算不賴。好裏頭挑好的漢子，最多一枝發兩花，背上倆。一枝三花的身懷絕技者，聽說過，卻世間並不多見。最後，一條黑大漢居然一步一頓地背著四個小妮子舞過來，那是十二金釵裏元、迎、探、惜四個春。這一回，神樹底的人們瘋了狂！這紅火實在萬惡，真是開眼見大了！他們終於明白，今天的社火忒不尋常。

人們的狂熱顯然感染了背鐵棍的漢子們，和著那震魂攝魄的鑼鼓聲，他們高抬腿，猛跺地，以一種人們未曾聞見的步伐狂舞起來。他們同時輕擺著左手梢兒的一方紅綠彩巾，在這沉雄剛猛的節律中憑添幾許嫵媚。也許鑼鼓隊覺察了鐵棍的瘋狂，抬鑼大鑔突然止息，鼓手們僅用鼓槌在鼓面上輕蕩。在這突如其來的沉寂之中，人們聽見了檐瓦咯咯作響，土牆搖搖欲墮，樹的葉和枝瑟瑟抖動，血在腔子裏狂走……鐵棍頂上的童男童女仍然輕鬆消停飄飄欲仙，衹是配合著將那方彩巾擺動得幅度更大，柔曼如雲，艷媚如霞，一步一蓮花。漢子們上身不容閃晃，底盤要穩，便走出一種扛枷披鎖卻令地動山搖的花步。輕抬腿，將身子和背上的分量斜閃出去，在大山將傾的最後一瞬，再堅定地甩出步子，山崩地裂地跺在地上……輕抬，慢甩，猛跺……幾十雙莊稼漢種地爬山的大腳……輕抬，慢甩，猛跺……幾十雙磨出銅錢厚老繭穿著踢死牛山鞋的大腳……輕抬，慢甩，猛跺……一步一雷，一步一電！幾十條好漢子，喘息如牛，捨命奔死，如醉如痴……黃塵和大地的震盪如水花似地在腳下飛濺……

松明火把被這勁舞搧動得火舌飄搖，如在狂風驟雨中明滅交替……

老人們看得手腳冰冷，祇顧得上大口喘氣……

後生妮子們情不自禁扭屁股送胯，中魔似地比劃起迪斯科……

太行山在隱隱震動……

李金昌，他覺出了這種震動，還覺出大地在緩緩沉陷。

他看見了許多似乎面熟的臉孔，心上就起了幾分恍惚。待那背著四個小妮子的黑大漢一路舞過來，腦子裏電光石火般一閃，驚呆了——是他，老財聾黑牛！是他，他記得那雙至死不閉的牛眼睛！咋就冇把他的眼閉上？多少年了他一想起來就後悔。你可是瞅見你蔣委員長啊？還冇瞅見？每次問，聾黑牛有話沒話，都拿那雙出號的大牛眼瞪他。後來，他看見聾黑牛蹾成了一堆碎骨頭爛肉，眼還是瞪著。這一遍可瞅見蔣委員長啊？呸！一口稀薄的痰射出去，白花花掛在聾黑牛眉梢上，又黏下來糊住一隻眼，還是硬硬地瞪他。慢慢地，那眼裏淌出靜靜的一絲血……他一眼就認出背鐵棍的黑漢子是那死鬼。仇人相見，正是那句老話：燒成灰兒都能認出來。再一細瞧，那牛眼裏還淌著一絲兒幾十年都沒淌完的黑血！

大地在腳下動盪。

剎那間，那些面熟熟的臉孔全然記起。

血涼了！

上牙磕下牙打著寒戰，強伸出僵直的手扯過兒子拎著的黑釉飯罐，抖瑟著將狗血一把抹了滿臉。他覺著力氣快用完了，努出最後一股勁兒橫搡順扛從人縫中衝出，把狗血發瘋般地漫天潑灑。聾黑牛，你狗日的幾十年還不閉眼！你狗日的……他盡命絕氣地吶喊著，將一大股狗血直潑到那黑大漢臉上。石破天驚一聲休止，剛才鼓樂喧天正是紅盛的村街，頓時驚厥無語。他定定地杵在聾黑牛面前，努力挺直蝦腰。他瞧見那張黑紅的臉盤漸漸灰敗。所有社火隊的人，霎時間都像霜打的紅薯秧子一樣蔫塌下來，泥呆呆定下，面如死灰。啊——一聲女人的尖叫，有人在他身後癱倒。死人！鬼，全是鬼！幾聲道破天機的低語夾雜著恐怖的屍臭在村街上流漫……不知過了多少時分，隊伍又走動開了。死人們目不斜視地繞過木立的李金昌，偃旗息鼓向村外行去。

李金昌猛烈倒下，如同一棵砍斷的樹。

當腥風流走煙塵落下，當沿村街跪成兩溜兒的人們終於偷偷抬起頭，當寶柱子撲倒在街心裏往他爹嘴裏塞「救心」藥丸，這時候，村外又響起了如痴如醉的狂歡的鼓樂。

那聲音漸行漸遠，仿佛走回了荒草叢生的歷史，最後復歸於寂滅……

＊

石建富老漢神智恍惚地走出小土窯，見月光如冥紙遍灑山林。秋風低迴，從樹梢旋下清輕哨音如小孩在遙遠歲月幽幽哭泣。神樹開花又不開花的事兒已叫他覺得有些不對，剛才又有人來報信，說鬧鬼的死人社火隊裏，挖棍梢上手執拂塵的那孩兒正是狗娃。聽了這話，他垂下頭，長嘆一聲，狗娃，你回來作甚？在山林裏徘徊一陣兒，又踅回去，輕聲敲隔壁的窯門。和尚，打坐哩和尚？快些兒收功，跟我廝跟上回村。

和尚在晚風中飄著他那襲千疤萬補的藍布長衫走得好快。到底年輕十來歲。捧上討飯碗來神樹底那年還是小和尚，眨眼工夫，咋就都老咧？和尚，他叫。藍布長衫就站住，彎回頭說，看喘的，阿彌陀佛！歇歇啵？他卻說，和尚，你說這人裏頭像我這號的有幾個？說埋就把俺孩兒給埋了。他覺著和尚扶他坐石坎上，和尚不說話，衹是拿眼睛聽。幾十年不說，幾十年不想，在心裏也漸把那孩兒給埋了。這陣心裏難活，就說，那陣兒你還冇來，你是那年收罷秋才來的？那年大旱，俺狗娃啃了人家地堰上個小南瓜，人家罰隔伙，敲著鑼圍村地喊：罰隔伙囉，罰隔伙囉……

*

「罰隔伙囉！罰隔伙囉！」看祠堂的趙傳狗敲著大銅鑼驢叫著圍村亂竄。

「罰隔伙」是一古老鄉俗，老得連「隔伙」二字該如何書寫都失了傳。太行山地瘠民貧，風俗純厚，盜竊之事絕少。偶有偷莊稼的，便要在祠堂裏當眾罰跪，點上兩炷香，跟祖宗和眾人道聲慚愧。這一年雖說又遭了年饉，入夏來連月無雨，旱得井乾河斷，但趙傳狗那大銅鑼還是頭一回敲響。好不易逮了個偷青賊，趙傳狗興奮得像頭發了情的小叫驢，又尥蹶子又蹦高。待石建富得了信兒，拎著鐵鍬從地裏趕回來，神樹廟前的石階上下已然聚起一夥看熱鬧的村人。村裏趙李石三大姓的祠堂在廟裏，這陣住著軍隊醫院，進不去。狗娃雙膝跪臺階上，旁邊擺個青青的嫩南瓜。

石建富幾步躥上臺階，一把拎起兒子便要走。

老族長伸手要攔又縮回去，拽著他袖梢低聲說：「建富子，現如今你是咱村貧農協會主席，拳頭大的個南瓜，教孩兒說句知錯的話。」

「說甚？拳頭大的個嫩南瓜。才剛幾個生日的孩兒。」

「——說甚？」村長聾黑牛和王院長說笑著跨出廟門，插嘴說，「一句下回不敢不就妥啦，多大個事兒！」

「那也是孩兒們餓得抗不住咧，天旱成個這。啃你地堰上個嫩南瓜，秋後俺賠你一升小米！」

「話不能這麼說建富子，漫說是啃俺地堰上個嫩南瓜，就說減租減息，給咱隊伍上起糧捐款，那一遍俺趙家不是頭號出血筒子，誰見俺皺過眉頭？說的是咱地面上的風氣吧。」犨黑牛拿眼睛掃眾人一圈，又扭頭跟王院長道聲「明兒見」，扯步走下臺階，一邊嘴裏還磨叨，「自小手腳不乾淨，敢說長大了不又是個賊？」

輕輕一個「賊」字，砸得石建富臉色煞白天旋地轉，多年的羞辱和仇氣化作烈火在周身血管裏狂走。他甩開拳頭當胸一擂，鋼聲鐵氣地衝犨黑牛背影扔去一句話：「犨黑牛，你地堰上丟個小南瓜，俺地堰上賠你一條命！」說罷一手拎鍬一手抱起孩兒便走。

年長些的人都知道這兩家三代以來的不和，如今一個是多年的貧協主席，一個是新上任的抗日村長，潘家楊家，你說能得罪誰家？便扯上些天氣年景之類的淡話嘆息著散去。

*

那你就把孩兒給埋啦？阿彌陀佛……和尚數念珠的手停下，垂下眼皮，不忍再看老漢那張老得不會流淚的核桃皮臉。

再往下的話，咋出口哩？便揚起臉，咕咚嚥下一口淚，說，走啵，涼了。

*

走到趙家十八畝的地堰上，你指著一根斷茬兒上還凝著水珠兒的瓜蒂，說，就這兒爹。俺塞給你一個白麵燒餅，就挖坑。才剛給俺孩兒買的，在街上燒餅鋪裏。那是一塊玉茭地，還毀了犟黑牛幾苗玉茭。地好暄，幾鍬下去就是一個坑，狗日的那是老財的一塊好地。睡下！瞅你嚥下最後一口燒餅，爹說，睡下，俺孩兒就乖乖睡下。那坑裏咋還有幾個小南瓜？……哦想起來了，是我自家扔的。爹連瓜帶蔓胡亂拽了七八個小南瓜，扔在你身邊，就填土。你哇一聲哭了，用兩隻小手手揉著眼，怕怕地說，爹，迷眼哩！爹說，趴下。俺孩兒翻過身去，趴在手手上，你不敢哭，還哭。爹又吼你，說，小雜種，再哭！俺孩兒抽了幾聲，哽住了，怕吼哩。爹趕緊幾鍬把土填上，還就手拍起個土圪堆。爹跪下說，俺孩兒，來世再投胎，找個能吃飽飯的人家啵！……報社的同志們跑來往起刨那陣，爹還跎蹴在你墓圪堆邊抽菸。爹衝他們喊叫……喊叫的是甚來？他們瞅我紅著眼，手裏又拎著鍬，嘴裏還發瘋亂喊，就摁倒我拿了鍬。對了，爹一邊跟他們撕巴一邊喊叫，俺又糟害了他趙家的小南瓜咧，還有玉茭！還要賠不？要命俺還有幾條……

*

待建富老漢跟和尚趕到村邊野雞嶺山崖上，看見的是一幅極為壯麗的奇觀：

腳下的村子，神樹廟和各家院裏都蒸騰著焚化冥幣的火焰。在無風的靜寂裏，火與煙向中心聚攏，旋成一根巨大筆直且通體透明的煙柱。

煙柱腳下，群山匍伏頂禮。

月輪蒼白靜懸。

兩人驚愕無語，望著煙柱緩緩旋轉著莊嚴地升上天穹。

仿佛過了許久，和尚強壓下心中的驚懼，雙手合十長誦一聲佛號：「阿彌陀佛！」

建富老漢喃喃道：「作惡多端，該是一劫嘍。老天爺在明處，瞅得清哩……」

和尚問：「說甚？」

建富老漢嘆息道：「瞅這樣兒，祇怕不是吉兆哩。」

和尚說：「佛菩薩慈悲哩，佛菩薩慈悲哩。死人們回村鬧紅火，又不是報冤索命，能有甚凶險？」

「善有善報，惡有惡報，我心下明白。」建富老漢望著那冉冉上升的大煙柱輕聲喊道：「——俺狗娃在不？石狗娃！爹來尋你，你若是真回來了，你若是真有在天之靈，不能跟爹說個話兒嗎？……人生一世，幾十年說過就過咧。爹一輩子也冇能活成個人……俺孩兒還是個人芽芽哩！……爹好愧呀，這一輩子活得好愧呀，唉嗨嗨，不是個人咧……」

天宇默然，杳無回音。

他長嘆一聲，說：「我心下明白……冤有頭，債有主，都來尋我啵。幾十年鬥來鬥去，這村裏鬥成蠍子窩，殺成血窪子，全是我的債，與他人無干……甚麼傷天害理的事情都是自我手上起的頭……」

「阿彌陀佛！」和尚說，「老石，你不是包攬的忒多咧？」

「唉，和尚，去酆都城下地獄也不屈，我是早活下長頭咧。」他聲音黯啞苦苦一笑。他乏了。

那煙柱靜穆上升……

山野悄然迷醉於無邊的異香之中……

＊

這奇觀其實古已有之，那是在神樹底人回憶的藤蔓攀連不著的荒遠歲月。

莊稼人艱辛負重而行，除了問晴雨，絕少抬頭仰望蒼穹。當闔村的人們皆俯首化紙求神送鬼的當兒，祇有一個人向夜空仰起臉。

死人社火隊那喜慶得瘆人的鼓樂聲終於被山風吹散之後，村裏炸了窩般一片鬼哭狼嚎。人們都說瞅見了自家死去的親人，於是家家戶戶門上，近村的墳塋上，村街上，到處哀聲不絕，香煙繚繞。日子過得拮据的，哭訴一番不得溫飽的悽惶，許願待正日子辦上一份像樣的貢獻。日子寬裕的，數念一番手錶自行車、糧食現款，保證要請紙匠來紮上全套金山銀山、搖錢樹聚寶盆、童男童女、小轎車彩電。那些被逆亡橫死的，家人禁不住總要痛哭一場。順過氣來，就開始說些寬心話，現如今「帽帽」也摘了，階級也不鬥爭了，運動也發誓不運動了。最後，都必求告死人在陰間安心，是缺衣少吃了，是沒錢花了，托夢還不行？可不敢再回來裝神弄鬼嚇著孩兒們。

村東頭趙家大院，在那棟象徵著家道中興的紅磚樓前，更是火光熊熊，紙灰紛飛。趙家文他老娘著人連夜開拖拉機到五里之外的平田鄉上，砸開供銷社大門，買回成捆的線香往火堆裏扔。平日裏為人謹慎，最忌諱顯山露水的趙家文也一反常態，不僅沒躲出去實行「迴避政策」，反而跪倒在地，爹爹地放聲大哭。不叫活了就死，死了就變個鬼，鬼還不叫做咧拿狗血來潑？活閻王，你狗日的現世報！

那一年，家文才是個炕沿高的個屎孩兒。爹「鎮壓」了，第二年春天，滿世界開花的時節，姐帶他到村外漳河畔捋柳條。姐用鐮割下嫩柳條，攥緊，兩手反勁兒擰，待柳條離了骨，就把粗頭樹皮撕開一小絭，纏作一疙瘩，再一捋，一根長長的白生生的條子就捋成了。姐編剜豬草的籃籃、撈麵的笊籬，順手給他做了節柳哨。悶悶地吹柳哨，想起爹，從胯邊上呲出來的那截骨頭，白生生的，像才捋了皮的柳枝兒。就跟姐說了。姐就摑了他一巴掌，不出聲地也哭了。幾十年過去，今黑夜，白生生的那根骨頭從他迷霧般的記憶中刺出來。恍惚間，他好像墜入一個噩夢的深淵，神樹、燒紅的眼睛、繩子、捋了皮兒的柳枝逼在眼前瘋狂地旋轉……一聲似人非人的咆哮：「犟黑牛，你狗日的幾十年還不閉眼！」——如閃電剎那間照亮了迷離夢境：「爹！」他驚懼不已，吐出了這個拗口的字。然後就是仇恨的旋風捲起漫天血雨，他親眼瞅見黑色狗血潑了爹一頭臉，那一盤黑紅大臉頓時變得青紫潰爛。從這一刻，趙家文覺著自己終於膽敢仇恨。多年來，那些事，娘不講，自己也不問。一苗小嫩芽兒，頭上是千斤巨石，不敢恨，甚至害怕內心深處潛滋暗長一絲恨意。仇恨掀不翻頭上的巨石，祇會把自己捂霉漚爛。他學會了忍辱負重，學會了在不見天日的石縫下曲折爬行。漫長的屈辱過去，他從石縫邊小心翼翼地探出了頭，終於長成一棵根深葉茂的大樹。過去人家往你臉上尿一泡，你還得陪著笑說尿得好！你是地富子弟、狗崽子！這陣兒人家往你爹臉上尿，當著闔村的人們日你祖宗，你還是叫人偷笑的三錐子扎不出血的白蘿蔔貨？你是遠近聞名的農民企業家，你是村長、黨支書！

趙家文用大巴掌抹了把淚，奮身站起。「娘，」他走到娘跟前，要問娘一句話。老婆子正瞪著一雙死魚眼，仰望夜空。「娘，我爹……」老婆子舉起手打斷他的話，指著天問道：「這是誰家著火還是咋咧？」

趙家文一抬頭，便愣怔了。天爺！他輕輕驚呼一聲，不再言語。

「是咋咧？明晃晃一片——」

「半空裏抽出根煙柱子，怕是比神樹還粗……裏外還透著亮，就像是……就像是根大日光燈管……」

老婆子伸出手亂摸撈，一把拽住趙家文鬆鬆垮垮的領帶，說：「直端端的，慢慢轉著往上？」

「是哩。娘你能瞅見？」

老婆子的手有些兒抖：「你瞅見月亮啦？有個風圈，是紅的……」

「冇呀……」

「再瞅瞅，是個大風圈，顏色淡淡的。」

「冇。」家文又看了半天，最後搖了搖頭，「咋，這煙柱子還有甚講究？」

「怕是有些兒講究哩。唉，瞅咱神樹底人的造化啵……」老婆子長噓一聲，摸索著坐椅子上，一口氣講出一段古：

「咱神樹底三大姓，李、石二姓是順治年間前後腳搬來的，其餘雜姓來得就更晚了。咱們趙家，是洪武二年上來的，開山的老祖宗叫個趙忠義。那時候，這八百里太行山人煙稀少，山下平川的肥富地面，人稠得像穀苗兒。朝廷就下了個政策，叫作『三丁抽一』，跟現如今計劃生育差不離。誰家兒子生多了，三個裏頭抽一個奔冇人住的荒野地面遷。日子過得好好的，誰願意背井離鄉，好處是三年免交皇糧。你們的老祖宗趙忠義是老三，老大頂門立戶，老二開得個榨香油的作坊，該著叫老三挪窩兒。婆姨背上被窩捲，拄根樹棍。老漢擔兩個荊條筐，一頭面對面坐倆孩兒，一頭是小米斧子鍋，就這麼上了太行山……」

幾百年前，官道離得遠，距今日鄉政府平田村尚有十餘里。到得官道盡頭，官府的人就不走了，說，方圓上百里老林子，各人尋個瞧得上眼的地方啵。下了能走牛車的官道，一夥人循漳河向東南而去，趙老三一夥則逆流而上。至平田，小路亦斷絕。其時平田尚無村名，僅是幾戶人家的山莊窩鋪。別人皆停站下來，不走了，趙老三還要沿河而上。從河北老家一路過來的鄉人勸道，滿山老林，瘆人哩！老虎又多，單門獨戶，能存站住？平田的人也勸，此地總算平展，地土亦多，都是窮百姓，幫襯著過啵。婆姨也不想走了，卻趙老三還要往莽林深處走。臨行之前，他手執利斧，一把火燒平了仇家的大宅院，報了世代冤仇，星夜遁去。他想，拖家帶口，隔州過縣地逃到這兒，還是再走一程心裏安穩。就說，人的命，天來定，瞅天意啵！他從婆姨手上拿過樹棍，端端立地上，對眾人說，往上游倒俺們還奔上，往東南上倒就不走了。一撒手，眼看樹棍要往東南倒，平地一股旋風，硬是把那樹棍子扳倒在西北上。這一倒，就倒出了一個村莊和幾十輩人。老三一家在密林中又披荊斬棘地行了一天，便支鍋造飯，又生了篝火避蟲獸。困乏之極，夜半走火，待警醒過來已是一片火海。四周皆松柏，見火便著，頃刻燃作通天火牆，欲往河畔走避，亦為時已晚。一家四口，環抱等死。卻事有怪異：火團在樹梢飛來竄去，他們背靠的那株大樹居然冷風習習，不燒不燃。

「約摸是後半夜時分，大火倒自己熄了。天上抽起根大煙柱子，裏外透著亮，慢悠悠轉著往上升。月亮四周圍起了個大風圈，像淡淡的胭脂。滿世界飄著一股說不來的透骨的香。老祖宗給嚇著了，念叨說，神明在上，是福是禍你老人家給俺們明示！——他不想，你是甚的貴人，神神給你明示？」

待天色大明，趙老三去尋找燒死的野物充饑。過來過去，見大火恰打掃出一小村之地盤。至遠處一回首，天爺，燒焦的黑土地上，好一株頂天立地的大樹！青枝翠葉，如大雨洗淨，倒是越燒越綠艷了！趙老三說，哈，這是一根神樹。他又大聲說了一遍：這是一根神樹。他指指漳河，又指指餘煙裊裊的土地，說，有四季長流水，有肥富地土，有籽種，有俺們一家人，就是一個好村村！他衝大樹跪下，磕一頭，說：神樹老人家，俺明白嘍，那是吉兆。那是一炷天香。老人家請保佑俺趙家在你腳底存站住，平平安安，有吃有住，人丁興旺。托你老人家福，咱這獨家村不叫趙家窩鋪，就叫個神樹底。不管日後成村成鎮，子孫萬代，就叫神樹底！

「後來，老祖宗又想給子孫後人的排行謅幾句詩。肚裏無半點文墨，幾年後才想出一句

「忠厚傳家久，詩書繼世長。」還是現成的，老家院門上的一副對子。二十一代傳到你爺那輩兒，「厚」字輩兒，你爹是「傳」字輩兒，你是「家」字輩……」

趙家文凝目望天，心說，咱趙家敗下去了，咱趙家又發起來了。神樹開花，死人們回來鬧紅火，接下來又是這一炷天香，敢說不是吉兆？就使勁看，居然在那個陰慘無光的月亮周圍，在距離月亮一竿遠的地方瞧見了一圈散淡的紅暈。趕緊說，娘我瞅見咧！是有一圈，胭脂紅……

＊

建富老漢打著軟膝跟在和尚後面飄。挨家挨戶走下來，究竟是抗不住了。借家家戶戶燒紙祭奠亡靈的機會，他堅持要多走幾戶，給那些冤魂燒上幾張紙，向他們的家人們再告一聲罪過。幾乎在每一家他們都受到真誠禮遇，沒有誰哭嚎著跟老漢數落舊事。和尚說，佛說，颺下屠刀立地成佛，老石，你也不要心事太重嘍。建富老漢倦倦地，衹是默默無語。

倆老漢正一腳高一腳低地在村街上行走，急匆匆迎面闖來一夥人，腳步砸得地皮發顫。走到一家大門前一齊上手擂門：李金昌，開門來！

這不是家文子嗎？和尚看清了，問道，帶得你窯上這些些人做甚，半夜三更的。

誰們？……是和尚叔跟建富叔啊，你們也知道這事情咧？正可好，廝跟上進啵！殺我爹我叔那陣兒聽說建富叔也在場，還是個主事的。活了半世人了，我爹他們是咋死的，我是不是也該找個人問詢問詢？就又扭過頭吼喊：李金昌，開門來！

和尚說，阿彌陀佛！你這是找舊賬來咧。佛說……

建富老漢說，和尚，甭說咧。家文子不問，我也該親口跟他說說那段事兒了。

趙家文說，光是個找舊賬？那倒容易！憑甚當著闔村的人拿狗血……

咣噹一聲街門大開，婆姨兒子兒媳婦一家人攙著李金昌堵在門口。寶柱子手裏還不尷不尬地端著把斧子。

「嗨，我還當是鳳凰嶺上的響馬又打家劫舍來了，原來是咱的現任支書跟老支書哇！」李金昌拿腔作調地說，「柱兒，還不快把斧子放嘍！」

寶柱子如得了赦令，趕緊把斧子撂在門邊。

「這麼晚了，有甚要緊的公事？」李金昌單刀直入，「家文子，我今黑夜往你爹臉上潑了些兒狗血，你不是來綁我問官的啵？——咋還帶得些捕快班的人馬？」

話這麼讓他一點破，趙家文的銳氣倒折了，氣虎虎地一時找不出話。

石建富衝煤窯上的那幾個工人揮揮手，說：「回啵，不干你們的事。」調過臉又對李金昌說：「我跟和尚回村瞅瞅，才剛又碰上家文子，說討杯茶喝吧，你堵在門口不叫進。連這麼點老面子都不給啦？金昌，不是我當著晚輩的面面說你，甚鳳凰嶺的響馬，咋越老火氣越大咧？……醜女、寶柱子，等甚哩，要闔村的人們都來瞧熱鬧？還不快把你們當家的請回去！」

鹵水點豆腐，一物降一物。李金昌硬挺的腰頓時又蝦下來，軟軟地讓婆姨兒子架回了屋。醜女扶老漢上炕躺下，餵了顆藥，說：「說是心臟不好吧他還成天起來打雞罵狗撩神惹鬼的，真是他建富伯說的，越老越沒樣兒了！」

寶柱婆姨端上茶來，悄沒聲地給每人面前蹾一杯。

打架的勁頭一泄，趙家文倒找回了方寸，用手背把茶杯輕輕撥拉開，不硬不軟地說：「如今哩我虛頂得個支書，權哩不如你們當支書那陣兒大，威風更沒有，政策好賴還懂一點。今天也不是來翻案，地主就地主，惡霸就惡霸，就想從你們嘴裏聽聽當年你們是咋處置我爹的。多少年代了，作為後人，今天我提出這點小小的要求，不算給兩位老支書出難題啵？」

「喊，」李金昌大躺在炕上望房梁，從齒縫裏呲出一聲不屑，「你也是共產黨，就不知道共產黨講的就是個政策。毛主席講話——政策和策略是黨的生命。今天給你摘帽帽是政策，昨天鬥爭你鎮壓你還是政策。今天有今天的形勢，昨天有昨天的需要，咋能拿今天的政策來否定昨天的政策？」

「那你就跟我講講，你們鎮壓我爹我叔根據的是哪一條政策？」

「哼！」薑還是老的辣！見自己一通彎彎繞把趙家文耍糊塗了，李金昌禁不住暗暗偷笑。——殺人的事不好出口，政策還不是由人諞？「當年我那個支書不主事，帶個副字。要想搞清楚表裏究竟了，還得問咱的老支書。薑還是老的辣哩，咋？」說完坐起來點上一顆菸，又給趙家文石建富每人扔過一顆。

這可真是四兩撥千斤，狗日的活閻王！沒等趙家文看清，自己手上的槍口倒調過來對準了石建富。他與他也有殺父之仇，卻總是恨不起來。他知罪悔罪，不問世事，上山植樹造林已然多年了。心頭的這把火，原本是燒活閻王的，他不忍轉過來捎帶上石建富。

正作難，建富老漢說話了，「金昌，你這話說得也對也不對。事情都是我領頭作下的，責任在我，這對著哩。一陣兒是一陣兒的政策，那陣兒到處殺地富，不光是咱村殺人。咱村前後殺了五個，不算少可也不算多，這也沒錯。不光是不該殺，就是該殺，下手也忒毒了！你說不是？」

李金昌衹是不住氣地抽菸，屋子裏沒人敢說話。

「家文子，你不問，我也想跟你道閑道閑，這話也是在肚裏漚了多年了。」老漢苦苦一笑，接著說下去：「你爺趙厚成當年是抗日村長，後來死在日本人手裏，是一條好漢。咱村裏還給他開了個軍民追悼會，會上推舉你爹接班幹。日本人投降，這是那年收秋前的事情。

收罷秋，場光地淨了，就到了下年初。先是各村幹部到縣裏集中，訓練結束各回各村，一聲令下，全縣的地主一夜工夫都給抓了起來。金昌，我有說錯的你隨時給咱糾正……抓是都抓了，殺沒都殺。照理說，你爹是抗日村長，又是烈屬，可不知道是咋鬧的，幾次鬥爭會一下來，就變成了血海深仇。原說是分地分家產，眼瞅著咋就就殺開了人……」

「嘁！」李金昌又是滿臉不屑，「咋就殺開了人？那還不是他不服氣，破壞運動唄！」

呀的一聲，房門大開，兩個人裹著冷風闖進來：「說人家不服氣，不說你們想殺人！」

滿屋人一驚，祇聽得醜女低聲一嚎便軟癱下去。扭頭再看來人，一個個皆魂飛魄散：前面說話的，正是趙家文他爹趙傳牛，後面相跟的，是工作隊馬隊長。

李金昌泥在炕上，鏡片後的一對眼睛白得雞蛋大，眼看著人就要不行。石建富驚得也不輕，瞠目結舌但人還沒倒架。和尚認定是天魔攪擾，雙目緊閉，在心中大聲唱經。趙家文知道是他爹，卻腦瓜裏緊成了一片空白。

屋子裏彌散著一股難聞的草藥味。迎面牆上，排滿了年代悠久的各種大小獎狀，年代不一，新舊不等。早年間的已然模糊難辨，近一二十年前的也重重地蒙上了一層煙黃。輂黑牛環顧著自己的祖居，嘟嚕道，「甚的個人家，能把好好的居舍住成這屎胡子抹擦的！」又拿手戳點著那些獎狀，說：「這些紙紙，上面都有咱村人們的血！」

巡視了一番，聾黑牛這才看見癱在炕上的李金昌，說，「瞅你爹那屎樣兒吧寶柱子，還不快些兒去尋狗血來潑！」他朗聲吩咐道，「寶柱子媳婦去奈何你娘，快呀，杵在當地作甚，怕俺們這些鬼吃人？寶柱子給你爹餵顆『救心』，死不了……快，火！活閻王，你狗日的還想點房子？」李金昌手裏的香菸杵在被窩垛上，點起一股青煙。

寶柱兩口子嚇得手腳不由人地忙亂起來。

聾黑牛走到家文面前，上下打量了幾眼，說，「孩兒，你狗兒的也成人咧？」

家文看見爹眼裏汪著兩點晶瑩，一股子從未體驗過的熱潮自胸中升起。凍結多年的委屈與酸辛，頓時化為柔軟的淚水滿面長流。他想叫聲爹，卻嗓子眼裏哽得厲害，不禁痛哭失聲。

「哭屎甚，七尺高的個漢們！你比爹有出息，是咱趙家的好根苗……坐下坐下，甭靠得太近，狗日的，現如今咱爺兒倆是幽明異路，陰陽二氣不要相衝犯為妙。」他轉過身，把屋裏的人們掃了一眼，大大咧咧地說，「開會啦！——咱神樹底歷任村長支書都到齊了，馬隊長，俺是個摘帽地主，還是由你來主持啵？討論討論俺是咋死的。」

馬隊長正在跟建富老漢打招呼，扭頭說：「你呀，真是一頭聾牛！死了大幾十年了這脾氣也沒改一改。你強迫上我來我可是有言在先，不在其位不謀其政，工作隊祇是個臨時性的運動班子，雖然我屈死在你們村了，可又沒誰委任我當土地爺。你也一樣：論資排輩，你是老大，可現在議的是你的問題，自古以來的政策都得迴避……你給我坐下！」他把犟黑牛拽得跟他一起坐在沙發上，擺擺手，「你們接著說，我們旁聽。年代久了，記不清的事情我們補充。」

李金昌已經緩過氣來，見來者並無惡意，祇好軟軟地靠在被窩垛上聽。石建富正要開口，犟黑牛舉了舉手又說：「小和尚，歇歇不行？嗨，歇歇——」

和尚一驚，睜開眼：「甚？你叫俺？」

「你不要祇管在那兒念大悲咒，不頂事。平常天，你念句『阿彌陀佛』俺們都繞著走，今兒個了，不是辦正事嗎？煩人的！」

念咒都不靈咧？俺這不是做夢啵？和尚一輩子給人們念叨西方極樂世界和十八層地獄，今天才頭一遭見了鬼，也是心驚肉跳。

馬隊長說：「從沒見過你夢裏念經，祇當做夢就對了。這兩天發生的事情，跟同志們幾十年人生經驗有矛盾，心裏不安，這不要緊。——古代有一個著名的哲學家叫莊子，他講了個很有名的寓言……」

「叫『人生如夢』，是啵？」

「犟黑牛你別打岔！是『夢蝶』。是人做夢變成了蝴蝶呢還是蝴蝶做夢變成了人？這是一個無法判斷的問題。豆腐一碗，一碗豆腐，一回事。大家衹當是做夢，遇見些死去的熟人，談起些共同經歷過的事情，總能放鬆點了吧？」

石建富困難地咧嘴一笑，說：「一想起那些事，我就一身汗，咋放鬆？當年我是支書，還是農會主席，殺人的責任跑不脫。你倆不來，我跟金昌也打算蔴袋倒西瓜，跟家文子痛痛快快地敘道敘道。——剪直了說啵，老馬你是工作隊長，政策你掌握。除過殺三毛猴，其餘四個人你都點了頭。我沒說錯吧？不是要推卸責任，事情已然過去了，理清是非吧……才剛我們還說起，不知咋鬧的，土改嘛變成了殺人。金昌說是有人搞破壞……」

犟黑牛罵道，「你狗日的活閻王，殺了人你還有道理啦！你們殺了俺，俺搞甚破壞來你說？」

李金昌眼皮也沒抬，蔫蔫地說，「是誰半夜三更翻牆逃跑來？還把疤眼一磚頭拍了個半死。」

「嗨嗨，你們要殺人家嘛還不准人家跑？這天下盡成了你們的道理咧！老馬你瞅瞅，這要是不回來，他們當著俺家文子還不知道要把俺糟蹋成甚樣兒咧！」

「……我說衹怕是不這麼簡單，」石建富接茬兒往下說，「不止是個鬥過來鬥過去激化了矛盾的問題，一開頭就有殺人的意思。這些年了，我總覺著上邊還有話當時沒給咱點透。跟你老馬是不是交了底兒？這先不說了。殺你趙傳牛我算主謀。可憑良心講話，一開頭我還沒殺你的意思，祇想殺殺你的威風，神樹底是有你沒我……」

「哼！」犟黑牛從鼻孔裏粗粗地噴了一口氣。

「這可是實情，」李金昌有氣無力地插一句，「人命關天，誰能平白無故就起殺心。敢說你沒民憤？鬥爭會上多少人起來控訴，還有人哭得小死過去。你們老趙家手大，一手遮天，幾百年把這小村村捂死嘍，能反還不反！」

「盡是他娘的些歪歪理！」犟黑牛蹭地站起來，說，「俺掌權，是功是過俺大包大攬。上了會，祇說壞，不許說好。俺趙家祖德深厚，怕鬥不起來，事先還叫人們演習了一遍，不是你狗日的馬亦然的主意？拿綠豆小繩把俺們綁成個粽子，氣兒都倒不上來，有的說，有的也敢道，祇准點頭不准搖頭，把俺腦袋都打成個血葫蘆！這種鬥爭會誰敢上？」說到激忿處，他一手叉腰一手滿屋戳點，「——是你李金昌還是你石建富？」

誰也不言語了，祇聽得到犟黑牛粗重的喘氣聲。

「阿彌陀佛！」和尚感嘆道，「瞅瞅，這貪、瞋、痴三毒，連鬼也不能免俗。也難怪佛說苦海無邊，回頭是岸。」

犟黑牛瞪了和尚一眼，氣呼呼地坐回沙發上。

馬隊長也被捎帶上，白淨淨的臉盤上尷尬著一層微笑：「瞧，咱傳牛要搞文革啦！建富，你接著說。」

「想起來了，」李金昌從被窩垛上欠起身來，說，「還不是為了追那顆金頭！」

「對，也是為了金頭。我長話短說。」石建富點上顆菸，猛吸一口，手抖得厲害，「趕群眾控訴得差不多了，你兄弟二人已然捅成了血人。我們沒布置，是疤眼他們幾個土改根子去串聯的，我知道，沒制止。揣上錐子剪子開鬥爭會，那陣兒的時與。先把傳新處置了，我問你：惡霸地主趙傳牛，你可是瞅清楚咧？」

*

犟黑牛答道：「俺瞅清楚咧。」數九寒天裏，汗血順著長滿連鬢鬍的方下巴往下淌。全村人排著隊，每人一石頭把犟黑牛叔伯兄弟趙傳新活活砸死，早已把他嚇得面如死灰。現在，那一坨被磚石半埋的砸成爛肉的屍體，就赫然陳在戲臺下。他滿眼閃射著驚懼與絕望，活像一隻上了獸夾的狼。

石建富披件灰色的舊軍棉襖，眉宇間英氣勃發。指指臺下的死人，威嚴地說：「再不老實，這就是你的下場！知道不？」

「俺知道。」犟黑牛兩腿打顫，一件家織白土布對襟小衫衫被扎得稀爛，濕塌在身上隨著短促的呼吸血色起伏。

「俺最後再問你一遍：金頭在甚地方？」

擠坐在神樹廟裏的村人雜聲吶喊：說！快說！眾人的眼睛都亮了，都渴望知道這個流傳幾代故事之結局。

喧聲落下，在一片期待的寂靜裏，人們聽見一個細弱的哀告聲：「鬆鬆再說啵！……俺再也抗不住咧！」

石建富探詢地看看穩坐於香案正中的馬隊長，見馬隊長漠然地頷首默允，便衝看押的民兵疤眼與樹生子努努嘴。疤眼把拎在手裏的紅巾大砍刀斜揹上，老大不情願地解開繩結，給聾黑牛鬆了鬆綁。聾黑牛扭動著身子，貪婪大喘。

疤眼在背上擂了他一拳頭：「這下該說了啵，武舉人的金頭埋在甚地方？說呀——」就又擂了一拳頭，把一頂破氈帽朝腦後一推，更顯出白裏透紅的滿頭繃帶。

這兩拳似乎有舒經活脈之效，聾黑牛愜意地大扭了幾下肩背，這才苦下臉，說：「俺家井裏的銀子，柱頭底下的黃貨，豬圈裏的料子，俺可是都交代咧！祖墳你們也挖開了，哪兒來的金頭？祖宗們顯擺，諞嘴吧。——不就是個木頭。」

「這用不著你說，」馬亦然說，「是問你藏哪兒了！交出金頭，支援咱八路軍打老蔣，你可以將功抵罪，鄉親們也好對你作個原諒。交不出來，我也不好講話，祇好由鄉親們公審啦！」

「鄉親們，」犟黑牛抬起他那顆被打成血葫蘆的人頭，環視著廟院裏的人們：「鄉親們啦，啞子吃扁食——心裏有數，俺趙某人良心壞冇壞，大家夥兒嘴上不說心裏總明白！一個香爐裏燒香，一條大河裏吃水，誰跟誰不是知根知底？金頭是老祖宗手裏的事情，就說是有，把俺趙某人下油鍋上火鏊也說不出個長短！可真是冤枉煞人咧！金頭值幾個錢？打日本，俺捐了至少小半個家產！這回打老蔣，俺一溝兩坡的地、院子糧食黃白貨全捐給咱八路軍共產黨還不成？看在俺趙家多少年的祖德上，看在俺爹的份上，鄉親們就饒過俺這一回啵！」

臺下靜靜的。

站在臺邊陪鬥的犟黑牛大老婆趙吳氏忍不住嚶嚶地哭起來。

啪！坐主席臺邊上的李金昌見勢不妙，一拍桌子猛地站起，說：「趙傳牛，這不是你當村長的年月！是叫你坦白是叫你作報告？疤眼，不老實就再給龜孫緊一繩！」

疤眼興奮地聳聳褲腰，呸地往手心啐一口，兩下把手一搓，拎起繩頭：「東家，聽見冇，這是俺金昌哥的將令，可不是俺報你那一磚之仇，你心裏可放明白嘍！」

犟黑牛明知逃不過這一繩子，還是哭腔地喃喃道：「把俺殺了啵，把俺殺了啵，俺實在是抗不住咧……」

疤眼再不答話，拽住繩頭，絆住腿把他朝前一推，當他即將倒地的當兒，猛提繩頭。借著聾黑牛自己的體重，繩子「哧」地頓然抽緊。疤眼再踏上一隻腳，在一邊幫忙的樹生子，拿過主席臺上當罪證的那塊半磚，照聾黑牛背心狠搗兩下。人避疼，一挺胸，疤眼的繩子就勢再一緊，最後剎死。當他們把聾黑牛再拎起來，一條五大三粗的壯漢竟然被捆成了一團。戲臺下的人們看見的是一張出水的魚嘴和兩隻快努破的眼珠。臺上的人看見的是一個綁太緊撐破了的大粽子，細而韌的綠豆繩吃進肉裏，黑血從青紫的皮膚裏慢慢滲透出來。原先亢奮不已的人們隱隱露出不忍之情，還有些人低下了頭。

一看要冷場，石建富趕緊大聲發問：「趙傳牛，再問你最後一遍，——金頭到底在甚地方？」

沒有回答。聾黑牛有出氣沒進氣，哪裏說得出話。

石建富便說：「有，你就點點頭；冇，你就搖搖頭。」

聾黑牛搖了搖那顆走了形的大腦袋。

馬亦然臉一沉，吩咐民兵們領著眾人呼口號，丟了個眼色，三個人起身走到戲臺角跍蹴下。

馬亦然說：「總部首長交給咱們的任務看來是完不成了，怎麼辦？」

石建富說：「叫俺說嘍，再鬥狗日的兩場，硬的軟的都上，興許能吐口。」

李金昌說：「這麼個捆法，再是好漢也吃不住兩繩。到這份兒上都審不出來，也就是冇了。興許他還真不知道。這種事情，按說也是不傳後人的。……殺啵，再不殺可就不好殺了。」

石建富說：「咋？刀把子印把子都攥在咱手裏，多喒殺他還不是由咱！」

李金昌說：「你就沒瞅見？同情他的人越來越多，有些落後份子還說，人家趙家好賴算個烈屬，遇上年饉了還借糧施粥的，地主歸地主，不能算惡霸。就算是鬥爭堅決的，再鬥上一兩場，仇氣一出，再說殺也就不易了。你聽這口號喊得，不像流完了屄的蔫萎黃瓜？」

石建富說：「是有人不服氣。他頭上可是有四頂紅帽子：抗屬、烈屬、開明士紳、抗日村長，還都是咱給人家戴上的。跟咱總部的好幾位首長也挺走近……俺是說，殺他容易，哪個村子不在殺？就是道理不容易說圓。」

馬亦然蹙起眉頭斟酌再三，說：「殺是可殺。紅帽子，咱們能給他戴上，也能給他摘下來。但是，趙傳牛在地方上有一定影響，拿他作個寬大處理的典型，體現黨的政策，留他一條命也未嘗不可……」

李金昌有點冒火了，說：「嗨，咋黑夜會上還說得好好的，咋一見血倒變卦咧？村村都殺，連三歲娃娃都殺，留下就是禍害！斬盡殺絕，這四個字說出口不好聽，可事到臨頭，你就覺出這其中道理深厚！這一程，殺戒也開了，黨也公開了，已然結下血海深仇了，開弓就冇回頭箭。讓他跑進城裏去拉起還鄉團，再回來殺個血流成河？小蛇出大蟒。你不狠下心來連根拔，日後但有風吹草動你能招架得住！」他瞥了馬亦然一眼，低下頭，嘟囔道，「倒也是，咋也殺不到人家你頭上，一拍屁股倒走屎咧！俺們可是坐地戶……」

馬亦然沉吟片刻，說：「我也不是就反對殺。這樣行不行？公審公審，總得讓群眾發表發表意見。」

「發表發表意見？不殺說甚的也有，殺了，就都跟上你走了。你老馬還不是常講，看不準的事情，寧左勿右！」李金昌咬咬牙，陰下臉來，「俺這個人，從來就不辦這號不疼不癢的事情。要不就撅起屁股乖乖讓人家日，要不就翻過身來把他日死！日不死，就是禍害！」

馬亦然微微一笑，說：「金昌，不要性急。殺就殺，問總要問一句，過場也要走走。就是事後有人問起，咱們也有個交代。手續嘛，還是由我們工作隊向縣委補報。」

＊

活閻王，俺就知道這殺字是你龜孫先說的！

這又不是我一個人說了算！闔村的人們誰沒舉拳頭？

*

三人回到臺口，石建富舉起雙手，會場上靜下來。

「鄉親們，」石建富開始講話，聲音不大，卻透著一股冷森森的威嚴：「咱貧雇們千年的仇，萬年的冤都攢到今兒了。訴苦也訴了，鬥爭也鬥了，金頭人家還是不交，最後再問大家夥一句話：對趙傳牛這號罪大惡極的惡霸地主咋處置？從嚴還是從寬？」他覺得一股殺氣暢然從心底向外宣泄。殺字首先是從活閻王口中吐出，這使他避去公報私仇之嫌。

有風從樹梢梳過。廟院裏蕭殺得如野地荒墳。

聾黑牛半閉著眼，昏沉沉立在戲臺邊上，血糊拉茬的身子隨風飄蕩。

「咱們這是個公審大會，除過地富，人人有發言權。誰們贊成從寬，先站起來發表發表。」

眾人你瞧瞧我，我瞧瞧你，緊張得連大氣都不敢出。

「有意見就快說！甭現在不說，到時候又怨俺們不發揚民主，包辦代替！」

「都不說，咱來說兩句。」趙家的長工頭李二旦舉了舉手。他叭叭兩下在青磚地上磕掉菸灰，攥著菸袋鍋慢慢騰騰立起身來。「金頭沒準還真是個傳說，祖祖輩輩有誰們見來？他趙傳牛剝削咱貧雇不假，可對咱這些下苦人也說得過去吧？良心還在。就說給他家扛長活啵，吃上喝上，夏秋兩季還往家揹上。除過糧食，年底還有幾塊銀洋。這些都是明面上的，全村都知道，金昌子也給趙家受過。……給趙家扛活哩，倒是苦重些兒，鋤穀割麥子，一到農忙季節，能使喚得你兩頭不見太陽。剝削是剝削得萬惡，可吃得也真是不賴……

「李二旦，」李金昌打斷他的話，問道：「趙傳牛待你不賴是啵？那你才剛控訴他個屌？嘴是兩片肉，咋說咋有理。說方的是你，說圓的也是你，你到底安的甚心思？」

李二旦頓時愣在當地，手裏的菸袋鍋直哆嗦。「金昌子，說話得摸著良心！碟子歸碟子，碗兒歸碗兒。誰家的鍋底上冇黑？你來說說看，誰們方？誰們圓？人嘛，還不就是個不方不圓的東西……」

李金昌盛氣淩人地說：「這陣兒講話要分清階級的事情！知道老財委了你個長工頭，還幫你娶了婆姨，可你也不能太過於了吧？都是咱窮人幫裏的，咋盡向著地主老財說話！螞蟻頂穀殼，你充甚的大頭！」

石建富見自家人鬧起來了，忙插了一句：「二旦叔，有話你慢慢講。不怕！」

「俺冇的講了。」李二旦氣鼓鼓地坐下，「俺是不怕呀，俺祖輩都是受苦人，還怕人家把俺的貧雇開除了不成！」越說越氣，便舉起煙袋鍋遙指戲臺，大聲說：「你李金昌，人前人後還得叫俺一聲親叔，得了勢就六親不認，看你還能把俺橫吃豎屙嘍！也怪不得人們背地裏叫你活閻王……」

馬亦然見李金昌還要還嘴，趕緊擺擺手說，「好了好了，你們叔侄倆回家再吵，接著開會。同意寬大的，繼續發表意見。」

神樹上的紅嘴鴉們一聲接一聲叫。

「沒人說咧？」石建富掃視著臺下的人們，許多人表情木然地垂下眼睛。「那，同意從嚴處置的發表發表！」

場子裏還是靜悄悄的。

七八隻紅嘴鴉便撲閃著墨色的毛羽，落到戲臺對面大雄寶殿的脊瓦上，整整齊齊列作一排，理理毛，接著又一聲聲叫。

「是沒人同意？」石建富的話音中帶了威脅，如劍的目光淩厲地橫掃人群。

「從嚴！」「同意！」有十幾個人小聲喊。真說起殺人，村人卻又不忍了。

「打倒地主老財！」

李金昌突然振臂高呼，把人們嚇了一跳。

「打倒地主老財！」李金昌再喊，盡命絕氣地喊劈了嗓子。

人們終於驚醒過來，舉起拳頭一哇聲喊。一張張本來泥呆呆的臉，竟奇蹟般地煥發出生動的義憤填膺。

一連串口號吼下來，公審大會終於恢復了萬眾一心，同仇敵愾的氣勢。

石建富趁熱打鐵，高聲問道：「對這種不殺不足以平民憤的惡霸地主，大家夥的意見，殺不殺？」

人們爭先恐後地舉起拳頭：「殺！」

「鄉親們！」馬亦然站起來宣布了幾條罪狀，然後左手叉腰，右手高舉，拖長聲調威嚴地宣布：「現在，我代表神樹底村人民公審大會，代表土改工作隊，宣判封建惡霸地主分子趙傳牛死刑，立即執行！」他的手堅定地向下一劈。這個瀟灑鋒利的動作將長久地保留在他的記憶之中。

犨黑牛大老婆趙吳氏眼一翻，一聲沒吭軟癱下去。臺下的人們祇能看見一雙小腳竹筍樣地直刺青天。

「啊……」一聲撕心裂肺的嚎叫，一直被婆姨們看管在廟院角上的犨黑牛小老婆李來弟，發瘋地掙出來，扔下手裏的孩兒哭嚎著往戲臺跑，「……啊，黑牛，他爹啊，他爹啊，他爹啊……」臺上臺下都愣怔了。來弟原本貧苦人家出身，聘給犨黑牛作小才沒幾年，平日裏愛接濟個窮鄉親們，村子裏人緣數她好。哭鬧起來，連工作隊拿她也沒法兒。人們竟然眼睜睜看著她衝上了戲臺，推開疤眼樹生子，一把抱住犨黑牛，「你們喪盡天良咧天打五雷轟，你們要遭報應遭天罰遭天殺……」她緊緊抱住遍體血污的男人放聲痛哭。

犟黑牛眼一閉，兩行淚水在他腫脹的血臉上花下來。

石建富走過來，厲聲勸道：「來弟，混鬧甚！你可是要跟他劃清界線……」

卻不料來弟探手就是一巴掌，「打你個沒良心的賊！連俺一搭裏殺剮了啵！」

石建富躲閃不及，滿臉炸出個血巴掌。

＊

打得好打得好，打你這殺夫奸妻的王八蛋！

我罪孽深重！黑牛，我對不住你跟家文他娘……

屎的個對不住！一句對不住就把俺一個好好的人家毀塌了！俺也去殺人放火，到老來再跟你說句對不住！

＊

人們紛紛站起來瞧熱鬧，秩序井然的會場頓時嗡聲大作，就像蜂兒剛剛分了窩。

石建富耳鳴不止，半天沒回過神兒來。來弟這一巴掌真是傷臉又傷心，生生是打懵了。跟來弟的事兒怕是完了。這些日子熱被窩裏那些話是白說了。這階級上的關係還真是比屎頭子上的關係牢靠？賤屄！咬咬牙，橫起胳膊抹臉。

馬亦然指揮著下面的幹部民兵維持會場秩序。

李金昌衝著臺上的民兵跺腳亂罵：「侴瞎眼咧！栽在那兒頂孝棍子哩？——還不快把狗日的拖下去執行！」

疤眼一腳踹到來弟小腹上，尖嚎一聲便昏倒在地。幾個民兵擁上來，拖死狗般把犟黑牛架到外院神樹下，哧哧幾下就把人滴溜打轉地拽上了天。

裏院的人們亂轟轟地往外院擠，院裏擠不下了就都爬上了「兩面派」戲臺。

神樹下的人圈裏，李金昌手執繩頭，戲語道，「太高咧！」便把人緩緩放到兩人多高，清清喉嚨，朗聲問道：「犟黑牛，你送兒子參加刮民黨騎五軍，聽說是混得挺不賴，五六年光景就委了個營長。你不是天天盼他帶著隊伍回來給你看家護院嗎？這陣兒你仔細瞅瞅，是不是騎著大洋馬回來咧？」

綁太緊，說不出話，便用力點點頭。

狗日的，咋不好耍咧？李金昌心想，馬亦然，就你他娘的講政策，耍這種把戲還能先宣布死刑？犟黑牛不搖頭，李金昌衹好自說自話：「嗨，想你也瞅不見，太低咧！——重來過啵？」一撒手，人重重蹾下來，再拽起來，腿腳已經走了樣兒，原來背綁著的雙手也從肩膀脫了臼，軟麵條似的拽到了頭頂上。這一來，犟黑牛總算喘過了氣兒。

「這一遍該瞅見了啵?」李金昌把人拽過房檐高，笑笑地又問道，「每天念叨蔣委員長長，蔣委員長短，那是你親爹?蔣委員長聽說你為他受這活罪，坐上鱉蓋兒小汽車來搭救你了，你再瞅瞅，咋還冇到村口?」

「俺日你活閻王萬輩祖宗!」聾黑牛啞著嗓兒破口大罵，「要殺就殺，利灑些兒!是學俺跟你娘磨屄哩?」

這一聲吼喊，著實叫人一驚。李金昌忙慌慌一撒手，人又摔下來。

青磚地無可阻擋地迎面撞來……

在碰撞前輕盈的時空裏，聾黑牛暈旋地望見了一雙孩子的大眼睛。那雙墨黑的大眼睛實在叫人難過……

「咔」的一聲輕響，那孩子看見一根白骨從胯邊呲出，然後眼前一黑。他覺得抱他的女人捂住他眼，轉了個身。

再拽起來，熱騰騰的屎尿和著血水便順褲管淌下。神樹下一灘紅黃，腥臭難當。有孩子哭。帶孩子來的婆姨們趕緊都把孩子攬進懷裏，扭一扭身。

石建富立戲臺上，大冷天拳頭裏攥兩把熱汗。剛才心裏的那一陣麻亂叫活閻王這兩下子蹴得無影無蹤。殺人他不怕，不殺地主老財，誰敢分他地畝家產?還不是白天分黑夜就給人家賊樣的偷偷送回去。可這種殺法……這片土改，處置人的花樣不少：眾人亂棒打死，一人一石頭砸死，一人一刀零刀割死，碾場的碌碡壓胸口上有出氣兒冇進氣活活憋死——這死法兒多屎咧，咋活閻王狗日的就非要一下一下蹴？顯他日能？……忽然一股熱屎甜血的腥臭罩來，像有人捂了他鼻嘴，頓時透不過氣來，胃裏就亂七八糟往上翻。他咬住牙鐵著臉不露聲色地硬往下嚥……斜過臉閃馬亦然一眼，瞧瞧人家，穩悠悠地坐香案後面擦他的小手槍哩！

這一招，馬亦然還是跟他過去工作隊的老隊長學的。緊要三關，就趕緊把左輪手槍掏出來大卸八塊，擺桌上細細地擦慢慢地裝。經歷過兩次殺人，他才體會出這一招的高明：不管殺法多殘忍，是群眾的階級仇恨，我沒看見。少看些，胃裏也好受些，胃的立場永遠也不如革命立場堅定。連眼皮也沒抬，但那些音響還是在胃裏攪起陣陣波瀾。革命是不能戴白手套的，他感嘆道，革命的確是不容易的，特別是像自己這種和剝削階級沒有直接仇恨而又初歷群眾鬥爭暴風驟雨的知識分子。他突然惡作劇地想起他的恩師，那位戴著金絲眼鏡在講臺上激烈宣揚布爾塞維克革命的老夫子，如果讓他上太行山來領導土改，讓他坐到這香案後面來「監斬」，他又會作何表情呢？想到此他微笑了。

李金昌臉上還聳著一抹訕笑，可拽著繩頭的手卻有些發僵。幫著他拽繩的疤眼提醒說，再高些兒啵？就又一起發力哧哧地拽到了樹杈上。他啞著嗓兒問：「不能再高嘍，還冇瞅見？」

犟黑牛抬起頭，有氣無力地吐了一個字：「屎……」

*

咋是一個字？俺說的是「屎朝天」！

甚？

你們共產黨做事忒絕，殺人不給吃喝，連句話都不叫留。這是俺們趙家的那個武舉老祖宗臨死前留下的一句話：「男子漢大丈夫，死也要死個屎朝天！」操刀的是李闖王手下的一個小頭目，挺仁義，成全了他。迎面一刀，砍了個仰面朝天。頭沒了，頭叫人家掛馬鞍上領賞錢去了。再往後，皇上就賞賜了一顆金頭，也不知真假。反正這傳說的金頭後來就要了俺的人頭。俺爹臨死前也說了句死要死個屎朝天，日本人也成全了他。俺也學說了句屎朝天，你們連聽也不聽，骨折筋斷的，他娘的還得自家成全自家！

*

「這可就怨你的造化咧，冇瞅見等下輩子唦！」

像半扇脫鉤的豬肉軟顫顫摔到青磚地上，蹾成了一堆。裏圈兒的人們猛往外一閃，紅黃四濺。

眼睜睜的，這一堆碎骨頭爛肉居然慢慢掙扎一番，躺作仰面朝天，這才瞪起大牛眼，不動了。

李金昌覺得那雙至死不閉的大牛眼裏凝結著許多凶險的咒語，叫人心悸。還不閉眼？這一遍可瞅見你蔣委員長咧？呸！一口粘痰射去，白花花從死人眉梢掛下來又糊住一隻眼。

馬亦然叫人們把鑼鼓傢伙使勁敲打起來，人們又擁回後院繼續開會。他早已打好了腹稿，在大會最後結束的時候，他要舉起拳頭高聲宣告：「地主階級在咱們神樹底村的千年統治徹底打倒啦！咱們神樹底村貧雇階級永永遠遠翻身啦！」

在心神不定的鑼鼓聲中，石建富看見來弟逆著人流向樹下走去。站在最後面的，看見來弟跪下來，拽展了死人的身子四肢，合上了死人的眼。就在她把手伸向他男人眼睛的當兒，一絲靜靜的血如淚水般奪眶而出，順耳垂滴落到蒼老的苔蘚上。

多年後，人們想起這件事，就說來弟是個好婆姨。那年月敢當下收屍的，方圓百里，還沒聽說第二個……

＊

天明時分，聾黑牛和馬亦然飄然而逝。

石建富等三人推開李家大門，從血腥殘缺的年代走進暗藍色的黎明。建富老漢與和尚回山，趙家文回家，從村西到村東，又是一路同行。

沉默良久，建富老漢說，今兒是個好天。

和尚望望低頭不語的趙家文，也說今兒是個好天。

趙家文祇好強打精神跟著說了句可不今兒是個好天。

又默默走了一程，建富老漢嘆道，唉，我知道神樹開花是甚意思咧。不用去找老陰陽算。

甚意思？趙家文啞著嗓子搭訕道。

死了的人們都回來了，過去的事情還沒過去。

阿彌陀佛！你這話對著哩。開花就是結果。種瓜得瓜，種豆得豆。

敗興的！趙家文心裏罵道，真是倆老不死！

建富老漢又說，家文子，你後來又見神樹開花來？

你咋知道，活閻王告你的？

我夢見的。好像是三個人，另外倆人看不真，就記住個你。這兩天的事情，我已然分不清是夢是真咧！

開花是真的。好像時間也越開越長。活閻王算一個，趙家文納悶道，那第三個是誰們？

開花好，開花好，建富老漢喃喃道，開花就結籽，這樹種好，結籽了咱就多種些兒……

遠處有人在喊：神樹開花啦！神樹開花啦……

*

一夜鬧鬼，闔村的人們都乏透了。除了幾戶秋莊稼已然登場的人家硬撐著爬起來攤場曬莊稼，都還捂在炕上睡大覺。老疤眼不燒香磕頭。老疤眼說，狗日的俺怕甚？窮得是要屎冇屎，要蛋冇蛋。都罵俺是窮鬼，俺就是個窮鬼，命不值錢，鬼見了俺也得繞上走！就到煤窯去跟河北人賭，賭到天明才披上爛夾襖紅著兔眼打道回府。走著走著，覺著村子有點不對勁兒，可房是房，碾兒是碾兒，咋也不咋。慢慢才覺著有一股異香，村子也比平素豁亮。抬頭一看，是神樹，白晃晃的一片。走過去細瞅，滿樹白花，朵朵酒盅盅大小，噴香耀眼。老疤眼渾身一抖，打了個寒戰，說，神樹開花咧！它還真的開花咧！就笑起來，大喊：嗨，神樹開花咧！快起來瞅啵！是福不是禍，是禍躲不過！哈哈！神樹底的人們，都快起來啵！神樹開花咧！沿村街吼喊了一氣，沒過足癮，就闖進廟門，精神抖擻地撞起老鐵鐘。

鏽跡斑斑的鐘聲裏浮現出神樹繁茂的花枝和上萬隻閃箭般的驚鳥……這鐘聲悶雷般滾過神樹底一百五十三戶莊稼人房頂，滾過漳河，滾過日出時分蒼涼憂鬱的太行山……

第二章

山裏的事，傳得比風快。

神樹廟老鐵鐘那神奇的鐘聲，霎時間便傳遍周圍四鄉五十六村。往來運煤的、過路的汽車拖拉機，在一天之內又把消息帶到兩省十餘縣。這一來，神樹底村真就鬧了個炸。待到日落時分，神樹下已然成了大香火場子。晌午前，人們還能擠進廟門，跪樹下磕個頭燒炷香。陽婆一磕山，廟院裏已無立足之地，連神樹廟左近的空場、村街都跪滿了人。近年來世道慌亂，人心浮動，誰都想求告神靈護佑。臨走再偷偷摳指甲大小一塊老樹皮，捏手心裏拿回家，熬一碗湯水全家人分喝了，有病治病，沒病保平安。大半天工夫，神樹一人高以下被摳得花花點點，露了青皮。村長趙家文急得火速派出民兵護樹，人手不夠，把自己煤窯上的外省工人也支了十來個。每人還發了巴掌寬的紅布袖標，寫上「治安」二字。鄰村平田的一棵老槐樹，前些年說是顯靈，幾天就被求神拜藥的人們摳光了樹皮，摳死了。幾十個人的治安隊頂不住慌亂的人潮，趙家文又下了道緊急通知：搶救神樹！全村每戶抬一張桌子來圍樹，又算是香案。抬不出桌子的，就去抬村裏那幾盤廢棄了的官碾。村人二話沒說，即刻抬來一百多張桌子、拆了四盤舊石碾子把神樹轉圈圍起，連外村的人們都盡心盡意地跟著忙個不停。這一圈「香案」雖說是七高八低，木石相雜，但鋪上人們帶來拜樹的紅布幛子，擺上些盆盆罐罐當香爐，再香煙一繚繞，很是氣派莊嚴。最重要的是，這一來，誰也不要再想靠到樹跟前去偷偷摳樹皮了。不摳樹皮也一樣能求藥：拿一張小紙片，十字對折疊出凹痕，用石子壓地上，再跪下點上香燭燒過紙，就閉眼禱告。一時三刻過去，睜開眼，倘若紙上有東西，便是神賜的仙丹妙藥；倘若空空如也，便是心不誠，再閉眼向樹神求告。跪的時分大了，總有些香灰紙灰草棍塵土之屬被小風兒刮到紙片之上，有道是心誠則靈，照樣高高興興包起來回家轉。再不然，到神樹下捏一撮香灰總還是靈驗的，祇是藥效可能欠佳罷了。到掌燈時分，趙家的小拖拉機已經從縣城返回，卸下成捆成箱的紅燭線香，平價售出。如此一來，神樹廟裏裏外外更是香煙彌漫，火光衝天。

＊

正當趙家文在神樹廟打裏照外忙得焦頭爛額之時，一條人影走進趙家的紅磚樓，徑直閃入家文娘緊閉的房門。老婆子端坐在一把木扶手的簡易沙發上，轉過灰白的眸子，問道：是誰們？

那人影不敢走近，立在門邊輕咳一聲，答道，是俺。

老婆子淡淡一笑：黑牛哇，就知道是你。要進就進來，不用揹著門扇充門神。俺母子冇貼門神也活了一世人。

犟黑牛原本是來謝她葬骨撫孤之恩的，卻不料一句話頂出了他的犟脾氣：咋，連家也不叫進咧?跟建富子明鋪暗蓋那些些年，俺冇怪罪，你倒是有理了!

光是個明鋪暗蓋?反正俺這一把年紀了，有甚的日髒話你祇管說!

犟黑牛忍了忍，從捷克式的高低櫃上抓過一盒紅塔山香菸，抖出一支，又拖過一把軟椅坐下，說，人是死屎了，可就是冤魂不散。你兩個在炕上幹，俺立當地上看……你兩個倒是受用煞了，你可是想過俺的那難活?……多少年了，這些事，想忘忘不了。他打著火，把菸點上，猛吸兩口，接著說，都說女人是水性楊花，你怕是早就忘屎咧!……你還記得不記得，俺死了以後第一場雪……

是哩，好大一場雪，把胳臂粗的樹杈都壓斷了……又咋?

你聽見有人輕輕撥門……

*

是哩，有人在輕輕撥門!來弟從枕頭下抽出把大剪子，一軲轆翻身坐起，抖得像寒風中最後一片枯葉。

那令人心驚的撥拉聲停了停，接下來有人輕端左門扇。這才鬆了一口氣:祇有建富子知道這竅道:不把左手門扇抬一抬，光撥是撥不開的。

撥門聲又響起了，來弟把捏在手裏的大剪子一扔，從香粉盒裏拿出粉撲子，飛快地在臉上、奶子上、胯下撲一撲，光著身子就去開門。門閂一拔，西北風陰笑著把大團雪花和一個穿裹嚴實的男人猛然塞進屋來。來弟悄沒聲地把自己的光身子投進他懷抱。一股股砭人肌骨的寒氣使她抖個不停，但她還是緊緊掛在他脖子上死不鬆開。

石建富騰出一隻手抖展麻袋片綴成的破門簾，掩上門，插死，幾步將她抱上炕，在臉上親幾口，就嘬住奶子不撒口。祇見狗皮帽子棉襖棉褲滿炕飛，眨眼工夫鐵硬地便頂入。「建富子，」她別過臉，躲開那張忙慌慌的嘴，說，「砂鍋裏給你炖得隻老母雞哩，趁熱吃了，先暖暖身子再！」「你這屄裏就暖！」那張嘴又堵上來。她覺得很澀，杵進來的是根冷冷的擀麵杖，很疼，不由人地就夾緊了腿，還伸手去推。她覺得身上的男人遲疑地停了動，趕緊又大叉開腿，摟住腰。她想濕一點，身子軟一點，可就是不由人。一種從未體驗過的難受難忍使她哎喲出聲，怕敗了人家的興，順勢將那哎喲裝成騷情發作的呻吟。心想該往上迎，但下身卻忍不住直避閃，一雙手也是又摟又推地亂舞。未曾想，這咬緊牙關的死捱活受，反倒叫人家誤了會，她聽見他洋洋得意地大喘著問，「咋啦？咋啦？」又聽見自己從牙縫裏說，「哎呀……呀……受用不住咧……咋今黑夜……夜……哎……哎哎……你的傢具太……太大咧……」

一聽這話，石建富猛地從她身子裏抽出來，直起身子，挺給她看：「瞅瞅，就俺這巴掌，滿把攥不住！」她祇好睜開眼，看。他把炕頭的油燈撥亮，扒拉著那根東西往她眼前送：「瞅俺這傢具！」來弟瞥了一眼，心說，哼，比俺黑牛的還錯得一截子哩！卻嘴上說，「呀呀，嚇煞俺們咧！」就兩手攥住輕輕地一通揉搓。見他滿受用，便心生一計，挺過胸脯，把著那根東西往奶子上蹭。石建富哪受用過這，一看見自己那黑傢具往來弟白裏帶紅的桃花蓇朵兒奶子上挨，心裏就麻得抗不住。來弟看見一股子細細的蛋清滲出來，就把那根東西夾自己倆奶子中間緊揉和一氣，直弄得石建富擰眉歪嘴的嘶嘶倒抽氣兒。工夫不大，倒把不住關了，哎呀一聲猛抽回去，急煎煎找地方。還沒來得及找對地方，大腿旮旯裏亂杵一氣就軟了蛋。來弟心裏偷笑，你屣多，叫你狗日的能！

　她摸張爛手巾胡亂擦了一把，披上衣裳翻身下炕，腳尖撩起兩隻鞋，從灶裏柴灰堆中扒出個砂鍋。擦擦灰，端到一張三條腿的破炕桌上。一揭蓋，熱騰騰一股雞香。石建富一個鯉魚打挺盤腿坐起，接過筷子，用筷頭夾住女人的小奶頭往過牽，說，坐下，好香，陪俺喝兩盅！

　來弟上炕，跪炕桌前往藍花小磁碗裏倒酒，一邊心跳咚咚地隨口問道，「今黑夜的會咋說？工作隊管天管地還管人家打伙計？」

　「瞧你說的！和地主小老婆睡覺，是破壞階級之間的鬥爭哩！」他撕下條雞腿，往蒜泥醋的調和鉢子裏蘸蘸，流湯滴油地咬一口，說，「人們可是美美教育了俺們一通！末了俺也火了：起屎開啵，活閻王他們幾個捏蛋蛋排隊幹地主大老婆，把人都給肏死了，又算個甚？是都不知道？」他接過來弟遞來的小磁碗，抿一大口酒，就手又灌女人一口，接著說，「說俺貧雇階級的立場冇站穩，神樹底誰不知道人家來弟原本是咱貧雇階級的妮子，也是個山杏核，苦仁（人）兒，是叫地主階級搶走的嘛你當是心甘情願？好不易打倒犟黑牛，土地還家，分勝利果實，俺破出不要房子不要地，把來弟還給俺！——幾句就把工作隊跟活閻王頂到南牆根兒。」

來弟提著的一顆心這才款款放回肚裏。石建富開完會還敢來，她已經猜出幾分。但她沒料到他能說出「不要房子不要地」的硬氣話。心裏一熱，含一大口酒嘴對嘴給他送過去。順手摸摸臉頰，「耳朵好些咧？」沒等這一口酒嚥下肚，那東西又硬硬地翹起來，石建富把手裏的筷子往炕桌上一拍，就勢把女人攬進懷裏滚倒在炕上。

女人輕推著說，「吃完了再！」

「給你孩兒剩些啵，悽惶得孩兒這些日子。」說著就頂入。

一句順口無心的話，女人的眼淚倒刷地冒出來。她想就這話茬兒再挑明點，又怕叫他猜出心機，話到嘴邊又嚥下。

男人猛幹了一陣，緩緩氣又說，「老馬說那也要注意群眾影響，俺說現如今咱共產黨不是興婚姻自由？俺那婆姨是包辦，逼急了離了她俺就自由戀愛！——就都冇話了……腿，緊些兒……真受不了你這臭屄！嘶……嫁了狗日的老財就再不讓俺挨挨，俺還每一遍路過雙奶潭就想起你，你說你那㞘子！」就用力把她屁股捧起，「憋了整整一年多，俺總算又日上了你這白冬冬的㞘子！」

來弟覺著自己下身也濕了。那又濕又粘的動靜，宛如風雪撲打窗戶紙一般不絕於耳。身子慢慢軟下來，在一汪酒氣中浮蕩。她似乎看見她貼著他耳根喃喃說道，肏啵肏啵俺這屄隨你肏多咯想肏就來肏……她覺著身上的男人突然燒成了一團硬火，趕緊雙手抱住他屁股。男人哽著嗓子吼出一聲，盡命絕氣地把灼人的火一股股噴出。她被點燃了，祇有全身緊繃地吞吐那火焰，最後轟然焚為灰燼……

砸炕面的咚咚聲剛停，哇一聲家文子大哭起來。他一把撩開身上的破被，哭著坐起。來弟從溫柔愜意的迷離中陡然驚醒，一口吹熄燈，把軟癱了的男人掀下身，爬到炕角，將驚恐不安的孩子緊緊摟進懷：「俺孩兒不怕，俺孩不怕，娘在哩，娘在哩……」在男人立時就扯起的酣聲裏，她突然哽住，止不住的淚水悄沒聲地打濕了孩子的臉，打濕了她酒氣未消的一對精巧的桃花奶……

誰知道你心裏頭是甚？反正俺瞅見的就是個這！

＊

俺也不跟你爭，早八輩子的事情，由人家你說啵。老婆子臉上沒風沒雨。殺夫奪妻，自古大恨，早八輩子的事情由俺說？犟黑牛恨聲道，農會一把俺扣起來，你倒把姓石的引上了炕。人家把俺蹾成一灘碎骨頭爛肉，墳頭上的土冇乾，一抹淚兒就跟人家白天黑夜地放膽肏，滿街賣，俺趙家十八輩祖宗的臉面都叫你丟盡咧！說你一句明鋪暗蓋吧還咋？

明鋪暗蓋、偷人養漢——還有甚？你不說俺替你說——賤屄、賣貨……

嗨，嗨，就是哩，就是哩！犟黑牛氣得直勁拍大腿。

對著哩，賣來，賣來……說著聲音便啞下來，淚如湧泉：四十……四十多年嘍！你個沒良心的！……四十多年嘍，俺盼來的就是這句……這句……賣！……俺的那黑牛哇，虧你做了鬼還沒學上點精明……俺不賣，憑甚來救你一條狗命？……沒救得了，又怕人家斬草除根哇！……東頭的鎖兒叫人家孩兒們推漳河裏淹死了。金狗兒在自己家門口玩，不知道叫誰用石頭給砸死了，傳新這一支就這麼絕了。你趙家就剩下咱家文這根獨苗……最吃緊那陣兒周圍左近的村村，哪一天不聽說又有地主崽子給弄死？哪一天哇？……不是落井就是拋崖，捏死個地主崽子還不如踩死個雞娃！……俺摟著孩兒閉住門哭了三天，心想躲得過初一躲不過十五，咱村又是全縣有名的紅地方……俺不賣……俺不明著賣，俺不引上孩兒跟姓石的闖村裏轉悠，他還能活到今天！再說哩，鳥飛了，俺這空籠子也不能空一世呀……孩兒他爹，你腿一蹬眼一閉，屎朝天走了，拋下俺們孤兒寡母把臉掖褲襠裏做人！人跟奈何走，這四十多年又是風又是雨，俺們母子倆閉住眼泥裏水裏往前滾……那陣兒你是每夜托夢跟俺咬牙切齒，賤屄賣貨地亂罵。四十多年過去，等你回來說個話兒吧，好，一進門門，還是張口就罵！這面枷，俺已然扛了大半輩兒，不怕，再扛也扛不了幾年了。黑牛哇，話說到這一步，咱們夫妻一場，情份也就這麼斷了。說著說著慢慢收了淚，揭起前襟抹臉。

你還能哄了鬼？你那些不要臉俺可是親眼見！犟黑牛大眼珠子一轉，說，你說是為了咱孩兒，也還是這麼個道理。可犯得著上桿子變著花樣往上貼？

那是甚年月？黃花閨女還搶著上桿子往上貼哩！哼，你也是白活了個鬼。常言道，知人知面難知心，你眼見為實，俺的話就是虛？你立在炕沿跟前光瞅見俺那不要臉，眼珠子瞪崩了吧你還能瞅見俺的心？

犟黑牛一時發了痴，半晌轉轉眼珠又問道，俺托夢咒你，你就不會半夜裏點炷香，把你那些委屈跟俺說道說道？

娘，娘！趙家文忙慌慌推門而入，愣怔一下，歡喜地說，爹你回來咧！

家文子，俺跟你娘正說話哩，有甚事等會兒再。

趙家文瞅娘臉色也不對，二話沒說，轉身帶上門去了。

老婆子大聲擤了把鼻涕，往鞋底上一抹，接著說，咋不想跟你說哩？想來，冇敢，怕你犯憨。那陣兒的夢裏都是仨人，俺跟你說穿嘍，就你那直腸子，一準是光咒他不咒俺。鎮壓你那天，俺一巴掌摑上去，打聾了他一隻耳朵，本來就叫人家起了疑心，要是真瞅出點甚蹊蹺，他那把大紅保護傘一撤，咱孩兒的小命兒還不又成了枉然……

照你這麼說，倒是俺的不是咧？聾黑牛有些愕然。

俺說你不是來？老婆子是氣順了，理兒也就翻過來：漢死了養漢，咋也是俺的不是哩。你夢裏咒俺咒得越邪乎，他才越不起疑心。

嗨嗨，聾黑牛長嘆一聲，一字一板地說，文他娘，你可是連鬼都騙哄嘍！就起身開門，大喊，家文子，你來！

趙家文聞聲而至，爹你叫我？

跪下，給你娘磕頭！

老婆子說，咋啦？這又是作甚的怪！

多凶險的年月！這個頭，謝你娘救命之恩。

記起兒時那些背景模糊的恐怖，趙家文趕緊跪下給娘磕了個頭。

好小子！——等等，再替爹磕一個。爹這狗脾性，委屈了你娘一輩子。替爹給你娘賠罪！

趙家文成人之後，對幼時娘跟石建富的不清楚也略有所聞，雖然人生閱歷漸長，怨恨早已淡然，但那陰影卻也難一揮而去。一聽爹這話，他更是淚流滿面，結結實實給娘磕了一個頭。抹了把淚，哽咽著說，娘……這一個，是我這不孝之子給……給娘……認罪！就又磕了一個。

第一個頭磕下來，老婆子止不住熱淚漣漣。父子倆一人一句話，又兩個頭磕下來，她已然掩面失聲……

*

趙家文風風火火跑回家來，是想跟他娘商量一件事。老疤眼不知打哪兒借了幾個錢，從趙家的小拖拉機上平價搬了一捆線香一箱紅燭，扛到村口就地一擺，價錢翻一翻，一倒手就抓了一大把錢。村裏有的眼紅有的罵，趙家文先撤了他治安隊長，反正是臨時委派的，還想撤了他在村委會接電話叫人端茶倒水的那份養老差事。

老疤眼就是早年間槍打神樹的趙傳狗。

老疤眼的德行，在神樹底早有公論：聾黑牛當抗日村長，他是趙家的狗；石建富殺了聾黑牛，鎮住神樹底，他是石家的狗；李金昌鬥垮石建富，他是李家的狗。娘說，不怕，現如今又輪到趙家了，就讓他再當咱趙家的狗。家文記得殺父之仇，本不想幫襯他，可抵不住他老疤眼窮得全鄉掛了號，時不時就提上根打狗棍出去給你丟人現眼。救濟款扶貧款回回是頭一份，摁了紅巴巴的手印，一把搶過票子就樂顛顛地去喝酒耍錢。喝光賭盡了就上縣上市討吃要飯。一日，他要飯要到一處高門大院。一個精瘦的中年男人正和小兒子一起蒔弄花草，一見他揹著口袋拄著棍拖著可憐兮兮的長腔進了院，立時就變了臉。問了問村子姓名，說你等著，就撂下噴壺牽上小兒子回屋去了。老疤眼就老老實實等，等了半晌沒等出米，倒等來個正在縣裏開會的米鄉長。嗨！——老疤眼一驚，回過頭。——這不是神樹底疤眼嗎？多喒你又叫了個趙傳狗！老疤眼趕緊陪笑說，米鄉長，您吃過了？那是俺大名。甚的大名小名，疤眼，米鄉長憤怒的手指頭戳點著他鼻尖，壓著嗓門吼道，你可真日能哇，這是甚地方？這是咱王縣長家！當下找了個便車，讓通訊員把他押回了村。沒幾天，米鄉長特批的三十塊救濟款發下來。趙家文小小村長更不敢怠慢，從庫裏灌了一口袋玉茭親自揹到他門上。說，疤叔，往小說，咱丟不起這人，俺好賴還是個市裏縣裏掛了號的農民企業家。往大裏說，六零年堵逃荒往回捆人你還是民兵頭兒。那是給社會主義抹黑，這會兒不興捆打了，可咋也是政治問題，難保那天有人給你上綱上線。你自個兒掂量掂量……過兩月，錢又光了，老疤眼掂量了掂量，就又揣上口袋出了村。這一遍不上縣了，徑直奔了市長家……這麼幾趟飯要下來，市縣鄉村層層領導都怵了老疤眼。共產黨見不得討吃要飯，討吃要飯的自然也不見少，卻唯獨老疤眼悟出了訣竅。都罵俺是狗，這年頭誰不是狗？見了居官為宦的誰不是後襟短前襟長地搖尾巴！對著哩，俺就是個狗，老狗！咱把狗屎給他糊大街門上，臭狗日的們！咋，一個電話，小車，咱白坐嘍，錢，咱也就白花嘍！這陣兒的孩兒們，就喜好嗨嗨個洋腔，「外面的世界很精彩，外面的世界很無奈」，有屎的個無奈！是人冇能耐啵？咱是個老狗，還咋「瀟灑」來……對，「人生瀟灑走一回」，對，就是這句詞兒！

正當趙家母子傷心垂淚的當兒，老疤眼又喝了二兩，瀟瀟灑灑在村街上打醉拳。抱樹扶牆地總算尋回家，一腳踢開門，順勢撲棺材上。回居舍咧！他嫵媚一笑，捏捏腰帶鼓鼓的有紙響，自語道，咦，銀子還在？解開腰帶往棺材裏一扔，蹬掉一隻爛鞋片子，一頭栽進去扯起幸福的了無牽掛的鼾聲。

神樹底頭號困難戶老疤眼常常懷念「人民公社」的時光，政治評工，上地「大呼隆」，一家六口，不多掙可比別人也不少掙。一分田到戶，浪蕩一輩子的好處可就顯出來了。搖耬甩不勻籽，點種把不住稀稠，耕地拔不直壟子，連人家搖耬他牽牲口都能踹歪了犁溝。人家的牲口餵得膘滿肉肥，他的一馬一牛餵得翻毛雜色，肋條在外，脊梁似刀。地裏作務的那幾苗莊稼就更甭說了，草比苗還高。他婆姨罵得好：三年學個手藝人，一輩子學個莊稼人。你可好，一輩子學了個廢物人！一年下來，兒子媳婦跟他分家另過。再一年下來，妮子找了婆家，逃了。前後腳地，婆姨也捲起鋪蓋逃到兒子家。一來二去，老疤眼就活成了個老光棍。白天東陰涼倒西陰涼，黑夜有錢便賭，輸光了就給人家瞭風望哨。成天起來鍋不洗碗不涮，倒也混個酒飽飯足肚兒圓。日子一長，房也漏了。山裏人窮，蓋不起磚瓦房，農舍大都是土牆泥頂。二尺厚的土牆倒是真遮風，冬暖夏涼；一尺厚的麥秸泥房頂卻是假蔽雨，半天便下透，外面天晴了，屋裏還滴泥湯。勤謹人家，雨住半日必赤足上房踩漏，再以小石磙滾壓。踩粘了壓實了，也能抗一陣風雨的。老疤眼哪有過日子的心思，漏就漏屌！於是就更漏，就長上一尺來高的麥苗荒草一歲一枯榮，就炕塌地陷牆腳抽出莊稼苗。遠看是荒墳，近看是墓坑：一進門，迎面當地下奪目搶眼地擺一口棺材！大年初一，米鄉長下來訪貧問苦，一見這棺材，頓時眉臉大變，說，疤眼，你狗日的不是對現實不滿吧！你狗日的是皮癢咧？哪能哩，米鄉長，老疤眼不好意思地笑了，說，咱是個老土改根子，咱鐵根子打越南立的是二等功，冇共產黨就冇咱今天，咱還能有二心？咱這是實事求是哩！您瞅，就這兒不漏。下面放糧食，上面睡人，又頂糧櫃又頂床，老鼠還不盜。咱活一天，它就頂一天床，咱一蹬腿，它就現成是口棺材，釘上就埋，也省得叫村裏再破費。——您說不是？米鄉長惱不得笑不得，沒了表情，轉臉瞀趙家文一眼：你神樹底咋盡出這號怪人怪事！作為村長兼首富，趙家文衹好當下認捐五十，說好不付現款，以防又成了老疤眼的賭資。第二天從煤窯上抽了幾個人，扛了些梁子備板，和好麥秸泥，將房頂翻蓋一新。有道是新挖的茅坑香三天，老疤眼奮不顧身地脫坯修炕平地面堵鼠窟修風箱糊窗紙，然後換洗一新把婆姨請回家。衹可惜這種男耕女織的太平日子沒過了兩月，老疤眼又故態復萌。婆姨又逃了，房又漏了，炕又塌了，棺材就又睡上了。

平常天，老疤眼也是醉時多醒時少，這幾黑夜村裏鬧鬼，醉得就更有一層以酒壯膽的道理。前半輩子要說是也挺威風，不多不少地也革過幾條人命。看他也不怕鬼，活得還挺自在，村街上就有人話裏有話地問：老疤眼，興許是你肚裏冇病？老疤眼就說，誰肚裏冇病？你瞧他還滿瀟灑是啵？他還夠不上主謀，至多算個幫凶。等狗日的活閻王石建富都叫牛頭馬面拿鏈子鎖走了俺害怕還趕趟！

話雖然是這麼說的，也還是醉了好：老疤眼不怕別的鬼，就怕老東家趙傳牛半夜來叫門。

*

他忙慌慌給他解開繩子，小聲說，東家，往西北上走啵，就土地廟有個哨，下了河可不敢過河，彎回來一上野雞嶺就好辦了。

犟黑牛捶打著麻木的臂膀，說，「家文他娘把黃貨給你拿上咧？」

他嗯一聲，從懷裏掏出個小包袱：「俺孀給你預備下的，……幾個饃，二十塊大洋。」犟黑牛手不聽使喚地摸索出窸窣錢響：「再給你拿上幾個。……傳狗子，你這救命之恩俺永輩子不忘！」

他把犟黑牛引出偏殿門外，彎腰一摸撈，遞過一塊冷硬，說，「給，照俺腦門上來一下！」如霧的月光下，犟黑牛看清是塊半磚，心裏一驚，說，「你這不是要俺罪上加罪嗎！」他急了：「嘖，你不是早跑㞗了嗎！」

「那也不中！……再說這陣兒手麻的，也沒個輕重。輕了不像，重了還不當下就把你交代嘍！」

他記起東家的那一身牛勁兒，想想嘆口氣說，「嗨，俺自家來啵！」

兩人翻出廟牆，下面是幾丈深的懸崖。大雄寶殿的後牆懸於危崖之上。漳河在崖下閃動著凶險莫測的波光。風一吹，他緊忙摳住牆縫，說，東家，您自個兒快走啵。他見他貼著廟牆，沿孩子們掏野鴿子窩的踏腳處，幾步就抱住當年李木匠替換上的那根松木斜柱，四丈長一下滑到崖腳，再順石縫往下一溜，悄沒聲地跳入冰河……老疤眼就怕他尋回來問，傳狗子，你挨那一磚頭咋也不咋，你那一磚頭倒把俺拍死咧！他還怕他說，傳狗子，至死俺冇把你咬出來，你那兩繩子是不是太不仁義咧！能把你咋？你祖傳的貧雇！狗還念舊主，傳狗子，你不如條狗！

＊

除過東家，老疤眼誰也不怕。

前黑夜，那年他從公社綁回來的金斗兩口子牽著孩兒來尋他。

大約是下半夜時分，醉夢中有人叫門，說，疤眼啊，俺們回來咧！……疤眼，疤眼！

聽見門環環響個不停，老疤眼火了：「誰啦？敲屌甚！」

「是俺啊，金斗，」一個慢悠悠的聲音，「還有俺婆姨跟孩兒。」

金斗？這名好熟！「進來唦，門又冇插。」

呀一聲，門輕輕開了，一股涼氣走過來。李金斗！老疤眼一激淩，記起了金斗一家。他一下從棺材裏坐起，說，「金斗子，你不是早死個屁的咧？」

一個女人的聲音說，「喲喲，記起來咧？求人家你抬抬手兒放俺們一條活路唦你非要『公事公辦』。俺一家餓得死絕了戶，你歇心咧？」

還真個找上門門來了？說不怕那是假，他悄悄從棺材幫上探出眼睛，卻不見東西，門開著，祇有月光白慘慘漫一地。

「要進就進啵！」他喉嚨發了緊。

「早進來咧！」驀然腦後一絲細語，驚得人魂飛天外！猛回頭，看見三張腫爛的黑臉正趴在棺材幫上瞅他，鼻子對鼻子臉對臉。他嚇得一下出溜下去，吼喊道：「不干俺的事，你們尋石建富活閻王他們去！」

「誰是誰的賬，今兒個尋的就是你！」

說話間黏稠陰險的屍臭流瀉而下，一股鋒利的恐怖刺入心臟。他聽見自己牙齒磕碰的聲音，聽見哇一聲胃裏的酒飯衝天迸出。

他絕望地大喊：「你們要咋！」

「還能咋？」金斗婆姨的爛嘴窟開合著，惡臭難當：「——要你狗日的填命！」

一聽這話，他倒慢慢緩過勁來，舌頭不太僵了，「實話告你們，老疤眼他還就是不怕個死。棺材都睡好了，要咋就咋！」就閉住眼聽命了。

鬼們扯頭髮吊舌頭摳眼珠端腦袋又叫又跳，他就是個死主意不看不理。鬧騰一氣，鬼們也覺得好沒意思，就說開了軟話：

「疤眼，睜眼，不嚇你啦，聽見冇，睜開眼！……生死簿上你陽壽還有幾天，俺們作鬼也有作鬼的規矩，不跟你胡鬧咧。」老疤眼就睜開眼，看見金斗一家人已然回復了生人的容顏，……俺一家死絕了，逢年遇節，別餘的鬼們還有親人祭祀，俺們連口吃食也盼不上。偏又是餓死鬼，天每就是個餓呀，東飄西蕩連魂魄也聚不住……咋也得給俺們些吃食咧。人不親土親，都是鄉親，唉，看你老疤眼的良心啵……

金斗悽悽惶惶說完，牽著孩兒引上婆姨向門外的月夜淒然隱去……

翌日黎明，老疤眼就上了兔兒坡。在那個幾乎被風雨霜雪蝕平的合葬墳前，拔去荒草，擺一斤棗泥點心一斤餅乾。點上香燒了些冥錢，說，錢不夠，省著些花啵。又摸出一摞白紙，用圓珠筆寫上「玉茭麵，五十斤」、「白麵，五十斤」、「小米，五十斤」，說，一袋一袋的好往家扛不是？一張一張地燒了。想想自語道，嗨，這又不是咱出血！就放開膽子寫「白麵二百斤」、「玉茭麵五百斤」、「迷（糜）子二百斤」、「豆麵三百斤」……又乾脆幾千上萬地開，祇寫「糧食」「糧食」「糧食」……最後一張他費力地寫上：「幾倍（輩）子吃不清的糧食」，扔進火裏，大聲說，金斗子，把咱村一年打的糧食都給你狗日的啦，敞開吃啵！

一股冷風走來，旋起紙灰，宛若黑蝴蝶滿天飛舞……

*

陽婆又出山了。

鬱蓄一夜的地氣從千溝萬壑裏蒸騰而起，於是，巍巍群山便隱現於千嬌百媚的晨霧之中。

風走雲馳，宛若仙境。少頃，待蜃氣散盡，又是別樣景致。放眼四顧，山坡上東一瓢西一碗掛滿斑斕秋地，紅的是高粱，黃的是玉茭，金的是穀子。大山蒼老的皺紋裏，無論峁梁溝坡，有一汪泉水就存站一處山莊窩鋪。高處依山掏窯，低處以土築房，一眼望穿的貧窮，卻也屋舍儼然。農人牽畜荷重，蟻行於村舍田野間忙生活，山風裏來晨炊牛糞和山菊花的陣陣清香，也算得一派怡然自得的農家樂。卻這大景色經不起細看：除去村前村後那屁股大的綠陰，偌大山脈，竟是無樹。於是山與天分界的曲線格外清朗明晰，就像一把鋒利剃刀抹過的禿頭。

說起樹，山民們就會攤開巴掌，再一個一個屈起手指，如數家珍：某山圪梁一榆，某陰坡一松，某山凹二柳，某溝三楊一槐……許多地界，竟也就以樹為名，那老地名反倒因名不副實，因過於詩意，因不可能比禿山之上一棵大樹更明確更金貴而漸漸淡忘。樹本是有的。幾百年前趙家始祖建村立廟時尚是原始森林，雖後世人口繁衍，斫木墾荒不休，仍然茂林連片，古木參天。先是日本人大砍，做枕木修鐵路。八路軍也大砍，數萬屯兵取暖作飯。內戰之後，十餘年修養生息，新林竟又鬱鬱蔥蔥。卻不料一場遠勝於兵燹的災難猝然而至：住在京城裏的毛主席突發奇想，要大煉鋼鐵，超英趕美，革世界的命。於是乎，全國城鄉高爐林立濃煙蔽日。無煤就伐木燒柴。半年不到，除了人跡罕至之處，森林悉數滅絕。太行山是革命老區，更是難逃厄運。新林盡毀，連陰蔽村莊守護墳塋的禁林也砍成一片白地。自此，失去森林屏障的高原在暴雨肆虐之下日漸消瘦。每至雨季，豪雨便挾持沃土沖決而下，將方桌大小重可數噸的巨石在河床上滾作雷鳴巨響。自古以來中國農民托付生死的水土，就在人們無言的嘆息裏如同血漿一般噴濺而去。隆冬季節，群山終於褪了山花野草的虛假繁榮，裸出失血過度的黑褐色的絕望。靜夜時分，山岩凍裂崩塌如萬千潰軍棄甲丟盔哀聲動地。大山再不是披雲裹霧的綽約村姑，枯骨嶙峋起伏有致，儼若未死而僵的老婦，在墨色的朔風中披髮長號，哭訴著往昔的繁華和死不瞑目的怨忿。

現在還不是。現在是秋天，是太行山一年之中最為虛榮的季節。

當剛剛出山的陽婆把她第一綹金絲線繡上神樹白花皚皚的樹冠之際，上萬蝙蝠如一縷曲屈蜿蜒的不祥黑煙，陰森森地從無人知曉的遠夜歸來，頃刻之間，又是數以萬計的各色晨鳥喜氣洋洋從花枝中四射而出，喧聲驚天動地。趕大早來向神樹頂禮膜拜的人們，親睹這流行久遠之傳說，人人噤默無語，一種敬畏之情油然而生。

*

其時，在距離神樹底二里之遙的狐子坡上，建富老漢跟和尚正收拾植樹工具，準備回家吃早飯了。

二子，不早咧，回啵！和尚喊。

二子在對面坡上插楊樹栽子，沒有理會。

建富老漢摘下掛在頸上的菸袋，把菸鍋伸進菸荷包裏挖滿一鍋菸葉，點著了猛吸兩口，然後就慢慢吧嗒。

和尚摸塊石片蹭鐵鍬钁頭上的濕土。

建富老漢把手放在一捆沒栽完的柏樹苗上，摸了摸，說，和尚，樹苗子們都曬哭咧。

和尚就把樹苗歸攏到背陰的山窪窪，坐下來等建富老漢抽菸。看看剛栽上的小柏樹林，看看滿坡紅黃相雜如霞似夢的秋林，說，這林子算是成了，這林子。

建富老漢也看看滿坡的樹林，說，成了。就算是成了啵這林子。

和尚說，半輩子幹成了這件事，也是實在不易。

建富老漢吧嗒著菸嘴，眯起眼看自己的山林。

和尚說，懸崖撒手，立地成佛。經書上這些話千真萬確。

我哪兒解得開這些道理？人家把你逼在懸崖邊上，你倒想不撒手哩！

和尚又看看林子，說，撒不撒手吧，這林子總算是成了這林子。

旁人不知道你還不知道？建富老漢說，其實，我上山種樹，也就是避禍吧。

*

你倒敢說不是避禍！

「快跪下！給他老人家請罪！」

「現行反革命，綁了！」

——你整人整累了，恍惚之中喊錯一句口號。多年的統治頃刻崩潰。

＊

建富老漢一怔，四下裏看了看。

……就在你鬥爭別人的大會上，突然政變的李金昌緊急動議：公開呼喊矛頭指向偉大領袖的反動口號，這種大案要案，咱村這廟小，處理不了。連夜送縣，交縣公安局。大夥說，好不好？——好！——你聽見嘩變了的神樹底在群山環抱中歡聲雷動，聽見早已習慣喧囂的宿鳥從神樹的繁枝茂葉裏萬箭而出，驚恐不安地在夜空中盤旋。那始終支撐著你的傲慢與冷蔑，如脊骨一般被猛然折斷。你挺了幾十年的腰彎了，你端了幾十年的肩塌了。就這樣被押下臺，走上了你一生中最漫長的八十里山路。

＊

和尚，我聽見有聲音，你聽見冇？

啥聲音？

像是有人跟我說話。

又是鬼?耳鳴吧?阿彌陀佛!

唉，我這耳朵，也就是老咧。

＊

你以為到了縣裏，面對從土改合作化一起走過來的老上級老熟人，這不過是一個三言兩語便可以說清楚的誤會。但你一栽進看守所，就成了正而八經的犯人。求看守轉給縣委的信一封封如石沉大海。公安局長是土改工作隊的小通信員，借提審的機會來看過你一次。屏退左右，苦著臉對你說，你的事他心中有數，就安心在這兒住上一陣，避避風再說。信不敢再寫了，幾天工夫，書記縣長都倒了。除了他這三畝二分地，外邊天下大亂……往中央寫信?更不敢!當年你認得的老人，這陣都是彭和鄧黑線上的，泥菩薩過河，誰敢再攬上你這小小不言的麻煩!當下放人，誰也不敢。你又不是不知道，我這道門是好進不好出。我的辦法就是拖，不定性不判刑，日子長了總有辦法……你再也沒話了。你跟他要了一顆菸。抽完這顆菸，就死心塌地去坐牢。

幾個月後，二子接你出獄回村。神樹底已是山河易幟，當你從小毛驢車上挪下凍僵的雙腿在神樹廟前的石獅邊站定，一片紅光灼痛了你的眼睛。一股浸骨北風，激盪著「神樹底大隊革命委員會」的大紅旗，也激盪著你爬滿虱子的披肩長髮。趁著你「等待法辦」、「少說要蹲五年」之機，李金昌眼明手快地以「新生紅色政權」取代了黨支部，自己又奪了自己剛剛奪到手的權。廟牆上、村街裏，到處塗滿白底紅字的時新口號，覆蓋了你當政幾十年殘存的最後一點斑駁印跡。你看見你家院牆上一左一右塗了兩條一人高的標語：「打倒反革命走資派石少奇！」「打倒盜墓賊大惡霸石閻王！」你哼出一聲冷笑，忍了。推門進院，見正房門上貼了一副辦喪事的白紙對子，上聯是「恨恨恨恨恨」，下聯是「哈哈哈哈哈」，橫批是「石公千古」。白紙已然翻卷殘破，卻墨跡如新，每個字都像一根鐵釘刺入你心肝五臟。你哼出一聲冷笑，又忍了。有幾家遠近親戚來看你，一律不見，閉門謝客。你大躺在炕上睡了三天三夜，爬起來吃了兩碗雞蛋打鹵麵，就出門看天。夜黑風高，群山影綽渾沌。你伸出五指，看得見，可又看不真。你覺得這山這村這人這事活脫是一個真假難辨的夢。最後你自語道：這是一個好天。回屋來，叫婆姨炒了兩個菜，開了一個紅燒豬肉罐頭，喝了幾盅酒。趁婆姨去餵豬，你架上椅子從梁頭上摸出一個油紙包掖懷裏，叼上一顆菸，離家而去……

*

和尚，你沒聽見？就是有聲音，聾子都聽見了！

哈聲音？

是有人跟我說話。

你心事太重。本來是空，一切俱是虛妄。

＊

……你敲開李金昌院門，呀一聲露出他婆姨醜女的那張風流臉子。

哎呀，這不是他建富大哥嗎！聽說你回來了，正說和俺孩他爹瞅個空空去瞧你，又聽人們說你身子軟，想自個兒清靜兩天。可不是嗎，那公安局的衙門裏也是人呆的地方？

你煩了，叫了聲醜醜，截住她的廢話。你瞧見醜女的臉立時在黑暗中燒紅了。你祇有在過去，在和她偷偷親熱時咬住耳朵才叫她醜醜醜醜。

醜醜，不敢勞動人家李主任，才剛奪了權，正事還辦不完。今兒黑夜，精神像是緩過來些兒，來跟李主任匯報匯報在看守所學毛選的心得體會。

那奸臣去公社開會了，總得半夜才能著家哩。你回啵建富哥，多的話，俺也不跟你說了，俺們婆姨家，也解不開漢們的事。反正，小心招呼著自家啵！說你回村了，那人每天起來就在院裏轉悠，也不害涼，倒背著手，在肚裏謀主意……

醜醜，那我就走了。往後你也要自家招呼著些兒。

你不願看見女人那憐憫的眼神兒，就拉住門環從外邊閉住街門，把舊情未泯的醜女關在門裏，關在你跟她男人的恩仇之外。

你對自己說，時辰還不到。就趟回家，又喝了一氣，瞥一眼櫃廚上的鬧鐘，說，時辰到了。就穿上軍大衣，戴上棉帽。你婆姨素花一手端著酒壺壺，一手攥著抹布，怯怯地問，這麼晚了……又要去甚地方？找人家李主任匯報思想去。說完，你推開門，抄緊大衣袖起手，潛入黑沉沉的夜風之中……

*

和尚，就是有人跟我說話哩！

白日見鬼？——說甚哩？

說過去那些老事哩。

阿彌陀佛！由他說去由他說去……

*

……你走到村邊小橋頭，正要找個背風地方跍蹴下，忽然覺得不對，自語道，這兒還算在村裏，不能叫他進村。就走過小土橋，貓到橋頭邊一塊孤立的大石根避風。太行山鄉俗：暴死在外者屍體不得進村。一想起活閻王的棺材過不了橋，靈棚上的白幡將在塵土飛揚的公路邊灰頭土臉地飄蕩，就忍不住偷偷笑出了聲。馬隊長留下的小左輪手槍沉甸甸地在手掌中燃燒，槍身上的烤藍，還幽幽發散著幾十年前的寒光。滿滿的六發子彈，倒出來再一顆顆裝上。一撥，轉輪嗒嗒地旋出好聽的鋼音兒。你嘆道，油紙是個好東西！你舉槍瞄準河對岸已然開始變得陌生的燈火，覺得槍管劇烈抖動。老咧，該死咧！你決定要走過去，臉對臉頭頂頭，一氣把六發子彈都給狗日的灌進去……不對，不能全給他，還要給自家留一顆！你記起當年黃崖洞保衛戰時，聯村自衛隊被日本人困在一個小山圪梁上，形勢險惡。你一聲令下：每人留下一發子彈！臨時拼湊起來的雜牌隊伍，有人哭了，但更多的人卻以必死之心守住了陣地。不能全給他！你說道，就退出一發子彈。幾十年了，還是黃燦燦的，就像剛收的新玉茭子油亮得喜人。油紙是個好東西！有兩個人嚇哭了，一個就活閻王，趴在塊大石頭後面一邊退子彈一邊跌淚蛋蛋。今黑夜他還會哭嗎？你想像著他臨死之前跪在地上哭著求饒的情景，就笑了。

你的笑僵在了臉上。

你記起有幾個月不會笑了。

幾個月前，文革剛開始，你不是成天笑，你不是笑得合不攏嘴嗎？

*

開頭，你躊躇滿志，為「橫掃一切牛鬼蛇神」的號召所鼓舞。如同烏鴉聞見了屍臭，蜜蜂嗅到了花香，你精神亢奮，血液在腔子裏冒泡喧囂。你喜愛運動。運動一來，你就可以激起革命義憤，製作群眾恐怖，把忤逆自己的人置於死地。運動初起，你狂風暴雨地揪鬥了一批階級敵人：地主僅兩戶，早就殺光了，地主婆李來弟你姑念舊情，不肯給她難堪，祇好從外村借了個老地主綁上臺摑幾耳光。反革命沒有，恰好老陰陽趙茂申撕報紙捲菸，不小心扯掉了「毛主席揮手我前進」的一隻胳臂，人贓俱在。想起當年趙茂申他爹占卜壞了他和來弟的婚事，父債子還，過了一堂，忍住笑趕緊定了個「現行反革命」。右派一名，原縣林業局科長石建奎，反對全民煉鋼，一句打油詩「毀林煉鐵不科學，熱情可嘉瞎胡鬧」補了個右派，下放回鄉，現成。壞分子就由人定了：不服領導說怪話的，集體地裏出工不出力的，跑黑道打伙計的，那三年挨餓不服氣的……——祇要你跟副支書李金昌瞧不順眼，都沒跑。

秋莊稼才登場，有線廣播的大喇叭裏就開始叫喊「這次運動的重點是整黨內走資本主義道路的當權派」。沒多時，在收割的鐮刃上，在碾場的碌碡下，在眾人恭維、躲閃或意味深長的目光裏，你都看出了多彩多姿的陰謀。你再也無心批鬥「牛鬼蛇神」。——毛主席講話：「牛鬼蛇神」的頭子和後臺就是「走資派」。一種無以訴說的被出賣的委屈和惶惑，像帶刺的拉拉秧纏緊了你的心。幾十年來，你統治神樹底天地百姓，靠山就是毛主席。如今毛主席一抬腿拍屁股，就把你閃在了半道上。幾十年來作威作福欺男霸女欠下的仇債，就得由你一人來結賬了。於是你祇有以攻為守，偷梁換柱，更加猛烈地批鬥「牛鬼蛇神」，更加狂熱地「抓革命，促生產」。無奈忙中有錯，在一次殺氣騰騰的批鬥大會上，你領呼口號，竟把「打倒劉少奇」喊成了「打倒毛主席」。你的拳頭還沒放下，眾人的拳頭正要舉起，一個無聲的霹靂從天而降！剎那間，神樹底凝結在一片恐怖的空白之中。除了戲臺上被鬥得昏頭漲腦的那一溜兒「牛鬼蛇神」，全場的人都恍惚知道一件大事發生了。你有一種輕飄的感覺，彷彿一羽鷹翎在高天飄零。你向下俯視，夜色無邊，看不見熟悉的村子和土地，祇有一點光亮。那正是呆立於戲臺中央臉色鐵青的你。慘淡的燈光下，一個女人發瘋地往臺上跑：「他喊錯咧！他喊錯咧……」你認出是你婆姨素花。你不明白她為甚要跑上臺去摁你下跪。素花拽你到毛主席像前大聲哭喊：快跪下！給他老人家請罪！給他老人家——請——罪——啦——……你剛跪在微笑的毛主席面前，就聽見一梭子彈呼嘯著向你腦後射來：現行反革命，綁嘍！……那鷹翎墜到地上。你終於明白過來：你的戲完了。江山輪到李金昌坐了。

但你萬沒料到牆倒眾人推，所有曾對你低眉順眼的人都驟然煥發出仇恨的期待。沒料到幾十年的老搭檔如此落井下石，翻臉無情。起先，你推開緊張過度的女人，正要淡寫輕描地作個解釋，李金昌的眼鏡片在臺口的馬燈下寒光一閃：跪下，向毛主席請罪！——如若活閻王先說「現行反革命綁嘍」，你會拼死反抗。你到底還是堂堂正正的一把手，未見勝負誰敢反水？但活閻王先說請罪——待你跪下之後，待你的英雄神話因此破滅之後，他才火候恰到地射出了那一串改變神樹底歷史的名言：現行反革命，綁嘍！接下來你聽到了村史上最驚心動魄的呼喊：「誰反對毛主席就打倒誰！」「打倒現行反革命石建富！」「打倒神樹底頭號走資派！」其群情之激昂，遠勝於當年鬥爭聾黑牛。你認出黑暗裏那些狂呼亂叫的賊亮的狼眼不是你手下的親信就是你整過的「份子」，不由得大喝一聲「反嘍！」李金昌也大喊：就是反了，毛主席講話——造反有理！在幾位支委隊長表態之後，人們爭先恐後上臺揭發批判。掌權幾十年來的所有作為，樁樁件件，都成了你「一貫反黨反社會主義」的見證。你眼看著臺下的真假憤恨，耳聽活閻王在臺上駕輕就熟指揮若定，不禁在心中慨然長嘆：活閻王，看不出你狗日十八般武藝樣樣精通，比我強。分化瓦解，各個擊破；利用矛盾，政策攻心；坦白從寬，抗拒從嚴；首惡必辦，脅從不問；再加上最近時興的受蒙蔽無罪、反戈一擊有功……嗨呀呀，真是青出於藍比他媽藍還藍！批鬥得正是紅火，李金昌忽然走到臺口，向剛剛嘩變了的神樹底緊急動議：公開喊反對偉大領袖毛主席的反動口號，這種大案要案，咱村這廟小，處理不了。連夜送縣公安局。好不好？——好！幾個持槍民兵衝上臺來，綠豆繩往肩上一搭就綁。你萬念俱灰，像被你鬥爭過的那些階級敵人一樣低下了頭。

你被押下臺，立刻出村過橋，走上了你一生中最為漫長的八十里山路。開頭，你還努力硬撐著神樹底第一條好漢的身份，在黑黝黝的河谷裏默默行走。大汗如雨，兩岸散布著關於你的英雄傳說。不出三十里路，毒蛇般越纏越緊的綁繩和燃燒的乾渴終於摧毀了你一錢不值的尊嚴。你開始哀告，開始像狗一樣搖尾乞憐。那始終支撐著你的傲慢與冷蔑，如脊骨一般猛然折斷。綁繩鬆了，跪在河畔水也喝了，但你挺了幾十年的腰彎了，你端了幾十年的架子垮了。那永也走不到頭的八十里山路，把你變成了一條狗……

我坐在城頭觀山景，
忽聽得耳邊亂紛紛……

從平田方向晃來一條人影，在公路上亢自邊走邊唱。

你一耳朵就聽出是狗日的活閻王。還唱哩大主任？你快不能觀山景咧！你在身後的大石上摁滅菸頭，使勁搓搓凍僵的手，輕輕打開保險。正在此時，你看見從河對岸村裏又疾步走來兩個人。長衫飄揚的是和尚，瘦高條兒像是二子，一過小土橋就直奔你藏身的大石而來。你不由得心裏暗暗叫苦，是菸光出賣了你。你袛防備著公社方向，沒留心村裏。

二子撲上來，一把揪住你，說：「槍，手槍哩？」

你掙扎著低聲喝道：「滾回去，與你們屌相干！」

二子摸到了槍管，攥緊了死命搶。你感覺到兒子的力氣，絕望中你搭在扳機上的食指真想摟它一火，閃開了二子還有活閻王的四發。

「你跟他拼了命，往後我娘咋活！」二子說。

「我一人作事一人當！」

「容易！共產黨滅九族，你沒見過地富反革命家屬是咋活的！」

和尚在二子背後亂轉，掛在嘴邊的「阿彌陀佛」也嚇沒了，祇是連聲說，「使不得哩使不得哩老石老石……」

你覺得你靜如古潭的殺心被他們攪亂了。手也軟了。「唉，你們殺了我！」你長嘆一聲，跌坐在地。

二子順手把小槍往後一擩，給了和尚。和尚像接了剛出爐的燒餅，燙得直哆嗦。

「——嗨，那是些誰們？」李金昌停了唱，摁亮手電棒。一道電光劈過來。

和尚一急，哎呀著一揚手。你聽到河裏的薄冰脆了一聲，又咕咚悶了一聲。

見事已至此，你心如死灰，把手心裏捏得燃燒的最後那顆子彈也投進了墨色河心。

你抬手抗拒著如刀刃般眩目的手電光，抗拒著又一次突如其來的失敗。

「是你們？」李金昌毫不客氣地輪番照著三張神色各異的臉，斥問道，「日鬼甚哩在村口？」

和尚定定心，說，「你冇見？——父子倆鬧架哩。」

「父子倆鬧架？——日怪的不在自家居舍半夜三更跑到河畔來鬧屌甚！」你聽見活閻王的聲音很是狐疑，「……朝河裏砍的是甚？」

「……能是甚？還不是……是塊石頭。」

「咋總是你說？他們父子是啞咧！你說——」你看見他把手電杵到了二子的鼻尖上。

「石頭。」

「父子倆鬧架還興用石頭？你說——」手抬起了，卻沒敢杵過來。

你甚也沒說，祇是梗著脖頸，把那兩點鏡片的閃光盯了一陣，轉過身扯腿便走。

多年來，你一直悔痛。實在大意了，實在小瞧了狗日的活閻王，千不該萬不該把二子也拽進數九天的漳河！……你們放不下心又趟回河畔來撈槍，哪曉得中了埋伏。

「有了！」二子摸到槍，從沒膝的冰水中直起腰來。

「不許動！」你突然聽到一陣雜亂的吶喊和槍栓聲。幾隻手電光白煞煞地聚在二子呆滯的臉上。

「撂過來！」是活閻王的聲音。

二子把槍扔過去，抬起一雙手使勁推住那令人絕望的光亮。水從兩肘尖串下，亮晶晶地滴到墨色的河面上。

「哈哈，我說甚來！——就是那隻小左輪槍！」李金昌撲到河畔的冰面上，拾起槍來在頭上揮舞狂笑。「疤眼，照著些亮！……瞅瞅，子彈都還明晃晃的！」

一道電光劍一般砍在你臉上，你閉起眼，心冷如冰。

「到我家，要找我匯報學毛選，半夜三更的，聽說我去公社開會了，又父子倆在村邊『鬧架』，往河裏砍『石頭』……哈哈，姓石的，這回你可咋說？——老子一猜就是這！多少年了，你不反革命殺人行凶，這槍的事還真是忘咧！就為這，我也得謝人家你！」

啪！臉上一記響亮的疼痛。你跟蹌著站穩。又是鋒利的一擊，打得你雙膝跪地。你掙起來，睜開眼，看見滿天金星閃耀。

「好！好！你姓石的也算咱神樹底一條好漢！」你透過尖銳的耳鳴聽見活閻王牙齒的切磨，「不服氣不是？還真是打不倒咧？」

沉甸甸地砸在面門上。倒下之前，心裏說：狗日的這槍……

第二日一大早，李金昌帶一夥民兵來，砸開街門就把你父子倆推到河畔。

「撈，還有一顆子彈！——揹的牛頭還不不認賬！」

你瞅他一眼，甚話沒說，脫下棉衣棉褲就從河畔的厚冰下到水流湍急的河心。滿滿一轉輪子彈，六發，當年活閻王就知道。扔進河裏那一聲，夜裏頭，聾子也聽見了。初冬時節，漳河剛剛封凍，半早晨，河心裏祇結一層薄冰。你跳下去用腳踩，一會兒便凍得失去知覺。別說子彈，就是石頭也辨不出大小方圓。心裏一急，祇好彎下腰用手去摸。水不深，剛沒膝，一貓腰，前胸全濕透。你用開始麻木的手指在大小河石的縫隙中急急搜索，希望在失去知覺前摸到那顆子彈。在一陣疼痛之後，手也成了樹棍子。祇能捅出深淺，卻不知道那深淺之下是沙是石。你絕望地直起腰，將兩手夾在腋下。你想上岸緩緩，還未開口，就瞥見李金昌那冷漠傲慢的目光。祇有再彎下腰，在寒徹肌骨的河水裏摸。手指僵硬了，你靜心屏息，努力分辨著那一次又一次模糊生硬的觸碰。很快，一種劇烈的疼痛迅速蔓延。從手指足端開始，火一樣燎遍四肢。你忍，咬牙忍，卻咬出滿嘴節奏快速的撞擊聲。每一塊肌肉都在猛烈跳動，每一根神經都在瘋狂抽搐。這是一種不可忍受的痛楚！不像針扎刀割那般鋒利，也不像萬棍齊下那樣痛得遲鈍痛得深入骨髓，你沒這麼疼過，你快挺不住了。你的注意力早已無法集中，石頭、砂子跟子彈在意識中早已飄散而去。劇痛如一根吃進肉裏的綁繩，越來越緊地纏繞著你。你說：活閻王在瞧我笑話哩，死也要挺住！巴掌大塊地方，又沒上天入地！實在忍不住了，你就在心裏大聲地喊叫，疼呀疼呀狗日的咋這麼疼呀，疼死我咧娘呀疼死咧娘呀，活閻王俺肏殺你肏殺你萬輩祖宗肏呀肏呀啊呀呀咋這麼疼哩呀呀呀呀呀呀，疼呀疼呀活閻王俺肏你婆姨俺要肏她就給俺解褲帶一宿肏她五遍往死肏往死肏肏肏肏肏肏啊呀呀疼死你祖宗咧啊呀呀你想讓俺給你跪下求饒疼呀疼呀疼呀老子就不啊呀呀疼死個屎的算咧疼死個屎的算咧啊呀呀疼死俺咧死吧死吧死吧死吧死吧……

……你覺得一股清涼的水輕輕拂過臉面，兩眼一黑，疼痛悠然舒緩……你再不叫喊，輕鬆漂浮著隨波而去……

「……總管叫喚甚！叫魂兒哩？」是活閻王的聲音，「有口氣兒就死不下個人……」

你睜開眼，看見井口上一片藍瓦瓦的天。一枝樹梢。樹梢上掛了兩片金亮的殘葉。

「緩過來了緩過來了，阿彌陀佛……」

是誰家婆姨在擤著鼻涕哭。像是素花。

多咱掉井裏了？你閉上眼睛。

「二他爹，你張嘴，喝上口酒哦……」一口酒炸了滿嘴，又順喉嚨一股熨下去……

「起開，都給我歡歡兒起開！他是咱村頭一條好漢，緩緩還下哩！」

不是井。你記起來了，是漳河，是圍過來瞅熱鬧的人們。

「李金昌，你狗日的還想用刑哩？我爹好賴是五十出頭的人了，你想要他一條命？」

「二子，你這話可是說反咧。是我想要你爹一條命還是你爹想要我一條命？」

「老李呀，冤家宜解不宜結，你們這冤冤相報何日方休！佛菩薩說……」

「和尚，悄悄地，你快不用再念佛咧！你狗日的也不是好雜種，你狗日的拉的是偏架！」

「我爹已然是這了，你還要咋？」

「我要咋？我咋也不咋！——子彈。瞅你像個孝子，這吧，父債子還，你撈起來也算！」

一聽李金昌放了話，幾個本家後生搚起你就往村裏跑。你明白這又是活閻王的奸計，張了張嘴卻說不出話來。果不其然，晌午時分，二子也叫人搚了回來。

二子在腰間拴了根繩，凍得迷糊了立不穩步了，河畔上就把他往回拽。和尚要攏一堆火，李金昌說後生們火力壯，硬是不讓。二子也不說話，兀自笑笑，裹上棉大衣緩緩，灌幾口酒再下。幾上幾下，凍得發紫發青，眼發了直，人們熟悉的那一絲訕笑僵在了臉上，連嘴裏也沒了半點熱乎氣兒。眼看著人是快不行了，李金昌叫和尚點上火，烤得全身通紅了再下。這一把火可就讓二子栽進漳河裏再也沒掙起來。河畔上立了半村人。半村人招呼二子，連李金昌帶去的持槍民兵都忍不住搭把手。人們石頭一樣沉默，連娃娃跟狗都悄悄地不鬧不叫。當二子終於一頭昏倒在水裏，嘩啦啦十幾個老少爺們踹下河。半村人拿眼睛默默瞅住李金昌。

李金昌這才明白自家心太狠，把事情做絕了。祇好送個順水人情，笑一笑說，「瞅這樣兒，今兒個是不成咧。再說啵！」

李金昌原本打算一箭雙鵰，先把你父子凍殘，再把你綁起來送縣。卻不料二子代父受過觸犯了眾怒，又想到你縣裏有人，二子和尚又一口咬定是害怕運動到河畔來扔槍，公事打回來反與他不利，事情才這樣不了了之。

事過多年，李金昌倒臺之後，老疤眼說，嘁，俺是不敢說唄，那顆子彈當晚就撈起了。和尚跟二子把被槍把砸昏的你揹回村去。疤眼站在河邊打手電。李金昌親自脫了棉褲下河。在河心那一層半夜裏剛結的薄冰上，他找見子彈留下的小孔，跳下去三兩把就摸到了。爬上來牙磕牙地說，呀呀呀，險冇凍殺呀！穿上衣裳，點上顆菸往回走，半道上就開始念叨：……得讓龜孫們來撈……得讓龜孫們來撈……毛主席講話，凍死蒼蠅不足奇，哈哈……然後就揮著手槍唱梆子戲空城記：我坐在樓臺觀山景，忽聽得耳邊亂紛紛……

一句喊錯了的口號。

一顆沒打響的子彈。

你從神樹底第一把交椅上一頭栽到底，成了神樹底第一號階級敵人。天道好還。過去你加諸別人的迫害，開始接連不斷地落到你的頭上。你知道掙不脫李金昌陰謀的羅網，祇有揹上鋪蓋扛起鐝頭，從此走進深山。哪是甚麼放下屠刀，立地成佛，不過是避禍吧！

*

陽婆暖暖的，那熱力溫和而綿長。

和尚，我是迷糊著了？建富老漢覺得渾身的老骨頭都熨貼得散了架。

和尚睜開眼，說，一霎霎，《心經》才剛念了兩遍。回啵，飯時了。就立起來抖抖長衫上的土，舉手攏住音，喊：二子，回啵，不早咧！

對面山坡上，二子仍然不理會。

建富老漢打起遮手，眯著眼看兒子用一種古怪的姿勢慢悠悠地種樹。兒子用衰敗無力的左手左腳將一根特製的火柱杵進土裏，再艱難無比地站立穩妥，把那根火柱拔出來，插進一枝楊樹條。拇指粗的窟窿，別人一腳就踩實了，兒子卻要飄蕩著慢慢踏上好一陣兒，一瘸一拐地卯足了勁。他覺得陽婆把兒子身體燒成了一團佝僂的火球。他舉起蒼老卻依然大如蒲扇的巴掌遮擋著。他覺得那苦苦掙扎的火球灼傷了自己的眼睛。

兒子殘疾了。先從一隻手開始，無力感一點點向全身蔓延，就像羊倌們在冬天點燃的野火，燃起來就無可阻擋。幾年前，右手握不住鐝把子，捏不穩筷子，右手右腳一股子麻一股子涼。涼到胳膊上，胳膊就軟了。涼到腳上，腳就拖地了。一隻左手，耕地扶犁搖耬撒種收割砍柴不中用了。一條腿，趕車放羊擔水挑莊稼也不中用了。跪地上，左手使小鋤還可以鋤地，使小钁還可以刨藥材。立起來，一手握把兒一腳踩鍬還可以翻地。又過了二年，左手也不濟了。起先也是一股子涼一股子麻，慢慢也軟下來。就一條病腿拖著一條廢腿滿山轉悠著瞭莊稼，待到陽婆磕山時分，才瘸拐著晃下山來，逢人便說誰家的棉花瘋長哩該打掐了，誰家的小穀這一兩天該鋤了再不鋤就叫草吃了，誰家的麥黃了，誰家的地堰叫雨水掏塌了，誰家的豆子讓兔子瞎獾糟害了……婆姨改霞就罵：是吃著人家咧是該著人家咧，你給全村人看青巡山！然後把男人扶回家，塞給張小兀子，任由他坐大街門上接著念叨。後來，又發明了一張長把兒的小鍬，夾腋下借上點勁，半軟的左手也還能堵水澆地。圖甚哩？人們就問，還怕你婆姨不給飯吃！山裏人活得不易，活一天必要刨一天吃食。老得爬掙不動了，兒子媳婦給喝稀的也是常有的事。老人並不抱怨，端起大碗稀糊糊就念叨說：你看他還總是不死，老口的驢了，犁也拽不動，車也拉不動，嗨嗨，這草料還不少吃……當爹的眼瞅著二子瘦下來，悄悄跑到平田農機廠去問孫子鐵鏈。問我爹去，鐵鏈說，他自個兒不吃嘛！原來，二子捱餓是怕拉屎。手指頭軟得揩不淨屁股，褲帶解不開繫不上，拉屎也得婆姨幫忙。唉，活成個甚咧！婆姨一進茅廁來幫忙，二子就嘆氣。人是廢了，但好賴也是一條漢，人前人後都有一張臉。就餓，三五天拉一回。改霞是個好婆姨。改霞越疼男人，二子就越想不開，成天不著家，滿山轉悠著尋活計。一日，石建富下山揹糧食，在村邊瞭見了二子。澆菜地，水大，人又不利索，一步沒跟上就跑了水，滿地泥淖。他瞅見二子掂著一鍬土在泥水中苦苦掙扎，看樣子是想堵住水口子。右腳腕子軟得像柿子，走平路還拖著腳劃圈兒，困在泥裏水裏就更挪不開步。急了，一鍬土抖過去，沒勁道沒準頭，半截兒就散了。新壅起的菜畦土堰，水一打就化，眼瞅著口子開了小一丈。堵是堵不住了，就從泥水裏掙出來，拐到水頭上另開了一畦，把水引開，再一鍬泥一鍬土修理土堰。一個十來歲孩兒們輕巧便當的活計，二子要努勁奔命地忙活，直看得他淚眼迷離，埋下頭繞路。他覺得二子像一個人。像誰呢？想了幾天。刨樹坑刨到了石底子，噹一聲響亮，钁頭一震想起來了：像爹，像他那揹著盜墓賊罵名歿了多年的爹！那股子牛皮一樣搓不爛拽不斷的韌性！爹謀著趙家祖墳裏那顆傳說中的金頭，暗地裏從自家草窯打洞，從村東頭打到野雞嶺半坡，十年工夫，打透了半架山！二子跟他上山植樹以來，趁著抹汗直腰的功夫，他常常從遠處眊。栽一根指頭粗細的樹苗，兒子那百倍的艱辛百倍的柔韌，總叫人忍不住老淚迷離。他最見不得那隻手，那隻廢了的手，冰涼地垂掛著，隨著風，隨著人的動作，和破爛的衣襟一起飄蕩。日子長了，山風才吹乾了他的冷淚。縣醫院神經科大夫說肌肉萎縮，年輕時候出死力傷了神經坐下的病根。背地裏，有人卻說那是他老子早年間打神砸廟的報應。衹有他心裏明白：二子是被他的光芒烤焦的。當年他如日中天，曾烤焦了多少神樹底的鄉親，這萬丈毒焰也同樣灼傷了二子。

我避過了李金昌的禍，二子卻沒能避過我的禍。

＊

昨天給金斗一家送了糧食，今天趁神樹開花紅火鬧熱又發了一小筆不義之財，老疤眼在棺材裏睡得格外愜意，就作了個關於女人的好夢。恍惚間，有柔美的奶子垂在嘴邊，就如同嬰兒般急煎煎噙住吮吸。卻慢慢下面酥癢難當，硬立起來，才明白不是娘。一手握住奶子，一手就慌慌去扯褲子，一摸竟是光的，手便驚喜留連於那些柔婉起伏並奮勇壓女人於身下，那濕漉漉的陰冷的魅惑微微扭動避閃但隨即溫存迎納……那女人在他耳畔眷眷絮語，疤眼哥，你早把俺忘咧……疤眼哥，俺可是報答你咧……

你是誰？老疤眼喘噓噓地支起身子，張眼瞅身下的女人。

有晶亮的東西從眼裏沁出，女人蒼白地說，疤眼哥，你真的把俺忘咧……

月光照不進棺材，就把女人扶起，原來是玉人兒般的個俏妮子。一對野櫻桃似的小奶子閃電般射入他的眼睛。——仙兒！他痴起眼，仙兒，仙兒，這些些年，你到甚地方去咧！

能到甚地方去哩？唉……仙兒低下頭噓一口氣。

咋，仙兒，你也早死咧？心裏一驚，滿身雞皮疙瘩一陣酥麻。

仙兒沒話，兀自滿目淒怨。

仙兒，你不用嚇俺，俺可是不怕！金斗一家來過之後，他在棺材幫外扣立了一口鐵鍋，說話間就探手摸一把鍋底，給自己抹搽了張花鬼臉。

仙兒掩嘴吃吃地笑，說，疤眼哥，你怕俺？那年俺都死下了，你不照樣還是……弄……說到那個「弄」字，仙兒慘白的臉上飛起兩朵紅雲，就勾下頭，又胡亂抓過一件衣物掩住那對挑著野櫻桃的乳胸。

那一遍是把你給……肏美咧！嘻嘻……老疤眼記起來了，黑花的老臉皮上也現出一絲難得的羞澀。

從那些些死人裏頭把俺撈出來，人家你就不知道個害怕！

幹革命，還管你害怕不害怕！疤眼一拍胸脯，一副很英勇的樣子。

*

「那好，」馬隊長說，「這兒的事就由你帶上幾個人負責處理。下邊平田那一截子就沒咱村的事了。」

他們面前是滿河浮屍。

漳河沿岸的村莊，都把打死的人往河裏扔。趁還沒有數九封凍，讓漳河把死人送到汾河再送進黃河。似乎並無任何機構與人士事先布置，但人們都希望越遠越好，不要留下墳冢和心跳。冬日的漳河水淺流緩，一到淺灘橋梁，死人們就聚起，拉拉扯扯地不願離開故土親人。祇好自掃門前雪，各村派人守在河畔，將上游漂來的浮屍禮送出境。神樹底在河西，過河上官道下州縣祇有一座小土橋。伏汛後春汛前，漳河照例不發洪水，很是清瘦。十來根木頭架在夏日過河的跳石之上，橫鋪些玉茭秸稈，再墊上三尺厚泥土，人踩車輾天寒地凍也就成了橋。橋洞矮小，不是預備讓死人鑽的，上游幾十個村的死人們就在這兒堵得七仰八叉。起先，工作隊和黨支部派人輪值，拿上長桿不分晝夜鉤死人，可誰都怕值夜。這兩天河裏流起了冰凌，和浮屍一起把橋洞塞死，大清早去一看，河寬了許多，死人和冰凌亮晶晶浮成一片。

馬亦然背手挺胸立在漳河畔上，一任朔風翻動軍大衣下擺。眼前的風景並不像人們私下流傳的那般血腥可怖。沒有血，沒有一絲屍臭，山谷裏，漳河一清見底的冬水靜默無聲地奔流。祇不過偶而漂來一些不甚雅觀的漂浮物。「革命難道不是這樣的嗎？」他輕聲自語道，「這是一個象徵。運動正從山區發展向平川，漳河裏的這……這些，漂到汾河黃河，汾河黃河的受苦人就會起來打土豪分田地幹革命！」

石建富卻毫無詩意：「再過一程，西北風一緊，一封河，可就全成了肉凍！」

「放心唦馬隊長建富哥，」疤眼朗聲說，「要是把死人封河裏了咱給你們一個一個往外刨！」

「刨？」石建富黑著臉，「刨出來你疤眼埋還是俺埋？人家偷牛咱拔橛兒？」

幾聲羊鞭的脆響，是村裏的羊群過河了。

老羊倌根柱老漢一到河畔就盯緊了那幾條走在羊群外圍的牧羊狗。「走啊，黑頭，瞅甚瞅！是又想吃人咧？」一條半大的小黑狗正賊頭賊腦地斜眼偷窺河裏的死人，被根柱老漢一鞭打得跳起，銳聲長嚎著一頭拱進羊群中去。

「疤眼哥！」嫩嫩的童音，是小羊倌銀斗在羊群後面喊，「你欠俺的賬幾時還？」

「起屎開啵，冇見俺們在辦正事？」疤眼急得虎下臉來吼。

一看有幹部在，銀斗祇好委委屈屈地閉了嘴。他想打疤眼的快槍，疤眼想叫他白放自家的那幾隻綿羊。那是前幾日，正好在河畔，就指著淤在橋頭的滿河浮屍，賭。一人數一遍，疤眼說三十三，銀斗說三十一個半。兩人一起數了又數，疤眼才發現上了當：銀斗每天跟上老羊倌數羊，一群百數來隻活蹦亂跳的大小羊都數得一清二楚，咋糊塗到跟小雜種數數兒！——賭數死人也算，叫狗的天黑了來！咋輸的再咋贏回來！

「嗨，嗨！黃皮，你狗日的敢！」老羊倌緊吆喝慢吆喝，大黃狗黃皮還是奮不顧身地跳進河裏，叼起一隻它早就瞄住的人臂就逃。

狗們剎那間激動萬分，喉嚨裏低聲咆哮著狂奔野逐而去，唯有頭狗花子還忠實地守候在老羊倌身邊。「還反了你們咧！——回來！回來！」老羊倌見狗們已圍著那條人臂在河畔的赭色石灘上瘋纏作一團，祇好輕甩頭狗一鞭，說，「花子你去，——噓！」毛色黑白相雜的頭狗花子聞聲一縱，踩了串輕盈的脖鈴聲直陷重圍。短促撕打之後，將那條咬得稀爛的人臂銜回老羊倌腳邊。根柱老漢用羊鏟將它輕輕送進河，用鞭梢一點，說：

「這些不是好東西。疤眼你給咱勤謹些疤眼！讓狗日的們吃紅了眼，就快偷著吃羊兒咧！」

「偷著吃羊兒？」銀斗趕著最後幾隻羊上橋，接口說，「——這兩天就怕快吃人咧！摔它一鞭子，還衝你呲牙哩！」

「看把你的小雞子咬嘍！」石建富笑嘻嘻地朝小羊倌後脖頸上一拍，蒲扇大的巴掌把銀斗扇了個趔趄，咧開嘴傻笑著趕羊走了。臨走，他又給疤眼撇下一句，「操心著點，再讓狗吃了死人，俺扒你一層皮！」

疤眼真的不怕死人，立小橋上鈎一個看一個。研究過男女老幼相識與否致死原因便一律放行。他最不喜歡的是那些三三兩兩綁作一團的「合家歡」，須得用鈎鐮割斷繩索才漂得下去。一見有大貨色在淺水中艱難翻滾而至，就跳腳大罵沒屁眼的人才做這號沒屁眼的事兒。

其時正值土改高潮，殺得貧雇階級亦有些駭怕，有一點路斷人稀的意思。天一擦黑，疤眼手下的幾苗人便腳底下抹油溜號了。與疤眼為伴的，祇有一盞破舊的馬燈。風很冷，燈光卻很溫暖，照在死人臉上，憑添幾分人色。疤眼很是忠於職守，一邊幹活兒一邊口中念有詞：「又一個白乎乎的過來咧……又一個黑乎乎的過來咧……」白乎乎的他不感興趣，從老遠的地方漂來，衣裳被尖利的河石撕扯一光，肉白暄暄的，很不好看。黑乎乎的要細看，鄰村的，看起來就更有意思了。……又一具女屍遲遲疑疑橫到他燈下，黑乎乎的卻露著一點白。藍花花的小棉襖，衣襟半開著，斜露出一個白奶子好晃眼。再一看，認出是二里地外谷凹村老財家的妮子。疤眼笑了，說，「仙兒，你爹前晌倒走了，你是攆不上了，呆這兒陪陪俺啵！」就鉤開棉襖，袒出另一個奶子。這些日子，疤眼見的奶子多了，不是血糊拉叉就是腫脹腐爛，不養眼光反胃，卻這一對白白嫩嫩的奶子委實鮮艷。拿鉤鐮戳戳，軟顫顫的，自家就硬了。疤眼聽見自己身子裏咯嘣一聲斷根筋，血液轟然奔騰。貓下腰一努勁，三兩下把死人拽上小土橋。怔了怔，回頭望望沉睡的村莊，又怔了怔，猛地把死人水淋淋肩起，大揹上槍拎上馬燈就跑。

疤眼穿過河的波聲，穿過收割後尖利如鋒的茇茬地，低頭鑽進一孔看秋的小土窯。胡亂抱些秸桿鋪上，三兩下把死人扒光。狗日的玉人兒模樣的個俏妮子哩！一握粗的大辮子搭在雙乳之間，白的白，黑的黑！一看屁股，白白大大的。「嘖嘖，看這㞗子！這才是㞗子哩！」再扒開大腿拎起馬燈，一照，那一小片麥苗毛茸茸黑油油簡直萬箭穿心。「毛不少，」疤眼讚嘆道，解開小黑棉襖，褪下綰襠棉褲，「瞅瞅這屄好不好！」急煎煎就往上趴。不料一股死陰之氣剎那間射穿大汗淋漓的肌膚，瘆得人一跳。衹有掩了懷再上。疤眼先覺得又涼又緊，漸漸裏邊卻軟和熨貼，閉起眼，就是仙兒平素那股凡人不理的俏模樣……蹴著小籃籃仙兒剜豬草哩，頭上戴得個牽牛花山丹丹纏的花冠，水紅的洋布小衫衫，熱得大敞了領口。村連村地連地，一上坡，先瞅見那滿頭野花，就止了步兒慢慢把脖頸往地堰上探。等瞧見人了，眼睛就慌慌地往妮子領口裏鑽。兩團綿軟的白晃花了眼，忍不住就輕聲吼喊：「你在你那個山坡喲，俺在俺那個溝。有了那個心事喲，你擺擺手啦妹耶……」仙兒抬眼一瞭，掩上衣襟挎了籃籃調轉屁股就走……呸，假正經的騷貨！疤眼氣了，一邊血海深仇地狠幹，如驢打滾般把半窯秸桿碾出大響，一邊把衣襟拽開，將那光身子緊緊摟個肉貼肉。咦，不咋涼咧？仿佛是摸到她家炕上，趁仙兒睡著了幹哩。他感到陣陣受用的暈眩，不禁大聲說：「仙兒仙兒，快醒醒，跟哥哥親個口口啵？」就逼住仙兒嘴一氣亂嘬。忽然覺得她的嘴唇輕輕一顫，猛一激淩便停了大動，把馬燈夠過來照住臉，竟眼睜睜看見嘆出一口長氣。「娘呀！」疤眼一閃，滾跌到窯旮旯。再看，那死妮子哎出一聲，脹鼓鼓的胸脯一起一伏……

終於疤眼大聲狂笑，「哈哈，俺把仙兒肏活了！」

疤眼把仙兒藏起來。在東山溝的深處，有一個人跡罕至的山洞。借夜裏守橋鈎死人的公差，每天半夜給仙兒帶點飲食，再摟上快活一番。仙兒還是個沒破身的黃花閨女，這很叫疤眼飄飄欲仙。跟男人睡上幾夜，仙兒不哭鬧也不尋死覓活了。仙兒想走，疤眼也不敢留。但走也不好走。全縣百多個村子，村裏村外，到處有崗哨。過路人，不管認識不認識，親戚不親戚，沒有路條一律不許通行。就是本村的，出個門也不易。村公所開路條，還要看你的成份態度，事情緩急。仙兒不能白天走，黑夜裏更是凶險。前天黑夜，工作隊馬隊長查哨，走出了地界，叫人家谷凹的一個楞後生一槍打頭上，當下就斷了氣兒。不走吧，再過幾天漳河一封凍，丟了鈎死人的差事，沒有路條，連他也出不了村，還能把仙兒一個人扔山洞裏？就揹上槍，埋著頭，頂著黑風，將仙兒一程又一程送進大山。

黑藍黑藍的山的曲線上，仙兒穿件小藍花花棉襖，挽個小藍花花包袱，襯在小藍花花的夜空中移動。疤眼又想起馬隊長在河畔說的話，大聲喊道，「仙兒，千萬不敢順河走！」仙兒站下，回頭張一眼，就走進藍花花的蒼穹，再也望不見。

仙兒就扭著她那一對好看的屁股瓣兒走了。

分手的當兒，仙兒說，隨便尋上個不殺人的地方，隨便嫁上個人。天底下總還有不殺人的地方！

仙兒你要走就走啵仙兒，不敢順河走，翻山架圪梁去尋你的活路啵！

*

仙兒你到了也冇尋見不殺人的地方仙兒！

嗨，陳穀子爛糠的，不說這些了！躲過初一躲不過十五。運動接運動的，活著也累！你倒是活著，又咋？討吃要飯睡棺材，半人半鬼的！瞧蓋的甚被窩，腦油膩滑的，鐵被！

可不，瞅咱仙兒，還這麼水淩！老疤眼涎著臉，伸手去抓仙兒的奶子。

老沒臉的，仙兒嗔道，一邊用指尖戳著他骨瘦如柴的胸膛，瘦成個這了還花花心！

也就是個花花心吧，老沒用咧。老疤眼的手頹然從仙兒那對月光下的玉色奶子上墜落下來。當年瞥一眼就慾火攻心的一對小奶子，摸上去依舊細嫩彈挺，他身上卻已消失了那股子奪魂攝魄的雷電。

仙兒明亮的眸子裏分明流動著憐憫的波光，唉，就再跟仙兒花花一回啵！就用雙手團住那東西輕輕戲玩。老疤眼退縮著，羞頭赧臉地苦笑道，俺真是不尿行咧，成了蔫萎黃瓜咧……仙兒就把他牽到那片墨森森的麥地上，在露水淋淋的麥苗裏嘻戲……良久，衣衫盡濕，他卻衹是軟癱著，不能振作起來和她一同走進山根下那眼燈焰溫暖的小土窯……

疤眼哥，你是太累咧。睡啵……

仙兒噘起小嘴，朝他臉上長吹一口氣。

——老疤眼睡著了。

老疤眼做了個夢。他抱著一挺日本造的歪把子機槍痛快淋漓地大開殺戒。眉臉朦朧的敵軍跟在坦克車後面漫山遍野地衝過來，像麥個子一排排割倒在他的面前……正殺得興起，忽然看見仙兒被打倒在神樹廟前。他扔了槍，飛過去把仙兒抱起，迎向敵陣。密集的子彈立馬將他打成蜂窩，他絕望大呼，仙兒，俺也死㞗咧！正驚惶間，一隻小手將他挽進小土窯。是仙兒。肉色的油燈光下，裸著一對白白翹翹的奶子。仙兒摟住他倒在滿窯秸桿之上。他尷尬地說，仙兒，俺老㞗得不行咧……忽然感到一股酥痲從仙兒那白晰的光身子上電過來，早已遺失的感覺如衝開冰層的河水，一浪接一浪在血管裏奔流。他緊緊摟住仙兒，在溫婉的春水中沉浮……

*

吃罷晚飯，碗一推，建富老漢跟和尚坐在窯前石桌旁隨口扯起了神樹開花的事情。建富老漢關心開花之後能不能結籽兒，用這籽兒能不能育苗。和尚說，神樹有些來歷，極像佛經上講的寶樹。恐怕種籽插枝壓條都不中。建富老漢笑道，聽你講，寶樹生在西天的佛國淨土，咋跑到人間來了?寶樹是寶樹，神樹是神樹。和尚連說老石你說得好，一個淨土，一個人間，合起來不就是人間淨土?寶樹生在人間，怕是佛菩薩想點化眾生哩。二子手不方便，吃得慢，喝完最後一口玉茭麵糊糊，訕笑道，屌!哪來的甚人間淨土?把碗一蹾，站起來徑自回屋去了。二子輕易不說話，一開口就抬鐵槓。兩人對視一眼，悄悄地再不言語。

再出來，手裏握了一尺多長的小鋤。臥在石桌邊的黃毛大狗一見，便搖搖尾，伴著二子走上進溝的小徑。兩個老漢目送著二子和狗在月色中悠然隱去，默默無語。在一里之外的溝裏，在一片紅石崖下，有青葉子一座孤墳。橫死的人，進不得石家祖墳。每一年，二子都要圍著那孤墳栽一圈白丁香。多年之後，竟丁香滿溝。春風一起，那馥鬱沉重的花香便如同溪水般順溝而出，香得闔村的人們都說二子夠仁義，青葉子也算沒白跟他「亂愛」一場。平常天，衹要不太累，晚飯後，二子總要和大黃狗一起到丁香林裏去坐坐，順手鋤鋤草。也許是人心到了，向來衹是當柴禾，最多做根鞭桿鋤把的野丁香，竟也長成了碗口粗細的一林花木。石建富從來不敢過問一句。多年前，他問了一句，說人死都死了，心到就行了。腿腳又不利索，每天去做甚!二子淡笑著回他一句，這一句就把他頂到了南牆：

是你殺了她!

＊

「怎麼是我殺了她？混帳話！」你勃然大怒，一巴掌拍下去，震得炕桌上碗碟亂跳。

「公安局來調查，你大支書咋沒保一保？」二子毫不妥協地立在炕前，兩眼逼視著你。

「叫我咋保叫我？人家縣裏說她參加了反動會道門，還是甚屎『土地會』封的『西宮』！你不知道？——這反動會道門就是另立朝廷，殺頭之罪！」

「你要想保了，咋還沒個辦法？縣裏那些頭頭腦腦的，不都是你一二十年的老關係？」兒子剛冒出鬍鬚的嘴角竟然抿出一絲從未見過的訕笑。

「地富反壞右，除過這『反』，我都還敢保一保。」你把語氣盡量放得和緩，「縣公安局定了個現行反革命，你叫我去劫法場？」

「法場不用劫啦……就一槍……」說著說著，眼淚就在眼圈裏轉。硬咬住牙不讓它跌下來，仍舊訕笑著說，「就一槍，把天靈蓋都揭了就一槍……」然後轉過身，飛起一腳踢開門扇衝出去。

你聽見院子裏一陣鐵鍬钁頭的碰撞聲，隔窗大喊：「你要做甚？」猜出是去給青葉子打墓子，又氣又急，赤腳從炕上一下躥到院裏，指鼻大罵，「你敢去埋人小狗日的！看我捶不爛你也要砸斷你一件！你敢去埋人！我還給共產黨當得支書哩！」

「是你殺了她！」二子站在院子當中，拎著一張明晃晃的鐵鍬大叫：「就是你們共產黨殺了她！」

你愣怔了，無言以對。兒子沒說錯，就是「你們」共產黨殺了她！你知道這是一個冤案。自古以來紅顏薄命，誰叫青葉子長得太水靈！

平田地主兒子周二禿以行醫為名，秘密串聯了個「土地會」。以土地爺為尊神，宗旨是分田單幹。會章祇是四句順口溜：「土地為皇天，耕者有其田。久旱望甘霖，雷霆誅貪官。」按常理，經過共產黨多年來「公判」「公審」的階級鬥爭教育，再是文盲，也聞得出「反黨」的味道。但幾年來周二禿的會眾竟發展到四五十。其中之奧妙，全在於近世已失傳的「太素脈」。「太素脈」是宋元明清流傳甚廣之奇術。一把脈，不僅知人病恙生死，還能預知貴賤福禍。周氏先人以「太素脈」聞名於晉冀二省，發達之後，便買房置地，成了一方大地主。在父親被貧農協會鎮壓多年之後，周二禿自稱身懷二十餘代一線單傳之「太素脈」絕技，四處行醫看相，頗得山民信任。見門徒日多，周二禿不禁得意忘形，自立為「神子地皇」。事情越作越大，最後竟刻了玉璽，任命了軍師宰相元帥四大天王，還挑選左近絕色女子冊封了兩宮皇后和貴妃。一次給青葉子看病，一號脈，大驚，稱脈像大富大貴，日後必有九五之尊。青葉子問甚叫九五之尊？周二禿說，九五之尊，在男人就是當主席做皇帝，在女人就是當皇后娘娘囉。青葉子說，二禿伯，你耍笑俺哩？周二禿說，俺立馬就封你為地皇爺的西宮娘娘！

青葉子說，這地皇爺在哪一國？周二禿說，天機不可泄露，日子到了就知道咧。同意不同意？每天白麵蒸饃外帶豬肉白菜炖粉條盡命吃，同意不同意？青葉子拿上藥就往門外走，笑道，那還能不同意，每天白麵蒸饃豬肉白菜炖粉條，同意！——就是這一句同意，周二禿心安理得地將青葉子以「西宮娘娘」之封號記入名冊。就是這一句同意，縣法院證據確鑿地將青葉子作為主犯判處死刑立即執行。抓人之後，公安局來調查。石建富心說是農村的土牛木馬們瞎胡鬧，都是本家親戚，還有心保保。後來轉念一想，二子正跟青葉子戀愛，判她兩年勞改，倒也省去許多嘴舌。大學沒考取，回村來就跟老右派石建奎的閨女滾在一堆兒，他早就看不下去了。——沒有料到，剛才的公判大會上竟一口氣宣布了六個死刑。除了「地皇」周二禿，東宮西宮軍師宰相元帥也一律槍斃。

判決書一念完，家屬們放聲大哭。士兵們拿起寫有姓氏罪名並用紅筆打了大叉的亡命標，殺氣騰騰地往犯人們背上狠命插下去。你坐在主席臺邊上，看見鮮血從青葉子背上滲出來，趕緊扭過臉。

「爹呀，你救俺！」

你聽到一聲驚天動地的哭嚎。再轉過臉，祇見青葉子正拼命地扭過頭來想和你說話。幾個女兵有的摔胳臂有的往脖子上套電線。勒住脖子後，便將她按得跪下。青葉子最後看了你一眼。慘白浮腫的臉上，那對大得嚇人的眼睛彌漫著一種絕望的迷惘……

你沒敢去刑場。

你知道是你害了青葉子。

二子從狐子溝新墳上回來，變了個人。寡言少語，成天痴痴地望著很遠很遠的地方。有時候淚蛋蛋成串地往下掛，有時候就笑。嚇得你婆姨派上人遠遠跟了幾天梢。其時，你正在階級鬥爭的戰場上忙著立新功，顧不上兒子的情緒問題。心說到底是戀愛了一陣兒，年輕人，慢慢就過去了。不久之後，二子把心裏磨礪了許久的一句話像鋼刀般刺出來。那是一個晌午天，你在誰家喜筵上喝得兩腳拌蒜地剛回家，蹬下鞋片往炕上一挺，取下耳上夾的一顆香菸點上，大喊：人呢，沏茶！二子進屋來，泡上杯茶端過去，說我娘去菜地了，就立在當地不動。你沒醉糊塗，感覺有一雙陰鬱的眼睛在定定瞄著自己，暗藏殺機。便借酒壯膽，酒氣衝天大喇喇地說，多日子了，你倒是漚了句啥話呀？說！二子就說：是你把我哥活埋了。誰說的？你的話很活，但目光十分堅硬。二子沒有躲閃，祇是挪一下腳，穩穩地接住你的逼視。你終於斜過眼睛，說：那是階級壓迫，地主老財逼的……二子沒聽見，還是說：是你把我哥活埋了。在轉身出屋之前，二子又說了一句話：所以我叫二子。在柔嫩的心上砥礪出來的鋒刃其快無比，你覺得自己被毫釐無爽地殺中要害。鮮血從舊創口上噴濺而出。看見二子的人影從窗前走過，你大喝一聲「滾」，發力將手中血氣蒸騰的茶杯連水帶杯砸出窗外。

那腳步咚咚地夯出大街門外。

沒幾天，那人影正式消失了。在一個秋雨綿綿的早上，在素花的啜泣聲中，你立在窗前，看著一幅驚心動魄的圖畫：二子披件半透明的破塑料雨衣，左手夾個鋪蓋捲，右手拎把钁頭，埋著頭永遠走出了家門。

自此，你再沒聽見過一聲爹。

你啐口唾沫砸個坑。你村東跺一腳西頭地皮顫。但你被兒子打倒了。那時你高踞權力的頂峰。你記得很清楚，那時你正緊跟偉大領袖在大風大浪中奮勇前進。

*

——恍惚之中，建富老漢又聽到了那個輕輕跟他說話的聲音。終於忍不住問：

你是誰？

我就是你。

你就是我？

對，我就是你。

*

……二子搬進了神樹廟，與神樹和尚青燈古佛為伴。脫下了自得的縣中學生裝，日出而作，日落而息。牲口一般死受，牲口一般沉默。眾人說，二子變了。白喝尿了多少年墨水，不光沒有成龍變虎，一眨眼工夫又變回了個敗興的受苦人。你也知道兒子變了，連相貌都變了。你不知道他還會不會笑，至少你所看見的他，永遠倔強地抿著下垂的嘴角，在鏽住的唇間掛一絲雜色的訕笑……

*

沒點燈。

月光像小雪一樣灑滿山野。

建富老漢長嘆口氣，說，和尚，這幾天，就是有個人跟我說話哩。

都說些甚？

翻老賬……才剛又說起了二子，借二子的嘴又說起狗娃。反正，盡是些傷心事兒……就跟他親眼瞅見一樣，比我自家還清楚。

阿彌陀佛！你還是心有罣礙。色即是空，空即是色。《心經》上講：以無所得故，菩提薩埵，依般若波羅蜜多故，心無罣礙；無罣礙故，無有恐怖，遠離顛倒夢想，究竟涅槃。做事不可作意希求有所得。

和尚，這些年了，你說說我還希求甚？

老石，咱倆處了一輩子，俺也不怕得罪你。以種樹求悔罪，過於執著，也是希求有所得。

建富老漢心事重重地長嘆一聲，再不言語。和尚和尚，你吃齋念佛，與世無爭，你倒是心無罣礙！

皓月當空。夜露如牛毛細雨濡濕了手臉衣衫。從狐子溝深處徐來微微的風，一陣寒意頓時襲上心頭。

爹，迷眼哩……

爹呀，你救俺……

建富老漢用雙手抵住膝蓋，從小樹墩子上艱難地立起身來，跟和尚一起收撿起幾個髒碗，慢慢往灶房走去。

孩兒們，是我殺了你們……

＊

雪花似的月光從丁香枝葉間冰冷地篩下來，落滿了墳冢，落滿了二子和大黃一身。人不動，狗也不動，月光就往他們身上悄悄地落。種樹把人種乏了，二子鋤了幾下草，身子一歪就睡著了。迷離中聽得有個妮子在唱：

沙蓬菜開花無葉草，
上一輩年輕沒活好。

子彈彈開花紅一片，
老天爺殺人沒深淺。

苦菜開花苦心心，
苦來苦去苦在心。

石頭開花不怕旱，
生死愛情殺不斷……

二子使勁睜開眼，看見遠遠有一個人影，就問道，誰們？青葉子？歌聲住了，狗先擺著尾巴跑過去，圍著那妮子，在喉嚨裏吱吱尖叫著打轉轉。青葉子？二子奮身站起，踉蹌過去。

果然是青葉子，痴痴地瞅著他不言語。青葉子是你？二子怔怔問道，不知該大攬腰抱過來還是拉她手。二子哥，青葉子冰涼地拉著他軟麵條似的廢手，又叫了聲二子哥，便嚶嚶啜泣起來。青葉子，是我青葉子回來咧？二子無力地把青葉子攬進懷裏。青葉子，青葉子，一聽見這唱，就猜見是你了……

＊

「是俺又咋？」青葉子正在自家的自留菜地裏鋤草，一手拄著大鋤一手叉腰，看樣子挺不服氣。

「咋？那些舊詞兒不好！」二子剛剛過橋進村，便停了腳仰起頭，說，「甚『苦菜開花苦又苦』，『豆角開花抽了筋』，唱的都是舊社會，就不能編點社會主義新農村，有時代內容的新詞兒？」菜地比小路高出一腰，要揚起頭才能跟青葉子說話，「比如『手舞銀鐮破金浪，豪情滿懷收割忙』，『座座高山出平湖，道道渠網珍珠淌』甚的，不比你唱的那些苦菜豆角沙蓬好！」

青葉子說，「你那詞兒好是好，不是開花調。」

二子說，「開花調也容易。『山丹丹開花滿坡紅，毛澤東思想萬代紅』，『臘梅開花報新春，捷報飛傳四海震』，是不是開花調？」

「誰說得過人家你高中生！」青葉子沒話了，想了想問道，「咦，不冷不熱不寒不暑的，你這是放的甚假？」

「農忙假。」二子掏出疊得方方正正的手絹兒，沾沾臉上的汗水，「學校放春假，回村幫著幹點活兒。」

「到底是當洋學生好！」青葉子見四下沒人，放倒大鋤，坐鋤柄上和二子臉對臉，「冷來有寒假熱來有暑假，俺們莊稼人忙了，你們也借著勁兒放農忙假。多喒咱也進進洋學堂，一年也放他幾個假受用受用！」說完，就咯咯地笑。

「別打岔，傻笑！」二子說，「人家縣城裏這陣時興新民歌，唱革命唱生產，咱這山上還總是哥呀妹呀的！」

「那你給咱編點新詞兒！」

「現成就有，縣文化館印了本新民歌選，起碼沒上百首。下回給你抄半本兒！」

「二子哥，」青葉子央求道，「下回是猴年馬月？你先給俺唱兩句聽聽！」

「唱就唱，」二子四下偷掃一眼，清清嗓子，「你聽著——」

山丹丹開花滿山紅，

千山萬水齊歡騰，
億萬人民唱讚歌，
祖國處處氣象新。
哎嗨喲喲喲喲，
哎嗨哎嗨哎嗨哎嗨哎嗨哎嗨喲，
祖國處處氣象新！

「這詞好！」二子高亢清亮的男聲使青葉子生出一種模糊的感動，她真心實意地讚嘆道，「二子哥你嗨喲得也好！」

二子謙虛道，「我唱的趕不上你好，是人家的詞兒編得好，下回給你抄一本兒！」說著便往村裏走。

「俺等不及呢？」青葉子說，「二子哥，下回說下回的，俺就先將就著唱著舊的啵？」說了半天白說？二子氣得頭也不回，祇舉了舉手，意思是你隨便。剛走上兩步，就聽見青葉子又唱開了：

豆角角開花一頭香，
你在城裏俺在那鄉。
豆角角開花抽了筋，
想和你說話不敢吭。
豆角角開花一線牽，
你身上有俺牽魂線。
豆角角開花彎回來，
不想走了你返回來……

「你鬼叫喚甚哩！」二子終於抗不住了，停住腳轉過身來。

「二子二子，瞧你那臉！」青葉子得意地拍起手來，「『豆角角開花彎回來，不想走了你返回來』……」

二子虎下臉，斥道，「恁大妮子家，也不怕人們聽見說閑話！」

青葉子委屈地說，「俺剛唱了個豆角開花……」

「行了吧你！」二子打斷她的話，卻半天不知道說甚麼好。見她滿面通紅，便也氣乎乎地回了一句，「瞧你那臉！」

青葉子勾下頭，囁嚅道，「俺還沒唱石榴開花油燈開花玻璃開花窗簾開花炕沿開花門搭搭開花白蘿蔔開花哩……」

＊

青葉子你唱吧青葉子……

二子軟軟地倚在青葉子懷裏……

青葉子就一種花接一種花往下唱幽幽地唱……

在青葉子如夢如幻的歌聲中，丁香葉紛然如雨，幽雅的花香從頭頂流瀉而下……

第二章

小晌午天，秋日的陽婆明麗清爽，就像一朵開旺了的山菊花。

晉冀二省來拜神樹的人們，乘坐著汽車拖拉機，趕廟會一般成群結隊地聚到神樹底村。一下車，便遙指橫臥於漳河對岸的村莊，遙指村東那座白花盛開的巨大的山峁，大聲驚呼：快瞧，神樹！然後撣盡衣衫上長途跋涉的浮塵，到河邊掬幾捧水，淨了手臉。再拎起用紅紙紅布包好的香燭貢獻，擁過小土橋，沿大路進村而去。

村口土橋邊國家公路上，老疤眼歪箍著髒灰色的白羊肚手巾，左臂別著紅袖套，右手攥桿小紅旗，正威風凜凜地指揮車輛。大車小車一律停進路邊的山藥地。不拘大小，四個軲轆十塊錢。不多會兒，腰裏就鼓漲起來。昨天停路邊的車，有壓了他家山藥地的，便扭住司機要「罰款」。城裏的人真有錢，二話不說就掏「大團結」。老疤眼守在地邊，眼巴巴盼人家壓。車不少，敢壓貧下中農莊稼的還不多。瞅瞅地邊的車轍，又瞅瞅自家作務的這塊荒草叢生的山藥地，老疤眼突發異想：毀山藥蛋！這長蟲一樣的三畝地乾脆當了狗的停車場！事情過去了，費點勁再刨山藥蛋，輾爛的餵豬，囫圇的照樣賣給粉房。大清早，老疤眼就在公路邊插了兩塊大木牌子，上書「停車場」三字。一塊在省城方向，一塊在河北方向，粗大駭人的箭頭都指向他的山藥地。有了這兩塊牌子，有了紅袖套和小紅旗，南來北往的大小車輛，莫不戰戰兢兢服從指揮聽命令，叫站不敢走，叫走不敢站，抖得他疤都發了亮！依河傍路的三畝山藥地擺滿了車，來的來，走的走，收錢都來不及。老疤眼真是樂暈了。心說，這可真是時也來了運也來了，還冇燒高香就從香爐裏摸出金子來嘍！看著車輪壓擠出來的紫花花的山藥蛋，迷迷糊糊盤算：一顆頂一毛？太少！——一顆頂一塊？許是差不多！他又捏捏鼓得顯白露黑的腰帶，這花兒要再開下去，俺一顆山藥蛋就得頂五塊、十塊的賣！……統共有多少？能算清？——海啦！……仙兒這妮子，死了還結記著咱，咱也不能忘冇良心，打問一下埋在甚地方，先給她遷墳，回谷凹村老家，墓子修好點，一滿使青磚。接下來，再起一棟紅磚小洋樓，要比李家洋樓現代化，電視機電冰箱要日本原裝的，比李家的還大，樓也要比李家的高。……樓蓋好，就把婆姨孩兒們接回來。跟上俺，一輩子倒運敗興叫人鄙低，吃香喝辣風光幾天叫狗日的們眼氣眼氣！……再咋？——錢還多哩！——再花不完了，就上南邊廣州深圳大地面，賭！光賭還不行，賭完了就嫖！買狗日的幾套新衣裳，洗乾淨淨的，不敢叫賣貨們小瞧嘍！……農民咋？你疤大爺腰裏纏的是大錠銀子！臭屄，你是賣呀不賣？……別忘了打張飛機票，天上來來回回，天上喝酒吃肉……

「老疤眼！」副村長李銀斗快步走過小土橋，「這停車場的事，村裏還得研究研究……」

「研究甚？研究個屎！」話滿硬戳，夢是給嚇醒了。

「地是村裏的地，錢總不能叫你一人都掙了！」

「地是村裏的地，可這是分到俺名下的責任田。」老疤眼真急眼了，「這兔子不拉屎的爛河灘地，當初咋沒人跟俺搶？哦，來錢了眼紅了，晚了！三十年不變，不怕，有共產黨的政策管著哩！」

「地是你名下的地。神樹可是全村人們……」

「嘀，」一輛黃河牌大卡車停到他們身邊，司機探頭問，「停哪兒？沒地方了。」

「——那頭，」老疤眼很正規地將小紅旗一擺，「你開吧，過去就瞅見咧！十塊！」

「喃，真敢要！」司機是個挺年輕的小伙子，嘴角叼顆過濾嘴香菸，挺不服氣地從錢夾子裏往外拽票子。菸熏得他眯起一隻眼。

「地是俺的地！」老疤眼不扭臉地臉接茬兒跟李銀斗喊。

「誰說不是你的地了老頭兒？」小伙子莫名其妙地白他一眼，一張「大團結」飄下來，大車輪在已經枯萎的山藥葉子上窸窸窣窣輾過去，輾出了兩窩紫紅色的秋山藥蛋。「——神經病！」

老疤眼一把沒抓住，緊忙一腳踩住。顧不得撿票子，罩在排氣管冒出的藍煙裏再一次大聲宣布說，「這地是俺的地！」

「嗨，跟你說話得抬上棺材。」李銀斗掃一眼老疤眼腳下的那張「大團結」，忍住氣說，「要不是這神樹開花，十里八鄉的人們，大老遠開上汽車拖拉機是給你輾場來啦？」

「咋？……再咋這買賣是俺發明的。草珠家開店，雙喜家開飯鋪，你家的代銷店紅燭線香罐頭點心的跟著發財，俺還是跟上你們學的哩！誰想發猛財誰趕緊再去發明，趕趟！」

「不跟你麻纏了！」李銀斗火了，宣布道，「俺代表村委會通知你，三條：第一、過去收的錢歸個人所得，從俺通知你開始，你這三畝山藥地收的停車費和村裏四六分成。大頭是集體的。忙不過來再給你派人手。第二、土橋過小車沒問題，所有小車一律過橋停在村口河灘上，你這兒不得截留。第三、停車場、飯鋪、旅店、代銷店和所有但凡沾神樹開花的光賺大錢的臨時買賣，扣除成本，一律和村裏四六分成。——聽清楚嘍？這可不是專門衝你的，咱們誰都沒跑！」

「明搶哩！明搶哩！是甚的漢奸做下這套套叫俺們往裏鑽！俺要是不承認哩？」

「倒四六分成，你曬上一天也掙得萬惡！——這一溜山藥地，停滿就是八九十輛……」

「匈瞎眼咧？一溜褲帶寬窄的河灘地嘛停八九十輛大汽車？誰們說的？」

「誰們說的？俺說的！瞭一眼就是這個數，不服氣，數呀不數？」

「喊……」老疤眼記起李銀斗是小放羊出身，說起打賭數數，早年間吃過他虧，祇好從齒縫裏不屑一聲了事。

「八九十輛汽車，一輛十塊，一茬兒就是小一千。一天少說五茬兒。從天明到半夜，來的人不斷線，六七茬兒怕也打不住。隔著褲腰捏虱子，這也就是個大約摸。一天下來，再差也得在五千上下。無本的買賣，趕上屙金尿銀了！這花兒要是開上十天，你敢不敢獨吃這五萬？」

「你咋知道俺不敢！」

「……等俺說完。你承認了，四六分成，一天兩千，十天兩萬。你不承認了，俺就一里地外插塊牌子，叫大車都走趙家煤窯的水下橋過河，繞幾步路全停到村口河灘上，收入十萬八萬全歸公。實話告你，就這，村委會裏還有不同意見，要不是看在家文子跟鐵根子的面面上……」

「不同意見？俺還有不同意見哩！要再算計俺，俺就拿上承包合同找地方告你們！」

「告俺們？真是好心當屎了驢肝肺！……罷罷罷，立馬歡歡地去，盤纏村裏出，上縣上省越遠越好！白吃了幾十年小米子！冇眼的悶葫蘆！豬腦水！」

「豬腦水？」老疤眼眼珠一轉，得意地笑了，「嘻，這是個調虎離山的計，把俺支走你們發猛財？你們官官相衛，沒等俺告出個子丑寅卯，就是有二茬花兒也都謝屎了！」

「誰的計？不是你要告嗎！」李銀斗真讓老疤眼氣翻了，「擀面杖吹火，跟你講不通！

不講理就都不講理，這三畝山藥地村裏收了！賠你一季山藥蛋，幾百塊錢頂塌天了！——走，你這就給俺走人！」

「誰走人？你走人啵銀斗子！」老疤眼頓時凶惡起來，「你不把合同拿來，叫俺往你臉上摁手印兒？」

李銀斗轉身就走，氣猶未平地邊走邊罵，「這村裏咋盡是這號豬腦水財迷？真他娘的敬酒不吃吃罰酒……」

其實，老疤眼早就在心上翻賬碼兒。地是村裏的地，承包的是種莊稼不是撿票子。一聽說倒四六分成還能上萬塊地穩拿，村裏吃大頭，他吃的也不算梢兒，硬是使勁繃住臉面才沒動了笑紋。心上應承了，牙口也要咬得硬硬的。不顯得吃虧流血要拼命，這利太大，倒三七怕也落不下。見李銀斗還在敬酒罰酒的嘟嚕，不示弱地也跟上一句：「這麼多的錢，村裏拿去作甚？……甚的村民委員會，一滿的貪官污吏！」

*

武斌下車後遲遲沒進村，拎著照相機在河畔上梭巡。神樹那白花累累的巨大樹冠使他感覺到一種難以言敘的震撼。第一眼的印象是那樣奇特：傍河倚山的神樹底村宛若一位沉睡的村姑，村西的那塊黑色岩石是腳，村東的兩座小樓是高聳的乳房，緊東頭的神樹，則是她枕在水邊的簪花的頭。他在河畔的卵石和野菊花叢中徘徊。尋找著最佳的拍攝角度。進村後，又到神樹廟拍了幾張照片，便熟門熟路地直奔狐子溝口的煤窯。

武斌插過隊，當過兵，後來又舞文弄墨地寫起了小說。出了幾本書，得過幾次獎，漸成了全省聞名的作家。神樹底離他過去插隊的十戶小村不遠，僅五六里。村子大，又複雜，近半個世紀以來始終在時代的風口浪尖上翻滾漂搖，因此成了他常來常往的「老家」。前些年批判「精神污染」，提倡作家建立「生活基地」，武斌自然報了神樹底。按照慣例，作家在「生活基地」是要掛職的。武斌的副處級相當於地方的副縣級，縣人大便根據省委的意思委了他個副縣長。因此，每次下鄉，一個電話，縣政府總要派車接送。一聽說神樹開花，武斌拎起包就跑。不是來跟記者們搶新聞，而是正在寫一部以神樹底為原型的長篇小說，想補充點素材。他一邊同他筆下的人物們打著招呼，一邊橫過村莊，再沿著山腳下那條灑滿煤末的汽車路走到坑口。因交通不便難以運銷的煤碳堆成了一座黑色的小山，比半年前更高了。三兩個黑碳般的河北工人正在用皮帶溜子給幾輛汽車裝煤，自帶裝卸工的，則掄著大板鍬作賊一樣地挑撿著往車上攉煤塊。煤塊比煤面貴，須得悄悄塞給煤場工頭一條香菸的。一刀切齊的山壁下，獨眼似地睜著一個黑窟窿。料石圈起的坑口上方，刻著武斌手書的「趙家窯」三個大字，規矩而不見功力。轉眼竟十餘年了，紅漆早已脫落，凹下的筆劃裏積了黑色煤塵，倒別有一種墨趣。國營煤礦更換下來的電動絞車超期服役，痛苦呻吟著把兩輛小煤斗車拽上井來。趙家文運氣好，打成一口坡度不大的斜井，初時用黃牛拖煤。武斌第一次看見渾身煤末的老黃牛拖著煤斗沉著地爬到陽光下，怪怪的，不禁哈哈大笑。趙家文說，笑甚？是瞧這牛黑吧？我這地方甚也是黑的：樹黑、路黑、水黑、雪黑、天黑、地黑、人黑、牛黑、手黑、心黑，……你看，——他指著正在廚房邊嘰喳蹦跳的一群麻雀——連這兒的野鴿子麻雀都是黑的！

武斌推門走進蕩滿煤塵的坑口辦公室，說，掌櫃的，便宜些咱多拉你幾車煤！趙家文正把頭埋在一堆稅單報表裏，左手夾著菸，右手神經質地把算盤珠子撥拉得山響。我這兒的煤價，可真是全世界最……嘿，老武呀！剛到？兩人握手拍肩，寒暄一番。遞菸，沏茶，幾句話就說到了神樹開花的事情。

趙家文介紹道：「說起來還真是件奇事！你知道石建富每天早起聽山，那天聽見神樹要開花，大起膽說了句開就開唄，神樹立時就開花了……」

「太神了！」武斌喊道，「你不是跟我胡侃吧？」

「我胡侃？神的還在後頭哩。老漢不是看見神樹開花了嗎？可是第二遍再來看，又不見花了，就跟我念叨是個夢。我原來不以為然，後來翻報紙，老鄧家鐵樹開了九年花，心說，許皇上的樹開花，就不許咱百姓的樹開花？也去看，神樹還真開花了。正好撞上活閻王狗日的跑黑道回來，他說我是夢見石建富批准神樹開花，石建富在山上種樹，壓根兒就不下山。可眼前神樹開著花，那就祇能是我的夢成了真。這事把我攪糊塗了，我就說，反正開花就成，管他是誰的夢哩！」

武斌笑道，「這事兒真成了彎彎繞，把我也繞糊塗了！」

「可不，誰也得繞糊塗！後來，石建富夢見我真的看見了神樹開花，又來問我。倆人都說不清是凶是吉，也沒摸準開花的時間。哪曉得神樹演習上兩遍，大白天開花了。老疤眼賭了一宿回家，叫他頭一個瞅見，叫驢嗓門闔村裏喊，又去撞鐘，這不，說開就真開了。鬧騰得這村裏兵慌馬亂的……」

「有意思！石建富最初明明眼見神樹開花，卻迷迷糊糊說是個夢。後來夢見神樹開花，又認了真。你根據他說的夢真的看見了神樹開花，李金昌又說你在做夢，而且夢幻成真。——絕了！」武斌往桌上擊了一掌，兩眼放光，「這些彎彎繞裏好像有點哲學意味……」

「哲學不哲學吧，先幫咱分析分析，別光拍桌子。這兩天，我沒事兒就掐自己一把，大腿都掐紫了！你說，這不能是夢吧？」

「這要是夢，那我就是坐著車從一百多里地外走進你的夢裏了！」武斌呷了一口茶，一怔，「家文你這茶是去年的吧？」

「我又不會品茶。誰能像人家你，每天坐在寫字臺前邊就是個抽菸喝茶！」

「掐不管用，夢裏掐自己也疼。夢裏的感覺跟清醒時的感覺同樣具有某種真實性。夢與非夢至少有這麼兩點差別：第一，夢是個別的，自己做自己的，你不能叫大家一起做同一個夢；第二，夢是沒條理的，都是些沒有一定因果關係的聯想。也就是說，絕對不可能三個人做同一個夢。夢也不可能構成一個邏輯嚴密的故事。所以，我敢保證這決不是夢。也保證自己沒走進夢裏的神樹底。」

「不是夢就好，」趙家文鬆了口氣，「要不都成夢遊症了！不過，不是夢也有不是夢的難處。神樹一開花，這村裏又鬧騰開修廟啦！」

「你的意思——」

「我還敢有甚意思？修廟那年綁我一繩還沒長記性？要不是你老兄搭救，兩年的牢是坐定了的。」

「村裏的情況我多少還清楚。說你吧，跟我還不交底兒？」

「看你說哪兒去了！甚事兒還瞞過你？照說，開花總是件吉利的事。誰不想借風揚土，趁這股人心修廟立祠？要真辦成了，也算在自己手上做成一件光宗耀祖的大事情！一朝被蛇咬，三年怕井繩，我這回可真是怕怕的了。蹲兩年牢沒甚，我這十多年辛辛苦苦攢下來的家業可就一腳踢塌了！」

「沉住氣，上有政策，下有對策。」武斌回憶道，「上一回修廟，我好像記得，是黨支部決定的吧？」

「是支部決定的。」趙家文說。

*

啪！刑警隊長孔令熙驟然變臉，一巴掌把村委會的那張三條半腿破桌子拍得跳起來：「還反了你！共產黨的支部正式開會決定修廟！」

「沒開會，是我們幾個支委分別碰頭決定的。」趙家文竭力保持著自己的身份。

武斌正在村委會跟趙家文談村史，警察們上山來調查修廟的事，先把主事的老陰陽、二旦婆姨跟和尚叫來問明情況，然後便拍開了桌子。

武斌實在看不下去了：「有話好說，拍甚麼桌子？這張桌子是革命歷史文物，彭總還在這兒辦過公呢。別拍壞了！」

孔令熙一愣：「你是誰？」

武斌慢慢掏出工作證遞過去。

「哦，大名鼎鼎的作家呀。」孔令熙佯作恭敬地把證件遞回去，「我老婆看你的電視連續劇連飯都能不做，很崇拜你。今兒先辦公事，改日請教。我這三畝七分地，省裏的同志就不必插手了吧？」然後臉一變，喝道，「綁了！」

幾個警察掏出繩子擰住胳臂就綁。和尚還好，老陰陽和二旦婆姨嚇得渾身篩糠，低著頭任人處置，大氣都不敢出。趙家文也未加分辯，祇是揚起頭瞥武斌一眼，臉色煞白。

＊

嗨，那是防冷塗的蠟。

嘿好，你瞅我一眼我就為你跑了一個多月的衙門。

你咋就知道他們有矛盾？

到處都修廟，抓也抓不到你大支書的頭上。管政法的鄭書記點名抓你，那是給吳縣長好看呢。他把你樹為全省掛號的農民企業家，你倒了，人家就會拿你說事，翻過來整他。連這點深淺都看不出來，不是白當多少年作家了！

＊

在村委會端茶倒水跑腿接電話的老疤眼，一看大事不好，奪門而去。

「他們到底犯哪一條法了？你們說綁就綁！」武斌說。

「這陣兒修廟成風，封建迷信氾濫，縣裏要抓典型，他們運氣不好，撞上了！」

「有哪一條法律說不准修廟了？」

「有哪條法律准他修廟了？」

「——公民有宗教信仰的自由。」

「有宗教信仰的自由，也有宗教不信仰宗教的自由。他妨礙別人不信仰的自由了！」

「怎麼妨礙的？——他把廟修到你家裏頭啦？」

「武作家，你……」

噹噹噹噹……廟裏的大鐵鐘急促地撞響了。……似乎是老疤眼在鐘聲裏瘋喊：抓人嘍，抓人嘍，連村長支書都綁㞗起來嘍……

孔令熙一個眼色，把門的警察推開圍觀的村人循聲跑去。

大鐵鐘近在咫尺。鐘聲如排天巨浪，一波接一波轟擊著人們耳膜。

在這鋪天蓋地的金屬振蕩中，孔令熙大聲吼著：「武作家，你有甚了不起！有本事找縣委講去，我這是執行任務！帶走！」

鐘聲嘎然而止。

「鐵根子來了鐵根子來了……」堵在門口的人們閃開一條路，一個歪戴著軍帽的年輕後生，提把钁頭裹風挾電地跨進屋來。

「你們這是幹甚麼！」鐵根子用钁頭比劃著三個被綁起的人。

孔令熙吼道：「你是幹甚麼的？閃開！」

「你別緊張，我剛從地裏跑回來，」鐵根子早已瞥見刑警隊長抬到槍套上的手，把钁頭順手立到門邊，風平浪靜地說，「我是這村的黨支部委員，叫鐵根子。」其實鐵根子大名叫趙家根，是趙家文大排行兄弟。性子太硬，小名就叫了鐵根。鐵根子自報過家門，便淡淡問道，「你是幹甚麼的？」

「我是幹甚麼的？」孔令熙快氣昏了，「你沒長眼？老子是專門抓人的！」

「抓人不怕，逮捕證拿出來看看。」

「逮捕證？」孔令熙萬沒料到竟有人敢向他提出這種問題，怔了一怔，冷冷笑道，「回頭我給你補一張來，容易！」

「甚也能補？」鐵根子兩條劍眉一跳，「沒手續你就想把人帶走？容易！」

「咋，你要煽動拒捕？」孔令熙說著就把手槍掏出來。

「還用我煽動？」鐵根子側過身，讓他看廟院裏堵得滿滿的人，「不拿出手續來，我看你今天咋出村！」

「隊長，敲鐘的跑了！」把門的警察跑回來。

「鐵根子，」趙家文苦笑著，「算了。」

「走，給我走！」孔令熙那裏還顧得上撞鐘的，揮舞著手槍往外走，「走，老子今天就不信這個邪！」

警察們連推帶打地衝出廟門，把趙家文等四人塞進四輛草綠色的北京吉普。車未起步，就被聞聲而至的人們團團圍定。被捕者的家人更是堵在車前不讓開車。

「開車！」孔令熙坐在司機旁命令道，見司機遲疑地斜他一眼，又說，「往前拱，軋著人我負責！」

車頂的警燈旋轉起來，淒厲的警笛撕裂著山谷裏湛藍色的暮靄。

一看車輪開始轉動，老陰陽的女兒鳳仙和家文婆姨藍秀兩個女人，乾脆一屁股蹾在地上呼天搶地。

氣氛緊張起來。

武斌和鐵根子立在廟門外臺階上作壁上觀。鐵根子低聲罵道：狗日的共產黨……武斌震驚地瞥他一眼。鐵根子雙手抱臂，挑釁地斜睨著他，說錯咧？又用下巴指指警車，瞧瞧！

神樹廟前的空場上，四輛警車首尾相繼，艱難無比地在躁動的人群中顛簸前進。

幾個警察連推帶搡拳打腳踢地在前邊開道。

前面被驅散的人群又聚積起來，尾隨著警車緩慢而沉默地移動。

車上又跳下幾個警察截堵。人群流過他們，淹沒他們，仍然尾隨著警車沉默地移動。

武斌說：鐵根子，你得去看看。這樣怕要出事，最後還是於他們不利。

「狗日的共產黨！」鐵根子躥下石階，大步流星地攆上去，一把拽開車門，問道：「家文子，你說咋吧？」

「還能咋？這不是叫我們罪上加罪嗎！」趙家文急白了臉，「還不快叫讓開！還有政府跟上級黨組織哩！」他在後座上不安地扭動著，彷彿想擺脫緊纏在身上的綁繩。

孔令熙憋得滿臉通紅，瞥鐵根子一眼，牙咬得腮肉直跳。

鐵根子走到車前。警車停下來，開道的警察也大喘著住了手。

「散了！」他擺擺手說，「我也跟上去。」

人們就慢慢讓開。

警察們趕緊上車，乒乒砰砰摔上車門。

鐵根子拉開車門硬擠進去：「我是支委，蹲大牢有我一份！」

坐門邊的警察想把他推下車。孔令熙大叫一聲走，吉普車甩晃著車門向村口衝去。大顛著爬過漳河上的小土橋，駛上通往縣城的公路。

鐵根子被推下來，滾得渾身是土……

*

武斌說：「這回要修廟，黨支部村委會都不要插手。黨支書領導修廟，抓你還嫌冤枉？」

趙家文說：「我又不是憨憨，全村的人們都圍攻，誰能招架住？這兩天又來了。村委會黨支部都不插手，我也是這樣安排的。這就能保險？誰還猜不出我是後臺？」

武斌說：「這二年，祇要你不造反，共產黨也顧不得這些小事了。這兩年全國各地修廟立祠成風，南方尤甚。報紙上討論，多數的意見認為有利於穩定農村社會，地方官員也都越來越實用。具體到咱村，那年抓了又放，你們蹲了兩個月牢，公安局也被整得灰頭土臉，我看他們也得長點記性。」

趙家文說：「走，回家吃飯。我這兒還有一瓶茅臺，你嘗嘗是不是假的。話是這麼說，我心裏還是打鼓。」

武斌也站起來，往趙家文背上猛拍一掌：「修！趕緊修！神樹廟就是咱們村幾百年歷史，誰把它修起來誰功德無量！趁神樹開花，我到省裏人大政協、林業局、黨史辦、文管所甚麼的給你拉點象徵性的個人捐款，還有，再拽上幾個跟省裏頭頭們穿上連襠褲的紅色大款，他們愛出名，愛附庸風雅。多保上幾道險，叫他們再來抓……」

＊

——是甚東西鬼叫喚？老疤眼直覺得頭皮發麻。

再一聽，卻又低沉下去，被眼前的車聲人潮所湮沒。又停好一輛車，收了錢，那聲音驟然間淒厲起來，把人們的視線引向山道拐彎處。抓人車！老疤眼想起來了，車頂上滴溜溜轉得個紅眼，軋死人不償命！修廟那年，若不是他跑得快，也得坐上這車進城去喝幾天玉茭麵糊糊。一、二、三、四、五，他看見五輛草綠色的小吉普車繞過山嘴飛快地爬上坡來，四輛帆布蓬，一輛鐵殼子。眨眼工夫，急停在跟前，把人們埋入通天徹地的滾燙黃塵。煙塵未落，一夥全副武裝的公安警察鑽出來，板著臉，有的瞧老疤眼山藥地裏停的車，有的瞧熙來攘往的人群，有的瞧河對岸白花累累的神樹。為首的那輛車裏下來個老熟人，老疤眼如得了大救星一般急步趨前，親親熱熱叫了聲米鄉長。米鄉長腆著將軍肚，抬起眼皮翻他一眼，說，哦，是趙傳狗啊，十塊錢一輛車，不簡單，在這兒發大財哩？老疤眼笑笑說，哪能哩，這是村裏的買賣，咱給……米鄉長等不得他說完，一揮手，說，去，叫趙家文來，就說咱縣公安局的領導和同志們在村口等他哩，快！

老疤眼瞥一眼他身後那位臉色冰森的大檐帽，心上一驚，說，「抓人哩？」

米鄉長不耐煩了，說，「抓誰？——抓你？快去喊你！」

老疤眼扯腿便走，一邊念叨著哈哈這又是該誰們倒霉咧……走兩步又站下，回過頭說，「米鄉長，俺瞅咱公安局的車把停車場的路口擋了，俺這就去給你們叫人，趁這工夫是不是麻煩同志們把車挪挪……」

米鄉長實在忍耐不住了，鐵青著臉吼道，「屌的個停車場！你們神樹底大搞封建迷信活動，趁機大發橫財，早有人把你們告下了！還停車場哩？——所有的活動一律停止！把趙家文李銀斗都給我叫來！」

「甚？要停止俺的停車場？」老疤眼不走了，挺著脖頸吼喊起來，「憑甚？現如今，黨的政策三十年不變，你們當幹部的想咋就咋，一霎霎倒變了兩回回……」

一見有人衝撞領導，警察們圍攏過來。

一個臉上有刀疤的中年警察耍弄著警棍，不輕不重地敲打著老疤眼的胳臂，「嘿，老頭兒，有沒有家教，說話歸說話，手比劃甚麼！」

站在老疤眼身後的兩個大檐帽拿身子輕輕靠住老疤眼，瞧那架勢，衹要當頭兒的一個眼色，就要把他拿下。

老疤眼護疼，一反手拽住那黑黑的警棍，叫喚道，「你這位同志，君子動口不動手，你咋打人哩！」

刀疤臉猛地抽出警棍，在自己手掌上一下一下地摔打，笑笑地說，「這也叫打人？老頭兒，你見過打人嗎？」說著臉一變，照老疤眼肩膀上狠狠地給了兩下。

老疤眼哎喲著捂住肩膀，險些沒被打翻。身後的兩個警察順勢一左一右擰住他胳臂。

老疤眼哪見過這陣勢，心裏一毛，潑天潑地喊叫起來：「你咋還真動手哩！俺去咱王縣長吳市長家，還請吃請喝的滿待承……」

一見有事，拜過神樹剛出村的，剛到村口未進村的，人們裏三層外三層頓時就圍了個風雨不透。

幾句話還真把警察們唬住了。這才記起，這一帶是老革命根據地，老紅軍老八路不少，別看老眉蹙眼破衣爛衫的挺不起色，不小心惹下了，一張郵票就把你告到北京。齊刷刷地都拿眼去問米鄉長。米鄉長不願自己地界上生出是非，來個一言不發，瞪眼朝天。王縣長吳市長家是去過，連地委高書記家還去過，不光討了吃喝還落下了錢，話面上沒錯。老紅軍老八路，人家沒說你們也沒問，誤會的是你們。見米鄉長不置可否，警察們一下就心虛了。莫非這老傢伙還真有硬根子？不分清紅皂白，人已然打了，趕緊下臺階吧！

「爹！咋啦咋啦？爹——」祇聽得一連聲喊叫，歪戴著舊軍帽，一條黑漢子連扛帶搡地殺入重圍。見警察們拎著警棍圍住老疤眼那架勢，急得一疊聲地問，「爹，這是咋啦？這是咋啦……」

老疤眼一看兒子來了，叫一聲鐵根子，委屈的淚水跟著嘩啦啦流下來，「──知道哩？二話不說就是個打！你問問他們！」

鐵根子掃一眼，見警察們個個鐵著臉，卻沒人接話茬兒，是非曲直，便了然於心。「打著甚地方咧？」說話就扯開老疤眼的黑布小衫領口，兩道青紫的棒痕赫然呈現在人們面前。

一陣不滿的低語向四方漾去。

鐵根子轉回身，盯著警棍在手的刀疤臉，兩道濃眉之下英氣逼人。「這是哪位弟兄的活兒？我這兒謝了！鎖骨沒斷，也算手下留情了……」

「鐵根子，別說這些淡話咧，」米鄉長說，「都是自家人，誤會。」

「誰跟他們自家人？」鐵根子刀削的瘦臉膛釋放出一種極端的鄙夷。「老子是真刀真槍在越南拼出來的！看家護院的東西，你說牠也敢跑到外邊來咬人？」

「你嘴放乾淨點！」知道了對方的底細，刀疤臉一下硬起來，「你罵誰是狗？」

「哼，」鐵根子冷笑一聲，環視著圍觀的人群，說，「讓大夥兒聽聽，有拾金拾銀的，還有拾罵的？」

「嘩——」人群發出了整齊誇張的哄笑聲。

「……你問誰是狗？——誰是狗誰知道！」

在充滿敵意的哄笑聲中，大檐帽們漸漸漲紅了臉。

米鄉長看要出事，厲聲喝道，「鐵根子，胡說些甚！甚屎的黨員，自家人鬧點誤會，你得理不饒人咧？」轉過臉又對刀疤臉們介紹道，「趙家根，自衛反擊戰的二等功，偵察兵，排長，從部隊回來一直在村裏當幹部。賴脾氣，二桿子，人是好人……」

縣公安局局長孔令熙那張含威不露的國字臉上一陣紅一陣綠，輕輕拉了拉他袖口，說，「老米呀，少說兩句吧。鐵根子，修廟那年我就認識他了。咱能誤會了他，他還能誤會了咱？開口就罵公安人員是看家護院的狗，是誰的狗？這不是罵我們，這是在罵黨和政府，性質不一樣了啊！」

刀疤臉一個眼色，兩個警察從鐵根子背後撲上來，擰住胳臂就要銬。鐵根子一個擒拿動作，人們眼一花，兩個警察就一前一後倒在地上……

警察們全都紅了眼，掄起警棍就上……

一看真開打了，裏圈的人們鼓譟著拼命往外擠，頓時閃出一塊空場……

老疤眼尖聲慘呼，「打死人咧打死人咧……」

這時，趙家文奮力衝進來。大張雙臂連聲叫道，「停停，停停，停停……」混戰之中，一警棍結結實實擂到他身上，疼得他直咬牙……

打人囉！打人囉！人們先是兵慌馬亂地驚呼，漸漸變成了「警察打人囉」的齊聲吶喊。警察們竟不知不覺住了手，氣喘噓噓怒目而視。孔令熙雙手叉腰高吼一聲：「造反啦？」人們的吶喊聲才漸漸停息下來。交戰雙方在塵土中直起腰來，有的丟了大檐帽，有的扯了衣襟。鐵根子大喘著，嘴角掛一絲血，手裏緊攥著一根不知是誰的警棍。

「再不敢咧再不敢咧！孔局長、米書記、侯隊長，快停停，有甚的問題我來承擔，怨我來晚了。」趙家文苦著臉，急煎煎地說，「嗨，這父子倆說二話遠近有名，還能跟他們頂真？」

「這位大哥，」圈子裏有人說話了，是剛才那位開黃河卡車的年輕司機。「還攥著那根哭喪棒幹啥，你再是英雄好漢，還能敵得過人家職業打手！」

刀疤臉戴好大檐帽，用警棍杵著他胸口，「你說啥！甚麼叫職業打手？」

「這玩藝兒有電！」年輕司機用手輕輕撥開警棍，「這詞兒可能不對，咱先給你道聲對不起。讓大夥兒說說，革命群眾，眼睛雪亮。我這兒剛站了一會兒，你們是見誰打誰！先打人家老頭，又打人家兒子，村幹部來，也挨你們幾棍子，我剛說一句話，你這不又要打？叫不叫職業打手我不知道，反正是見誰打誰！」

「甚麼叫見誰打誰！」刀疤臉用警棍指點著老疤眼父子，「這叫妨礙執行公務罪。就是要見誰打誰！——咋，你不服氣？」

「侯二，」孔令熙叫住他的刑警隊長。「見誰打誰」一句話提醒了他：今天的事全叫老頭父子攪亂了套。正事沒辦，回去不好跟縣委交賬。這口氣先忍忍，有讓弟兄們出氣的時候。「請大家不要妨礙我們執行公務。神樹底村借大樹開花求神拜藥，大搞封建迷信，趁機大發其財，我們今天是來調查處理這件事情的。請大家各回各家，不要在此地逗留了！」

沒有人挪步。人們小聲議論著。一種不滿的情緒在人群上輕輕拂過。

又來事咧！趙家文一看見孔令熙就心裏一沉。見鐵根子還攥著那根警棍，等著架子還要跟警察過招兒，不由得心頭火起，戳點著父子倆說：「一滿的二桿子！換上別人了，躲還躲不及。盡他娘的給村裏惹事！」他劈手奪過警棍，遞給刀疤臉，「侯隊長！……侯隊長帶著同志們執行任務，一穿上這身警服就是代表政府，有理沒理都得服從……不聽不聽，不聽你說五道六！出下這事，我就知道唯你是問！咋說吧？——還不快給同志們陪個不是！」

「局長，侯隊長，各位弟兄，俺老漢給你們賠情道歉咧！」老疤眼哈著腰行了個禮。本來，不明不白挨了打，又有眾人助威，照著他那無賴脾性，必趁勢鬧個天紅，但一聽說人家是來「處理」「發財」的，現時自家腰裏就掖得大把的票子，衹好下了顆軟蛋。看兒子還梗著脖筋出粗氣，便掐著他脖根往下按，「鐵根子，鐵根子……」

「鐵根子，」趙家文一看鐵根子不給警察們臺階下，心裏暗暗叫苦，走過去照他肩膀上猛拍一掌，「今兒早上剛開過會……批評你這牛脾氣，你這臉面值多少錢？」

鐵根子一怔：多會兒批評我來？早上村委會研究的是趁神樹開花集資修廟呀……他看著趙家文的眼睛，讀懂了那目光中的懇求與無奈。為了神樹底父老鄉親們埋藏了幾十年的夢想，他終於拱手抱拳以示賠禮，轉身分開人群忿然而去。

鐵根子望著對面的大山，彷彿望見了南方那噩夢般的亞熱帶叢林。作為勝利的代價，他們那支殿後的掩護部隊被消滅了。他身負重傷，在埋伏著毒蛇大螞蝗和阻擊手槍口的叢林裏整整爬行了三天。他驚恐而孤獨，但他手中有一支槍……於是他對自己說，鐵根子，你手裏永遠要有一支槍！

*

怕，總是個怕！又是一輩人要怕過去了。鐵打的江山流水的朝廷，也該是改朝換代的時辰咧……

擋不住的水你就讓它流。你這村長支書還要當個千朝萬代？

趙家文昏頭漲腦地從家裏逃出來。娘和婆姨的圍攻，把他的心揉成了一團亂蔴。一出街門，抬頭就是燈火通明的神樹廟。神樹那巨大的樹冠如一丘黑色島嶼，浮漾在一派輝煌的光芒之上。夜色隱住了滿樹白花，但那股纏綿的暗香，卻悄然淹沒了整個村莊，浸泡著每一串檐瓦每一段土牆，每一塊路石每一棵街樹，然後，又慢慢從每一種物體中彌散出來，沁透人心。召集開會的鐘聲早已停息。趙家文定定心，避開扶老攜幼去開會的村人，繞過廟宇，向靜臥在漳河中的石龜走去。河水不深，脫了鞋挽起褲管便可涉渡。掬兩捧清涼的河水擦把臉，屁股往龜背上一蹾，心漸靜下來。

石上散發著陽光的餘熱，溫柔慰藉……

從兒時起，家文就喜歡到這兒來坐。跟同齡的孩子們耍，翻臉了就說他是地主崽子。他便爬上河心的石龜，痴痴地有了心事。石龜的傳說也令人神往：古老時候，這一帶大山裏沒有煤。富裕人家燒點煤，就要趕上牲口，兩天一往返至五十里之遙的固堡鎮去馱，很不容易。一隻大烏龜發了善心，從固堡揹起一座煤山往大山裏爬。爬得好慢，很久很久才爬到神樹底。渴了，就到河畔飲水，問路人石坎還有多遠。石坎鎮是這一帶太行山的中心，大烏龜想把煤山揹到石坎去。過路人趕著一群牛，一停下來牛就去扯路邊的莊稼。過路人急著吆牛。隨口便說：八十！大烏龜一聽還有八十，一泄氣就把煤山撂到河裏。過路人打住牛，扭回頭問：你問上石坎下石坎？上石坎二十，下石坎……可惜已然晚了，衹見煤山在河裏激濺起衝天大浪。浪過之後，大烏龜露出水面，化作了一塊大石。家文那小小的心眼裏想，石龜石龜，你咋就泄氣了哩？你多有勁兒！就坐在龜背上，用小手去拍石龜的屁股，想像著石龜醒過來，掀動蹄爪，馱他去一個沒人欺負的地方。走之前，先彎回村遊轉遊轉，叫狗兒們的眼氣！再大了就想，你的龜背上寫的有字，還壓得一座山鎮得一道符。多喒也像這石龜，一傢伙給狗日的摑河裏！雙腳浸在清涼的河水裏。順河道吹來的晚風，清清爽爽的，漸漸地就吹淡了愁緒。漸入中年了，石龜仍然是他靜心的好地方。那年選舉，他以高票擊敗李金昌，榮任神樹底首任民選村長。散會就散會，也沒人向他道賀。比起他煤窯開張時的鞭炮鑼鼓，比起運出第一車煤時大塊吃肉大碗喝酒的十張桌子的流水席，真是十分的冷清。可是他覺得心裏有一團火焰在飛竄。他悄悄蹚過半道漳河爬上石龜，抱住龜頭不禁熱淚漣漣，快半個世紀了，是石龜你也該抬抬頭啦！他孤坐在龜背駝起的暗夜中，一個聲音在心裏放肆地流動：改朝換代了改朝換代了改朝換代了……坐了好一陣，彈進河裏十來個菸蒂，那熱力還未消散，最後大解開褲子，衝著龜頭放出滾燙而漫長的一泡尿液。

記憶中，這是他一生中最為痛快淋漓的一次渲泄。黑黝黝的平靜的河面上，拖出一長條銀光閃閃的泡沫……

今天晚上，趙家文心裏紛亂如蔴。打著酒嗝坐在龜背上，望著河下游不遠處神樹廟的輝煌燈火，怔怔地像望著一個凶吉難卜的讖言。連日來，先是鬼們回來鬧紅火，胭脂紅的月暈旁點起一炷天香。接下來神樹開花，兩省十縣的人們拜樹求藥。看起來是先驚後喜，特別是神樹開花帶來的滾滾財氣，更讓全村人都亢奮得兩眼發直，印堂放光。戰戰兢兢夾著尾巴做人的半生坎坷，總使他懷疑在這一連串的神秘背後隱藏著一個大磕絆。就像眼前這條河，有深就有淺，有平就有險。寬寬敞敞流上三二里，不期然一個跟斗就栽下斷崖，在深潭裏攪上個七死八活天昏地暗才放你一條生路。

——到底有甚地方不對頭咧？

今日晌午老疤眼父子跟縣公安局刑警隊的那一齣武戲，著實叫人心驚。大檐帽們來者不善，打了人還要驅散外地群眾。試了試，幾千人，聚眾卻又沒鬧事，真是老虎吃天，無處下口。將人們轟出村口，把住橋頭，眼看著又成群結夥從上下游的淺灘涉過河來，漫過剛收割的秋地，湧回神樹廟。這座老廟也實在破敗之極，連廟牆都沒有。十幾二十個警察，那裏擋得住潮水般往裏湧的人。趙家文和米鄉長就說，大老遠同志們從縣城趕來，水都沒喝一口。先歇歇，落落汗，船到橋頭自然直，辦法還能沒有！

酒過三巡，趙家文通紅著臉，潑出大膽說，在座的都是咱的領導……不是領導也比咱水平高。有幾句話，也不知當說不當說？說錯嘍，祇當是咱借酒撒瘋！米鄉長說，日怪得你，有話就說，有屁就放！趙家文抿了一口酒，說：縣領導的好意咱也領會，封建迷信是假，說來說去是怕出事。遊遊風景，燒個香拜個佛，咱不准，才剛人們就拿旅遊觀光宗教自由來頂你。城裏的大廟天天冒煙，單單欺負咱這農村小地面兒？……對著哩，我也說這話沒道理，可咱們是執法部門，說一不二，你還能天天去跟群眾辯論？再說，每天在村口堵，不是個辦法，來的人一多，保不准還真給你出點事。從根本上說，就得到兩省十縣去貼告示。可這麼一來，小小不言的一檔事，就真成了個政治事件。省裏怪罪下來，最輕的也是個擴大事態。

刀疤臉侯隊長還沒喝糊塗，斜睨起眼問，趙村長，你是說這事公安局乾脆甭管？

趙家文說，哪能哩，侯隊長！維持治安，嚴防動亂，請還請不來哩！兄弟有個建議，你看中不中？燒香拜佛就燒香拜佛，咱公安局每天派上幾位同志往村口廟門上一站，村裏再出上十幾個人協助維持一下，你看他還能有事？就是上萬人，他也是陸陸續續三三兩兩……

侯隊長臉色難看地一笑，說，這可好，咱倒真成了給你看家護院的了！

趙家文說，你聽我說完，侯隊長，咱還敢勞動同志們看家護院？這也是為了不出事。不瞞各位，這神樹開花還給村裏帶來點經濟效益，河兩岸的停車場、村裏的臨時飯鋪旅店，廟裏還收點香火錢，可以考慮給同志們一定的生活補助。除了管飯，一個人每天伍十塊錢一條菸。眼下縣裏的財政困難，公安局也不寬裕，聽說連辦案的錢都有些困難。為了維持全縣的治安，村裏可以考慮贊助一部分。收益好了，我看這個數大概不成問題……他比劃出兩個手指頭，然後端起一盅酒，仰頭一擱。

席面上的人，都拿眼去瞅一直不開尊口衹顧悶頭喝酒的孔令熙。孔令熙說，都看我作啥？我說了也不算。回去研究研究。米鄉長一看事情有成，趕緊就說，喝酒喝酒，席面上不談公事，滿上滿上……觀光旅遊觀光旅遊……

花兩三萬買哄了老仇人，收編了狗日的公安局，保住了村裏更多的收入，還保住了神樹底史無前例的吉祥興旺，值當不值當？值當！打個老鼠還得費根油燈捻兒哩！往後還會再有大磕絆嗎？看不出。一根線上拴倆螞蚱，利益連在一起了。要說大磕絆，衹怕還是修廟。

自從趙家文當權以來，修繕神樹廟殿堂，重塑神像的議論已被他壓了幾次。鄉親們說，花銷的事不用你犯愁，起糧捐款，投工獻料，不用村裏負擔，也不用按人頭地畝攤派，全憑自願。老規矩了，不見廟院裏那些碑上寫的？上一回沒壓住，就犯了牢獄之災。此後，任憑人們磨短了舌頭，趙家文拿定個死主意，就是不點頭。以神樹底現在的財力，修廟也不算甚大不了的事情。舊社會，二三十戶的小村村也都修得起廟。——是共產黨不讓！哪兒修廟就去哪兒抓人，前些年可是見多咧！沒掌權之前，無論如何也琢磨不透：共產黨咋就跟這鬼神過不去？這二年吃透了：共產黨就是一個大教，老百姓信了鬼神還有它的貢獻？武斌講話，這叫信仰與意識形態獨占。這一回怕是壓不住了。神樹開花捲起了一場鬧修廟的旋風。不光是老漢婆姨們，就連其他村幹部都逼他點頭。不光是修房塑像，連幾大姓的家譜祠堂也一併列入了宏偉規劃。重修家譜再立祠堂，這是趙家文連做夢都不敢想的事情！不敢想並非不想，光宗耀祖造福鄉梓的事誰不想？是怕，怕共產黨翻臉不認人！內外夾攻之下，趙家文有些招架不住了，就悄悄去試探前兩任老支書的意思。石建富說，廟是我砸的，幾十年了，你來替咱補過，我還能說個不字？我上山植樹二十多年，村裏的事也解不下了。你來跟我討這根籤，叫人家你白跑咧。去問問李金昌，他不反對就好辦。李金昌說，睜眼閉眼，兩可之間，咋說也有理，咋說也沒理。現在比修廟那年，是要寬鬆多了。政策法律沒有明文限制的事，別挑頭，隨大流。興許出不了大事。

趙家文昨晚一鬆口，今天一大早村委會就開了個碰頭會，不說其他，先將財源把住。緊接著通知今晚召開村民大會，討論修廟建祠事宜。趙家文留了個心眼兒，提議由幾位大姓的老人上臺主持，不叫族長的族長。全然民間色彩，與村委會黨支部無干。退路都留好了，臨了又犯了嘀咕。神樹廟的鐘聲撞響了，娘問，是開會咧？趙家文說，我不去了，由老漢漢們去日鬼啵。娘說，說定的事，又咋啦？趙家文說，首富是咱趙家的，村長支書也是咱趙家的，再把家譜修上，祠堂立起，可好，一滿回到解放前！前些年分地，李金昌他們就說辛辛苦苦幾十年，一夜回到解放前。生怕人們不說你封建復辟地主翻天！娘說，家是勞動致富發的，支書是共產黨委的，村長是眾人選的，怕甚？總是個怕，你們這一輩人可真是吃怕長大的？鐵打的江山流水的朝廷，也該是改朝換代的時辰了！憋了幾十年的那口氣，到如今也該順順了！婆姨藍秀絞了把涼水毛巾，說，給，醒醒酒。眾人的事情，擋不住的水你就讓它流，你這村長支書還要當千朝萬代？

武斌的那一席話也很為他壯了一番膽。但事到臨頭，卻是誰的話也不敢全然相信。看著夜色中過於輝煌的廟宇，他總覺得那輝煌背後有所埋伏，凶險難測。照理說，修廟立祠如今確算不得稀罕，但那種不安的直覺就是像帶刺的拉拉秧一樣緊緊纏繞著他，無法擺脫。娘說得不錯，我就是吃怕長大的。他摸摸屁股底下溫熱的龜背，光說我怕，不說共產黨的脈號不準，王八脈！

＊

老族長們早已作古。神樹廟戲臺上並排坐著村裏趙李石三大姓最為年長的三位老人。革命所帶來的眾生平等觀念，使舊時父死子繼的族權傳承方式蒙上了一層聚族為私的嫌疑，於是年齡便成為無爭無辭的公平自然的標準。

趙姓：老陰陽趙茂生。八十五歲。幼年讀過私塾。子承父業，略通地理。一生務農，風浪不興之時，兼為村人看陰陽二宅。不慎誤用印有毛老人家寶像的報紙卷菸，被打成現行反革命。因沒有正式戴帽，後不了了之。

李姓：李二旦。八十四歲。李金昌叔父。趙傳牛家長工頭，老莊稼把式，早已幹不動活計了，支持兒子李銀斗承包了村人挖煤發財而棄耕的九十畝農田。畢生醉心農耕，除了農業機械，所有新式的良種、化肥、農藥、地膜一概精通。數年前為村中首富，近年來農藥化肥價格飛漲，收入每況愈下。

石姓：老右派石建奎。八十歲。石建富表兄。早年外出謀生，四十出頭方熬成縣林業局一名小科長。心直口快，不諳權術。幾十年前因一句嘲諷毀林煉鋼的打油詩當了整整二十年右派。文革中女兒青葉子參加反動會道門被槍斃。近年棄農經商，和兒子石昌林一起經營起一爿代銷店。買賣公平，童叟無欺。小康。

三人之中，老陰陽趙茂生最為年長，便居中主持。直到看見姍姍來遲的村長趙家文倒背雙手踱入會場，老漢們才宣布會議開始。

老陰陽說，「都別吵吵咧，山神土地，各歸其位，咱的村民會這陣兒就算開始了。」他站起來，挺正式地乾咳兩聲，大聲說，「鄉親同志們……」

「嘩」的一聲，全場堂大笑。有人在臺下學他聲音拿腔拿調地說，「婆姨同志們！」更把人們笑得前仰後合，鬧作一片。

瘦得像顆陳年乾棗的老漢也笑了，說，「大夥兒別笑，這也是冇法兒，硬逼著俺們幾個快入土的老東西上臺來現醜！咱說，有村委會黨支部，咱神樹底的能人不是多著哩？咋都拉稀咧？人家說修廟這種事不好挑頭。這可好，哦，頂炮眼的美差就輪上咱這些老鬼嘍！」

會場裏又是一陣大笑。臺上的老漢們也跟著呵呵地笑。趙家文暗暗叫苦，不知老漢還要把私下裏的那些話抖落出多少。

「俺們幾個老漢一合計，全村的人們拉到河灘裏站一排，要堵炮眼不還得揀老不死的挑？二十多年前，俺就給咱村頂了個反革命指標。上一回修廟，俺又頂了回炮眼，冇功勞有苦勞，也算作了貢獻……」人們又笑。李二旦偷偷拽他袖梢。「拽甚？頂一回炮眼還不許說個笑話？——這麼一想，俺們也就自覺了。說清楚了：今兒個這會，是咱神樹底全體村民自願召開的，與黨支部村委會邊都不沾。這個，俺還得再訂對一句，大家夥兒說，是呀不是？」

「是！」人們笑嘻嘻地齊聲吶喊，戲臺上三個老漢就笑成了三朵花兒。

老陰陽滿意地捋捋山羊鬍，說，「這嘛還行。俺們也不是給二兩顏色就想開染房的那號人，至少哦，還不給咱點老面子！接下來讓石建奎給大家夥兒報告報告。」

石建奎老漢站起來，說：「修廟這事，已經醞釀多年了。文革破四舊，砸了泥胎，大殿佛堂也當了隊裏的倉庫。那陣兒說是四舊，這陣兒哩，是文物。按趙家的家譜，趙忠義是明朝洪武二年上移到這地方來的。按廟裏的那塊斷碑，這廟建於宣德七年。家譜上說三代之後建廟，對得上號。明朝宣德七年至現在是多少年？俺翻了一下書，整整五百六十年。美國才二百多年。咱神樹底六百多年，頂住他三個美國了。這叫四舊？這叫歷史。讓它風吹雨淋，雀兒做窩，老鼠打洞，是對得起先人哩還是對得起歷史？再說，咱這廟與眾不同，還長得棵神樹，全世界也少見。俺幹過幾天林業，這兒多說兩句。現在搞建設，最花錢的是甚？是高速公路。人家美國，森林資源保護得好，大樹古樹有的是，可遇見棵大樹，高速公路也得繞彎，一繞就是上億美圓！……一億美圓是多少？乘以十吧，十億人民幣。咱村不算窮，年人均收入五百來塊，全村一年下來，滿打滿算也就是個四十來萬。十億除以四十萬，頂咱村兩千五百年的收入！……你們別亂叫喚，回居舍慢慢掰腳趾頭去！人家是一棵樹，咱也是一棵樹。萬把塊錢就把廟修得美美的咧……」

趙家文正溜邊往後走，撞上了在牆角蹲著的武斌：是老武，晌午飯在哪兒吃的？在草珠子家吃的。趙家文說，老武，你給咱掌著點舵。瞧見不妥之處，站起來就說話。這村裏可沒把你當外人。那瓶茅臺還給你留得哩，多住些日子，咱哥兒倆再找時候。武斌笑道，你的酒誰敢喝！你退居二線，我上陣替你堵炮眼？

「……這兩天神樹開花，來參觀旅遊的人有多少！你瞧瞧，這不也是個現成的旅遊資源嗎？可外村的人們咋說？——樹不賴，咱服了，廟咋就灰敗成野鬼窩？丟人敗興的，連咱先人的臉都丟盡咧。再不濟，從碗底裏也摳出這萬數塊錢來了！前幾回鬧修廟，氣候不對。這回趕上神樹開花，天時地利人和，全了！這陣兒共產黨也講開了民主，修呀不修？咋修？大家夥兒討論！」

趙家文躲在會場最後面，倚著正殿大門邊抽菸。身後漆皮斑駁的暗紅色的雕花門扇吱嘎作響。也許是風，也許是廟宇衰老的顫抖。前院還有遠道而來的香客。亮如白晝的燈光中，看得見煙霧在樹底裊裊升騰。夜風從樹頂瀉下，浸著幽暗潮濕的花香。他覺得兩個老漢的一席話，把自己的心口也烘熱了。剛才，見老漢們一直等他駕到才宣布開會，心裏大為不快，誤認為想往他身上推卸責任。看來，為修廟，老漢們實在是動了心思，動了真情。讓自己上臺，講不了這麼漂亮。閉口不提為菩薩們重塑金身，再立祠堂的事更是紋風不露。——娶過媳婦就有娃，修好了廟還能叫它空著？一步一步來。一上來先就把自己鄙低的，老東西、老鬼、老不死——甭謙虛咧，一滿的老狐狸！請老漢們來張羅，這步棋走對了……

院子裏，人們坐在自己帶來的小兀子和條凳上交頭接耳討論紛紛，氣氛自由熱烈，卻久久無人站起來正式發表意見……

主席老陰陽趙茂生說，「都醞釀得差不多咧？發言啵！」

人聲漸止。卻靜靜的不見有人發言。

戲臺上，那張被砸光了雕花桌裙的大香案後面，三個老漢似乎略有不安。老陰陽又說，「咋的，下面說得好好的，一上會就拉稀咧？——是都不同意？不同意也把那不同意說說嘛！真個是日屌怪咧……」

「有甚不同意的？……」李金昌的兒子李寶柱說，

「誰拉稀咧？……」一個女人從人堆裏站起來說。

兩人對瞧一眼。寶柱說：你說。那女人也說：你說。就又坐下。

寶柱說：「俺就兩句。也是該修咧，頂漏牆塌的。廟後身那根柱子，還是在俺爺爺手上替換的，風吹雨淋的早就朽了，再不修，想修也不能修咧！——就這。」

「俺說幾句，」那女人又站起來。趙家文從背影上看出是村裏數得著的俏婆姨石草珠，四十多歲的人了，身條還沒走樣兒。每回一看見草珠，他就想起李金昌，心說狗日的活閻王咋配享這艷福！幾年前那回捉奸，他是真心同情草珠子的。草珠子是個好女人。草珠子說，「該說的，好聽的，不都叫你們說盡了？俺們還說甚！可真日怪，這人一當官，立馬就低估群眾的革命覺悟。有誰不同意？——剛才大家夥是在說錢哩，要是修廟花不了多少錢，那該不是咋也好辦？分成的事俺也同意……俺是說，這倒四六是不是虧了點個人？最好……」

「草珠子這話俺贊成！」沒等草珠子說完，老疤眼蹭地站起來，搶過草珠子的話把兒說，「修廟立祠的事咱不反對，遲早趙家祠堂裏有咱的一塊牌位。——說錢啵！人家鄧小平講話，讓一部分人先富起來，幹部們咋就害了紅眼病，硬要從俺那三畝山藥地裏挖銀子？草珠子開店，雙喜家開飯鋪，俺開停車場，跟趙家的煤窯、石家的代銷店一個意思，都是勞動致富，憑甚要逼住俺們倒四六分成？廟跟祠堂是全村人們的，讓俺們出大頭，甚屌的土政策！」說完趕緊坐下。

「誰要你贊成？俺的話不是你那意思。」草珠子嘟囔道。

「修廟沒人反對，」有人說，「這錢的事最好還是先講清楚。沒錢還不是白說！」

戲臺上，三個老漢咬咬耳朵。石建奎站起來說，「這錢的事，原則上按照舊例，不搞攤派。自覺自願，有錢出錢，有力出力。至於倒四六分成這事，俺家代銷店也有股有份，俺同意是同意，事情是村委會決定的，是不是讓村委會的幹部誰上來給鄉親們講一講？」

趙家文掃一眼，在場的村委，連他算上有四個：石昌林是石建奎的兒，倒四六分成也損害他家利益，本來就多少有些勉強，讓他講不合適。鐵根子是全村有名的「革命派」，對單幹、雇工、發財向來就看不順眼，要照他的意思，倒三七也便宜了他們。讓他講更不行，當下就能跟他爹幹起來，這狗兒的是認理不認人。副村長李銀斗倒是能講，修廟的事他也最積極。可找「發財戶」宣布規定就是人家，得罪人的差事都讓一人幹，不好。算下來也衹有自己了。就清了清嗓子，說，「這事，我說啵……」

老陰陽說：「家文子，上臺來說！」

趙家文說，「不用了，也冇幾句，就這兒吧……」他還是走前幾步，站在院子中央，說：「這事村委會全體通過，冇反對意見。歷來修廟，聽老人們回憶，錢糧建材有三個來源：一是村民自願認捐；二是寺廟本身的收入，包括廟田跟香火錢；三是政府撥款資助。——和尚，你說是不是這麼回事？」

和尚說：「家文子說得對著哩。不過官府撥款得有名的大廟，咱這廟不行。」因為要討論修廟的事，把和尚請來了。跟石建富上山植樹多年，他把修廟的事也看淡了。兩可：若不修，他在山上窯洞裏也設了個佛壇，供奉著一尊石雕釋迦牟尼佛聖像，一佛即萬佛。與佛同居山野土窯，日子倒過得親切安定。若修，就度化個小徒弟，待日後爬不動山種不動樹了，也是個歸宿。

趙家文說：「那是。這第三條咱們就不說了。政府沒錢，有錢也不會給。第一條大夥兒已經同意了。第二條：廟田解放前有幾十畝，合作化以後收了，也別說了。我現在衹說這香火錢。自打神樹開花以來，收了不少香火錢，可是，這兩天開店、開停車場的收入，還有代銷店，收入比平時多出不少，這跟香火錢之間是個甚關係？大夥討論討論。村委會的意見：是香火錢，又不是香火錢。說它是香火錢，可發財的人投入了勞動和本錢。說它不是香火錢，神樹沒開花那陣兒，你咋撈不著暴利？剛才疤叔罵這是土政策，這還就是個土政策。全給你不對，都收走也不對，你說咋？——祇有分成。就這麼訂了個倒四六分成，是根據收入估算的。是不是公平合理，大家討論。」

有人低聲說：「老疤眼那停車場可有甚本錢？」

趙家文說：「本錢也不是一點沒有，不還毀了他三畝山藥蛋？要跟草珠子昌林子他們幾戶比，都是倒四六他就占了點便宜。可他又是個老困難戶，照顧一回啵，糊糊塗塗，大面上說得過去就……」

「家文子，俺不領你這份情！」老疤眼又跳起來，伸著鬥公雞似的瘦脖頸說，「修個廟，萬數來塊錢也就差不多了。全村七百多口，一人十塊就是七千多塊，富戶多捐點，就是一萬。把廟修得好上加好，一萬五兩萬頂塌天咧！加上香火錢，俺們幾戶再多捐點，兩萬也就齊了。你們當幹部的變著法兒亂攤派亂提留，錢多了作甚？大吃二喝，請客送禮走後門！當面鑼對門鼓，今黑夜你得跟老少爺們交代清楚，收上這麼多的錢打算做甚？不說個青紅皂白，擺個裏表反正，你們那土政策立馬作廢！俺父子們挨打受氣，你們可好，陪著大檐帽吃得兩嘴岔流油。甭瞎眼咧？咋就選出你們這些貪官污吏！」

趙家文也氣了，說：「老疤眼你不要胡攪蠻纏，晌午那兩警棍還沒打到你七寸上！如今這風氣，不大吃二喝請客送禮你能辦成哪件事？我趙家文要吃喝，不用沾村裏的光，狐子溝裏有我一個煤窯。說起今兒晌午那事，我還沒找你算賬哩你倒豬八戒告狀倒打一耙。我不管誰有理誰沒理，誰把咱村的事攪黃了就不行。不大吃二喝請客送禮，今兒這事，人家把你廟門一封，紅巴巴的大印往告示上一蓋，財也不能發咧廟也不用修咧就都歇心了……」

老疤眼看樣子還挺不服氣，話音沒落就又頂了一句：「咱這廟有門冇牆，他封不也是白封！」

趙家文說：「不跟你抬那死槓。政府真想禁止你嘍，還發愁想不出個辦法！」接著，他把酒席上的情況根梢不丟地又跟眾人說了一遍。

一聽要給公安局上供兩三萬，場子裏頓時就炸了窩。連支持趙家文的人也覺得老疤眼的話有了幾分道理。但老疤眼卻像遭霜打的瓜蔓，蔫在那兒再不敢作聲。天塌眾人死，村裏出再多的錢與他屌相干？如若公安局禁止拜樹求藥，停車場的買賣一吹，眼看到手的錢可就飛了！可不敢再鬧咧，倒四六就倒四六，倒三七不也比光打光強……

鐵根子向來憤世疾俗，眼裏揉不進沙子，對他爹混吃等死看不順眼，對趙家文點頭哈腰吃喝逢迎那一套也看不順眼。今天晌午忍氣吞聲，給了他好大的面子，不想他是非不分，善惡不辨，吃了喝了還上桿子應承狗日的們兩三萬！他最在乎的還不是錢，他覺得被自己信任的人出賣了。但自己是村委，當爹的又不長臉，衹好使勁勾著頭，把拳頭攥得嘎嘎響……

李金昌是支持修廟的。兒子寶柱是十里八鄉數得著的好木匠，這麼大的工程，有的賺。上一次修廟，他爹李木匠以船垈廟，盛名遠播，歷久不衰。因此，在李金昌眼中，這廟不僅是神樹底的象徵，更是李家智慧與榮耀的象徵。還有，失去權力的痛苦使李金昌渴望報復。倘若寶柱在建廟工程中用那根墨株畫足了一千根料，他對趙家的報復就會變得神秘而可怕。連公安局刑警隊都敢收買，一出手就是兩三萬！他暗暗嘆服趙家文的智謀與氣派。但絕不公開表示支持，他要為將來反對趙家文封建復辟、行賄受賄的不正之風騰個身子，在政治上這叫留有餘地。而且，趙家文也不需要支持，建廟立祠已是大勢所趨。一動不如一靜，他衹需要坐人堆裏悶頭抽菸，聽。寶柱子剛才打頭炮，太露咧。生怕人家揣不透你心思？真是個夾不住屁的稀屎牛……

武斌聽出了人們各種態度背後的心機，更聽出了農民對鄉土和傳統的摯愛。無須國家撥款，也沒招誰惹誰，保護古樹修復文物竟如此艱難！村邊公路上那場欺壓百姓的鬧劇，他是沉默的目擊者。幾次想端起照相機，卻幾次看見老對頭孔令熙那冰冷警告的目光。從趙家文的話音裏，他聽出了他對自己四兩撥千斤式狡黠的自得與陶醉。他明白這是鄉村「大腕」們無可奈何的生存之道。「世路難行錢做馬，愁城欲破酒為軍」，他見得多了。但是，這兩萬之數還是叫他疼在心裏……

有人說：「家文子，你這不是先斬後奏嗎？你倒應承人家了，還叫俺們討論甚？」

趙家文說：「這兩三萬我是先斬後奏了。等你把人都找來開完了會，黃瓜菜都涼了！……我也有我的作難處；不吃吃喝喝請客送禮維持住上面吧，事辦不成。事辦成了吧，大夥兒又罵貪官污吏、不正之風。當面叫我聲村長，謝謝，不敢當！——甚的村長？維持會長吧！維持住上頭維持不住下頭，維持住下頭維持不住上頭。風箱裏的耗子，兩頭受氣！今黑夜說清楚了：這兩三萬的難題，我可是交給村民會了。錢還沒拿出去，可錢也沒進來，咋決定我都沒意見。封了廟甭怨我，不正之風也是人人有份！我沒話了，就這！」

會場上靜下來。正想反想地一盤算，小聲細語地一拉呱，人心又開始慢慢往回變。前些年修廟抓人的事，人們都還記憶猶新。七嘴八舌認認真真議論一番，最後一致通過：同意村長趙家文租警察，同意集資修廟，同意村委會定下的倒四六，老疤眼也一視同仁。但屬於老疤眼個人所得的那部分應由村裏掌握，控制使用，按月發給。村裏提留的這部分款子在性質上也算香火錢，跟廟上收入的香火錢一起，作為修廟的第一筆資金，立即籌備動工。花謝之後，公布收入，不足部分，再由各戶認捐。依照舊例，所有捐款人的姓名必須上碑，按捐款多少為序，倒四六提留的款項立碑時也算捐款。推舉三位老漢組成修廟領導小組，統籌規劃。有關修廟的一切事宜，從此與村委會、黨支部無關。除了趙李石三大姓，祠堂中還應該有其他雜姓的位置。有關祠堂的事，待廟修好之後再議。還有，根據多人提議，如若出了大閃失，出頭張羅者，坐牢期間由村裏負責雙倍經濟補償，死亡由村裏贍養家屬，雙倍烈屬待遇。

這一段討論，直聽得武斌熱血沸騰。沒有二流作家筆下那種慷慨激昂的言辭和一波三迭的戲劇性場面，擔當生死興亡，竟如春種秋收男婚女嫁那般平常簡單。這種巨大而近於麻木的承受力和隱忍不發的反抗令武斌大為震驚。是被命運打垮了的那種順天安命呢，還是諸般劫難如同旱澇雹蟲一樣，已成為他們人生中不可或缺的組成部分？

＊

夜已深。外院簇擁著神樹的那些輝煌與喧囂已隨風流散。

大香案後，李二旦老漢早已支撐不住，困倦得東倒西歪。右手裏攥著青玉石嘴兒的黃銅菸鍋，左手捏著菸袋，一溜涎水亮晶晶地從他長滿白色短鬚的唇間掛下來。老陰陽捅捅他說，老二旦，散會咧！二旦老漢驚慌地睜開眼，說，甚，這就散會咧？老陰陽說，該商議的倒都商議了，散會啵？二旦老漢問，蔓菁打牆的事也商議咧？嗨嗨，早忘㞗咧！下回再商議啵？二旦老漢堅決地說，不行！老陰陽說，那你就說說啵？二旦老漢說，你說啵。還是你說啵，老陰陽說，俺一想起這事心口就犯疼。

「時辰可是不早咧，咱這會也該散咧。」老陰陽對眾人說，「李二旦還有一件事，大家再堅持會兒！」

二旦老漢說：「一圈廟牆都扒光咧，這回往起修，俺說還是照老樣，土打牆，和上蔓菁。這事不能聽年輕人的，有錢也不修磚牆！」

場子裏靜下來，半晌沒人言語。武斌和不多幾個二十來歲的年輕人，都被這種沉重的氣氛所震懾，東瞧瞧西望望，猜不出這廟牆後面的故事。

趙家文倚在吱嘎作響的破門扇上，說：「那些陳穀子爛糠的事情，快不用再說咧。過幾天再商議，錢要是夠了，起狗日的一圈磚牆該不是蠻氣派！」

二旦老漢說：「——瞅瞅，早知道有人圖氣派！你那磚牆能吃？俺說的是給後人留下保命牆。」

「俺贊成二旦伯，蔓菁打牆……」石草珠舉起手喊道，話沒說完就哽住了，趕緊抻起袖口掩住臉。

趙家文苦笑道：「餓死人的事，往後怕不能再有了。真要備荒，蔓菁打牆也不是個科學的辦法。再說哩，上哪兒去找那麼多的蔓菁？中伏蘿蔔末伏蔓菁，這陣兒種也過節令了。」

二旦老漢說：「蔓菁不用你發愁，串鄉買也買到了。誰敢說那年再也遇不上了？如今這世道荒亂的，進城的進城，撂荒的撂荒，化肥農藥柴油見天漲價。你瞅這糧食不值錢？總有斗米十金的時候！事到臨頭，你哭都來不及咧！俺也冇說這是個正經辦法。那年，要不是靠吃這廟牆，還不知道要死多少人！把這廟牆按原樣修好，一來是紀念老祖宗們的大恩大德，二來也為後輩兒孫們留條保命的退路……」

一夥子紮著堆兒捏捏掐掐的後生妮子們，終於明白老漢說的是甚麼了，就有人哧哧地笑著說：「二旦伯，你是計劃著讓我們吃土牆哩？」

吃土牆？那年神樹底吃土牆？甚麼叫「蔓菁打牆」？武斌也糊塗了。

李二旦冒火了，站起來用菸鍋子指點著臺下的人們說：「是誰撇涼腔哩？拔了刀子就忘了疼，剛吃幾年飽飯倒忘了吃土的日子了，一滿是忘恩負義的東西！」

李銀斗看看周圍的人都不吭聲，就說：「爹，你的打擊面也忒大咧。你是一片好心，大夥兒也是一片好心，不過是想把廟修得氣派些吧。」

「俺辭職了。」二旦老漢磕磕絆絆地離開座位往臺邊走去，一面悲憤地念叨，「餓死鬼們哩，你們都遊轉到甚地方去咧？咋不回來瞅瞅這些冇良心的人們呀……」

前院的老鐵鐘輕聲響了。

彷佛是風，一股堅硬的風撞的。這鐘聲並不震耳，卻叫人心頭發顫。一股旋風驟然而至，花葉繁茂的神樹在這黑色的氣流中發出大響。前院的香灰冥紙隨風而起直入夜空，又紛紛揚揚隨風墜落。幾盞沒有燈罩的禿燈泡搖曳不止，居然如同馬燈一般在風聲中忽明忽暗。人們瞅瞅神樹，瞅瞅天空，一時竟愕然了。

武斌一激淩，渾身一股酥麻。合上採訪本，拽上夾克衫拉鏈，掏出一把精巧的小牛角梳子攏攏被風吹亂的半禿的鬢角。心想這山裏的天氣忒怪，秋天嘛還能這麼涼？

和尚心知有異，便雙目微合，靜下心來開始默誦大悲咒。

趙家文覺得心猛然間陰森森吊起。他發現自己陷入了一種迷離夢境。他看見一些墨色的人影從前院，從沒有院牆的兩廂，從身邊的正殿門裏，從四面八方聚攏過來。他聽見自己說，不是本村的不要進來！一個人恰從正殿裏出來，一邊邁過高高的門檻一邊瞪他一眼，說，誰不是本村的？你才不是本村的哩！你是誰？他想問，張張嘴卻沒說出聲音。面熟熟的，是誰哩？

「爹——娘——」

一聲女人的淒厲長嚎。

人們一驚，循聲望去。草珠子跌跌撞撞從人叢中掙出來，朝戲臺下那幾條黑影撲去。忙慌慌絆倒在地，就勢抱住人家的腿大哭。「爹……娘呀……你們可是回來咧！……俺的親親的爹娘呀……」她掙扎著爬起，和兩人抱頭痛哭。「爹呀，娘呀，你們一去就是三十多年，閨女想你們哩……快快，三崽……」她突然發現了一個半大孩子在拉扯她衣襟，連忙彎腰抱起，臉貼臉地哭道，「是俺三崽哩，姐想你哩……姐想你哩……」一家四口抱作一團，嚎啕不止……

「哈哈……哈哈哈……」剛走到戲臺邊上的二旦老漢乾嚎著，伸著菸鍋鍋往西牆根兒一指，就栽倒在臺上。李銀斗一個箭步躥到臺上，和建奎老漢一起將他扶起，連聲問道，「爹，咋啦咋啦？」二旦老漢坐在地上，顫抖的菸鍋鍋指著西牆根兒：「快過去瞧瞧，是你哥跟你嫂，快——」祇見兩條黑影急步走上臺來，跪倒在二旦老漢面前，啜泣著說，「爹呀，是俺們回來咧……」李銀斗一看，真是他哥哥金斗一家，嫂子手上還牽著侄兒牛牛。叫一聲哥嫂，眼淚就流下來。石建奎老漢心裏一驚：這不是死鬼金斗子嗎！一股冷氣順脊梁直頂上後腦根……

人們終於明白過來：是那年的餓死鬼們回來了。

場子裏大亂，家家戶戶都哭喊著尋找自己的親人。一時間哭聲震天。

武斌完全糊塗了，一把拽住個老漢，急煎煎問道：這是咋啦？不都是大活人嗎，咋說是死人？

咋就不能是死人？就冇聽說這些日子村裏鬧鬼？

鬧鬼？甚鬧鬼？搞屎的甚名堂？

咋不許鬧鬼？年紀輕輕的咋就是個死腦筋？……嗨，你放手！俺還要尋人哩！

等等，明明是大活人嘛咋就說鬼？

看你這人，麻煩的！——實話告你說，俺就是個鬼！

話音未落，那老漢竟化作一股清風遁去。留下武斌栽在當地，張口結舌，面無人色。

趙家文完全清醒了。悄悄把鐵根子、石昌林兩位村委拽到戲臺下，說，「銀斗子是顧不上了，他哥回來了。咱三個商議商議，鬧成個這攤場，接下來該咋辦？」

「還能咋辦？」石昌林說，「會是不能再往下開咧，瞅這院子裏，死人能占了一多半。人和鬼還能在一搭裏開會哩？活大半輩子了，實在是開眼！自由吧，不說開會不說散會，咱三個先溜號，反正咱三家那年沒死人。」

鐵根子說：「我至這陣兒也沒徹底醒過來。我爹說金斗兩口來跟他找舊賬，還帶得孩孩，我祇當他鬼諞哩。鬧神鬧鬼，還不都是這社會出了問題！現在的社會……」

趙家文說：「鐵根子，你又來這一套了！先說這眼下的事情！」

鐵根子說：「這事，還真得問問人家的意見。咱們是活人選出來的，還能主了人家鬼們的事？」

石昌林說：「不問也能猜出個七八分。遲不來早不來，咋銀斗他爹一說蔓菁打牆的事就來了？那年春天，要是早半個月知道廟牆能吃，這些人多半不能成了餓死鬼。叫俺說，他們一準是衝著修廟回來的。」

趙家文說：「打土牆就打土牆，那還不是件挺容易的事？誰提上一句，一通過，各回各家，是哭呀是笑呀，坐炕頭上慢慢道閑去！」

鐵根子說：「死人我可見過不少。共產黨講唯物主義，咱這算個甚？」

趙家文說：「算個甚？算實事求是。眼見為實，你咬咬自個兒手指頭。天下的事，弄不明白的多了。外星人、特異功能，哪樣弄明白了？——沒不同意見，就這麼著了！……昌林子，把你爹喚來，叫他給咱主持，老二旦是不中了。老陰陽他婆姨跟小子也都回來咧，看把老漢傷心的！」

哭聲如打了春的風，漸漸柔和起來……

人們一家一戶地聚在一起擦著眼淚說話……

為了應付意想不到的局面，也為了壯膽，趙家文等三位村幹部也上了臺，陪坐在石建奎老漢兩邊。

「鄉親們，咱神樹底活著的、死了的老少爺們兒！請大家靜一靜……」建奎老漢紅著眼圈兒喑啞地說。人們都轉過臉，看著臺上，停止說話。「今黑夜，那年走了的鄉親們回來了，整整三十三年才見得一面，都哭了。俺說轉轉啵，走哪兒哪兒哭，生離死別的老兄弟，臉對臉說不出囫圇話，張嘴就是個哭。俺也哭乏了……家文子找俺說，不能總管哭了，還得接著說正事。俺說，三十三年見一面還不是正事？家文子說人家是為了廟牆回來的，俺心上這才清楚了些兒。才剛二旦罵咱們沒良心，忘恩負義。俺還不大服氣，心說多少年代的老事了，還總提它作甚！哭了哭，心裏也明亮了。剛吃了幾天飽飯，咱們就忘了吃土活命的日子，就忘了連土都沒得吃活活餓死的親人。老二旦罵得實在對！這不，幹部們也在臺上，全都同意二旦的提議，還是按老輩人們的法子打土牆。看大家還有甚意見？……同意不同意？」

「同意！」人們舉起胳臂七高八低地一聲嚷。那些哭得還說不出話來的人，也舉了舉胳臂。

建奎老漢說，「好，這就算通過了。」他扭過臉小聲問趙家文，「就這啵？你們還有甚要說的？……沒說的俺就宣布散會了。」

「等等！俺還有個意見……」有人舉起一隻手，是金斗，「不光要蔓菁打牆，立的那塊石碑，要把那年的事說一說，還有，得把俺們這些餓死鬼的姓名都刻上……」

「對著哩！」「這主意不賴！」許多人和鬼隨聲附和。

「雞長牙，狗生角，死鬼還圖名，實在是稀罕！」老疤眼低著頭隱在人堆裏自己嘟嚕，「活人留個名兒，還得問他是捐銀子了還是出力流汗了……」

「別當俺聽不見，你這個漢奸狗腿子！」金斗不理會老疤眼，接著說，「出名兒吧誰還願意出餓死鬼的名兒？死了這麼多的人，總得留個教訓。」

趙家文想了想，說：「這個意見是不錯。不過，咱村餓死這麼多的人，都刻到碑上面，怕是咱把屁股撅起來找人家揍哩！」

「對著哩！」老疤眼霍地立起，說，「誰翻那年的老賬誰就是反黨反社會主義！」

一直沉默不語的李金昌也忍不住說，「這事恐怕還要考慮考慮……」

「考慮甚？考慮考慮你屁股上是不是有屎啵！」金斗接著對趙家文說：「咱村死的人還算多？也就是個兩成吧。上邊的谷凹，下邊的平田，人亡家敗鬼吹燈，光死得絕了戶的有多少！再說哩，光寫一百多號姓名，又沒讓你把吃八角刺摳屁眼兒的事都寫上去……」

「快不敢說那些丟人敗興的事情！」金斗婆姨拽拽男人衣襟，紅起臉小聲說。

「俺知道！……咱刻碑，這也是憶苦思甜，支持改革開放。你就不會穿靴戴帽開頭結尾再加上幾句好聽的？」

金斗婆姨又說：「還得把秋子一家三口寫上。抓『外流』關在看守所餓死的是不是也算？不是在村裏餓死的。」

老陰陽婆姨說：「和尚的名兒也得寫上。要不是人家發現了這牆能吃，咱村還不得跟谷凹、平田一樣樣，死得沒人抬棺材。」

「阿彌陀佛，」和尚站起來說，「不敢不敢，鐘是俺敲的不假，起頭發現的是草珠子她爹石二堂……」

石二堂笑笑說：「不是俺，是人家和尚。俺也不圖那流芳百世，不再說俺偷飼料也就知足咧！」他仍舊是餓死那年四十多歲的模樣，和草珠子站在一起，就像是姐弟倆。

和尚說：「俺還記得真真的，那天你又趕著牲口從山門前過……」

二堂說：「三匹馬，兩匹騾馬，一匹兒馬，一匹黃騾子一匹大青騾，再加上五頭驢。缺草沒料的，悽惶得牲口們走道也打偏偏哩……那天你正在擔水。俺說，和尚，你狗的還沒死哩？你狗的還擔動水哩？」

＊

和尚說：「俺有功夫哩！」說著用力挪上最後幾級石階，把桶放下，倚在山門邊長喘。「佛菩薩保佑，這一世，三兩天還走不完吧。……瞅你腫的，一天一個樣，自家打對著些啵。這是一劫哩，也不知道過不過得去？」

「知道哩？」二堂無力地斜倚在石獅上，浮腫得臉盆大的臉上咧出了一個難看的笑。「還說俺偷牲口料。就不用說往家揹，在槽頭上每天順手摸兩把料填嘴裏吧還能餓成這！……走出去幾里地，草也沒吃上幾口，悽惶得這些不會說話的東西，連尾巴都甩不動了……嗨，人活得連牲口也不如了，頓頓不離草，連草根都挖光了！」

和尚不腫，瘦。臉皮貼在顴骨上，眼窩塌成兩個深不見底的黑洞。他艱難地聚起枯草般的目光，越過二堂的肩頭，朝村子裏望去。暮色已隨山嵐悄然升起，該是晚炊時分了，村子裏卻看不到一縷炊煙。他知道，除了他還保留了一口小鐵鍋，全村的鍋都沒收了。共產主義食堂化，消滅私有財產，吃飯不要錢，管飽吃每頓兩菜一湯。衹是好景不長，沒多久就衹剩下了一湯——大鍋熬的野菜稀米湯。每天三兩原糧，和上磨碎的玉茭核核、加鹼煮化的玉茭苞皮、嫩南瓜，再和上苦苦菜、灰調、馬齒莧、蕨、榆錢、楊樹葉、蕁葉等野菜熬成稀糊糊，每頓一大碗，越喝越餓得慌。神樹廟地勢高。從這兒往南一望，神樹底村盡收眼底。和尚荒涼的目光不僅找不見一縷炊煙，也找不見一絲綠意。早就開春了，卻所有的樹木，都朝天空伸出枯骨一般白煞煞的丫枝。春荒一開始，人們先是捋榆錢捋楊葉。後來，一天早晨，有人開始剝老官碾前的榆樹皮。驚惶不安的人們紛紛掣刀持斧，先搶剝村街上的，再剝自家院子裏的。先剝榆皮，榆皮最好吃，甜的。榆皮剝完了就剝柳樹楊樹，有點苦，涼水漂透了也能吃。從陽婆剛閃紅到陽婆歸山，除了神樹，全村所有的樹都剝成了一片恐怖的慘白。三十三年之後，一夥年輕的軍人開著軍車坦克車來到神樹底，探出頭問，嘿，老鄉，你們這兒怎麼祇長得一棵大樹？人們就回答，山上的，那年煉鋼了。村裏的，那年扒樹皮吃屎了。

見和尚久久不語，二堂又說：「俺怕是熬不過咧。男怕穿靴，女怕戴帽。這兩天都腫上大腿根了。……看這樣，老天爺是要收生咧。」

和尚說：「咋怨老天爺？照說年成不算賴，可這糧食到底上哪兒去咧？」

「唉，問狗日的建富子啵！……呔！去哪兒？就快餓死呀？連牆也啃！」二堂揮舞著鞭子罵牲口。十來頭牲口正擠在廟牆跟前啃土吃。

和尚搖頭嘆息道：「讓牠們啃啵，讓牠們啃啵，讓牠們啃啵……牲口們就好啃個老牆上的硝土，鹹的，頂吃鹽咧。」

「日怪的，不像是啃硝鹽，你過來瞅瞅，狗日的們大口吃土哩！」

年代久遠的廟牆已有多處坍塌。刷成暗紅色的石灰牆皮斑駁脫落，露出了帶著板築痕跡的黃土。牲口們一個個都聳起上唇，呲出黃黃的大板牙，忙慌慌地啃土牆，嚼得滿嘴是泥。

和尚一手扶牆走過去，跎蹴在大青騾腳下瞧。撿起一塊土坷垃說：「怪事哩，老輩的人們打牆還摻草哩？」

＊

武斌緊張地問：「那就是蔓菁？」

「廢話，」趙家文說，「後來人們才吃出來是蔓菁。你別打岔，這段事連我也不太清楚。」

＊

二堂艱難地也跎蹴下，看見和尚手中的土坷垃裏確實有黑色細密的纖維，說：「怪不得這牆耐。老輩的人們作甚也是萬年牢！……回啵，」二堂雙手撐著膝蓋緩緩站起來，扯起鞭子朝大青騾瘦得見楞見角的屁股上輕輕一摔，「回啵，這千年的草還能吃？明兒咱們走得再遠些兒，這麼大的山，還真尋不見幾口草吃咧？」

第二天傍晚，和尚又看見牲口們從東山上回來，兀自啃了會兒廟牆，一步三晃地回飼養院去了。二堂卻沒有回來。二堂死在五里地外東山背的山窪窪裏，孤孤的一個人。兩天之後人們才尋見他。全發起來了，就像一口吹脹的豬。誰還有氣力把他往回抬？回村捲了一筒破蓆片，好歹挖了個坑，淺淺地埋了。從此，飼養員石二堂偷飼料的話再也無人提起。

寂寂地又為二堂做了超度的佛事，和尚覺得自己也快不行了。

阿彌陀佛，你也快上西天見佛祖咧！和尚微笑著對自己說。

這一程，一打坐就軟成一堆，頭頂虛懸不起，入不了靜，丹田也守不住。和尚功力雖不算深厚，但一入靜，眼前總會浮現出一尊拈花微笑的佛像。一僧一佛，就在一片混沌的寂靜中相視微笑。這一程不行了，笑著笑著，那光芒四射的佛像竟不知覺間化作種種吃食，有時是一碟素雞，有時是一碗麵條，或者一把花生，一捧核桃紅棗，一盤白饃，有時乾脆就是一個玉茭麵的大窩頭。他懂得這是魔障，卻擋不住那誘惑，總要細看一番。五色五味便逐漸充斥了他眼耳鼻舌身意全部身心。丹田裏那一團令人愜意的溫熱，就燃作一片饑火，沿五臟六腑舔舐上來，直衝腦頂。當青藍色的火舌躥到眼前，燒得頭疼欲裂之時，他祇有恐懼地即刻收功，睜開眼，呆坐在蒲團上茫然無措。是他今生前世惡業太重，必受餓死之果報嗎？他知道自己不是個好和尚，貪生怕死就是還沒有出離生死。但每天的口糧帶皮才三兩，他實在受不了饑腸轆轆的折磨。他比過去任何時候都更明確地意識到自己是凡胎肉身。既是凡胎肉身，又如何出離生死？在饑餓感反覆無情的追詢下，他漸漸明白：因是凡胎肉身，方要出離生死。其實，這正是佛法三寶之真諦。至今才明白，多少年的經算是白念咧！師父是咋說來？這時方苦苦回憶悲意師父生前的教誨。師父說，修禪定能暫時免除煩愁之苦，若能開悟而得到大智慧，即可出離三界的生死之苦。——這是出家修行的上上之等，俺不行。師父又說，學佛法可以逃避劫數。修五戒十善能免除刀兵水火地獄這三塗諸苦。——十歲出家，今年三十有二，修行二十二年，不用說禪定智慧，連五戒十善也未修持到境界。愚鈍如此，也祇有專持「阿彌陀佛」名號了。但願如師父所說，念佛一聲罪滅河沙，永遠念佛則一了生死。於是，和尚便從早到晚一刻不停地唱誦佛號，打坐念，擔水劈柴念，上山剜草根野菜念，疲軟無力坐在山門前曬太陽時也念，直把那四字念出了幾十種色彩斑爛的音韻與節奏。孰不知那日甚一日的饑餓感如影隨形，卻之不去。他發覺自己每念誦一聲「阿彌陀佛」，心中都川流不息地湧動著與「餓」有關的諸般雜念。……阿彌陀佛還餓嗎阿彌陀佛好像不餓了阿彌陀佛餓還是餓阿彌陀佛阿彌陀佛阿彌陀佛就快不餓了阿彌陀佛俺快挺不住咧阿彌陀佛釋迦牟尼也餓過嗎阿彌陀佛佛祖啊……如此這般，念念念佛竟成了念念念餓。他知道，這叫散心念佛，連門也沒入。本來，修行多年，一心不亂對他來說已是家常便飯。祇要靜下心來念誦「阿彌陀佛」，心口同一，不生雜念，即刻便進入念念之間唯有佛號，唯有佛號如行雲流水前後相繼之境界。多年的道行一沉香棍就打脫咧？他不信。連續數晝夜的苦鬥之後，他徹底灰心了。

出離生死高深莫測，遠水不解近渴。餓魔纏身，也祇有扭過臉打個交手仗了。他一步步退卻，從一了生死一直退到祇要不餓就行。剛學打坐，師父就說，漱咽靈液災不干，口水要用心咽下。等日後功夫深了，祇要口中津液不乾，不吃五穀雜糧瓜果蔬菜，出家人照樣幾十天的活。這叫避穀。師父還說，不用避穀，每日漱咽津液三千口，也能頂饑。津為續命芝。慈雨呀，這句話你牢記在心，終生受用不盡！萬般無奈，他祇好試試這個最有實用價值的教誨了。打坐時，再無出離苦海的奢望，祇是將舌底泌出的唾液響亮地擠漱不休，然後將這養生續命之靈液金汁汩汩有聲地一口口咽下。一邊用意念內視丹田，看見那潔白的津液直入紅光漫漫的臍下三分。這時他才懂得，三千口亦絕非易事。唾液非水，舌底無泉，祇有進入了物我兩忘之境，那唾液才會自然分泌。幾乎須整日打坐，方可湊足這三千之數。但饑餓之感還是緊緊纏繞著他，那些關於食物的種種幻像還是不時悄然化入他無思無我的禪境。每當幻像出現，他便拋開那三千之數，一心意守丹田，漸漸又沉入渾沌的寂靜。當津液滿口，開始累計那三千之數時，各色幻像便又不知不覺間令人驚駭不已地浮現在眼前……

這種無休無止的搏鬥使他心力交瘁。某天深夜，他疲憊不堪地步出長年獨居的僧房，張開雙臂撲在神樹巨大的樹幹上，喃喃道：師父，俺不行了，連這俺也作不到！俺六根不淨，魔障纏身……語未竟，忽然有所開悟：這魔障並非幻像種種，而是那牢繫於心的三千之數。心有所執，身有所繫不也是貪瞋痴三毒嗎？生便生，死便死，隨緣便是，又何必苦苦執著？

……春日柔和而清洌的晚風環樹遊走，掀起他那件破舊僧袍，在他瘦骨嶙峋的胸前輕輕撫觸，把某種大慈悲大撫慰度入心田。……是佛菩薩真的要來接引俺咧？……對著哩，村裏那麼多善男信女都死了，俺有何功德善業超越生死？阿彌陀佛！當他以平常心來面對饑餓與死亡，一種從未體驗過的不可言喻的大解脫大自在驟然降臨，以往的那些固執顯得可笑而虛妄。他無怨無恨地喃喃道，佛祖慈悲哩，佛祖慈悲哩……

他回到僧房，捧出一瓶野花。

從在河北老家當小和尚起，他每日必得採來鮮花供奉在佛前。悲意老和尚見花即喜，看著他用一把不快的大剪刀修去多餘的花枝，插入花瓶，一邊歡喜地笑道，佛喜歡花哩，佛喜歡花哩……一天清早，晃著一雙小桶去廟後的泉邊擔水，遇見了早起放小羊的三妮。三妮摘了一把紅丟丟的山丹丹。三妮說，小和尚，擔水哩？他說，三妮，放你家小羊哩？兩人就說起了孩子們的事。驀然想起老和尚還等著他的淨水洗漱完了好做早課哩，嚇白了小臉，擔上水就往回跑。三妮追上來，塞過那束野花，說，老和尚喜歡花哩！果然，老和尚一看見花，就忘了耽擱早課的事，慈眉善眼地笑了。就是從這天起，採花也成了他必修的功課，日日不輟。老和尚那蒼老天真的微笑給他留下了溫馨永遠的記憶。老和尚圓寂之後，他如同一片落葉在戰火中隨風飄零，最後流落到太行山深處的神樹底。每天黎明時分，他仍然採來一束鮮花供在佛堂裏。老和尚不在了，他便喃喃自語，佛喜歡花哩，佛喜歡花哩，滿心是由衷的欣悅。他從不攀折桃、李、杏、梨、檳等果木花枝。一朵花秋後就是一枚果哩，莊稼人太辛苦咧。春夏秋三季，山裏的花很多，迎春花、玫瑰花、月季花、芍藥花、西番蓮等等皆依節令陸續開放。採不到這些富貴花時，就是丁香花、荊條花、百合花、山菊花之類野花也要歡歡喜喜抱一捧回來。百花之中，祇有槐花不採，芳香潔白，卻沾了一個鬼字，是不好敬佛的。十冬臘月天，也要冒著風寒去折一枝松柏，青青的敬奉在佛前。禮佛的花，替換下來，捨不得丟棄，就養在自己僧房裏，也是一份歡喜。

他從僧房捧出一瓶野玫瑰，輕置於神樹下的青磚地上。然後盤腿而坐，雙手合十，開始輕聲誦唱《心經》和《往生咒》。他要把剛才體驗到的那種大慈悲大撫慰傳達給磨難中所有痛苦的靈魂。他明白，佛要他與眾生分享。誦經之聲抑揚頓挫緩急有致，如風如水如詩如歌，如泣如訴如痴如醉。慢慢地，這迴環不息的誦經聲將他翩然托起，在無邊無際無古無今的時空裏飛升。他覺得自己穿透了世間成住壞空的漫長歲月，大大小小的劫波隨風而逝……無涯的渾沌裏，散漫的若隱若現的無數光點匯成一個遙遠明麗的光球。他想接近那光球，方起念，那光球便迅速逼近。他看見自己破舊的僧袍在時空的疾流中自在飄逸，漸熔在那光中。他看見自己的身體也透明起來，熔在那光中。他消失了卻又存在著。他消失在光球之中感覺著遊子皈依於慈母膝下的溫暖，他存在於光球之外感覺著一種不可言說的由衷的敬畏。那光球充滿天宇，靜靜地放射著萬丈光芒，比一千個太陽還亮！……這種陶醉是永恆的。那景象也許僅僅衹有一刻一瞬，但他覺得超過了人世間漫長的一生。觀照過這種輝煌與慈悲，生命就發生了變化。當最後分離那光球之際，他驚奇地注意到自己心中竟無怨無悔，而祇是充溢著平靜的歡喜。漸行漸遠，那光明終於又成為無數劫波之外的彼岸之光，模糊難辨了。溫柔的大黑色中，另一點微光閃亮了。他知道，那就是他托身此岸的家園。

不久，他看見了無數高山大海，看見了大山深處的神樹底，看見了碧玉般的神樹。那一點微光是從神樹下漫出的，是陶瓶中那一束野玫瑰。他看見他的野玫瑰凋謝了，殘英滿地，那微光亦隨之散滅……風牽動著僧袍，在耳邊輕聲掠過。他睜開眼，野玫瑰果然凋殘了，白色的花瓣在風聲和如歌的誦經聲中浮走。他立起身來，順風隨花步出山門。

夜風把白潔的花瓣灑向村莊……

沒有燈光沒有人氣，餓得昏迷不醒的神樹底遊動著死亡的誘惑。

他記起了二堂。幾天前，他擔回半擔水，倚在廟門邊和二堂道閑的景象尚歷歷在目。……牲口們饑不擇食地亂啃牆土，滿嘴是泥。他說是吃硝鹽，二堂說是千年草。牲口們還活著，二堂卻死了。……慢著！牲口們吃廟牆……還活著，二堂卻死了……慢慢地來，慢慢地來：這意思是說廟牆能吃嗎？——阿彌陀佛！佛祖慈悲哩！大饑之年，吃土並不稀罕，但能吃的土祇有一種白色的細質粘土，大約因救人一死，俗稱觀音土。能吃不能屙，腹脹之時苦痛萬分。——這摻和著「千年草」的廟牆土哩？和尚順牆根摸到牲口啃土的地方，摳下一塊土放進嘴裏細細品嘗。土質細膩，微甜可口。而且那些纖維一嚼便化，把泥土粘作一團，吞咽起來也不太困難。總而言之，能吃！——咽得下，屙得出嗎？倘若又屙得下，鄉親們不就……有救了嗎？——大牲口吃不死，人哩？和尚抖開僧袍，兜回些牆土，以水和成泥丸大嚼大咽……

他發現自己不餓了。

幾個月以來，他第一次腹中飽滿地睡了一個安穩覺。

翌日黃昏，在緊張的期待裏，他拉出了粗長的一截屎。

神樹廟鏽跡斑斑的大鐵鐘歡喜地戰慄起來。這鐘聲野火般迅即燃遍奄奄一息的村莊……

*

二堂說：——咋說？還是人家你發現的吧！

*

和尚說：是佛菩薩度化你，叫你先看見的。俺就是撞了個鐘。

和尚撇開鐘杵，撲通一聲跪倒在地。一句佛祖慈悲沒說完，便哽咽得話不能出。正在落山的陽婆輝煌至極，剎時間化作點點柔軟的金珠，在他胸前噗噗墜落……

第四章

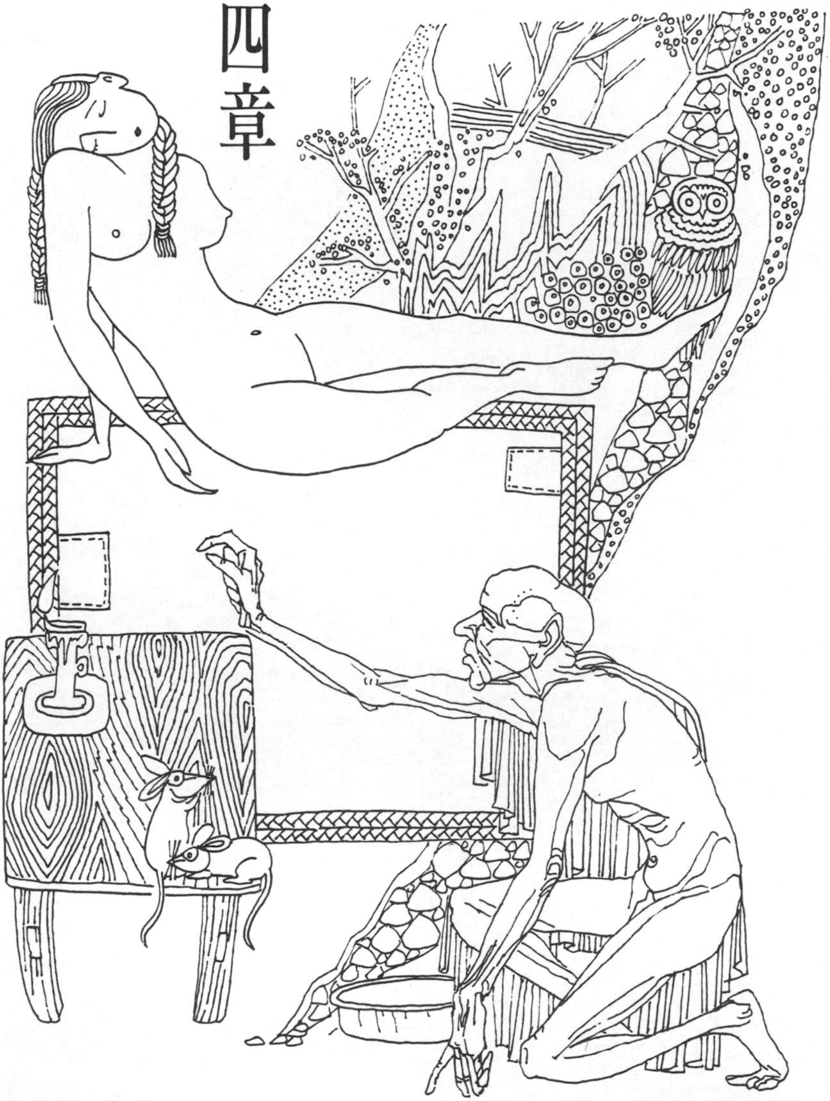

昨夜秋雨淅瀝。

陽婆從夜雨的散淡愁緒裏升起，筆觸奔放地塗抹著群山。狐子溝一溝兩坡的秋林絢爛嬌艷，宛若一個失散千年的童話。

進山的小徑上逶迤著一行人，斫木為杖，漸漸行入那姹紫嫣紅。當凝於葉尖的雨滴砸在肩頭，跌碎在耳邊，當落葉在腳下踏出綿軟水聲，透熟的漿果紛然墜下，森林的氣息就濃濃地將人們罩定。這種黃土高原上難得領略的珍貴感受，使兩位新老林業廳長緘口無語。寂寂地走了一程，錢廳長找出一句話：這是一片針闊葉混交次生林。老廳長心說廢話，口裏卻說，是啊，混交林比純林抗病蟲害。趙家文在前頭用棍子敲打著路邊的灌木，生怕領導們的褲管打得太濕。林子裏好靜，祗有清涼的敲擊聲和一兩隻野山雀稀疏的啁啾。武斌殿後，看著兩位瘦高條廳長小心翼翼地倚杖而行，心裏描寫道：落葉打濕的林間小徑上，走去兩根瘦樹……寂寂地又走了一程，趙家文沒話找話地問道：這又是甚麼道理？錢廳長就頗為內行地說：針葉樹跟闊葉樹的病蟲害不太一樣，混交林對病蟲害是一種自然的隔離，純林蔓延起來不好收拾。另外，混交林的鳥多，是種類多，蟲害一般不易形成。趙家文就感嘆說，唉，幹甚麼就得有甚麼學問！武斌心裏納悶道，這點林業科普，家文子你裝甚麼傻？見錢廳長教導得歡喜，才明白這是一種不露聲色的逢迎。上面千根線，下面一根針。黨政軍財文直至計劃生育希望工程，各部門各方面找下來，回話的衹有一個窮於應付的村首長。衹要是「上面」來人，連個科員都不敢得罪，也難為他練就了一身察言觀色吹拍逢迎的軟功。再走再走，就嗅到淡淡炊煙。被林木濾去燥熱，唯存一縷使人心動的鄉土的清新。眼前驟然疏朗，見到土崖下五眼小窯洞。趙家文介紹道，三個人一人住得一眼，緊西邊那眼，窯頭冒煙的是灶房。衹閃了一眼，小徑便拐了彎。出了林子，才看清楚紙窗柴門之外，妖艷得一大片的是開得正盛的花兒。錢廳長數點著：西番蓮、菊花、玫瑰……罌粟……怎麼是罌粟？趙家文說，這三個人都是倔脾氣，硬說是好看。種得不多，倒也真是不吃的。推開最邊上的窯門，黑洞洞的沒人。一盤小炕，半領炕蓆，羊毛氈子上捲著一套舊被褥。炕牆上糊了幾張陳年的外國電影海報，一個金髮碧眼的大美人頭衝著炕邊傻笑。炕邊靠牆立著個大傢伙，黑亮黑亮的是一口裝糧食的大陶甕。甕口上蓋塊青石板。青石板上擱一盞出土文物似的陶土油燈。窯掌裏，黑糊糊的像是一堆破爛。趙家文說，這是老漢的窯。錢廳長說，那是一堆廢钁頭？就走到窯掌裏拾起來看。就是钁頭，磨禿了的，鏽跡斑斑。這是刨生荒地用的工具。方形钁板長約尺許，一般寬約三寸，兩側各貼有一根鋼柱。鋼比鐵硬，用久了，刃口就磨成一個淺淺的月牙，一左一右呲出兩根鋼牙，明晃晃的，甚是鋒利。平川土軟，钁板就寬。越是多石山區，钁板就越窄越厚。錢廳長見手裏的衹有兩寸寬窄，就明白是到了石頭比土多的地方。石頭更多的地方，長著兩枚鋼牙的鐝板就窄成尖尖的十字鎬了。噹啷一聲扔回去，拍拍手說，有五六十把？趙家文說，衹多沒少。武斌說，捨不得扔，有走村串戶的鐵匠來，花點錢接上截刃子再使。錢廳長問，一共有多少？趙家文說，這些年全部的？這山上盡是石頭，像他們這麼使，一個月就能磨禿了一把。一年十把，十年一百把，光老漢一人至少刨禿了小三百把。二子使不動鐝頭。加上和尚，總有四五百把了。錢廳長就悶在那兒瘦瘦地半天不說話。出得門外，趙家文就叫喊：嗨，人呢？

灶房門打開，跟熱氣一起冒出來的是和尚。放了手中撥火棍，抖落破舊僧袍上的柴草，合十為禮：阿彌陀佛！老廳長又來視察了。

不是視察，是請教來了！老廳長用手撫平被山風梳亂的銀髮，說：我來介紹一下，這是我們的新廳長，錢廳長。

錢廳長也雙手合十：老師父貴姓？

武斌笑道，老錢啊，瞧你也沒跟出家人打過交道。出家人都姓釋，釋迦牟尼的釋……

趙家文忙說：老師父叫慈雨。慈悲的慈，下雨的雨。甭說外人了，我也是長大了才懂。

錢廳長不笑，繼續恭敬地問訊道：慈雨師父貴庚？

和尚清瘦矍爍地說，免貴免貴，虛度六十有五。錢廳長遠道而來，辛苦了。

我們不辛苦，辦公泡茶，出門派車，你們辛苦。錢廳長環指著滿山滿溝的秋林，誠懇地說，兩位老人，一位殘疾人，我真的很感動。

善哉善哉，和尚說，俺沒甚，主要是人家老石父子。老石上山有年代了。

趙家文說，人呢？

就快回來咧，和尚看看日影說，請進家坐，請進家坐……再不進家，俺的煮餅子就糊咧。

灶房也是一眼望到底的小土窯，比剛才那一眼大。進門就是一盤大灶，灶上坐一口大鐵鍋。牆根上蹾著一溜半人多高的大甕，幾口裝糧食，蓋著青石板。掛了鐵水勺蓋著高粱秸縫的蓋兒，自然是水甕。當地擺了張舊炕桌。四周亂撂著幾個樹根做的小兀子，釘了棕黃色的野兔皮。灶邊上順牆站得個石條桌，紅石板的桌面，一頭嵌在土牆裏，省了桌腿。另一頭有腿，是夯在地裏的兩根木棍。一根是楊木，一根是柳木，都抽了芽子，生了嫩嫩的葉。石桌面上整整齊齊扣著幾只粗磁大海碗，立著案板菜刀和油鹽醬醋瓶瓶罐罐。土牆上掛了個柳條編的筷籠子，插著鐵勺、鍋鏟、柳條笊籬還插著三雙竹筷。窯掌裏暗暗的，堆了幾抱柴禾。鍋裏確是有了糊味，和尚告罪連聲地從灶裏撤火，頓時濃煙滾滾。和尚你這地方不能呆！武斌眼淚汪汪地帶頭逃出窯外。

錢廳長揩著眼淚說，條件比我估計的還要艱苦。

這就蠻不賴了。趙家文說，老漢剛上來那陣兒，靠著棵歪脖柳搭個草庵，大清早上山種樹，懷裏揣塊紅薯，餓了攏堆火埋進去，渴了趴在泉子邊灌一肚。三塊石頭支口鍋，天黑了才能回來喝上口熱的。下雨天跑石崖下蜷著，後來就趁雨天打土窯，這才慢慢排場起來。不容易哩！……趁父子倆還沒回來，先說說基本情況啵？

按照武斌在報上概括的，叫作四起三落。老武，要不乾脆你來說……也好，你隨時補充。第一回是整牛鬼蛇神，村裏成天起來鬧派性，老漢當了半輩子的支書不幹了，一家人拿著基本工分到這狐子溝口上開始種樹。自己給自己訂了定額，栽不完不回家吃飯。棉褲膝蓋以下掛得沒棉花。兩毛錢一個工，不夠菸錢。先種的是刺槐，當年長了一米多高，有枝有葉。小樹剛長起來，就鬧了矛盾。老漢不叫牛羊進溝，不叫人們捋刺槐葉子。刺槐葉子能餵豬，幹部也去捋。得罪下一大片，新上臺的支書就說他光跟群眾幹仗，不叫種了。羊啃樹皮，牛吃樹頭，人去弄柴禾，一兩萬樹就這麼毀光了。

過了二年，又開始幹。這回有縣林業局支持，給了個嶺頭，六百畝，辦個試點。楊、槐樹一春天栽了兩萬。緊接著又來了運動，戴紙帽子掛牌子遊街，開會鬥爭，逼住人們舉拳頭喊口號：不許種樹！永遠不許種樹！一家人站臺上陪鬥。那陣兒這村是全省學大寨十面紅旗，支書兼任縣委委員。縣上正式給他戴了頂死不改悔的帽兒……甚麼罪名？——破壞農業學大寨。揪住頭髮叫他坦白，為甚不顧死活種樹？老人家說以糧為綱。這麼多年了，我也記不清了。反正跟劉鄧一聯繫，他也是文革下的臺，說他還不服氣。在自家院子裏栽了四棵樹，說把資本主義搬到家裏了，又鬥了一次。四棵紅果樹。過年春天，耕地休息，爬樹上砍了幾根栽子，偷偷栽地堰上，誰見了都勸。這算是二起二落。對不對武斌？

武斌說，沒錯兒。這回栽的樹不少，後來隊裏砍了五十來畝，三十多人砍，抬出來用拖拉機拉，足足幹了一禮拜。捎帶著把老漢自家種的蓮藕養的魚也共了產。當時我們村還有人趁機偷著來砍了幾根椽子。剩下的有二十多年樹齡，都成材了，就是坡上的大林子。

趙家文接著說，又過了二年，縣林業局陳局長幫他平了反，就又開始種樹。這回還不錯，接著幹了六七年，算試點林場。隊裏要求種了幾十畝果樹。桃三杏四梨五年，棗樹當年就還錢，問題就出在這果樹上。一掛果，矛盾就來了。老漢看得挺緊，脾氣又倔。幹部們想白吃白拿不方便，想找個說法把他拿下來，隔離審查了半個多月。林場間作了少量糧食油料，都交了隊裏，多多少少留了點，支書抓住他手在材料上摁了六十多個手印。他們寫，逼著老漢抄，不叫睡覺。每一頁，每個問題都摁。樹又不叫種了，還胡亂罰了他每年三十塊錢、三十斤小麥五十斤玉茭。七年加起來是二百一十塊錢、二百一十斤小麥、三百五十斤玉茭。按當時的經濟，可也不算個小數。一家人不服，到公社去告，說光钁頭刨禿了一百多把。公社書記怎麼說？第一條、你不坦白到水庫去辦學習班，第二條、你的問題不小，第三條、你一滿是根钁柄，你把人都惹火嘍。後來武斌聽說了，跑回來跟公社書記大吵一架，搞了個採訪，省電臺一廣播，婆姨孩兒聽了直哭。這算三起三落了吧武斌？

民以食為天。這回一扣糧罰款，家裏鬧翻了。說你幹革命，沒革了荒山禿嶺的命，倒把咱自家的命革了。所以第四次上山祇剩下老漢孤家寡人……

有汪汪的狗吠，就見一團黃毛狂呼亂叫地從山坡上滾下來。趙家文連聲叱道，呔，大黃，大黃！呔，你狗日的眼瞎咧？錢廳長戒備地握緊木杖，那狗更是凶凶地想繞過熟人往上撲。和尚聞聲閃出，拿手指著狗說，狗，狗，你再凶，二郎神快來收你咧！狗聽說二郎神，就悻悻地站定，歪著頭打量錢廳長，眼裏放浪著深刻的敵意。見石建富扛著一小捆枯枝從坡上走下來。和尚就喊，老石，快來看住你的狗，省裏的領導來了。石建富急步趨前，放下柴禾，跟兩位林業廳長握手寒暄。那狗便沒趣地踱到一邊，在一盤馬藍花上臥了，張嘴打個大哈欠，神情淡漠地把嘴枕在前爪上。趙家文把幾個小兀子拎出來，待眾人坐下，又散了菸，說，煤窯上還有點事，有大作家陪著，那我就回了。

建富老漢狠吸兩口菸，說咋給兩位領導匯報哩？錢廳長擺手說不忙不忙，先歇歇，吃了飯再談。武斌湊在老漢耳邊大聲說，兩位廳長來跟你諮詢漳河流域封山育林的規劃。省裏打算把這二百里地規劃成林牧區。你看能行不能行？又扭頭對錢廳長說，老漢耳有點背。老漢說，二子還沒回來，等等再吃，先說公事，領導們時間寶貴。錢廳長把小兀子挪近點，說，也好，你先喘口氣，我來介紹一下這個規劃。他從口袋裏掏出一份文件，這個規劃從老廳長手裏就開始做了，祇是干擾太多，一直拖到了今天。基本概念是，太行山中段，漳河九條支流，控制面積二千三百平方公里……

大黃狗驀然從他腳下躍起，化作一股金色的旋風向坡上捲去。是二子回來了。狗把毛茸茸的大腦袋扎拱到他懷裏吱吱尖叫著撒嬌。他拍拍大黃狗，慢慢拐下坡來。看見門口的幾位客人都站起來向他行注目禮，便努力行走輕鬆。但右腳還是軟弱無力拖在地上，每邁出一步，都要在地上劃圈。錢廳長記起趙家文路上的介紹：二子是幹活兒累殘的。分了土地，就沒日沒夜潑命地幹。老人們就說起困難那幾年，說起「小塊地」「自由地」。山上路邊，房前屋後，祇要不是公社的地，誰種誰收。餓怕了的人們就衣兜裏裝上各類種子，上工時走到哪兒種到哪兒，下工後還滿山轉遊著亂刨。鍋大的地裏滴兩顆玉茭，碗大的地裏安一苗南瓜，巴掌大的荒地都種上了莊稼。有人累得吐血，有人落下殘疾。最多的種了幾百塊，見面都認不得是自己的莊稼！老人們就勸：孩兒，可不敢！還是個人芽芽哩……二子不聽，越發潑命地幹，慢慢就手腳發了麻發了軟……剛才錢廳長還在心裏感慨一番：這就叫人為財死，鳥為食亡！

及至看見二子，看見他一步一圈一步一顛地拐來，便很想迎上去攙扶一把，但他掛在嘴角的那一絲淡然訕笑卻又拒人於千里之外。看見二子坐下，錢廳長拿過他手裏的那根鐵杖：這就是那根火柱？武斌說，這是老石發明的，二子改造過的，有專利。開頭用來扎窟窿插樹栽子，後來焊上個鐵條，用腳踩。雨雪天路滑，就在下頭加個鐵套當拐杖。祇露出半寸尖兒，防滑，還扎不進泥裏。錢廳長把玩著讚不絕口：這是個新式武器，這是個新式武器，連武俠小說上都沒寫過。二子吃飯咧！和尚端來一小碗煮餅子，放在他手上。稀薄的玉茭麵糊糊裏沉著幾個碗底大小的玉茭麵餅餅。二子就轉圈響亮地喝，再用西餐叉子戳起玉茭麵餅餅用心往嘴裏送。肌肉萎縮得皮包骨的手被山風吹得直抖。武斌有所不忍，連忙扭臉跟錢廳長搭訕：我看看你們的規劃……發現錢廳長並沒聽見，眼睛直勾勾地研究著地面。斜眼一瞟，是二子的鞋。二子右腳上的鞋，他也研究過。軍用球鞋本來就經穿，但二子不是走，是拖，十天半月鞋尖就磨透。補來補去，發現祇有輪胎最經磨，就乾脆揭一層廢輪胎用蠟線往上縫。有時是自行車的，有時是拖拉機汽車的。每次看到二子右腳上的鞋，總要聯想起足球運動員的「拐子」，生出猛踢一腳的欲望。就覺得很殘酷：二子不光踢不動，連拖也快拖不動了。

建富老漢端了一大碗煮餅子走過來，從碗裏夾根鹹蘿蔔條放兒子碗裏。看著建富老漢的手，錢廳長的眼睛又有些兒發直。武斌也默然了，那種被錢廳長冷落的不快之感竟也悠然而釋。

——這雙手確是感人至深的。

記得他自己第一次看到這雙出號的大手，腦子裏頓時閃過一句「蒲扇般的農民的大手」。誠然有些兒落套，但落套的形容大抵都有驚人的準確。其實，所謂落套，褒意的說法不就是千錘百煉？李白可以寫「白髮三千丈」、「雪片大如蓆」，現在你寫「蒲扇般的大手」，新潮評論家就從鼻子裏哼出不屑，「缺乏想像力」。怎麼才算有想像力？「意大利pizza餅般的大手」？「網球拍般的大手」？「一巴掌能托住女人屁股的大手」？想像力不是雕飾，不是玩花活。奇詭新艷自然不失為一種風格，陌生化也必要，但平白如歌方入了化境。而且，想像就是藝術的不二法門嗎？誰又能憑空想像出石建富這雙大手呢？比如，現在從這個角度看，手心捧了大碗，七寸口的粗磁大海碗，居然還有兩根指頭彎回去勾住碗邊。除了大，引人注目的還有指甲。闊而短，厚厚地拱起來就像腳趾甲。邊上滿布大小豁口，參差如鋸，想必和石頭之類堅硬物體有過於頻繁粗糙的接觸。中指的指甲蓋，在三分之一處有一道淺白色的折痕，可能是搬取重物所造成的傷害。其他的指甲縫裏，深陷著黑色的泥垢，獨這折斷的指甲縫存了一彎黑紅。黑與黑紅，在白色碗邊的襯托下一概鮮亮奪目。拇指的指甲縫，卻存不住色彩：冬天種不了樹就挖坑，土凍了就打石坑。和尚一錘打偏，八磅大錘從鋼釬頭子上滑下來，輕輕一蹭，大指甲蓋連根脫落。後來長出一小半，還翻波捲浪的宛然一葉木耳。成年累月與荒山為伴，連手背的皮膚也漸如手掌那般嚴重角質化，皸裂得像老樹皮。再浸入草汁泥土的青黑色，就成了一張永也掙不脫的辛勞之網。指關節處的皺紋，沒有曲線與彈性，簡直就是一道道深刻的刀痕。拇指與食指相交的虎口，有幾道最深的皺紋。冬日的風雪，將它們一一撕扯得深入血肉。白日用膠布貼，晚上回來，塗了獾油就著灶口的餘燼明滅交替地烤。緩過一夜的傷口，第二日又迸裂如初。待口子裂到插得進筷子，最後的招數，祇剩下穿針引線地縫。到了縫也縫不住的時節，風就滋潤地吹軟了死皮，吹綠了群山。老漢總是要嘆上一句：嗨嗨嗨，老天爺還是活人哩！武斌卻無法如此曠達，他永遠也忘不了那鮮血淋漓的手和染血的鐝把。即便不鮮血淋漓，這雙過度勞碌的手也是殘疾的手。每一個指關節皆異常腫大，儼如樹被重傷之後長出的樹瘤。再加上東彎西拐的如蛇的變形，這些再也無法並攏的手指，就像了死去的老樹向蒼天伸出的嶙嶙枯枝。手背上高高鼓起的黑蚯蚓也似的脈管，把溶著玉茭高粱山藥蛋和鹽的血水灌來，於是就枯而不死。祇要一拿起鐝頭鐮刀犁杖，一觸及木石土禾，這蒲扇般的大手霎時遺忘了衰老與傷殘，變得生動靈巧，眼見得莊稼房屋道路樹木便神奇地從手中生長。於今生前世漫長歲月裏所習得的不可勝數的技能，在每一塊老繭每一條筋肉每一根神經每一處傷殘裏都保留著不滅的記憶。一切複雜的勞作，祇須信手去做，順手就對。所有空間、時間、角度、力量、程序甚至感受，盡在那手的古老記憶之中……

老石吃完了，老廳長遞給錢廳長一支菸，說，抓緊點時間，接著說吧。

武斌見二子端著空碗艱難無比地站起來，趕緊說：二子，我們說兩句話，你回窯歇著去吧。他知道他懶得應酬場面。

錢廳長沒繼續講規劃，卻問道，聽說縣裏給你立了塊碑，咋沒見？

建富老漢瞧了瞧兒子背影，把碗蹾地上，指了指窯洞邊一叢西番蓮，在那兒。

錢廳長就站起來往那花叢去。

建富老漢跟在後面，一邊兀自念叨，立甚的碑哩？一犁淺二犁深，胡亂種了幾根樹唄……

撥開繁密的花叢，露出一通半人高的青石碑。正中四個隸書大字：「功在社稷」。右上角刻了「平田公社神樹底大隊」「造林功臣石建富」兩行正楷。左下角蒙了泥垢：「×縣政府一九××年立」。

大黃狗見人們圍著花叢看，以為有了情況，就立起耳朵精神抖擻地衝進去。

錢廳長說，縣政府還挺重視嘛！怎麼你們縣的林業也一般？

武斌說，領導班子在林業問題上歷來有不同意見。縣太爺任期短，林業週期長，政績該算誰的？十拿九穩是為他人做嫁衣裳。那年抓人，那年又立碑，都跟縣裏的權力鬥爭有關係……

此話怎講?

那年流年不利，先是一場暴雨引發了山嘯，淹了小半個村子。狐子溝口的大寨田，全村壯勞力起早搭黑兩頭不見太陽地苦幹了幾冬春，嘿好，一水漂個光，連壩基都沖到太平洋去了。老石四進狐子溝就跟這場山嘯有關係。是不是老石?

是哩，一霎霎倒下黑了天。披山大雨，就地起水。一出溝，水頭子就有兩房高。村邊上耕地的人們，連牲口也顧不上拉就往坡上跑。牲口沖走好幾頭，人也死了倆。我家把著溝口，地勢不算低，幾眼窯都進了水，糧食也泡得發了芽……幾輩子的人沒見過這陣勢，我心裏說，再不種樹還能有活路?就揹上鋪蓋拎著钁頭又進了狐子溝。那陣趙家文已然當政，給我落實政策，補發了林權證。以前的二八分成，往後的四六分成。

武斌說：抓人是那年秋天的事，我正巧碰上。春天發洪水，入伏以後是大旱，旱得井乾河斷還不算，最後硬是旱得滿河著火，真有點驚心動魄！一般形容天旱，是莊稼葉子一把火能點燃……

錢廳長笑道，河還能著了火?作家滿嘴的文學語言。

——看看，不信吧！神樹底的事，你說正經，人家說你是野狐禪。是旱得著了火。建富老漢不好意思地笑道，村裏鬧修廟鬧得家文子心煩，黑夜裏坐河畔抽菸，一打火，蓬的一聲滿河都著了，把他嚇得不輕。人們就罵，河都旱得著火了還不叫修廟？家文子沒頂住，點了個頭，一繩子就綁進了公安局。後來……

等等，你們是說河裏真的著了火？

那能有假！和尚趷蹴在灶房門邊，捧著大海碗喝得滿頭是汗：起先我也不信。闔村的人們都跑到河畔去點，不能有風，悶熱悶熱的天氣，一點一個著！阿彌陀佛，火苗藍幽幽的，鬼火一樣，貼在水皮兒上躥。還怕人哩！這可是眼見為實，阿彌陀佛，出家人不打誑語。

哪是鬼火呀是沼氣。原先這條河，我插隊的時候水還挺旺。半月二十天一場雨，沖得乾乾淨淨的。後來雨越來越少，天一旱就斷流。汪著水的大小水潭全長滿了水草。旱的時間一長，天一熱，水草一爛，滿河都是沼氣，可不是一點一個著！老百姓慌了神兒，又祈雨又修廟。單抓神樹底，那是給吳縣長好看呢。這兒是吳縣長的點。放了人，接著又立了碑，吳縣長不也要出口氣？——早就說要立碑，趕點兒上了。

嗨，立甚碑哩！建富老漢愁愁的，被太陽烤焦的老臉上千溝萬壑：照過去講迷信嘍，給活人立碑要折陽壽哩。——不就是種了幾根樹嘛，有甚？

幾根？錢廳長瘦臉上掠過微微一笑，到底是幾根？

大約摸是個幾十萬根吧。老漢也咧嘴笑了。

祇少不多，九十來萬吧。武斌說，已經鬱閉成林。流域面積八九平方公里，已基本作到控制水土流失，涵養水源。旱季溝裏有長流水，下再大的雨，水也是清的。

我也要給你立塊碑。錢廳長肅然起敬：我也要給你們立塊碑。想了想又說，我要大大的給你們立塊碑。廟裏立塊碑講神樹，山上立塊碑講樹神。——老廳長你說？

是啊，老廳長也很激動：都像他們這麼幹，十幾年最多幾十年，整個黃河流域的生態必然會發生根本性的變化。功在社稷，功在千秋啊！

問題是，不可能都像他們這麼幹。武斌也激動了，植樹造林的典型宣傳了幾十年，怎麼樣？還不是山河依舊！你也甭宣傳，把山分給農民看看。就算是資金勞力都不夠，祇要一封山，一年草，二年灌，三年就見樹。這道理連我這外行都懂，別說你們這些老林業了。

老廳長說，荒山不早都分了嗎？還發了林權證。誰種誰有，不種收回。

你嘴說十五年不變，三十年不變，誰信呀？這陣兒哄得俺們栽樹，等十幾二十年長一摟粗了，哦，你再一塊錢一根假眉三道地作個價，下個紅頭文件就把樹收了？夢夢去啵，還美得你了！收了又種，種了又收，來來回回折騰多少次了！咱們關起門來問林業部長，他敢不敢打這保票？

錢廳長和老廳長交換了一下眼色，淡淡一笑：無官一身輕，你呀，還是太衝。你們這些文化人……牢騷太盛防腸斷。我們祇能在現行政策下盡力而為吧。

唉，說了白說，我何嘗又不知道？他媽的，不說白不說！武斌的口氣漸漸緩和下來，大家都一樣，知其不可為而為之吧！

所以，抓住典型，推動全面，總還是有用的。榜樣的力量是無窮的嘛。錢廳長說，這回上山來，一是要聽聽老石對規劃的意見，二是要樹個榜樣，推動全局。

榜樣的力量是有限的。雷叔叔焦書記學了幾十年，結果怎麼樣？就算事跡全都是真的，典型就是特殊，都帶有自己獨特的經歷和個性。就說老石吧……算了，話太長，不說了。

武斌呀，拉半截屎還能再縮回去？建富老漢黑下核桃皮臉說，早就跟你說，不要祇寫過五關斬六將，不說走麥城。千萬不敢立碑，叫我難活人。最後這遍上山，實在是那場大雨逼的。那年頭一遍上山，一是避禍，下了臺，在村裏是人家的眼中釘。二是我父親死了沒棺材埋。我咬住牙去求人家，祇差沒下跪。人家說甚？誰說沒棺材？這兒就有口新打好的，移風易俗，你是老支書，給全村人們帶個頭！狗日的活底棺材，扔死狗一樣把我爹撂墓坑裏……

——活底棺材？

沒聽說過吧？武斌說，文革後期太行山區的新生事物。說人死了不給國家作貢獻，還要占口棺材。要破舊立新，移風易俗，其實也確實是沒木頭。也不知是哪兒發明的，底是活的，抬到墓坑上，開關一扳，死人就翻進坑裏。家裏本來就不願意，一看摔得灰頭土臉的，真跟摔死狗一樣，就哭天搶地要跟幹部們拼命。老石那陣兒還帶著帽子，衹好半夜裏偷偷來刨。

這是該寫進山西林業史的事！錢廳長忍俊不禁，笑道，老廳長，你聽說過這種事嗎？

——活底棺材！

老廳長苦笑著慢慢搖了搖滿頭白髮。

建富老漢難堪地笑著說，那是個月明夜，地上房上山上白煞煞的，就像下了場小雪。我跟二子一人揹了口大甕，把墓子刨開，給我爹擦了臉，一床棉被一裹，兩口大甕一對，趕緊就埋。我跪下給我爹立了個誓，就帶著全家人進狐子溝種開了樹。……武斌從來不寫這段兒，盡揀好聽的說。

我更要給你立碑。錢廳長瘦瘦地說。

我不是功臣，我是罪人。歷史上兩回大砍樹，都是在我手上……我這是悔罪哩……

一陣料峭山風帶著土渣從窯頂土崖滾下，把滿地殘葉旋上高高樹梢兒。

大黃狗見人們久不作聲，冷得有些兒害怕。想了一想，還是爬起來挪動幾步，安安心心臥到窯前一叢墨菊下。大尾巴輕輕一擺，抖下滿身紫花瓣兒。

＊

吃過清早飯，李金昌就往村口溜達。果不其然，給狗日家文子看家護院的警察上來了。村口幾個，廟門口幾個，挎著警棍手槍，在熙來攘往的香客中還蠻精神。呸，有錢能買鬼推磨！李金昌調頭就走。他娘那大腿，腐敗成甚咧！有錢能買鬼推磨，那也是鬼冇組織冇原則，有錢還能買警察？村街上的小買賣剛剛開板，雖說還不到最紅盛的時辰，已經有人買香燭水果點心喝茶坐飯鋪，祇有草珠家的「神樹旅店」門可羅雀。有兩天沒見草珠子咧！李金昌想，投宿的客人們都走咧？就慢慢趷蹴下提鞋，瞭見前後沒人注意，一閃身進了院。

「嗨，掌櫃的！……掌櫃的？」

「哎，來嘍！」就有人挑起正房的門簾，露出半張俏臉。

李金昌大聲說：「掌櫃的呢？來瞅瞅你們新開張的買賣！」

「是你呀，俺心說這麼早也不能有了客人。」草珠打起竹門簾，說，「快進家！」

「不了，」李金昌說，「家新子不在，改日啵。有空空嘍，我想請他過去喝二兩哩。」

「老東西！是想請俺喝二兩啵？」草珠嗔道，「這兩天生意不賴，家新子一大早就進城置辦東西去了。真想喝了，俺這就去弄兩菜。」

李金昌嘿嘿一笑，低頭就進，順手閂上房門，摟住女人急煎煎地亂摸。

草珠往他臉上打一巴掌，笑道：「就這事呀！」

「練練功！」一把拽開女人褲帶，褪下半截褲子就摸索著頂入。

「哎喲……還乾乾的哩……」

「你這臭屄……你這臭屄……」李金昌忙進忙出地大動，把女人頂得踉蹌到牆上。幾個回合下來，女人也濕軟了，就半閉起眼扭腰送胯地和他對幹。女人正迷糊得想哼出聲，忽聽得一聲街門響，一把推開男人，扒著窗簾邊兒往外眊。「是狗的風！把老娘嚇一跳！」提起褲子就出去關大街門。正要掩門，門外說：老闆娘，住店！對不住，後半晌才接客哩。存行李啵？一編織袋一手提包，拎著不是怪不方便的！等後半晌吧。俺眼瞅著前腳剛進去一人！那是俺爹！吱呀嘩啦就插上了大門。一手護腰一手關門，姿勢有點怪。李金昌一想，禁不住輕輕笑出了聲。

見草珠氣哼哼進來，便笑道，不都說你服務態度蠻好？

「甘蔗兩頭還不一般甜。顧了那頭，還能顧了你這屌頭！」

「咋顧不了？」嘻嘻地往她腰裏一拽。褲子掉下來，露出花布褲衩和兩截白生生的大腿。「連褲都不繫咧？瞅這不要臉的！」

「不要臉就不要臉！」草珠幾下脫了個光溜溜一絲不掛，白白地瞪著他。

李金昌陡然覺得一陣暈旋。一個早已遺忘的場面，像一片久遠的白雲悠然閃過眼前。多年前的草珠，黃花閨女的草珠，正在那雲霧中婷婷玉立……他像自己的陽物一般渾身硬梆地挪過去，想把那飄渺的女人攔腰抱起，放到炕上。卻氣力不足了……

女人憐愛地跟他摟抱著滾上炕。抓著他胯下的那物件想引入，半硬半軟的不行。

「咋了？鐵襠功廢咧？」

「咋也不咋！」李金昌振作起來，感覺著那隻女人的手在輕輕揉搓。漸漸堅硬起來趕緊洞入。待女人剛要作喘，卻又不行了。

女人仰視著他那雙茫然的眼睛，嗔怒道：「嗨，你，想甚哩！」一用勁將他那軟綿綿夾出去。

李金昌頹喪地軟在女人身上，嘶啞地說：「八角刺……我頭一遍肏你……扣屁眼……」

女人略一愣怔，連忙翻身坐起，讓男人躺展，拭去額上的虛汗，再側身摟住，用一條大腿溫存地壓他陽物之上。

「原本，我是不懷好意哩……」男人囁嚅道。

「俺知道。」

「原本我是……」

「俺知道。」

*

兩汪淚在她眼眶裏轉。

「我給你帶來點吃食，」李金昌從懷裏摸一個沒摻糠菜的玉茭麵窩窩，金燦燦的，「還能成天起來就是哭？人這東西，還能躲得過一死？」

草珠子那雙饑餓的丹鳳眼裏立時探出手來。

「趁熱吃啵……看悽惶的！」李金昌把玉茭麵窩窩擩過去，「給。」

草珠子往炕裏邊蹭，蓬亂的頭髮下滿眼恐懼。

「咋？」

*

「闔村的人們都說，活閻王拿得玉茭麵窩窩滿世界睡大閨女哩！莊稼地裏小後生摸過親過是有的，可那陣俺才十四，還沒破過身子哩。」

「後來咋又吃咧？」

「俺覺著快餓死了。顧不上了。」

*

一個二兩麵的大窩窩，兩三口囫圇吞下去，嗆得大咳不止，泗淚橫流。

「慢著些兒慢著些兒，」李金昌緊忙爬上炕，一邊撫著背說瞅瞅瘦成甚咧，另一隻手悄悄從她藍布小衫下伸進去，輕輕撫弄著奶頭。

「金昌叔，不敢哩不敢哩……」小妮子慌慌地用雙手護胸。

這層紙一捅破，李金昌便抹下臉蠻幹，幾把扯開了舊布衫。兩隻白冬冬的小奶子怯生生地挺立著，像兩個令人饞涎欲滴的淨麵饃饃。他兩眼冒火，把草珠子按炕上發瘋地嘬。掙脫力了，草珠子衹好雙手捂住臉，又驚又嚇，哭都哭不出。又是一陣掙扎之後，終於全身赤露地橫陳在李金昌眼前。白晰的尚未完全成熟的少女的身子和清晨的陽光，真叫人志滿意得。他的手在這幾乎奄奄一息的獵物全身肆意遊走，最後流連於春草初生的兩腿之間。他並不急於那最後的發泄，要把癮憋足。他驚喜地感覺到指間有液態的滑膩，笑罵道：你這臭屄！浪貨！裝的還蠻像……突然覺出異味，急抽手，滿指是血，血中還夾雜了少許黑臭。再一眼瞥見膨脹的腹部，霎時間興致全無，開始流湯兒的那話兒也無精打采地縮回去。

隨手抓起她的褲子擦手。褲子竟也是濕漉漉的。拽過破被給她胡亂搭上，說：「你也吃八角刺咧？」

草珠子仍然雙手捂臉，喘息著不言語。

李金昌拉開她的手：「說話，是吃八角刺咧？」

閉著眼點點頭，就嗚嗚地小聲哭起來。

「哭屌甚?煩人哩！」一隻手在被子下輕揉著兩隻溫軟的小奶子，半晌又說，「唉，你也快咧……」

吃光了樹皮草根，人們又吃開了八角刺。八角刺長得漫山遍野，是一種不成材的灌木。避過斧斤，兩年能長一人高。葉子比雞蛋長，油亮亮的呈八邊形，八個角上八根刺。黑森森的，就像臥在山窪裏的一群群刺猬。八角刺是好柴禾，大饑之年，根可食，有一股土腥味的微甜。刨起來洗淨晾乾，上碾兒壓成麵，蒸出的窩頭不難吃。祇是屙不出屎，顧住上頭顧不住下頭。但凡有一線生機，沒人敢吃這東西的。村人們餓得心慌，一有人開吃就都壯起膽吃。一時間裏，家家戶戶的茅廁淌滿了血。反覆肛門撐裂，血就止不住地順腿長流。流褲裏湮炕上是一片，流鞋裏走街上是一串。草珠爹去平田親戚家借糧，空口袋拎去空口袋拎回，血腳印量了十幾里山路。還沒到家就一頭栽在村口，竟流血流死了。爹一死，草珠子就開始給娘摳。除了石建富李金昌幾戶幹部，闔村的人都吃八角刺，闔村的人都互相摳。屁眼是個私處，夫妻間能摳，母女、父子、婆媳、兄弟、姐妹間也能摳，其他的關係就不太好摳了。沒過多久，娘也死了。

娘一死，草珠子就明白自己的死期也不遠了。

娘一死，誰來給自己摳哩？

她給九歲的弟弟吃八角刺窩窩，屙不出來她給摳。她咬牙忍著不吃。十四五的大閨女了，她能抹下臉來求誰摳哩？弟弟八角刺吃多了，摳也無用，腹脹而死。央鄉親們草草掩埋了，一關門就剩下個自己，孤孤地想著吃。不吃八角刺能吃甚哩？甕底早掃過了，麵袋早洗過了，麥秸垛子早篩過了，柴禾堆裏的玉茭核核早揀出來熬糊糊喝了，鋪炕上的一張狗皮和爹修水庫撿回來的一雙破皮鞋都煮來吃了，院牆邊長的小榆樹，探出牆外的枝子黑夜裏被人拿鐮割走了，趕緊也連根刨起來吃了……還能吃甚哩？草珠子在空蕩蕩的院子裏打著軟膝轉悠。走到豬圈前，就想，要是公社不辦萬頭豬場哩就能殺來吃肉。走到雞窩邊，就想，要是雞沒讓疤眼偷走哩就能吃蛋。走到牆根兒的朽椽子堆上，就想，要是天下雨哩就能吃蘑菇……還能吃甚哩？就晃搖著又轉悠，要是公社不辦萬頭豬場哩就能吃肉，要是萬頭豬場沒鬧豬瘟哩把豬殺了也能分點肉……要是雞沒偷走，哪怕祇剩一隻小公雞哩也能吃幾頓……要是天下雨哩就能吃蘑菇要是天不下雨哩那也冇法就吃不成蘑菇……要是有點甚的吃食哩就能打老鼠要是冇吃食哩就打不住老鼠要是有吃食哩還用得著打老鼠？……老鼠？……老鼠老鼠老鼠……打不住老鼠還不能刨老鼠窟窿？她慢慢跍蹴下，打量牆根下的那個光溜溜的老鼠洞：冇蜘蛛網，住得老鼠哩！有老鼠一準有糧食哩！她天旋地轉地立起，在掛屋檐下的一排鋤钁鐮中取了自己的小钁頭，從屋外刨到屋裏，從大甕邊刨到炕梢，一直刨塌了炕，才找見老鼠窩。大鼠竄了，柴草棉花雞毛紙片搭的窩窩裏偎著十來隻沒長毛的鼠仔。糧食不多，也挖出來一滿碗。玉茭黃豆紅豆綠豆麥子還有兩枚大棗一個核桃。她先把核桃裝進衣兜裏，把碗小心翼翼擱炕上，就吃棗。頭一枚沒嚼兩口就滑下喉嚨，第二枚就慢慢嚼。棗乾透了，耐嚼。棗核也咬碎，不能浪費。甜味一絲絲沁了滿嘴，再小口小口咽下。她摸摸兜裏的核桃，說核桃不能今天吃，就尋思咋收拾那碗糧食。碾成麵熬成野菜糊糊能活好幾天哩，可又不敢端出門。她一眼瞭見生鐵蒜缽子，抱炕上倒進半碗糧食就握了鐵杵搗。搗著搗著，又想起核桃，摸一摸還在。想了想，大聲說，核桃，不能今天吃！又搗兩下，忍不住掏出來瞅瞅。瞅瞅核桃，瞅瞅糧食，一鐵杵把核桃砸開。核桃仁早已乾癟，嚼在嘴裏沒半點油性。咽下去，反倒勾引得饑火難耐。草珠子，瞅你這張賤嘴！棗吃了，核桃也吃了，還能吃甚哩？驀然想起那窩鼠仔，一看還在，忙一把抓進碗裏。白裏透紅，比花生米大，沒長毛也沒睜眼，蹄蹄爪爪耳朵蠕動著擠成一團。這是肉哩，不能浪費了！就又拿起鐵杵搗。一邊搗一邊閉起眼想，這是肉哩！……煮一碗肉湯，放把野蔥，再擱一撮鹽，那該不是香煞人咧！迷迷糊糊手就伸碗裏，摸起一個東西一把塞嘴裏，脖子一伸囫圇咽下。那東西在嘴裏沒爬，也不腥，大大鬆了口氣。就又摸起一個塞嘴裏，趕緊就嚼。祇聽得吱地叫一聲，嚇得她一激凌。還好，那東西並沒掙扎。齒間的柔韌感和一股誘人的甜腥味，刺激得牙齒飛快地咀嚼。咽下了滿嘴血肉，舔舔舌頭，她睜開眼，說，咋就不能吃？這是肉哩！便放下鐵杵，從鹽罐裏揀出顆手指頭大小的海鹽粒，盤腿坐炕上，把散在臉邊的亂髮抿到耳後，開始認認真真吃肉。嚼幾口，舔一舔，嚼幾口，再舔一舔，熨貼得全身發軟，額角冒細汗。十來隻鼠仔，一眨眼就吃完了。她覺得累了。她不想再搗糧食，也不想再做任何一件事。她微微晃搖著上身，喝醉酒似地陷入極度陶醉。從胃裏生長出來的愉悅掛在臉上，那是一種近於痴呆的微笑。

……一斤多糧食，到底沒省住，幾天就熬野菜糊糊喝光了。又刨了個老鼠洞，卻沒起出幾顆糧食。饑餓的火焰瘋狂地焚燒著五臟六腑，祇有吃八角刺了。一種真實的飽滿感使人得到片刻的安慰，然後就是腹脹，就是肛門破裂。不好摳，就用樹枝、小勺。血流如注。稍一走動，血就順大腿根兒奔流而下，一步一疼，一步一個血腳印。草珠子明白，這是死到臨頭了。卻不覺害怕，跟自己說，不叫活了就死唄。活比死難受。

「肚裏憋得難活？」

草珠子點點頭。

李金昌看著垂死的俏俏的小妮子，惻隱之心油然而生。「起來，跲蹴起……」他拉著她的手想把她拽起。

清新的陽光從破舊的窗櫺間篩進來。

草珠子滿眼亮晶晶的疑惑。

「不想死就快起，我給你摳。」他想讓她蹲在炕沿上。

剛才的一番抗拒已經耗盡氣力，任人擺布地被李金昌拽到炕邊上，卻兩腿發軟，怎麼也蹲不住。李金昌祇好一手拽過沉重的山核桃木炕桌，讓她抱住蹲好。再從牆根下拿過生鐵臉盆，在水甕裏舀了一瓢水，就開始摳。有人幫助也頗為不易：八角刺結成的糞便很硬，不用力往下努，就摳不開。摳了一陣兒，草珠子眼淚汪汪地說了句俺再也抗不住咧，便軟在炕沿上。

「歇歇就歇歇。」李金昌洗了滿手血污，給她拭去淚水，說，「再挺挺就摳通咧！這麼大的妮子，還怕疼哩？」

「俺不怕疼……俺實在是冇力氣咧……俺要死咧……」草珠子低垂著眼，渾身哆嗦，像寒風中的一莖枯草。

「歇歇再，歇歇再，」李金昌又看見那對尖尖挺挺的小奶子，滿懷愛憐地將她擁在胸前，「多漂亮的個妮子！咱神樹底數一數二的俏妮子哩！……才是個人苗苗，可不敢說死……」

草珠子嘴一咧，大哭起來……

＊

「晌午，你又揣了半個玉茭麵窩窩來，還帶了一把蓖蔴籽……你也不是個好畜生！」草珠閉著眼，用手輕輕擺弄著李金昌軟塌塌的陽物。

「我就不是個好畜生！」李金昌在草珠懷裏嘿嘿地笑，「隊裏庫房裏就剩個囤底了，一瞅你那難活，我悄悄去掃起來，有一滿碗。心說這東西瀉肚，許是能解決點問題。救下幾個俏妮子，那怕全村的人都死絕哩！」

「對著哩，好讓你白天黑夜地輪著㑚！」就重重地捏了一把。

「呀，輕些兒！」李金昌接著說，「那也不容易，光是瀉通了，冇糧食不是也枉然。就算是當年我是副支書還兼得個保管，腰裏拴著串鑰匙，掃囤底的那點糧食能保幾條命？就保住你一個也不易！」

「這買賣多划算！一把蓖蔴籽，二三十斤糧食，你就㑚俺一輩子！」

「那也是你自願！」李金昌笑道，「這陣兒後悔不是也晚咧？」

「呀呀，對著哩！人家你們共產黨甚事不是自願？摸也摸了，啃也啃了，連屁眼也摳了幾回，還能不自願？」

「那二年，我可是碰過你一指頭？說話可得摸著良心！」李金昌有點冒火了，「就你大腿當間夾著那傢具？神樹底妮子婆姨多屎了！是，那陣兒我年輕，就算我是配種站的大種馬吧，一天配一個，一年輪得了幾圈？」

「誰們管你幾圈不幾圈！救俺一命，又隔三差五地送點吃喝，俺是早就認命了，每回都等著讓你上。你不上，俺憨憨的倒真是敬服你了。末了自家脫褲兒，上桿子讓人家你肏。過了多少年，俺才醒過來，這不是銀行的零存整取嗎？由你存，還能不由你取！」

「他娘那大腿哩！」李金昌真急眼了，「給你摳過屁眼，我是發誓賭咒不沾你的。人們罵我是活閻王，我心裏也有桿秤。就做了這麼件人事，還不都是壞在你手裏！」

「喲喲喲，咋嘴硬了屌頭子倒軟了？」草珠滿把攥著那傢具晃搖，「這些，你不說俺就不知道？你不是個好畜生可你對俺是真心好，啞子吃扁食——俺心裏有數。男人女人嗨，管你殺人放火哩？你是真心肏俺就行！……咦，這東西也會生氣？……起呀，起！……喲，擺恁大的架子，請還請不進？咋，還要俺跟它陪罪？」就掀開被，跪起來銜住。吃了一二十口，見抬起頭來，連忙騎上去，一坐一坐地說，「狗的活閻王，今兒老娘來伺候你！」

已顯鬆弛的一對大奶子在李金昌眼前白花花地晃……

*

李金昌一驚，覺得心不跳了。那對白花花的奶子直晃得他天旋地轉。草珠子說，哎，你等等！他回過頭，看見她解開水紅洋布小衫衫，一對剛剛長成的奶子鼓鼓翹翹地亮在他眼前。他明白要有事了。他聽見一個喉嚨乾啞地說，還有甚事？草珠子不言語，脫了衣裳又慢慢脫掉褲子，紅著臉兒白著身子站在屋當間。眼一花，他覺得是從房梁上掛下來的半扇褪了毛的豬。面對女人的光身子，李金昌頭一回全身顫慄。好幾次她都張襟開領的，露出一小片白鴿兒樣的胸口，還斜了眼偷眊他。他咬住牙撞出門來，慾火衝天的立馬就要找地方去發泄。一邊跟遇在手邊的女人死肏，一邊跟自己說：你不能碰她！你不是畜生！你不是狗！不是畜生不是狗不是畜生不是狗……一看見這對白白翹翹的奶子，一瞬間竟然驚呆了。他驀然覺得，他不止一次見過這場面……在甚地方哩？在夢裏？在別的女人身上？……他呆呆地對自己說：這是命？這是你命裏的女人？……慢慢緩過神兒來，見草珠子已然寡淡地半轉過身，深深勾下了頭。黑亮的獨辮從腰際長垂而下，紮著紅毛線頭繩的辮梢，搭在白胖胖的屁股瓣兒上，仿佛春雪覆蓋的大地上，浮了一枝艷艷的紅梅花……狗日的這屌子！這實在叫人受不了的屁股移動了他的腳。扳肩膀，她掙，就雙手揉摸那屁股。摸著摸著，草珠子終於轉過來把委屈的小奶子貼在他胸前。他大攬腰將她輕輕抱炕上，渾身亂顫地涉入那片人跡未至的白潔的雪地，去撿拾那些紛然飄落的紅梅花瓣……

他聽到一個聲音愈來愈遙遠地說：

草珠子喲……草珠子喲……草珠子喲……天爺，你饒了俺啵……

＊

「小拐子，歇了。天黑呀。」寶柱子解下繫在腰裏的舊圍裙，摔打著周身的鋸末刨花。正在屋中間推刨子刮木料的後生住了手，把手頭正刮著的那根窗戶料立到牆根，啪啪兩錘子磕鬆了刨刃，推刨一掛，操起掃帚開始打掃。小拐子是寶柱子眼下唯一的徒弟，幾個徒弟都蹽南方大地面撞大運去了。小拐子沒有那份遠走高飛的心勁。小拐子腿有毛病。

一點上菸，寶柱子就盯著門外發開了愣怔。那根新伐下的松木柱子剛剝了皮，躺在神樹廟的暮色裏，白慘慘的，叫人從心裏發虛。當初爺爺是怎麼把柱子替換上去的哩？

陽婆早已沉到西山背後，天上橫亙著一抹線條單調的愁慘暮雲。

廟院裏香火仍然紅盛，拜過神樹的人們仍然潮水般地擁進後院，排隊進入大殿，給樹王爺、龍王爺及各路神祇添油上香。一擺出修廟的架勢，再貼上幾張告示，曰贊助五十元以上者一律上碑，香火錢便打著滾往上翻。停車場、供銷社、飯鋪、茶攤、旅店等各項買賣的收入也直線上升。曾經籠罩著村民大會的種種愁緒，被這滾滾而來的錢潮吹拂一盡。人人喜氣洋洋，唯有李寶柱愁眉不展。修廟工程，首要之務便是扶正已明顯後傾的大雄寶殿。而扶正大殿，其關鍵就是替換那根四丈二尺三寸五的長柱。早年間，寶柱子的爺爺李木匠以船牮廟，成功地換下朽柱，名揚太行，歷久不衰。光陰荏苒，現在輪到他了。爹從副支書、支書到下臺，手藝荒疏，斧柄握下的老繭早已褪盡。少時跟爺爺學下的功夫，就剩下《魯班秘書》裏頭那些蠱毒魘魅驅邪誅精的邪術。爺爺當初是怎麼幹的哩？

他擠過人流，走到大殿東北角。沒有廟牆，臨時攔了一道拴著紅布條的大繩，怕有人失足墜崖。崖下是河灣，大殿東北角懸於崖外，沒有立柱之地，祇好用一根長柱斜撐出去，坐在石壁下一個三尺見方的石嘴上。那石嘴離水面不高，下雨天河水便將柱底淹沒。年久腐朽，大殿便塌了肩膀。當年爺爺換柱，想必也是這緣故。沿著兒時掏野鴿子的踏腳處攀到水邊，跩蹴在柱底發愣。有土渣落下。抬頭瞭見是小拐子，便喊：鎖住門子咧？不敢下來！小拐子也喊：鎖咧！卻並沒打算下來。知道師傅在為這根柱子作難，也跩蹴下來看。

洪水時節，崖下濁浪滔天。一根細長木柱立石嘴上一任狂浪激捲，每每令人嘆服建廟工匠藝高人膽大。外行看熱鬧，內行看門道。究其實，立柱頂千斤，萬兒八千斤的份量壓下來，柱子就如同生根一般，再大的洪水也奈何不得。可留給後人的活兒就難幹咧！實柱子抽著舔傻想，把這塌了肩的近萬斤的大殿角牮起來，牮正，再消消停停地換上新柱，爺爺是有一手絕活兒！替換舊柱，對木匠來說不過是一碟小菜。砍兩個一尺多長的木楔子，楔尖對迭如抄手姿勢，墊在一根臨時的木柱下，用大錘左右同時猛砸，大梁便牮起來。取下舊柱，按卯榫頂上新柱，再把抄手楔子一退，大梁便穩穩實實坐在新柱子上。換這根柱子卻不能依此行事。一是大殿塌得太厲害，牮高三寸五寸是扶不正的。二是份量太重，抄手楔子加大錘解決不了問題。所以，爺爺用船。水的浮力大！寶柱子傻瞅著傳說中拴船的兩只鐵環，那鐵環釘在石縫中鏽跡斑斑。這道理俺懂，寶柱子自言自語道，可是，爺爺為甚要用兩條船哩？

「為甚要用兩條船？——穩！」

一個如鐘的嗓音冷不防在頭頂響起，把人驚得不輕。急抬眼，見一鬚髮盡白的老者正面含微笑地俯視著他。

老者撫著底部已朽爛的長柱，慨然沉吟道：「哦，夠年代了，也是該換嘍！」

一股濃鬱的松柏樹的清香從老者的衣衫上透出來……

寶柱子立起，覺得這老者似乎面熟熟的，脊背上一股發麻，囁嚅道：「您是誰……」

「俺是誰？」老者拍著長柱，笑道，「小子，俺就是當年以船牮廟，替換了這根柱子的李木匠！」

「爺爺！」寶柱子叫了一聲，淚水霧了雙眼。「爺爺，您可回來咧！」他扔了菸頭，扎著雙手，不知應作何表情。該抱頭痛哭哩還是相視而笑哩？爺爺死的那年，他還是個穿開襠褲的屎孩兒，衹記得爺爺常扔給他一些很光滑的木塊很彎曲的刨花，衹記得爺爺周身永遠散發著松柏和各種樹木的芳香。「回家啵，俺爹想您哩。」

「不想見那妨主東西！」李木匠又拍拍長柱，說，「俺回來，是想跟俺孩兒研究研究這柱子的事兒。」

寶柱子看了看爺爺那張黑沉沉的臉，舉頭跟崖上喊，「小拐子，叫俺爹去！就說俺爺在這兒哩。」

小木匠早就爬起來從崖邊上退回去，祇露顆畏畏縮縮的頭在偷窺，一聽這話，就轉身如飛地拐去。

「柱兒，你琢磨的還有點門兒。為甚要用兩條船？」李木匠叉開雙腿，將身子往下一沉，紮個馬步，接著當胸咚咚擂了兩拳，「瞧這，——騎馬蹲襠，這才叫穩當！金雞獨立還行？是叫你換柱子哩是叫你拆房？再說哩，」他收了式，指點著寶柱子背後的河，說，「漳河自古不是條大河，雖說那陣兒能走船，可咱這上游的船都不大。萬數來斤的殿角，一條船祇怕也牮不起來。」

寶柱子思索著說：「兩條船，橫放？再用幾丈長的檁條綁上……」

李木匠脫下兩隻鞋。寶柱子叫了聲爺爺，連忙彎下腰解自己的鞋帶。

老人制止道：「慢！你這是鞋？牛蹄子！——美國名牌運動鞋？喊，還是雙假貨！」又順手從身後石縫裏折了支枯死的香蒿子莖，扔到鞋邊，說，「你來試試！」

寶柱子趷蹴下，將兩隻家製山鞋並排放正，間隔一鞋有餘。再把香蒿子莖折作幾截兒，架在兩隻鞋上。

「哼，」老木匠從鼻孔中噴出一聲不屑，「房也不曉得蓋了多少，好歹還算個大師傅哩！——就這？」

寶柱子燒紅了一盤臉，頭也不敢抬，囁嚅道：「勁不勻……」重新把草莖擺成井字形，又在最上層的兩根中間再架了一根。沒聽間頭頂有鼻孔出氣聲，靜了靜心，試探著說，「用纜繩把船跟石壁上那兩個鐵環拽緊，再用木頭支石壁上把船頂出去，這一拽一頂，位置就沒跑了。……是這樣的吧爺爺？」

老木匠頗不情願地嗯了一聲，吩咐道：「去，找張神樹的樹葉來！」

寶柱子作難地說：「神樹不落葉哩……」

「那不是——」老木匠指著崖下水邊漂著的一枚墨綠色的樹葉，說，「心想事成，孫子，你運氣不賴。」

寶柱子稍有遲疑，旋即奮不顧身跳進齊腰深的河水，撈起樹葉，又水淋淋地爬上石嘴，雙手遞給老人。

「爹！」李金昌氣喘噓噓地在崖上喊，探頭探腦，顫巍巍地想要爬下來。

「作甚？」老木匠瞥他一眼，「這兒有你立腳的地方？……也沒個眼力勁兒！」一邊在胸襟上把樹葉擦乾，掏出一張長可兩寸小小巧巧的火鐮，將一撮火絨墊於火鐮下端，再用一個鴿蛋大小的白色火石，在火鐮的弓形刃口上嫻熟地敲打出一串串火星。三兩下，火絨開始冒煙，即置於油亮亮的樹葉中央。在無風的遲暮，一股濃濃的乳汁似的白煙流瀉到漳河平靜的水面，蒸騰而起，芬芳撲鼻，剎那之間彌散至整個天宇。

寂寥河面之上，神樹葉那如蘭似麝的異香使人陶醉。一時間，崖頂神樹廟裏，人們求神拜藥的喧囂如落潮般迅速退去。仿佛這地老天荒的飄渺虛空之中，滿懷著某種令人顫抖的期待……

幾許眩迷，幾許疑懼，寶柱子偷眼瞟爺爺一眼。

老人那蒼老的臉上現出一種慈愛而驕傲的微笑，伸出隻骨瘦如柴的手撫在孫子微顫的肩頭，說：「有道是百聞不如一見！孩兒，你可瞅好嘍——」

這暮色中的白霧竟漸漸明亮起來。

當亮得不可逼視的時候，寶柱子才發現，這是從天頂傾下的正午的陽光……

＊

有熱風從河上拂過，霧氣與芳香俱緩緩淡去。奪目耀眼的先是一派金黃，定睛看去，是河兩岸參天的綠幹金葉的青楊。正驚懼間，已瀕於乾枯的河水流動起來，河面陡然展寬。石龜沉入水中，僅剩背與昂起的龜頭。一清見底錦鱗閃爍的河水即刻漫上石崖邊古老的水痕……這大異象使寶柱子激動得戰慄不止：天哪，這不就是老人們傳說中的行船打魚的漳河！他一把抓住老木匠的枯手，緊張地輕呼爺爺。老木匠得意一笑，說，孩兒，這才是咱們的漳河哩！……一條船！眼前浮現出一條大木船！又一條！……兩條船上正如同他猜想那樣依井字形綁架著檁條，所不同者，用料皆比他估計的更要粗大，最下層的那兩根，竟是一摟粗的大梁。他豁然明瞭：手藝高超之匠人，行事大都慎而又慎。說甚麼藝高人膽大，一滿是外行瞧熱鬧！……人！到處是人！泊在河畔的大小木船上，船邊的那些一兩摟粗的大青楊下，神樹廟峭壁之上，至少有上千雙眼睛黑麻麻地向這裏張望。河水浮著船，船艙裏裝滿百十來斤的大青石，船幫上架著井字形木梁，木梁正中頂著一根細長的松木長柱，長柱頂端支著大雄寶殿的梁頭。與其並立的，則是正待替換的朽柱。而將要換上去的新柱，大頭杵在水裏，開出榫子的小頭斜靠在石崖上。一個穿緞子長袍馬褂的鄉紳站崖邊一椅上，一手執筆一手托硯正往柱頂的榫子上寫字。寫畢，將毛筆騰到左手，舉起右手向崖下的李木匠示意。寶柱子看見爺爺俯身拽拽拴船的纜繩，又踹踹支船的木架，然後跪蹴下，穩悠悠地用火鐮點著了一鍋旱菸。噴出一口煙，衝兩船頭尾分站的四條虎彪彪的後生說了聲「起」。這輕輕一聲如鐘如磬，使一直像無聲電影的畫面頓時充滿彩色的音響。水聲、風聲、樹聲、人聲，五彩繽紛撲面而來。也就是在這一瞬之間，寶柱子發現蒼老的爺爺變成了一個精壯的中年漢子。

起！四條後生各抱起一塊大青石齊聲應諾，然後從兩船頭尾四個方向將大石同時沉入河水，激起四根衝天水柱。柱頂殿角滿載青石的兩條木船僅輕輕一蕩。起！又是四塊大石撲通通沉入河水。寶柱子感覺到船上那根垈廟的臨時支柱一抖，頂上了勁。再沉四石，腳邊的舊柱一軟，柱底在石嘴上產生了一個僅可勉強覺察的位移，幾粒黃豆大小的朽爛的木渣滾出來。李木匠舉起手，說，住！抬眼看看長柱頂端的殿梁，手指船尾，說，尾起！船尾的兩後生大聲應諾著尾起，繼續沉石。一連三次沉入六石，船尾明顯浮起。寶柱子明白，這是在調整船的角度，斜船頂斜柱，兩斜碰了個直。——不垂直就垈不起嗎？恁大的浮力，該是垈得起的。哦，爺爺八成是操心柱底。角度不正，再是有扒釘固定，也總有滑脫的可能。當舊柱取走，新柱未立的當口，小半座廟宇的份量就全坐在這根柱上。爺爺做活兒真是慎之又慎，萬無一失！……眾目睽睽之下，塌肩的殿角終於吱吱呀呀地被木船垈起，積塵隨風墜落。當殿角完全復位之後，李木匠移去朽柱，抱起立在水裏的新柱，將榫頭頂入梁底的卯眼，一手一膝箍牢柱子，一手從懷裏掏出根墨株，轉圈一劃，那多餘的部分就從墨線處霍然斷下，滾進河裏，順水漂去。再用斧輕輕一磕，新柱便毫釐不爽地立於舊柱的原位。

這一劃，驚得寶柱子兩眼圓睜。墨株！這就是那根傳說中的墨株！墨株是西洋鉛筆傳入中土之前木匠畫線的傳統工具。擇一優質竹片或木片，一扎長，半寸寬，頭上削作薄刃，再將薄刃順木絲劈出細密裂紋，蘸飽墨汁便可畫線。據老工匠們傳說，畫完了一千根大圓木的墨株就有了靈性，當初魯班爺就有這樣一根墨株。然而，畫一千根大料絕非易事。以打家具計算，一般農家一整套家具，箱櫃櫥桌椅，不過祇用一兩根大料。一天不停地做家具，幾乎要幹一百年。以蓋房計算，三間房要用四十多根大料，也要給近二百家蓋過新房。估算起來不過是三十來年，可莊稼人祇是冬春農閑季節才動工蓋房。家具房屋農具甚麼都做，從十八歲出徒到六十手顫，短短四十幾年時間畫完一千根木料是毫無把握的。所以，匠人們祇是聽一聽說一說，卻並不打算耗畢生歲月一試。也許僅僅是個傳說，也許傳說不虛。但老之將至，拿那墨株又有何用？寶柱子帶工的時候多，又加之使用電動機械，也畫了三十來年。因此，寶柱子對爺爺正值盛年就已畫完一千根大料佩服得五體投地。也許爺爺手快？也許爺爺是一方巧匠，徒弟帶得多？

聽村人說，上次修廟之際，爺爺的技藝已入化境，並就此登上一生事業的頂峰！

老人們講古，那一年大旱，赤地千里。趙家開倉濟貧，以工代賑。工程有二：一是趙家的三進大院，一是重修神樹廟。一般擔水和泥搗坯運石接磚遞瓦的小工，按人頭每日管飯，不論老弱病殘，祇要是本鄉人，來者不拒，無須考工。帶工的匠人卻是要考試的，考場就在神樹廟後院。十里八鄉的能工巧匠們，拜過諸神和魯班爺神位就開始比試。趙武舉——後來讓日本人砍了頭的犟黑牛之父當場出了一道試題——錛豆：赤足，用大腳趾踩住一粒紅小豆，要一錛子將紅小豆劈為兩半。錛子像鋤，就是一把平著砍劈的長柄大斧。掄起來呼呼生風，碰一下則傷筋動骨。平日是用來粗砍梁檁椽柱的，在好匠人手裏，倒也能劈砍出繡花般的活計，卻畢竟與光腳劈紅小豆不一般。紅小豆很硬，不用猛力劈不開，不踩實也劈不開。有的匠人不敢踩實，不敢發力，紅小豆上僅斫了一道白印兒。再等而下之者，有的錛了院裏的方磚，有的錛了自家腳底的老繭。老人們說，輪到你爺爺，一上場，站了個弓箭步，左腳大腳趾把那顆紅小豆在青磚地上踩得吱吱響。運足了氣，看也不看，把錛子掄成一道銀光。好狗日的！祇聽得啪的一聲脆響，紅小豆應聲而破。當下，趙武舉聘你爺為廟院的匠人頭。修廟是大事公事哩。在紅小豆上斫了道白印的，是平田的蔣木匠蔣三禿，比你爺爺年長四五歲，就做了趙家大院的匠人頭……數十年之後，爺爺當年重修神樹廟的故事引發了青年木匠李寶柱的無數遐想。他曾經獨自一人偷偷錛過紅小豆，事情誠然不如傳說中那般神奇，手順了，他也不止一次劈開過紅小豆，但大庭廣眾之下，拎起錛子就砍，不以眼觀，而以神遇，心到手到，心手合一，這就絕非技藝而是一種境界了。

……長久的寂靜使寶柱子生出一種異樣的感覺。新舊更替已畢，按老人們的說法，就該是鑼鼓喧天，歡聲動地之時了。四周的人們靜靜地無所表示，仍然目不轉睛地盯著爺爺。寶柱子也緊盯著爺爺。兩條船上的四個後生也緊盯著爺爺。爺爺一舉手，說，撤柱。起！那四人便發力去拽垂在水裏的四條繩。寶柱子這才明白：牮廟的長柱還未撤下，新柱還未吃力。這個細節，在他反覆的思考中竟完全忽略了！他猜水裏預沉的是四塊大石，祇有拽起石頭，讓船沉下少許，牮柱方能撤下。若換了他，計劃不周，事到臨頭祇有束手無策，當時遭人訕笑鄙低，事後留下百年話把兒。這麼一想，細汗竟從額頭上針扎般沁出來。果然是四塊大青石。石頭一出離水面，就聽得腳邊的新柱咔嚓一響，吃上了勁。但牮柱仍未見鬆動。寶柱子正不知所措，祇見爺爺手提大斧，一個箭步躍上船去……

爺爺飛身上船，衣衫振出松柏楊柳的醉人芳香……

爺爺的腳輕輕一落……就在這柔緩的一沉一浮之間，頂在殿角大梁下的牮柱悄然鬆脫，倦倦地斜倚在大雄寶殿後牆之上。

被蹭落的牆土窸窣而下，在崖根幻為幾朵閃亮的水泡兒，引來水中游魚如箭……

崖上那位穿綢甩緞的鄉紳高唱一聲：好！眾人的喝彩聲便像伏天的驚雷驟然而起，從廟宇莊嚴的崖頂滾下河面，滾到青幹金葉的河畔，再從萬頭攢動的河畔滾過河面，滾上崖頂，滾上神樹那如丘如山的巨大樹冠，滾上蒼蒼茫茫的太行山……

爺爺向四方聚觀捧場的鄉親們拱手作禮……

村裏八音會的絲竹弦管吹打起來……

幾盤「千頭鞭」點燃了。爆竹聲驚天動地……

在紙屑硝煙如雪似霧的飄灑之中，寶柱子心中的讚嘆之情無可言喻！——大斧！爺爺縱上船去之前一貓腰隨手拎起的那柄大斧！他覺得自己再一次領略了爺爺名揚太行的訣竅：卯上加釘，牢靠上加牢靠。如若人跳上船去那柱子還不鬆脫，斧背輕輕一磕必然大功告成。在旁人眼中，自然更是一代名匠之鬼斧神工。「李木匠運斤一擊，擎天柱應聲而傾」，這在說書人口中該不又是個絕妙的段子！

忽聽得崖頂上有人爭執，抬眼望去，竟是那鄉紳和爹。

李金昌！那鄉紳以食指中指並作劍指，戳點著爹的鼻端，叱道，俺趙家滿門忠義仁厚之士，澤被鄉梓。俺爹保土為民，死於李逆之手。俺首任抗日村長，死於日寇之手。俺兒繼任抗日村長，深得民眾擁戴，未曾想竟死於你手！李金昌，你真真是個活閻王！

你就是趙武舉？我不怕屌你！寶柱子見爹倒退兩步，嘶啞地抗辯道：跟我找舊賬還不是白找！有本事找工作隊去，找石建富去！天有陰晴，日月還有一蝕，一時有一時的政策。前幾天你兒來找，我也是這話！

你聽聽！你聽聽！鄉紳扭頭衝著爺爺大聲說，李木匠，你名滿太行，咋就生出如次之忤逆！

爺爺的一張瘦臉脹得通紅，從船倉裏拾起斧頭，自語道，屎，一世人還管兩世事？邊念叨邊跳到石嘴上來……

寶柱子伸手扶住爺爺肩膀，看見那兩隻空載的木船在水面上輕漾……漾著漾著，色調竟淡遠了去，就像門上隔年的年畫，就像暮嵐裏的風景。正驚奇間，一切都漸漸隱去——那些秋陽下的金樹葉那些泊在河畔的木船魚網那些漂得滿河的紅艷艷的爆竹紙屑……驀回首，爺爺已垂垂老矣。

石上的神樹葉熄滅了最後的一縷白煙。

天上仍橫亙著那一抹線條單調的愁慘暮雲。

片刻死寂之後，崖上神樹廟裏爆發出一片騷亂。有的哭，有的喊，有的痴，有的躥……

「砰！」一聲槍響。有警察高聲呵斥：「都給我站下！亂甚哩亂？看把人擠得拋了崖……真他娘的是一群土牛木馬！看過錄像沒？不是這石頭就是這樹，反正科學家早就說過了，有些東西有錄像的功能，天氣一合適了就演一遍……」

驚魂未定，人們齊刷刷跪下來，神呀鬼呀仙呀怪呀磕頭祈禱不止……

李金昌面有得色地自語道：「牆上畫虎吃不了人！」看樣兒還是在說剛才趙武舉的事。又從崖邊蝦下腰，對李木匠說，「爹，俺冇成了氣候，盡惹您老人家氣。咱柱兒心靈手巧的，遠近也有了些名聲……俺是說，您那根墨株，就傳給咱柱兒不是鑾般配的？」

「喊，師傅領進門，修行在個人。鐵杵磨針，功到自然成。柱兒那根墨株，不是也快畫滿一千根大料咧？有道是心誠則靈！」

「是哩。爺爺，俺記下了。您老人家吃顆菸喘口氣。」寶柱子雙手給爺爺遞過一支菸，滿把捧火地幫他點上。

「爹，您在世那陣兒，總說藝不壓身，您那些絕活兒，也不跟咱柱兒露露底？」

「這菸勁兒太軟柱兒，不如咱自家種的小藍花。」老木匠噴兩口煙，說：「你說的是蠱毒魘魅那一套把戲啵？還用問俺？俺瞅你就挺能，早幾天不是還潑犟黑牛狗血來著？這菸，還是你吃啵。」老人輕撫著寶柱子肩頭，滿眼晶瑩，「俺該走嘍，咱爺孫陰陽異路，爺爺也不好說破咧。人生一世，要靠自己悟。孫子，做個好匠人不易，做人也不易哩……」

說話間，老人的眉眼身影虛渺起來。

「爺爺！」寶柱子急伸手，卻拉了個空。

秋天的河風中一無所有，唯見爺爺眼中那兩點淚光，唯見那淚光漸如夢遠逝……

腳下是爺爺遺忘在遲暮中的斧頭。鐵鏽斑駁。

斧柄一觸成灰。

＊

月光朦朦朧朧地凝在深秋的狐子坡上，冰浸浸的，宛如一層薄霜。

是一股小風襲來，落葉在土窯前旋出破碎的聲響。大黃狗不安地從花影下抬起頭，想叫，卻一無所見，一聲吠叫便怔怔地哽在了喉管。一眨眼，竟兩條黑灰色人形無聲無息立在窯前。渾身毛頓時乍起，想狂吠卻擠出連聲的吱吱尖叫。牠覺得某種未曾經歷的恐懼如天羅地網一般把牠牢牢罩定，無可逃脫，祇有身不由己地伏在地上哀嚎。

「咋啦大黃！」窯裏就有人大聲問。

「咋也不咋，」那條胖大的人影就說，「你大爺跟馬隊長憋悶得不行，來尋你道閑道閑！」

「是犟黑牛啵？」建富老漢呀地打開門扇，油燈金黃色的亮光融了一片月霜。「來就來唄！裝神弄鬼，看把狗兒嚇的。」

「還不是托人家你的福，俺們倒是想做人哩！」說著話就和那瘦人影一起大大咧咧地邁進門去。

「大黃大黃，是老伙計喝酒來了，怕甚哩！」老漢安撫過瑟瑟發抖的狗，隨手掩上柴門。

「建富子，你這兒有酒？」一聽見酒字，聾黑牛那對牛眼就滿窯軲轆轆轉，「多少年喝不上口酒，有酒就快給咱拎出來！……你這是在補鞋？」

「二子的鞋。」建富老漢把手裏那隻軍綠色的破球鞋連針帶線隨手放進炕上一個針線簸籮，從牆上的小土龕裏摸出一瓶酒，「老白汾。你有口福，一個插隊學生才剛送的。」

「叫個武斌？那後生還不賴。……二子，眊甚哩？要進就進來！」

二子推開門，滿臉狐疑地拐進來。

「該叫個伯哩，黑牛伯。這一位，叫馬叔就行了。」建富老漢不尷不尬地介紹道，「都是鬼，你甭怕。」

二子沒言語，滿是鬍茬兒的薄唇上抿了淡淡的訕笑。

「怪笑甚哩二子？」聾黑牛瞪他一眼，說，「去，叫小和尚給咱弄兩個下酒菜。有雞蛋冇？炒幾個雞蛋。要是小和尚不肯傷生，還得你受累炒炒。」

目送二子拐出門去，聾黑牛又說：「建富子，你這個兒還真有一股子鋼骨氣。嗨，可惜了的！」

石建富說：「那些年，這孩兒跟上受了治。唉，都是我的罪過……」

「種地跟壟，養兒跟種。這孩兒的秉性，俺瞅實在像你和你爹。你早年還有一股子殺氣，這孩兒可是比你心善，也有你爹那股子狠勁兒。要盜俺家狐子溝祖墳裏那顆金頭，一股狠勁起來，能把一架山都打穿嘍！」

「說的，」石建富把陶燈從甕上挪到窗臺上，又撥上一根燈捻兒，窯裏立時明亮起來。

「還能把一架山打穿？」

「唉，」一直沒說話的馬亦然來了精神，說，「金頭的事我到底沒搞清楚，趁今天你倆都在，咱們三頭對證，說說！」

「說說？說個屌！」一提起舊事，聾黑牛就氣得急火燒肚，「當年你們謀財害命，害俺之前就刨了俺祖墳，問俺？——你倆不是都親眼見來！」

「你兩個，」馬亦然也有些氣了，拿手指戳點著說，「一個地主老財，一個土改根子，沒有半句實話，都不是好東西！現在說我是殺人首犯，我那陣兒剛從學校出來，能轉過你們的花花腸子！」

「馬隊長，快不用喊怨叫屈咧。要不是你們工作隊每天起來闔村裏『紮根串連，發動群眾』，還能殺了俺人，分了俺家產？這世亂法不亂，千朝萬代下來，還不是有的吃，沒的看，誰的就是誰的。有的殺頭，沒的明搶，不是比土匪還萬惡！」

「殺不對，分你田產還是不能全盤否定。定惡霸不對，可說你有剝削成分也是冤枉？」

「剝削俺承認。減租減息俺不是也鑾贊成？沒你共產黨吧，哪回遭了年饉不是大戶們開倉濟貧？照你這理兒，現下提倡的甚『勤勞致富』就冇剝削成分？是不是也要再土改一遍，均分均分？死骨頭都成灰了，滿腦瓜極左流毒還不肅肅清！」

「建富，你瞧瞧！這就叫江山易改，本性難移。真該把你下地獄，塞磨眼裏磨一磨！」

馬亦然讓犟黑牛頂得倒噎氣，扭臉對石建富說，「那陣兒是殺多了點。群眾運動，大轟大嗡，也就是容易擴大化。我馬亦然認識他犟黑牛是誰？那些罪狀，是我捏造出來的還是你們貧雇農一條條揭出來的？」

石建富給每人遞了一顆菸，自己那顆卻在手裏捏來捏去地沒點。沉吟片刻，說：「殺人也不易，回家一閉住門，誰心裏不怕？再說，殺過去，就不怕人家殺回來？我也是過了多少年才悟出這道理：這就像《水滸傳》上的梁山好漢，你要入夥，逼住你殺人。祇要這人一殺，血海冤仇一結，管你入夥不入夥都入了夥。土改後參軍參戰打老蔣，批紅掛綠，跨馬遊街，也是自願，也是逼上梁山。憑良心說老馬，是不是這麼個理兒？」

「建富，瞧你謅哪兒去了？誰給你說過殺人入夥這話？誰還長得有前後眼！你不能拿今天的認識來代替昨天的認識。當初你就想好了要殺人入夥？」

「那倒也不是。當年你天天講人權自由民主解放，咱也是真往這麼想。挾嫌報復的成分也是有的，當時叫階級仇恨。我們兩家仇氣也忒大，為那顆金頭，犟黑牛他爹把我爹綁神樹上示眾三天，我娘帶著我在他們趙家門樓底下也跪了三天，這才沒把我爹送官。末了還罰我爹給趙家擔一年水，外帶一石麥子兩石半的玉茭……」

「淡話！」犟黑牛接過話把兒說，「誰叫你們刨了俺家十一年的祖墳！就是到了共產黨手裏，不也是一樁犯王法的事情？」

「好好好，我就是要問這事兒。人家問你們羅鍋橋，你們給人家說破瓦窯，岔倒打得挺好！今天晚上再不談政治了！你倆給我實話實說：金頭到底有沒有？」

「冇。」犟黑牛嘟囔道，「俺還是那句話，老人們哨牛屄哩！」

*

「有。」石老蔫斬釘截鐵地說，「要是個冇，老子還這樣穿山甲一樣刨了這些些年？」

建富子覺得爹的說話聲和喘氣聲在身後狹窄傾斜的地道裏如悶雷般滾下去……

爹再不說話，使一把短柄鋼鍬，一下接一下沉穩地掏土。爹的活兒做得很是美麗，地道兩壁切得就像鏡子一般平。爹說，你轉眼就十二了，這條地道比你小三歲。建富子一算，爹已經打了九年了。你也長大了，該搭把手了。跪下，往後扒土！建富子就跪下，從爹胯下扒土。年三十喝了幾口酒，爹提上馬燈，扒開牛圈邊小窯裏的穀草，把他引進一個神秘的世界。一走下寬不及肩曲折漫長的地道，幽暗潮濕的恐懼便始終粘答答地膩在背心。緊跟著爹走一程爬一程，上下左右是黃土，盡頭還是黃土。爹拍著地道頭上磁磁實實的黃土，滿心歡喜地說，再有一二年，就打到地方咧！爹扭過臉，金黃色的燈光照著他滿臉幸福的笑紋。他聽見自己怯怯地問：就打到甚地方咧爹？爹指著頭頂，說，這上頭，是狐子坡，再順山勢打上去，就是趙家的祖墳咧！——金頭！……從此，每天夜闌人靜之時，建富子就跟爹夢遊般摸黑起身。院子裏臥的狗不咬，淋過油的門軸不叫，挪開草窯裏堵的穀草就下了地道。一去一回，走的路不少，進尺卻不多。約摸掏夠了一擔土，父子倆就分作兩包，斜挎起來往回揹。為了少出土，這地道不敢挖大，祇切成個一人高矮尖尖窄窄的瘦三角。空身走，都彆扭得要出透一身汗，更不要說負重了。沒幾天，建富子就明白爹為甚要掏九年：洞好掏，土難出。新土不敢隨便倒，怕村人看出蛛絲馬跡。唯一的萬全之策祇有墊圈。牛圈驢圈豬圈羊圈。每天半夜裏墊一擔新土，大清早揹一擔土糞上地。倒是不顯山不露水，祇是日子難捱。耐不住性子了，建富子就問：真有金頭嗎爹？廢話！皇上賜的金頭還能有假？你老老爺裝斂時候親眼見。冇螞蟻，穿山甲瞎忙活甚！

穿山甲掏土行，遇上了石頭就乾瞪眼。石老蕎的地道已經拐過兩次大彎。山石攔路，祇好繞道而行。這一回卻再不能繞了：從地面上看，這一層紅石一層青石橫亙狐子坡，宛如拱衛趙家塋地的一道大石牆。好在大紅石不算太堅硬，尚可一鑿一錘的摳。祇是石渣不好處理，又太重，便就地掏個土窯，存起石渣，換成黃土揹出去。依舊是每夜以新土墊圈，次日黎明揹一擔土糞上地，周而復始，日夜不輟。半年後，大紅石打透。如鋼似鐵的小青石，就像緊閉的天堂之門攔在面前。老蕎一手握鑿一手掄錘試了一試。但見一錘下去，飛起一片火星。建富子看見爹扔了錘鑿，慢慢立起，張開雙臂，將全身緊貼於石壁之上，紋絲不動，寂無聲息。他覺得時間凝結了，爹也石化了，與那石牆合為一體，變成了一尊絕望的石像……這情景永遠刻上了他少小的心板。爾後一生坎坷，每逢困厄之際，這尊絕望的石像就會凸現在眼前……有頃，爹從石壁上把自己放下來，走出厚厚的紅石洞，拾起短柄鋼鍬，默默開始掏一眼新的側窯。他知道，這是準備放小青石渣的。石老蕎愁了兩天，也沒愁出高招兒。第三天，父子倆祇有死心塌地拿起鋼釬鐵錘，小的掌釬，老的掄錘，一錘一個白點一錘一片火星，百折不撓地向近在咫尺的夢想掘進。先前一袋菸工夫就能完成每天一擔土的進尺，現在一夜也打不出幾捧石渣。為了不露形跡，天一明，還要掙起來挑一擔土糞到地裏去養種莊稼。一股瘋狂的熱情把石老蕎燒脫了人形，成了一具力大無窮的人乾。

一個夏日的雷雨之夜，一串滾雷隆隆而降，震得地道簌簌落土。建富子感覺爹停了錘，抬眼一望，爹愣怔著，眼裏射出兩道狂熱的閃電。竟一扔大錘，轉身沿陡斜的地道滾下去……石老蔫鑽出地道口，一頭衝進夜半時分的豪雨之中。他跪在泥水裏向夜空伸出雙臂：天爺！您老人家可算開眼咧！一道閃電直劈下來，千萬道雨絲銀光閃閃……雷鳴電閃中，建富子大力扶起爹孱弱的身架，一見他眼裏射出兩道白光，心想：爹瘋了！

石老蔫卻沒有瘋，天未明就趕上小草驢下了縣城。天明前回來，一百四十里衹去了一個對時。夜半時分，建富子又跟上爹夢遊到地下。不再打石渣，衹是在石壁上深深地打眼兒。又一個雷雨之夜，石老蔫從炕洞裏摸出一個油布包，拿出幾截虎口粗細的油紙卷，到得青石壁前，小小心心地塞進早已打好的石眼裏。建富子渾身一激凌，說，爹，這是炸藥？石老蔫興奮得雙手哆嗦，顧不得說話，點著藥捻拽上兒子就跑。下了坡，剛拐過一彎，背後一聲悶雷，一股堅硬的風將父子倆打倒在地。恐怖的黑風中，石老蔫一邊摸爬著滿地找馬燈。一邊放聲大笑：哈哈，做賊也要做個好賊哩！咱人的炮煙緊追上來，衹好摸著黑大咳大喘地衝上地面。坐穀草上剛喘定，那窮追不捨的炮煙竟也淡淡地飄搖上來。東山上扯起一枝枯樹叉般的閃電，片刻寂靜之後，雷聲大作。石老蔫摸出火鐮火石，打著火點上一鍋菸，就倚在草窯口看那雷電風雨，再無一語。金頭到手了！建富子敬佩地望著爹那黑黝黝的身影，默禱道：

老天保佑，隔三岔五的，再來幾場忽雷雨吧！

入伏之後雷雨就多，村人更說今年的忽雷響得邪乎，悶，震得炕皮兒直跳，窗戶紙都破了！該不是誰做下甚不敬神的事兒，老天爺發怒了？神樹廟裏的香煙也就興旺了起來。聽見這話兒，建富子就抿嘴兒樂。石老蔫跟婆姨開始散布消息，說河北涉縣老家來了書子，有一股祖產等他回去繼承。祇等割罷麥子掛了鐮，就要打點回去瞭瞭。父子倆悄悄去平田的石料場偷了兩回藝，打眼放炮的技藝更日臻完善。卻不料最後一炮露了餡兒：藥裝得太多，加之石頂太薄，一炮就來了個大揭蓋！更要命的是自家沒發現：因為炮煙散得慢，每回都是放了炮摸回家倒頭便睡，要到次日夜半方才下去出渣。這日清晨，父子倆正在坡地裏修理被暴雨沖塌的地堰，武舉人已經帶著一干人馬刨開「大揭蓋」，點上火把順地道摸到石家小草窯。

姓石的，你幹的好事！武舉人擰著滿臉橫肉指鼻大罵。

見來人氣勢洶洶，老蔫不由得心裏一驚。但是多年的盜墓生涯已使他變得沉穩超人，甩甩泥手，先笑笑地墊上一句話：瞅這滿世界的泥！武舉老爺，您有甚的吩咐？卻同時飛快地思忖：到底是甚地方出了紕漏？金頭的事兒？萬不能！——十一年來，冇亂說過一句話亂倒過一擔土。使炸藥以來，也沒亂放過一炮。——憑甚？別餘的事兒，更不怕。從來與世無爭，老老實實種地蔫蔫萎萎做人。便定住心，且看武舉老爺如何發話。

武舉人瞪圓了眼，咽下一口氣，擺擺手說了一個字：走！

爬上狐子坡到得趙家祖墳前，武舉人一語不發，衹是亂顫著手不停地戳點著犬牙參差的「大揭蓋」讓石老蔫父子看。建富子的頭嗡地一下漲得籮筐大，手腳酥麻，彷彿有成千上萬的螞蟻渾身亂爬。他看見滿地黑石，疑心眼花了。又斜眼瞅爹，衹見武舉人抬起那隻顫抖的手左右開弓地摑了爹兩個大嘴巴。爹渾然不覺，一雙睜得圓圓的眼凝視著極其遙遠的地方。咋弄的哩？爹喃喃自語道，這裝藥多少是算過的呀……武舉人大吼一聲拿下，爹一驚，扭臉瞅著他，說，不能吧？這是一個夢？人們推搡著捆綁他時，還兀自說道……不能吧？……是俺把藥算錯咧？

＊

「你爹還瘋著哩。」聾黑牛說，「前些時候，俺還見他在俺家祖墳裏轉悠，總管念叨那幾句話：咋能哩？是俺把藥算錯咧？還說要找甚的地道口。」

建富老漢低下頭，沉默半晌，喑啞地說：「你們都能回村瞭瞭，他咋不回來哩？」

「滿世界刮野鬼，天知道這一陣在甚麼地方！」馬亦然說，「過去的事都忘了，可憐得老漢，做鬼都做了個瘋鬼！」

建富老漢又沉默了。

「金頭呢?」馬亦然窮根究底地問,「金頭到底有沒有?」

犨黑牛說:「冇!」

建富老漢說:「可能有。」

犨黑牛說:「甚麼叫可能有?」

「頭幾年,我爹一陣瘋一陣不瘋。」建富老漢說,「不瘋的時候就成天念叨金頭叫郭毛驢盜走了……」

馬亦然說,「郭毛驢?誰叫郭毛驢?」

*

就是郭毛驢……一準是他狗日的先盜走了……

爹,你又胡說甚哩!抽袋菸歇歇啵?

俺那十一年工夫白費咧……他一遷走,俺就該往金頭上想……石老蔫弓起腰,把下巴支在钁把上痴痴地望著狐子坡。正是個夏忙天氣,父子倆在自家坡地裏鋤玉茭。一陣涼快,汗濕的衣襟隨青紗帳一起在綠風中擺動。……他兩口子在坡上種香瓜,那塊地,祖輩就不是塊瓜地,年年夏天搭著瓜庵在地裏吃地裏睡……那能是看瓜?呸!真是日瞎眼咧,咋就沒想見哩……

爹，總管念叨這作甚！你咋就斷定人家也在幹這營生？你尋見地道咧？地道還能讓你尋見？一人能做賊，十人不尋贓。地道口不回填得好好的，等得官家四海捉拿？貓兒拉泡屎還要刨堆土蓋嚴實哩！……俺放不下心來，俺要再瞅瞅去……石老蔫口中念念有詞，把钁頭一扛，扯開瘦長腿便向狐子坡急躥。

建富子攔勸不住，衹好臉紅心跳地跟爹爬上狐子坡趙家塋地。「大揭蓋」上長滿蒿草，聽說下面是用洋灰灌縫砌死了的。石老蔫奔至離墳塋僅一箭之遙的梯田裏，返身一望，說：就是了，拿河畔的好地換上這半坡的孬地，換得好，換得好……你看這地堰，可好在小青石上頭，一層石頭也不用打……出土也甭發愁……這還用兩年？給了咱，一茬兒香瓜緊夠了！石老蔫用钁背在郭毛驢先前搭瓜庵的地盤上輕築幾下。這是石底子，地道口不能在這兒。——能在甚地方哩？便用钁頭四下裏亂砸亂刨。遠不了，就在這左近……

建富子怕人瞅見，心裏慌慌的，奪了钁頭拽上他就往家走。一進院子，老蔫照舊坐到草窯口去抽菸，鬱鬱地，點上菸突然說，建富子，郭毛驢一家子遷走了，咱還掏了七年半？白眼仁痴痴的，就像那個大雷雨之夜，放出兩道駭人的白厲厲的光。你算算，那不是又白在地下楦了七年半？

此後漫長的餘生之中，石老蔫永遠在抗拒著關於炸藥和瓜庵的失算。做賊也要做好賊！

「大揭蓋」已經沉重地打擊了他的自信，而郭毛驢的瓜庵更從根本上消解了他生存的意義。無論風霜雨雪酷暑嚴寒，常常在夜深人靜之時夢遊般地悄悄爬起，荷著钁頭去尋找郭毛驢那神秘的洞口。直到多年後在一個小雪紛揚的春夜裏失足拋崖死去，衹要沒找到郭毛驢的地道口，他永遠不能相信已有人捷足先登。

*

「找著地道口就一準有金頭？」犟黑牛老大不服氣地瞪起牛眼，問道，「你們不是開棺看來？不就是那顆上了金粉的木頭！就算他郭毛驢做賊做到家了，還費事巴拉做一顆木頭換上？圖甚？」

一聲門響，和尚端著兩大海碗熱菜進來。見三人痴著眼不說話，便打趣道：「阿彌陀佛！陰陽異路，幾十年不見，見了面還接茬兒鬥嘴？佛說，生生世世，因緣聚會，俱是自作自受的果報。不是冤家不聚頭。你們幾個，也不知前世有甚麼瓜葛！」

「對著哩，屎毛還能合得了股兒？」犟黑牛訕笑道，「我說冇金頭，他們愣說有金頭！」

「阿彌陀佛，幾十年的官司咧！」和尚笑道，「俱是虛妄，俱是虛妄……」

「這個不是虛妄，」犟黑牛幫著接過菜，「蘑菇木耳燴豬肉罐頭，白菜山藥蛋炖粉條，不賴！真是改革開放觀念更新了，連和尚都不避油腥。」

和尚反唇相譏：「那是！過去的鬼受祭祀祇是聞個味兒，這陣兒的鬼正而八經上桌子大吃二喝！」

「毛主席講話，時代不一樣了！」馬亦然拉和尚一把，「上炕上炕，你是和尚，不喝酒就揀素菜陪我們吃幾筷子！」

「罪過罪過，俺這也是隨緣了。」和尚稍一猶豫，爬上炕盤腿坐下，面有愧色地說，「佛經上講，鬼怕和尚，和尚一念佛號，胸前就有十丈五色光明。跟鬼坐一搭喝酒吃肉，俺還算甚的和尚！」

「吃就吃，喝就喝，少囉嗦。你不是和尚，你成佛了。」鞏黑牛想起二子，亮起嗓門隔山跨嶺地大喊，「二子，還做甚哩？喝酒嘍！」

建富老漢把老白汾咕咕咚咚地倒進大碗，遞給鞏黑牛，說，「你歲數最大，你先來。」

鞏黑牛也不謙讓，捧起大碗灌了一大口，長哈口氣說，「好酒，幾十年冇喝過咧！」拿起筷子夾了塊肥肉填進嘴裏，兩嘴叉流油地兀自嘟囔道，「過癮解饞！肏他娘，做鬼可就是不如做人！」

二子端上來的，一碗是雞蛋炒番茄，一盤是家製的黃醬。盤邊上清清白白，是一把剝好的嫩蔥。盤子沒放好，鞏黑牛忙慌慌搶了一棵嫩蔥，蘸上黃醬，喀嚓一口切去半截，在嘴裏老牛倒嚼似地細品滋味。他受用得眯起眼，隔著炕桌把酒碗遞過去，「二子，喝！這兒俺就服氣個你，生就的一股鋼骨氣！喝！」

二子淡淡一笑，用雙手捧穩了碗就顫顫地喝。嘴剛離碗邊，馬亦然就把碗奪過，說，「老的也喝了，小的也喝了，我看該輪上我了。」吱地抿了一口，嘆道，「酒是好酒，祇怕是不敢多喝。鬼，人之餘氣也，酒，散氣者也。人尚且不敵酒力，何況鬼耶？」然後將碗傳給石建富，說，「喝，咱倆是革命戰友！革命一旦失敗，錯誤人人有份！」

建富老漢聽出了他胸中的不平之意，輕嘆一聲，頭一仰，也呷了一大口。舉起大巴掌一抹嘴，說，「和尚，你也動動筷子。」然後把酒碗又傳給聾黑牛。

和尚面有難色，說：「按出家人的規矩，該是過午不食的，今黑夜又破戒呀？」架不住眾人亂聲相勸，便誦一聲佛號，滿懷歉意地喃喃道，「佛菩薩慈悲哩……佛菩薩慈悲哩……」也就捉起筷子夾了塊山藥蛋，用左手接著小心翼翼含到嘴裏。

酒碗轉過幾圈，便已涓滴不剩。又開了一瓶六曲香，接著轉。

酒正酣，一直悶頭喝酒的二子突發奇想：「黑牛伯馬叔，今兒天擦黑，聽說寶柱子他爺回村了。撿了片神樹葉漚煙，演了一場『立體電影』，幾十年前以船牮廟的事。」

「咋？」聾黑牛停了嘴，等他的下文。

二子就說：「能不能再演一場，土改甚麼的，叫咱也開開眼，瞧瞧稀罕。」

和尚用胳臂肘輕輕捅他一下。

靜場片刻，馬亦然頗不以為然地拿筷子點點二子，說：「二子，你哪方面都好，就是太記恨。……政府殺了你一個青葉子，你就記恨全世界？」

「我提青葉子來？」二子仍是笑笑地把酒碗推給他，半醉半醒，更是笑容可掬，「這可是你說的馬叔。」

聾黑牛把筷子一拍，大叫道：「馬隊長，俺日你祖宗！一提土改，就踩了你尾巴燎了你毛！建富子比你強，你是口服心不服！二子要瞧瞧稀罕，就給人家演一場！」

「演就演，我說不演來？二話不說就日祖宗，你不要借酒撒瘋！」馬亦然滿面煞白，夾了朵黑木耳放進嘴裏，一邊細嚼，一邊低咒道，「再來個運動，還得把你狗的掛上樹……」端起碗抿了口酒，衝聾黑牛大聲武氣地問：「誰回村去摘神樹葉？魂兒都快喝散了，是你去呀還是我去呀！」

「是喝得有點多了。」聾黑牛笑嘻嘻地說：「誰也甭跑腿兒，這溝裏泉子邊就有一根！」

建富老漢大驚失色：「你咋知道？」

「嘻嘻，你瞞得過別人還能瞞得過鬼？——你這老賊！」

「神樹木質好……這麼些年，就活了這一枝……」建富老漢看看和尚又看看二子，有點語無倫次，「不開花不結籽，我就試著插枝壓條……好不容易活了這一枝，誰也沒告訴，怕人們禍害……」

「神樹一開花，你就偷偷給移到雙奶泉邊的雜木林子裏去。一點風聲不露！」

「連和尚跟二子都不知道。……這些日子，人們拜樹都瘋了。人怕出名豬怕壯。我也是怕哩……」

「阿彌陀佛！」和尚雙手合十，滿臉景仰：「老石你果然是樹神，功德無量。神樹有後了。佛經上說佛國淨土有寶樹寶池，俺一直疑心神樹就是寶樹，佛祖讓它到五濁惡世來宏揚佛法，點化眾生。就看悟不悟咧……」

「甭念叨咧小和尚！就你冇喝酒，去，你給咱走一趟。」犟黑牛說，「甭心疼，從下往上數，第三根叉兒上有片葉子，反正是黃了。你那位『樹神』移的。」

「甭去了和尚。」石建富探手到被窩垛子下摸出一片枯葉，說，「今兒大清早掉了。」

馬亦然一把奪過去，就往燈焰上比劃：「犟黑牛，土改就土改，我跟建富可是不怕！」

「慢！」犟黑牛猛然警覺，「你狗的冇安好心！……俺明白了！——咋，莫非你兩個還想再殺俺一回？對著哩，誆得把俺賣了，俺還得幫著你們點票票？」

和尚說，「阿彌陀佛，罪過罪過……」

「是誰應承人家二子的？是建富子來？是我來？」馬亦然得理不饒人，「君子一言駟馬難追。做人不要臉，做鬼也不要臉？少見！」

「罷罷罷！」聾黑牛的方臉盤由紅變紫，大叫一聲。一巴掌拍下去，滿桌盤碗亂跳。「已然是個鬼了，還怕再死一回？照樣還是屌朝天！」他眼珠一轉，對二子說，「一看到疤眼把俺掛上樹，你趕緊就把神樹葉捏熄了，不要讓俺再受那罪！」

「你少囉嗦吧！」馬亦然把那片神樹葉遞給二子，說，「點！」

二子接過神樹葉，看著聾黑牛為難地說：「算了啵，我不知道你還要再受一遍罪……」

「俺走呀，」和尚沉下臉來，說：「還沒殺夠哩？等等，俺走了你們再接著殺……」

馬亦然一把拉住他，說：「又不是真的，演場電影，助助酒興唄！」

石建富把酒碗端給馬亦然，說：「老馬，甭耍笑黑牛了。喝酒！」

聾黑牛奪過酒碗，笑道：「馬隊長，瞅見咧？——再來個運動，一舉拳頭，就該把你狗的掛上樹了！」便得意洋洋地灌一大口。抻起袖梢擦擦嘴，張口冒出句山歌：「山藥蛋開花結圪蛋，小親親是俺心肝瓣……哎，都唱都唱，」他突然從自我陶醉中醒來，瞪起血紅的牛眼，指點著每一個人，叫嚷道，「都唱都唱，高興！」

「你那些黃色小調，誰會唱？」馬亦然在盤子邊上磕了菸灰，白他一眼。

「開花調嘛誰不會唱？」卻並不等他回答，又晃著身子唱起來：「山藥旦開花下了窖，因為想你睡不著覺……」

「不唱不唱！」馬亦然醉醉地在桌上擊了一掌。

「那唱甚？」犟黑牛大為掃興。

「誰會唱你那些酸曲兒？土改鬥地主的歌兒我會唱兩個，你唱呀？」馬亦然笑嘻嘻地瞥他一眼，和解地說，「唱革命歌曲吧，『黃河之濱』怎麼樣，除了二子，都會唱。」

「我也會唱，」二子一喝醉，就滿臉是笑。「不就是八路軍軍歌嗎？小時候我爹教的。」

「不唱不唱，」犟黑牛大喊，「甚他娘的八路軍軍歌！要說正而八經抗日，不還是人家老蔣？」

「那你會唱老蔣的甚麼歌？」馬亦然頂他一句，卻並不爭辯，「會唱甚麼就唱甚麼！你別敗興啊！都唱！我起個調調：『黃河之濱……』——預備起！」

黃河之濱集合著一群，
中華民族優秀的子孫。

人類解放救國的責任，
全靠我們自己來擔承。

馬亦然用力地揮動著雙臂打拍子，彷彿回到了那個躍馬橫槍的大時代。他看見和尚祇是張嘴卻並不出聲，便騰出一隻手來點他鼻子。和尚就也放出聲來，跟上唱那些歌詞。這支歌他是聽會的。神樹廟裏，那些每天每日都歡天喜地的女護士，進進出出總在唱。

同學們，努力學習，
艱苦奮鬥英勇犧牲我們的傳統……

歌聲停了。半輩子沒唱的老歌詞，雖說祇要能記得一兩句，就能在那熟悉的曲調中慢慢憶起，可下一句歌詞誰也記不起了。聾黑牛說，怎麼是「同學們」哩？該是「同志們」吧？馬亦然也說，對，這不是八路軍軍歌，軍歌的開頭是「鐵流兩萬五千里，朝著一個堅定的方向，首戰平型關威名天下揚」。眾人議論一番，才認定這是抗大校歌。是黨校報社那些知識分子常常唱的，不是傷兵們唱的。可接下來那一句「同學們」死活是想不起，祇好哼過去接著往下唱：

同學們，啦啦啦啦，
啦啦啦啦啦啦啦我們的作風。
像黃河之水洶湧澎湃，
把日寇驅逐於國土之東。
向著新社會前進前進，
我們是新時代的先鋒！

喝醉酒的人們越唱越起勁。一種莫名的感動從早已荒蕪的遙遠歲月奔湧而來，在眼中凝為一點酸澀。

馬亦然還要指揮大家再唱一遍，祇見犟黑牛喝得滿面通紅的臉膛霎時間變得青紫。剛說了一句啊呀不好，就化為一團人形黑煙。馬亦然撫掌大笑：哈哈，說少喝點少喝點！鬼，人之餘氣也。酒，散氣者也。這碗裏還有呢，我叫你再喝，我叫你再喝……正是得意，卻一怔，打了個酒嗝，一張越喝越白的書生臉也變成青紫，頓時化作一團黑煙。

建富老漢低首無語。

二子顫顫地端起酒碗一飲而盡。

和尚慈悲地默誦起往生咒。

兩團黑煙從半掩的柴門飄出窯外，融入無邊的黑暗。

第五章

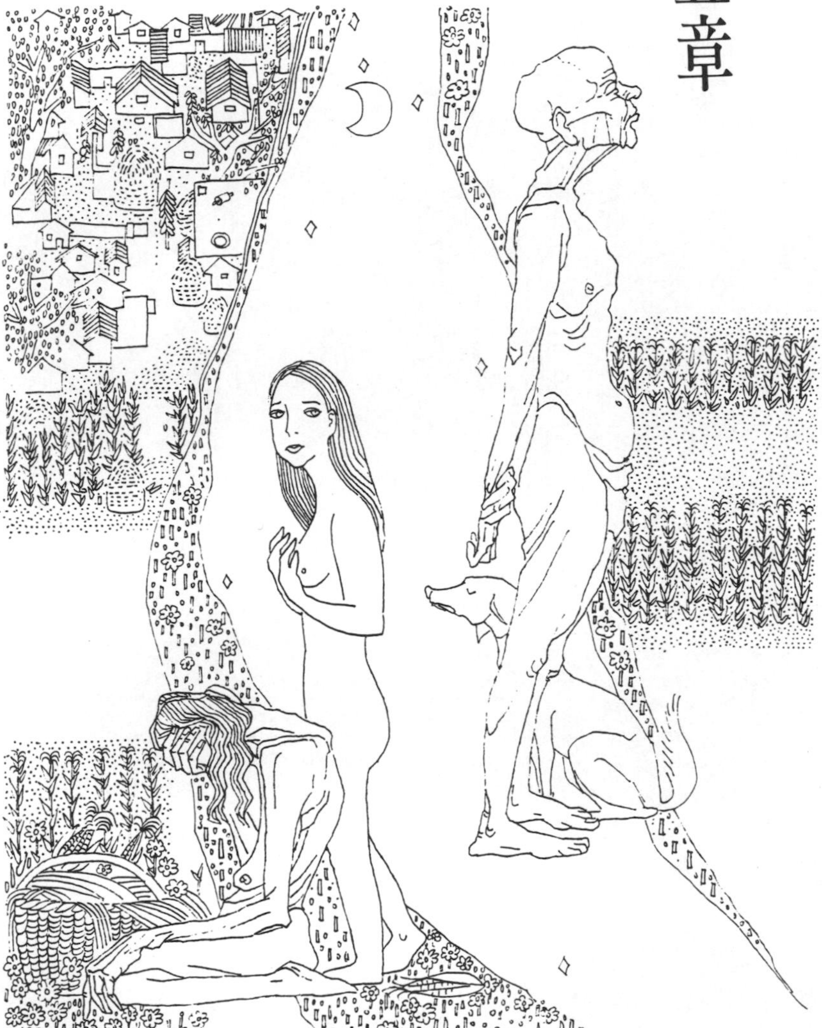

一群黑色的麻雀在煤窯口的飯棚下搶食，嘰嘰喳喳蹦來蹦去。

趙家文終於從一大摞報表賬目上抬起頭來。半上午的陽光斜進窗戶，使這間四壁掛滿煤塵的小土房也也有了點生氣。自神樹開花以來，煤窯上的事情過問得越來越少了。抽出一個上午，躲在辦公室裏檢查經營情況。有點累了，心中卻流過一股柔美的暗喜。近日來，煤炭銷售量直線上升，幾年來積存的那座煤山，已經開始降低高度。神樹開花給煤窯也帶來如此巨大的利益，這是他始料不及的。幾天之前，村民大會的決定，祇對停車場、飯鋪、旅店、代銷店提成，誰也沒想到煤窯。但過往的汽車，看完神樹，祇要空載，大都會順便捎一車煤。這是不是因神樹開花而獲得的利益哩？是不是也該提成哩？

連麻雀都是黑的！趙家文不禁微微一笑。這黑是錢，是財富，是他趙家文在神樹底指點江山說一不二的本錢！黑麻雀們在地上啄食的是饅頭渣。飯棚裏的大灶上，二十四小時連軸轉地蒸著大籠的饅頭，炖著大鍋的豬肉粉條白菜湯。不論何時何事，礦工們祇要上井，就可以抓起饅頭端起碗往死吃。這是娘的主意。娘說，你爹你爺你老祖宗就是這，不叫受苦人吃飽，人家咋給你受？支鍋蒸大饅頭以來，不僅輿論極佳，趙家文成了方圓幾十里口碑最好的窯掌櫃，而且每工效率暗暗上漲。他這才明白，叫受苦人吃飽，這就是他祖先發達的訣竅。民以食為天。中國人實在是餓怕了！敞開吃饅頭能吃塌誰哩？笑話！其實，工人們吃的並非他趙家文，而是自己。工傷病假，趙家窯素有補貼。錢不算多，但比起別的煤窯逼工人立生死字據還是人道得太多。每逢紅白大事，無論本村鄉親還是河北工人，趙家文皆備一份薄禮。花錢不多，卻有一種對人的尊重。有領導記者來了解趙家窯的管理經驗，趙家文祇有一句話：給工人們分點「剩餘價值」，精練至極。在共產語境之中，這句話的涵義是十分確定的。從一個窯掌櫃口中說出這句話，第一層意思是承認剝削。在全民經商，無商不貪，無官不爛的氣候裏，這象徵著一點良心，一點清醒，極易獲得好感。第二層意思是減輕剝削程度，在購買勞動力這種商品時，最好超出一般市場價格，在冷漠的買賣關係上，附加一點人性。第三層意思是承認現實，承認經濟規律而走歷史必由之路。所有的來訪者無不禮讚有加，唯有武斌一針見血：這不過是你們趙家的祖訓——「欲取之，必先與之」。那一次二人不歡而散。事後武斌頗為自責，為人不能過於苛刻。倘若全國的老闆大款經理掌櫃們都能如此克制貪婪，天下也不會像今天這樣怨聲載道，民不聊生。而趙家文也不再沾沾自喜，待人接物之時有了一點自省。

一個河北工人拎著礦燈，三兩口吞了個饅頭，隨手將捏黑的那塊饅頭皮扔給麻雀。麻雀們爭打起來，大叫著滾成一團。趙家文心情很好，看著這些黑麻雀，臉上一直保持著微笑。天下的麻雀一般黑！不對，該是天下煤礦的麻雀一般黑！趙家文，你的麻雀黑，你的心別黑，別忘黑。娘總愛說這句話：文呀，你們老趙家祖德深厚，靠的還不是一句話？心不能忘黑。心忘黑，遲早要遭報應的。最有說服力的例子，就是石老蔫十一年打地道，眼看金頭到手，卻最後一炮露了餡兒。那雷霆萬鈞的一炮，不僅炸飛了石老蔫半生的夢想，還炸出了一層黑色的石頭——煤。龜馱煤山的古老傳說終於得以證實。這也是趙家私了那場盜墓官司的原因之一。武舉人不動聲色地填封了地道，於抗日戰爭連天烽火裏把這秘密傳給了兒子趙傳牛，趙傳牛又在生死未卜之際傳給了家文娘，娘又在天地翻覆之後傳給了家文子。於是，有了趙家窯，有了村長支書的頂戴花翎，有了趙氏門宗在漫長歲月之後的中興。這個反面的例子，每每使趙家文於得意忘形之刻悚然心驚。而當地主子弟半輩子的勤謹隱忍，在後來又都成了他的人脈。出煤之後，卻再無錢修路。村人們就義務墊出一條便道。其時，集體經濟全面瓦解，拖拉機和其他農機具一起破產還債。又雇不起推土機壓路機，剛墊上的黃土太虛，就一夥人站路口攔汽車壓路：開到窯口白送一車煤。也不管司機情願不情願，攔住車就往便道上推。全村人都出來了，老的笑小的叫，年輕的推，一步一個腳印！裝滿煤的重車推不動，把牲口也都牽出來。牲口在前面拉，人在後面推，硬是壓出了一條平整結實的汽車路。那是一個令人難忘的場面，直看得趙家文淚眼迷離。這種感動，也使趙家文堅信「為善積德」「欲取必予」之類的祖訓。麻雀黑，心別黑！看著麻雀，趙家文當即下了決心：比照上半年利潤，多收入部分照例提成。而且，要盡快主動地向全村宣布。慢半拍，等人們醒過神來，這一片克己之心，就變成了無人領情的驢肝肺。

「家文子，大事不好嘍！」鐵根子風風火火地闖進辦公室，大喘著說，「縣公安局的來砍樹了！」

「咋啦?你再說一遍！」趙家文腦子裏嗡的一聲。

「縣公安局的黃狗子們全部出動，河灘上警車停了一大片！」鐵根子端起桌上的茶杯長飲了兩口，說，「快走，孔令熙這狗日的指名叫你去呢！」

趙家文不敢怠慢，跟上鐵根子衝出辦公室，急步向村口走去。

「咋要砍樹?兩三萬還填不住他的黑心窟窿?一滿的貪官污吏！」

「看樣子不是為錢來的，還真帶著一大堆伐樹用的家具呢！」

「不能啵?」趙家文思忖道，「伐倒神樹於他孔令熙又有何益?是不是看見這兩天收入太大眼紅了！……實在不行就再加點錢，再給他個人一份兒。」

「我看是那本旅遊小冊子惹的禍。」

「咋?」

「姓孔的舉著那本小冊子跟我喊叫：憑甚麼砍樹?就憑這！」

趙家文滿頭的熱汗頓時變成冷汗淋漓而下……

近日來，朝拜神樹的狂熱已達到滾油烹火的高潮。首先是前日黃昏，寶柱爺爺回來，焚葉遷境，當著成千外村人和維持秩序的警察，重現了前朝古代以船佮廟的絕技。這不可思議的奇蹟，如閃電一般即刻傳遍晉冀豫三省廣袤土地。縱然遠在千里之外，人們也不辭辛勞跋涉而來。停車場旅店飯鋪代銷店的收入成幾何級數向上翻滾。擴大經營的一切措施都是杯水車薪，無法應急。其次，武斌以最快的速度回省城趕印出一本名為《神樹》的旅遊小冊子，從女媧煉石補天的神話開始，歷數與神樹有關之歷史事件，如：煉石補天，王母偶遺引火柴；植杖問路，始祖火浴神仙樹；執刀護寨，武舉欽賜金頭顱；釘環夜審，義軍魂追李闖王；以船佮廟，災年重建神樹村；據樹為壘，傷員氣殺日本鬼；捐木護鐘，百姓陳情八路軍；吊枝施刑，地主血濺大革命；斫木煉鋼，模範腰折青磚地；易子炊骨，饑民茍活神廟牆；打神焚經，小將推倒蓮花座；造反奪權，廟院翻捲大王旗；犯難涉險，村民籌修樹神廟；呈祥現異，古木花香晉冀豫。最後，武斌寫道：可以說，神樹是歷史的見證。不僅如此，還是歷史參與者。它不僅聆聽著我們人民的生死歌哭，而且，歷史的風霜雨雪，也在它堅挺的身軀上留下了累累傷痕。所謂神跡，似可理解為今日尚不能解釋的自然現象，固然可開闊眼界，一窺三千大千世界之神奇。然而撫樹追遠，審思一番國家與個人的大小歷史，更是人生之一大快事。小冊子印製精美，附有幾幀村莊廟宇神樹碑刻的彩照。而「神樹」二字，雖談不上書法精品，卻也筆鋒蒼勁。這是武斌專誠向省書法家協會顧問、離休省長朱某請來的墨寶。依趙家文意見，土改及前次修廟抓人兩節不提也罷。關於土改，受害者祇是「摘帽」，卻並未平反昭雪。而修廟抓人，雖說僅泛泛而談，一筆帶過，但孔令熙還在臺上，又是現管，還是略去為妥。既然已經印好，美輪美奐，還有前省長的題字，趙家文也祇是說說就算了。按成本出售，首批運抵的五千冊在一小時之內即告罄盡。這些分文不賺的小冊子所引起的反饋，超出了趙武二人最大膽的設想。如果說，前幾天來的僅僅是帶有迷信色彩的鄉巴佬，那麼，在《神樹》發出之後，口口相傳的野史鄉趣，立即提升為帶有官式色彩的學習參觀旅遊採訪之對象。機關學校公司廠礦等單位開始堂而皇之地加入進香者的行列，各類旅遊汽車公司也緊急開闢包辦食宿的專線。人如水，車如龍。在大山之中蟄伏了無數世代的默默無聞的小山村，驟然間成為舉世矚目的聖地。

武斌對自己的主意極是得意，但趙家文心中總有某種揮之不去的隱隱不安。幾十年間忍辱負重的歷練，使他形成了深藏不露的性格。按他的意思，近日來的許多舉措都是多此一舉。祇要趁神樹開花之機撈一把錢，把廟修了，族譜續了，學校再添置點桌椅板凳，就算大功告成。武斌笑道，老趙啊，你真是吃怕長大的，怎麼凡事先往壞處想！他就說，怕的就是這壞嘛，好還怕哩？物極必反，盛極必衰，樹大招風，人怕出名豬怕壯！雖然他並不奢望青史留名，但身不由己地被天地鬼神人裹脅進一個深淺莫測的漩渦。

在廟前的小空場上，停著兩輛旋著警燈的吉普和兩輛草綠色的大卡車。幾十個警察，有的在車上閑得發愣，有的在車下抽菸聊天，有的指點著如山如丘如雲如霞的滿樹白花向村人詢問。車上還有十幾個沒穿警服的人，懶懶散散地站那兒東張西望。廟門口的出租警察已經撤了。刀疤臉倚在吉普車頭，正和孔令熙說話。

趙家文悄悄抹了把汗，運動滿臉肌肉，作出天真無邪的笑容，急步趨前。

「哎呀，孔局長，幾天不見，是那股風把您給吹上山來咧！」

在孔令熙看來，趙家文是像僵屍一般僵著兩手怪笑著衝過來的。他倒退一步，還是擠出一個淡淡的笑容，伸出一隻手讓趙家文握了一握。

刀疤臉不笑，冷冷地瞟瞟鐵根子。鐵根子也斜回去一眼。兩個老對頭就算是打了招呼。

孔令熙並不開口，趙家文衹好以自家人的口吻低聲問道：「咋，鐵根子說，上邊又有人不叫咱們幹咧？」

「不叫幹倒便宜你了，」孔令熙平平淡淡地說，「人家這回是下令砍樹。」

「誰？」趙家文又往前湊湊。見孔令熙並未翻臉，他仍舊努力維持著利害相關的密謀氣氛。

「你說誰？——省裏！」孔令熙指指天，一張國字臉上仍然毫無表情，「這一回，你的樹可真露臉了！」他從口袋裏拿出小冊子，在趙家文眼前晃晃，「——《神樹》！這名兒多響亮！連省委領導都拜讀嘍。」

「嗨，這是武斌搞的。有甚麼謬誤之處，還得請領導們多多指正。」在路上，趙家文已決心把責任推到武斌身上。這算不算賣人哩？他心上也恍惚了一下。如今，寫錯幾句話，對於一位全國知名的作家來說也算不了甚麼。可對神樹底，對神樹開花以來一波三折的險惡形勢來說，實在事關重大。自家兄弟，賣也就賣一回咧！再說哩，你不說，人家就真不知道是誰寫的了？「有幾處我也有意見，像土改啦，上回計劃修廟啦，這一兩天就叫武斌改過來。」

孔令熙挖苦地說：「你不覺得有點晚了？……嘿，你們，愣在那兒幹甚麼？還不快卸車！」

一幫無所事事的警察就開始吆喝著那十幾個剃光頭著便衣的漢子從卡車上往下搬東西。現在看清楚了：光頭們是囚犯。公安局管著看守所，從來不缺廉價勞動力的。不夠用了，就出去再抓一批。公安局大樓和家屬宿舍，就是不夠判刑的臨時囚犯們蓋起來的。本來有國家撥款，但是想面積大一點，標準高一點，裝修好一點，錢就不夠。大檐帽們自有辦法，以整頓社會治安為名，突然襲擊，一夜之間在縣城裏抓了幾十個有前科的潑皮無賴，嚇得全縣有案底兒的人星夜逃出縣境。人還是不夠，便到車站旅店大街小巷四處搜捕「盲流」。自然不審不判，還管吃管住，經常改善伙食。工程結束，全部釋放。這些事，趙家文早有耳聞，已是見怪不怪。祇是搬下來的東西令人費解：就這十幾把大斧幾張雜牌鋸，也想來對付神樹？十多年前，谷凹村窮得賣了村頭上的古槐。不過十來圍粗，斧鋸就不能奈何。縣木業社幾個大師傅圍著古槐轉了兩天，最後還是專程去省城買來特大號的戧鋸，幾張五尺長一尺寬的鋸條以銅焊連接起來，打磨平整，每頭五六個人拉。支起三尺大鍋，也不知道吃了多少白麵小米，才好歹將那古槐放倒。如此看來，孔令熙明面上奉命砍樹，骨子裏是否另有所圖哩？

「孔局長，您執行公務，我這個小小不言的村長也不能有二話。」趙家文見那十來個犯人已扛起斧鋸排成一隊，強自鎮定地苦笑道，「能不能把省委領導的意思先跟咱通通氣兒，我們村委會也好幫助做做工作。您看這兒亂糟糟的，起碼沒有幾千號人？」

「趙家文，你不要用這些烏合之眾來嚇我。」孔令熙板著臉，卻也不是聲色俱厲，「你不信，我還不信呢！」

原來，有人一狀告到上面，將神樹開花以來的種種怪事一一列舉。罪名有封建迷信、造謠惑眾、停止生產、大發橫財、聚眾鬧事、抗拒軍警等等。真正引起省裏重視的，是關於事態繼續惡化一節。據檢舉者估計，近日來，神樹開花的消息已經傳遍山西河北河南三省民間，朝拜神樹的人員車輛，充塞省道。自從出售小冊子以來，人員車輛劇增。正午時分，車逾五百，人近一萬。如果任其發展下去，不僅堵塞交通，造成嚴重經濟損失，而且，小冊子繼續擴散也會造成不良的政治影響。省委電詢縣委，查明情況之後，迅速作出幾條決定，最關鍵的一條是：為了避免屢驅不散，釀成反覆警民衝突之嚴重後果，著縣委立即集中警力，伐倒大樹，並將所有可能繼續引起聚眾崇拜的樹幹枝葉，全部運離現場。

真的又來事兒咧！趙家文如五雷轟頂，瞠目結舌。一切都不是訛傳和誤會！多年前被架上警車那一瞬間的感覺，和著可怕的汽油味與女人的哭喊從心靈的深淵浮起。一種與生俱來的政治恐怖感猶如一股陰冷的旋風，迅即寒徹心腑。他感到手腳微微發麻，腦袋裏空空如也，沒有思索，祇有飄然的感覺。完了！短暫的空白之後，他首先能想像的，是即將面臨的開除黨籍撤職法辦。不錯，現在還不動你，那是還要用你，等事情平息之後，再新賬老賬一齊算！身敗名裂，傾家蕩產……

「孔局長，先等等！事情還有商量沒商量？」鐵根子朗聲說，「要是那小冊子有問題，咱們立馬收回，銷毀。憑甚砍樹？樹站這兒幾千年了，又沒犯甚錯誤。森林法嚴禁亂砍濫伐，這是國家大法，上面能下令栽樹，還能下令砍樹哩？」

「商量商量?你跟我商量，我跟誰商量?」孔令熙一巴掌把小冊子拍在吉普車的引擎蓋上，嚇哭了一個圍著瞧熱鬧的紅裙女孩。

對省裏的幾條，縣委和公安局都有抵觸情緒。見風就是雨，屁大點事兒，張口就給你定性為「突發事件」！老百姓，就愛湊個熱鬧瞧個稀罕。求神拜藥也上綱不到「突發事件」！對於「嚴重失職」幾字，縣委尤其不服。一開始，就派出公安人員驅散。祇因避免擴大事態，激起民變，才採取了目前這種「有效控制」的溫和策略。既無「事件」「突發」，又何從「及時上報」?又何來「嚴重失職」?幾條指示，說到底祇是兩個字：砍樹。不砍不行，對抗省委。砍也不行：引發動亂，必然是替罪羊：樹倒猢猻散，則反過來證明了自己前段時期的「嚴重失職」。常委會上，父母官們先隱晦地發了一通牢騷，然後在會議記錄上寫了「堅決執行省委三條指示」一段文字。散會後，鮑書記在門口站了站，遞給孔令熙一支香菸，心事重重地說了一句：「老孔啊，你給咱沉住點氣。中央始終在強調安定團結，穩定壓倒一切……」孔令熙點了頭，但一直到站在神樹跟前，也沒想出個萬全之策。

趙家文被公安局長這一巴掌驚醒過來，漸漸鎮定下來思考對策。從孔令熙今天的態度看來，事情似乎尚有轉圈之餘地。更多的一時還想不清楚，先拿出看家的本事來再說。狗日的，兵來錢擋，水來財掩！便又笑著臉，說：「孔局長，咱村這事兒，沒想到還連累了咱們縣委。嗨，叫我咋說哩！……不過，話又得說回來。您說說，這一狀告的是實情嗎？自從咱公安局的同志們來了之後，這秩序不是維持得蠻好的？說咱縣委失職，首先我就不服氣！這八成是哪個害紅眼病的王八蛋幹的……」

「誰？你咋知道？」鐵根子急急插了一嘴。

孔令熙和刀疤臉對視一眼，靜候他的下文。

「是誰我心中有數。」趙家文賣了個關子，開始變得從容起來，「小冊子寫得有問題，咱可以收回，咱可以改，但起的作用可實在不小。我給咱兩位領導報個賬：先前說定了贊助咱公安局兩萬，每位弟兄每天的加班費出差補助生活補貼亂八七糟加起來是五十塊錢一條菸，那是根據當時的估計。眼下，這村裏紅火得萬惡，各類收入翻番都怕是打不住。飯鋪旅店代銷店不說咧，光停車場就增加了兩個。還有香火錢……我們村委會剛剛研究決定，從昨天起，社會治安贊助費增加到五萬。同志們的辛苦費不好提得太高，再加二十，七十塊錢一條菸。考慮到留在局裏的同志們要分擔他們的工作，每人一天二十。這也不算封頂，如果收入繼續見漲，咱們水漲船高，利益均沾……」

多嗜作出過這決定？鐵根子馬上明白這是B52地毯式錢彈轟炸。形勢如此險惡，祇好強壓下滿腔怒火抬頭望天。

趙家文開門見山先講錢，所謂舉報者的紅眼病，不過是說話的由頭而已。但也不能過於放肆，高手過招，點到為止，他還得把話圓過來。「……二位領導都是辦過案的，你們想想，神樹開花，咱村一下成了暴發戶，誰不眼紅？家有半斤花，外有八桿秤。到村裏轉悠上一半天，誰還能瞞過誰。有良心的，回家去怨自家祖宗沒給他留下旅遊資源。沒良心的，暗中幫你算筆賬，兩毛錢貼張郵票搞你個政治陷害！你們說，我這分析有沒有道理？」

公安局長和刑警隊長把神樹底支書兼村長的話聽得一字不漏。

「嗯。」孔令熙漫應一聲，心裏罵道，沒看出來，你趙家文膽子不小！媽的，省委的決定，你敢拿錢來買！卻也不得不佩服他出手大方，像個辦大事的。孔令熙不算是貪官，但也並不清廉。人家給你送禮塞錢，不過是求你在政策法律允許的範圍之內給一點方便。得饒人處且饒人，做人還能做絕了？偷雞摸狗殺人放火的刑事案件，以鄭板橋的「難得糊塗」為座右銘。與政治有關的一切，則秉公執法，「不得糊塗」。神樹底的錢，是拿得上桌面的。目前財政緊張，物價飛漲，哪一級不為這錢字愁白了頭？趙家文開的口不小，再有十天下來，贊助費提到十萬上下也未可知。但是，如果以抗拒上邊的指示為交換條件，這錢也就太燙手嘍……

「局長，」刀疤臉侯隊長試探著說，「這兩天來的人是不算少，可秩序維持得不錯。能不能跟上邊再反映反映？……我是說，咱在這兒插了一腳，這一狀不是把咱們也捎帶上了嗎？」

「糊塗！是叫你執行任務是叫你調查？」孔令熙有點冒火了。才幾天的工夫，就叫趙家文的酒灌迷糊了？

鐵根子見又添了三四萬孔令熙還不買賬，也冒火了，就說：「算了家文子，他們不便反映，咱們反映！」

「行啊，」孔令熙冷冷地說，「你們先反映著，我這兒慢慢砍著。反正樹這麼大，一時半會也砍不倒。」

「鐵根子你這就是不知天高地厚咧！縣裏不反映，咱還能夠得著人家省裏！」

「你不是也認得幾個省裏的領導嗎？」孔令熙說。

「小事行，大事還得依靠組織。三張紙畫個驢頭，我有多大的臉面！」趙家文裝著沒聽出他的挖苦嘲諷，忍氣吞聲，聽東道西。「唉，孔局長，侯隊長說的有道理！我這想起來了，你說上邊知不知道咱這根樹的革命歷史？」

「不就是多少年前躲過幾個甚麼傷員嗎？」孔令熙用嘴撇撇引擎蓋上的小冊子，「頭兒們早看過了。」

趙家文拍著腦門，說：「對對對，我真是急糊塗了！……可上面知道那通『浩氣長存』

的石碑嗎？——不知道吧！武斌這小子，說那張照片不清楚，黑乎乎的又不藝術。省林業廳也要來立碑，又在申請省級文物保護單位。……不對，是全國文物保護單位，鐵根子，你記不記得？」

「那能有錯！不就是那個錢廳長嗎？瘦瘦的，跟老廳長一塊兒來的。」鐵根子見趙家文眼都不眨地連著撒謊，趕緊幫腔道：「他能告，咱也能告！就告他個謊報軍情！」

孔令熙沉吟道：「嗯，這倒是個新情況……」

趙家文一看有門兒，連忙遞菸。「這全國文物保護單位是國務院批的，誰想動，還得叫人家國務院下文吧？」

孔令熙就著趙家文捧過來的火點上菸，說：「走，看看去！」

*

吃罷早飯，李寶柱就著手進行他這一生中最偉大的事業：牮廟換柱。

爺爺以船牮廟的輝煌場面令人心熱技癢，但左思右想，那輝煌已成明日黃花。從他記事時起，漳河裏的水就一年比一年少。近年來，更是經常斷流。那些兩頭尖尖的打魚船，那些一字蹲在船邊的魚鷹子，那些縴夫們用歌子拉著的裝運鹽鐵陶布的大木船，早已是荒蕪了的童年的記憶。船沒有了，崖下汪的水也不多，以船牮廟的智慧已無用武之地。咋辦哩？寶柱子犯了愁。老疤眼過來說，屌事吧，到煤窯上扛個風鑽來，在崖頂頭胡亂戳幾個眼兒，插上鋼筋打個洋灰墩子，立上柱子千年不換！這不是木匠的活兒，寶柱子不情願。刀疤臉說，你爺爺的辦法太費勁，哪天有吊車來進香你告我，國產的不行，要日本進口的那種。叫司機開進河裏，把大梁吊起來你慢慢換。寶柱子心說又不是拆廟哩，還是不情願。幾個司機湊上來說，兩個千斤頂，保證把大梁坌起來！寶柱子又想了一天，別無良策，也衹有這法子多少還有點爺爺以船坌廟的味道。把要用的兩根柱子立在崖邊，便帶上小拐子到河畔去借千斤頂。聽說是修神樹廟，幾個熱心的司機扛上千斤頂一同來到崖邊。一個開外國大卡車的中年司機跟寶柱子一起下到水邊的石嘴上。先頂好坌柱，在柱底用粗鐵絲牢牢地綁上了兩根從煤窯借來的小鐵軌，支好千斤頂，就一左一右地按那液壓手柄。使寶柱子大為驚訝的是竟如此輕巧，不一會兒，就把沉重的大殿角坌起來。衰朽的舊柱輕輕地脫落下來，在廟牆上蹭落了幾小塊泥皮。然後，小拐子在上，寶柱子在下，將新柱入了卯眼，量好尺寸，鋸平柱底，坐在石嘴之上。幫忙的中年司機把兩個千斤頂一放，新柱輕輕一抖，吃住了勁。司機見木匠跑蹴著發愣，便問還有啥事兒。木匠訕訕地說沒甚咧，就這。多謝了。人們就七手八腳把千斤頂和兩個人拽上來。寶柱子和小拐子一起送過了千斤頂，又跑蹴在崖邊發愣。牆皮掉水裏，水裏卻沒有了魚。直挺挺勻溜溜的新柱換上了，卻沒有歡呼鼓樂。當初使爺爺名揚太行留芳後世的一樁驚天動地的偉業，一頓飯工夫就無聲無嗅地完事大吉。小拐子拎來事先準備好的一盤千頭鞭。師傅，點呀？李寶柱擺擺手叫拿回去。幾個進香的老漢漢說，後生，點啵，圖個吉利。在令人臉紅心煩的鞭炮聲中，寶柱子頓感失落。舊柱子大頭戳在水裏，小頭斜靠在崖邊。榫頭上有字，記起是那穿紡綢大褂的鄉紳站椅子上寫的。走過去仰頭一看，眼睛就模糊了。爺爺，匠人的時代一去不復返了！

柱頭上是一粗壯方榫。淺黃的木質上，黑色的墨跡分外搶眼。一面是「李木匠民國八年」。一面是「神樹底村民同賀」。第三面沒寫字，是空白。第四面也是空白。

小晌午的陽婆照耀在漳河上。一個城裏來的小姑娘在河畔的草叢中採花。河風淩亂地掀動著她紅色的連衣裙。

*

近午時分，神樹廟裏裏外外遊人摩肩接踵。鐵根子刀疤臉在前開路，趙家文殿後，前呼後擁地把孔令熙護送到神樹下。神樹廟外院西偏殿原為趙家祠堂，順牆根豎立著一排大小石碑。八路軍總部的碑不大，四尺來高。正中是四個隸體大字「浩氣長存」，上首是一行楷書：「晉省遼縣平田鄉神樹底村神樹」，左側從右至左刻著立碑單位的名稱：「十八集團軍總總司令部醫院　中國共產黨北方局黨校　新華日報社」，左下角是日期：「民國三十一年八月」。

孔令熙摸摸碑石，說：「趙家文，你這不是假的吧？……你別急眼，我說的是假古蹟。聽說有些旅遊景點就編故事，再根據故事造假古蹟。那年八路軍總部被日軍包圍的事兒我看過書，不是突圍出去了嗎？」

趙家文說：「嗨，還能都突出去？那次日本人實在有準備，也不走大道，過路不停，逢村不站，翻山架圪梁，十面大包圍，一下就包了餃子。八路軍在咱太行山老根據地紮了多少年，就吃過這麼一回大虧。想跑，倒來不及了。」他指著石碑上「新華日報社」那一行字，說，「報社的同志們跑出幾十里地，眼看突出去了，結果在大羊角讓小日本給圍住了，死的傷的活捉的五六十。社長姓何，叫個何耘，也犧牲了，才三十出頭。就住在我家小西房，聽我母親講，挺和氣的個人，沒事了喜歡跟我爺下盤棋……」

「你是說，部隊把傷員扔下就跑啦？」

「可不，來不及了嘛。」趙家文裝著沒品出味道，接著說，「聽老人們說，東山上，西邊的野雞嶺上，下邊順河灘的官道上，黑麻麻的都是日本兵……」

*

四面都是敵人？王院長臉色煞白：趙村長，你說清楚點。你是說出不去了？

抗日村長趙武舉一口粘痰在喉嚨裏急促地呼嚕，衹好使勁點點頭。

明白了！孫團長一拍大腿，說：這回小日本是衝著總部領導機關來的！

王院長孫團長！壞屎事咧！自衛隊長石建富拎著把紅巾大砍刀滿頭是汗地跑過來，大喘著說：出不去了！山頭都占了，鑽溝也不趕趟咧！

傷員和醫護人員神色緊張地擠在廟門口，等待領導們的最後決定。

王院長和孫團長立在山門前，向狐子溝瞭望。衹見村民們背著乾糧，牽著牲口，肩膀上搭著被子，拖兒帶女地順著羊腸小道往溝裏跑。衹要進了溝，一鑽進老林子，就算是魚游大海了。但從野雞嶺山圪梁上下來的一股日軍運動得很快，就算鄉親們能進溝，醫院也來不及了。神樹高大的樹冠擋不住視線，四面的山峰一覽無餘，黃螞蟻般都爬滿了敵人。

衝不出去了。孫團長沉重地說。他回頭看了看簇擁在身後的幾十個吊胳臂架拐的傷員和那些身著白衣毫無戰鬥經驗的醫生護士，突然盯著武舉人的眼睛，急問：趙村長，村裏有沒有地道甚麼的可以藏人的地方？

有倒是有……武舉人瞟了瞟石建富，吞吞吐吐地說，衹是，不知道還能不能用……

能用！石建富朗聲說道，先前能通山上，塌了，這陣兒擠十幾二十個人許是能行？

好！孫團長命令道，重傷員和醫院的同志們跟石隊長走，下地道！剩下的跟我往外撞大運，衝！他的左手剛動完手術，尚未歸隊，在目前形勢下就算是最高指揮員。

出不去咧孫團長，趙武舉說，眼下祇有一條路——他指指頭頂的神樹，上樹啵！

孫團長仰頭瞧瞧密不透風的如山的神樹：上樹？

石建富和一個小護士抬起一副擔架正要走，見孫團長還拿不定主意，也說，上樹啵，就用俺們自衛隊瞭望哨上樹的梯子！

狐子溝方向，響起密集清脆的槍聲。日軍已下到半山，開始用火力封鎖溝口了。

上樹！孫團長最後下了決心，水乾糧藥品手榴彈，能帶多少都帶上！

輕傷員們沿著一架接一架捆綁在樹上的木梯往樹頂攀去。幾架梯子之上，便消失在濃稠的綠色中。

孫團長別好手槍，正要上樹，猛然間想起一個至關重要的問題，急問：要是敵人發現了，用火燒怎麼辦？

你放心上啵，趙武舉把掖在腰後的長袍下擺放下來抖展皺紋。這是神樹，避火！

大火無濕柴！啥時候了你還講迷信！

這又不是迷信！武舉人急得直撅山羊鬍。俺老祖宗放火燒過……快上啵你，一時半會兒跟你說不出個長短！

見孫團長爬上了最底下的那根有窯洞粗的樹杈，趙武舉弓下腰，把長木梯往上送：快，一架一架都拽上樹去！

孫團長拽住梯子：你去哪兒？

甭管俺咧，操心你的人馬啵。俺早就活出長頭咧！老漢又撣撣他的藍色紡綢長袍，正正頭上的瓜皮帽。村裏還有冇跑出去的，日本人來了，俺這個村長還得去支應支應！

＊

「支應支應？是你爺爺支應出事來了吧？」孔令熙不陰不陽地問道。

「那能哩，」趙家文不卑不亢地說，「我爺爺就是那一仗死的，不是漢奸，是烈士。」

「是三毛猴，」鐵根子說，「不是我們趙家的人。土改時候，反奸除霸，鎮壓了。日本人圍住村子，把沒跑了的人都趕到神樹廟前邊的空場上，老弱病殘，腿腳不利索的，有四五十，就是你們現在停車的地方。問八路藏哪兒了，不說就打。一來就知道村裏住著醫院黨校報社。」

「也該三毛猴倒霉，扛了床被子剛出門就崴了腳。」趙家文對這個和他父親同時死於土改的人，一直有著某種莫名的同情。「日本人一看是個年輕後生，拖出來先死打一頓再問話。三毛猴挺嘴硬，咬住牙就說都走了。帶隊的是個老鬼子，大概官不小。指指胸前掛的望遠鏡，又指指山門外的臺階，說他剛才還看見有八路在這兒站著。三毛猴捋起褲腿，露出腫得像發麵饃饃一樣的腳腕兒，說他就沒出門，真是不知道……」

「三毛猴還就是不知道。」鐵根子插嘴說。

「日本人管你知道不知道，先一刀割了他一個耳朵。三毛猴直哭，嚇得話都不會說了。幾個日本兵就把他架到臺階跟前要槍斃。三毛猴跪在地下一邊哭一邊直往神樹指，說的是甚，別說日本人，就是中國人都聽不清。半天才鬧明白：原來樹下有梯子，梯子不見了，怕是有人上樹了……」

「他是自衛隊的，有時候上樹去值班瞭望。」

「老鬼子走到樹底下瞧了一陣兒，望遠鏡也用上了，瞧不出個名堂。說這樹太大，藏幾百個八路也不見影兒。打了幾槍沒動靜，就到人們家裏扛梯子上樹。上了五六架梯子，十來個日本兵，孫團長一聲打，一個不剩給撂了下來。接著就是一陣手榴彈，樹底下的日本兵炸倒一大片，老鬼子腿上也掛了彩。日本人扛著歪把子機槍就上了房，把樹葉子打得滿天飛，就是打不住人。牲口馱的小鋼炮都使上了，還是不靈。就是頂上的樹杈，少說也有幾摟粗，日本人哪見過這樹？老鬼子說燒，就逼著鄉親們往樹下抱柴禾，還澆了煤油……」

「你別囉嗦了。」孔令熙不耐煩地打斷趙家文的話，「——樹點不著，八路軍又打回來，傷員終於得救了。」

「誰打回來？打出去還來不及哩！是別的地方吃緊，顧不上了吧。第二天清早，日本人急忙往平田方向增援。天一黑，孫團長他們下了樹，帶著總部醫院連夜撤出了包圍圈。」

孔令熙彎下腰，將那石碑又細細看了一遍，說：「碑上頭一句沒寫，這能說明甚麼問題？」

趙家文一下愣怔了：「我講了半天都白講咧？這事還能有假？村裏上點歲數的老婆老漢好些都是親眼見！」

「把你的老婆老漢們都整到省裏去？還得把他們嚇得不會說話了！」孔令熙嘴一撇，「趙家文，你真有辦法！」

「怎麼說明不了問題？」一個氣喘噓噓的北京口音插進來。

孔令熙一看是武斌，嘴撇得更厲害了：「是省裏的大作家呀！你可真會給咱添亂啊！」

武斌誠懇地說：「孔局長，我寫的東西我負責。上邊有意見，我可以改，但神樹不能砍。你看，」他掏出採訪本，把一張夾在本子裏的照片遞給孔令熙，「這是從舊紙堆裏翻出來的，當年的舊報紙。」

幾個人都湊過來。這是一張翻拍的新華日報。字跡模糊，大標題尚清晰，一篇文章的題目就是「神樹抗日立奇功」。小字有點費勁，但粗略瀏覽，「五月掃蕩」「突圍」「神樹底」「英雄樹」等字樣還是依稀可辨。

「嗨，老武，」趙家文誇張地指點著孔令熙手裏的照片，說，「有這東西你不告我，你這不是存心坑人嗎！甚麼神樹仙樹的，沒事找事，盡尋的吃碰！立馬改名兒，『英雄樹』，多現成！」

「可以，『英雄樹』就『英雄樹』。咱們本意也不是宣揚迷信，就英雄樹吧，減少點迷信色彩。南方有一種樹叫木棉，春天開大紅花，自古以來就叫英雄樹，我是怕搞混了。」武斌接過趙家文的眼神，扭臉對公安局長說道：「孔局長，我跟你說句過心的話。過去，咱們有點小摩擦。都是吃太行山小米喝漳河水長大的，自家人，不記恨。砍樹的事做不得，誰砍誰留下千古罵名！毛主席怎麼樣？『大煉鋼鐵』那陣兒砍的樹，幾十年過去了，還記在他頭上。大人物尚且如此，你我這些小人物，誰扛得動這種子孫萬代的罵名？前幾年，黃山上砍了幾棵樹，當地百姓在每個樹墩子前給那位砍樹的人立碑。這事全國大報都登過，你大概也知道。這棵樹更是非同小可，是國寶。樹齡之老，樹圍之大，在全世界也掛得上號。林業廳老廳長親口跟我和村幹部們講的。第二，這棵樹有革命歷史，又算是革命文物，動一動就是政治問題。要是我，有膽子殺人也沒膽子砍這樹。這陣兒在中央掌權的，還不都是老太行？這一帶老紅軍老八路又忒多，誰寄封信參上你一本，別說咱縣委，就是省委也夠嗆！」武斌頓了頓，更加誠懇地說，「老孔啊，我可真不是嚇唬你。這些情況，省委知道不知道？你們匯報沒匯報？到時候捅出漏子，省裏一推六二五，說你們沒報，你們再往誰身上推？……你是辦案出身的，替罪羊見得還少了？」說到這裏，武斌也被自己拼命裝出來的誠懇感動了，「我這人太書生，說話直，愛得罪人。我這一番話是不是為你好，你慢慢想想就明白了。」

刀疤臉直聽得兩眼發痴。孔令熙雖然臉上沒動靜，卻撥溜撥拉解開了一排扣子。鐵根子冷冷看在眼裏，心裏對武斌佩服得五體投地。

「大作家，話是這麼說的，可我這個小小的公安局長夾在中間該怎麼辦？」孔令熙面帶微笑，口氣輕鬆，一隻擦得鋥亮的黑皮鞋在青磚地上不疾不徐地抖著點兒。

「你看這樣行不行？」武斌以商量的口吻說：「咱們縣是我的生活基地，我的名片上還印著副縣長的銜兒。雖說衹是掛個名，不管事，可是想管事了，也算是名正言順。另外，前幾年，我跟張書記關係還不錯，說得上話。我先給他寫封信，找個回省城的司機捎回去發，一天就到。再由我和老趙聯名向縣委正式打個報告，往省委一轉。不管他最後怎麼決定，咱們的責任是洗清楚了。」

孔令熙又想起頂頭上司鮑書記那憂心忡忡的神情。縣委的意思他明白，當官的誰也不希望自己的地界出麻煩。在這多事之秋，「安定團結」就挺不容易！一棵樹，背景還這麼複雜。誰的替罪羊老子也不當！有武斌的報告，在鮑書記那兒肯定能交了賬。可省委那頭又怎麼回話呢？他瞟神樹一眼，忽然計上心來。

「行，武縣長，這事就拜託你了！」在武斌的記憶中，孔令熙這是第一次按官場的規矩稱呼自己。剛有點暗暗得意，就聽見孔令熙又說，「你先去寫著，我叫人來先砍兩斧子！」

幾個人都愣了。趙家文和鐵根子一下就想起了剛才他說的「你先匯報著我先砍著」的話。武斌則覺得孔令熙簡直是發神經了。

「別誤會，」孔令熙忙解釋道，「說啥也得砍兩斧子，不然我回去怎麼交代？」

「孔局長，你不是跟我們開玩笑啵？」趙家文臉漲得通紅，半晌才憋出一句話來。

「誰有心思開玩笑？」孔令熙指著神樹根部一個牛頭大小的樹瘤，「你得讓我在這兒砍幾下。你們怕甚麼？——今天我帶的那幾樣傢具，連根小樹杈也動不了！」

武斌明白了孔令熙想交差。但他難置可否。他畢竟當不了神樹底的家。

鐵根子卻按捺不住，氣憤地說：「你這不是刀切豆腐兩面光嗎！你也不能……」

趙家文一把將他拽了個趔趄，冷聲冷氣地說：「砍吧你！也給我留點面子。我這人沒出息，天性軟弱，可兔子急了還咬人哩！」

孔令熙從來沒見過趙家文在他面前用這種口氣說話。忍了又忍，突然衝刀疤臉大吼：「還不快給我砍！」

刀疤臉帶著幾十個警察和犯人湧進廟來，一句話不說就稀里嘩啦地把樹周圍的供桌香案撤去幾張。一看他們舉刀弄斧地真要砍樹，香客遊客們便一哇聲地起哄吶喊。那些上了年紀的老婆婆老漢漢，更是奮不顧身地跟大檐帽們撕扯著要衝進圈來。趙家文們衹好以村幹部的身分出面勸阻，一再保證衹是砍這樹瘤。眾人仍是不依不饒，鼓譟道「這是神樹，一根毛也不敢動！」「都是些漢奸，打！」

犯人們也鬧起來，誰也不肯動手。刀疤臉急了，一把揪住一個五大三粗的年輕犯人，照腿上就是一腳，「砍呀！等得挨槍子呢！」那犯人顧不得疼，求告道：「報告侯隊長，打死俺也不敢！這是神樹哩，得罪下他老人家，要遭報應的啊！」刀疤臉一耳光把他扇開，又揪出一個矮胖的中年漢子，用手戳著鼻子，叱呵道：「你！」矮胖子扔了斧子，撲通跪下：「報告隊長，您饒了俺吧！這斷子絕孫的事就別讓俺幹咧！俺也是人啦！」眾人便齊聲叫好。刀疤臉一咬牙，將他踢翻在地。一看刀疤臉又要拽人，犯人們直往後縮。孔令熙明白了犯人的意思，也怕激出事變，十幾個犯人，手裏都拎著傢伙。便說：「排好隊，一人一斧子！」大檐帽們一陣吆喝，隊伍總算排好。叫動手時，排在最前頭的那個五大三粗的後生把斧子掉過頭，斧把朝外，說：「俺下不了手。侯隊長您陽氣盛，您先砍一斧！」刀疤臉親眼見過以船垡廟的神跡，哪敢動神樹一根毫毛？此時，他最怕孔令熙命令他砍第一斧，也顧不得收拾那後生，趕緊號召道：「立功受獎！誰砍第一斧子我給他減刑！」靜一靜，一個瞎了一隻眼的老犯人走前一步，說：「報告隊長，減多少？」「兩年！」「您這話可是算數？」「咋不算數？孔局長在這兒呢！」老犯人那隻獨眼中剎時射出一道凶悍明亮的火光。他走到樹瘤前，拉起弓箭步，把開山大斧高高舉過頭。一道弧形的閃電劈下去，樹瘤上飛起一塊樹皮。那樹皮剛一落地，就有人從警察的腳邊爬進圈子，餓狗撲食般抓在手裏。老獨眼開了頭，犯人們祇好每人一斧地砍下去。

一輪之後，便兩人一組輪換著砍。孔令熙冷眼瞧著趙家文們心疼得手足無措的模樣，心中大為快意。媽的，姜太公在此，哪有你們的戲唱？他得意非凡。現在，他終於把這件為宦以來最為棘手的事情擺平了！上邊的指示堅決執行了，不是沒砍，是砍不動。頂頭上司的暗示兼顧了，「安定團結」，並沒有擴大事態。神樹底的人情也給足了，公安局的威風抖了，經濟效益還提高了。快砍！他厲聲催促道。大斧叮咚的擊砍聲很是悅耳。這是砍樹？這是砍威風！不給你們點厲害瞧瞧，不知道馬王爺是三隻眼！在保證關係不致破裂的前提下施加最大壓力，這就叫有限威懾，這就叫政治！

又輪到老獨眼上場了，啪啪往手心上啐兩口，雙手一搓，握緊斧把就掄圓了砍。那裝模作樣的架勢，那不時斜過來的眼神，都透著邀功請賞的急切。給這老渾蛋減多少呢？孔令熙認得他是個連犯人們都瞧不起的強姦犯。那也得滅，就算滅不了兩年。治人，就要剛柔相濟，恩威並重……陡然間，一聲響亮，開山斧從老獨眼手中脫出。一片恐怖的寂靜之中，孔令熙看見那斧頭緩慢地劃了一道燦爛的弧線，在老獨眼那已然謝頂的光腦門上輕柔一擊。在人們的驚呼聲中，老獨眼把僅剩的一隻右眼瞪得溜圓，目光裏仿佛充滿困惑。然後倒退一步，雙手抱頭，不慌不忙地倒在地上。血在指縫中奔湧。看看老獨眼沒動靜了，刀疤臉走過去伸手試試鼻息，說，還有氣呢，快，抬走！幾個犯人連忙把老獨眼抬出廟去。

趙家文聽著驚魂未定的人們大聲議論著「現世報」之類的話題，長長地噓出一口惡氣。

武斌覺得事有蹊蹺，拾起斧子研究一番。鋒利的斧刃上留下了一處明確的圓弧狀凹痕，根據弧度推測，老獨眼砍到的大約是一個杯口粗細的圓形物。他放下斧子，又走到樹瘤前細細察看。摳掉一些碎木片，隱約露出了一個圓柱形物體，黑黑的。是樹瘤嗎？不可能，硬度不夠。比斧刃還硬的圓柱體會是甚麼呢？是優質鋼，是鋼柱！——上帝呀！一個寒戰穿心而過！他輕輕倒退著離開樹瘤。趙家文與鐵根子緊張問道：咋啦老武？武斌說：是一顆炮彈！一顆沒有爆炸的日本炮彈！二人頓時神色肅然，竟無言以對。圍觀者大多是外鄉人，如丈二金剛摸不到頭腦，靜靜地等他下文。孔令熙剛剛聽過這故事，臉色蒼白了起來。但他祇看見了刀疤臉的蒼白，便鎮定地向樹瘤走過去。刀疤臉飛快地拉住他，說：局長……孔令熙拂開他的手，說：要炸早炸了！

孔令熙探頭一看，又用手一摸，然後轉回身來，面無人色。問趙家文說：「你村這樹……你村這樹還流……呢？」他舉起左手，又舉起右手，神志不清地看了又看。

孔令熙滿手鮮血。

在場的每一個人都看清了：在神樹新砍出的創口上，血一般鮮艷美麗的樹汁湧流而出。在漫長的靜寂中，孔令熙艱難地挪動腳步，孤立無援地向人們走來。他笨拙地碰倒一張三條腿供桌，兩個充當香爐的盆子跌在青磚地上。瓦盆碎了，殘片與香火滿天飛舞。那臉盆卻顛簸著滑到樹邊，緩慢地翻扣過去，把香灰和燃得正旺的香燭拋撒到血淋淋的樹根上。

乳白色的煙霧從香火和如血的樹汁上蒸騰而起……

光與色迅速變幻……

＊

剎那之間，陽婆從天頂斜到西山巔。陽光顫抖著透過春天濕潤的空氣，照亮了神樹下堆積如山的玉茭秸桿、圪針柴與拆下來的各式窗框門板。原已坍塌的廟牆也在不知覺間矗立起來，把人們圍進一個暗紅色的恐懼。第一次見到大異象的人們緊張得屏住了呼吸，不知道這世界怎麼了。

嗒嗒嗒嗒嗒……一串清脆得像羊鞭的機槍連發，驚得人們哭喊著臥倒在地。

青青的樹葉翩然飄落……

廟門外傳來殺氣騰騰的日本話……

鐵根子振臂大呼：「大夥兒別怕！咱們進入了幾十年前日本人的包圍圈，馬上就要放火啦！大夥兒快跟著我衝出去！」

眾人跟在鐵根子後面潮水般地湧出廟門。一衝下臺階，見得廟前空場上到處是日本兵，白晃晃的刺刀上掛著紅白相間的太陽旗。幾幢土房頂上架著的機槍，正赫然瞄準著自己的胸膛。鐵根子大叫道：「往兩邊跑，這些兵早都死屌了，不會理咱們！」

鐵根子說錯了。

日軍發現了從廟裏衝出來的人們，用槍托刺刀將人們不由分說地驅趕到空場中間，和原先被抓的鄉親們圍在一起。警察們被單獨圈了。一個瘦小的翻譯官跑過來，看著他們著裝整齊的警服和腰間皮套裏的手槍，滿臉疑惑：「你們是八路？」刀疤臉見過以船垡廟的幻境，看看孔局長還有點發呆，便大起膽說：「我們是警察。」「哪部分的？」「縣城裏的。」「沒聽說調警察也參加這次大出發呀？」翻譯官還有點懷疑。刀疤臉忙說：「我們是來奉命砍樹的。」「哼，」翻譯官頗不以為然，「誰下的命令？這樹能砍動？得用火燒！」他捻捻刀疤臉的警服，說「沒見過這料子！多啥給弟兄也弄一身穿穿？」他扭臉跟老鬼子咕嚕了幾句日本話，說：「大太君命令你們幫著維持秩序！」刀疤臉如得大赦，把手一揮：「弟兄們，散開！」

老鬼子用軍刀抵著一個年輕後生的背心，喝道：「喊話的明白？」

翻譯官說：「就說下來投誠的一律優待，不下來就點火燒樹了！」

那後生緊捂著耳朵，血不斷地從指縫裏往外流。苦著臉哭腔說：「俺一個老百姓，喊話也不頂用……」

「快快地！」老鬼子手裏的指揮刀一使勁，後生背上的藍色小褂立時洇出一片黑血。

「喂！上邊是誰們？」那後生淒慘地喊道，「日本人說，下來就優待，不下來就點火燒樹咧！」

神樹在茂密的春風中颯颯響，油亮的樹葉翻動著陽光。

「喊話地再！」老鬼子用指揮刀把他頂得痛苦地挺起胸膛。

「下來啵！皇軍要燒樹咧……呵呵呵……」那後生不禁嚎啕大哭。

這時，人叢裏擠出一位老鄉紳，理理山羊鬍，撣撣藍色紡綢長袍，摘下瓜皮帽，向老鬼子鞠一大躬，說：「俺是這村裏的村長，讓俺來喊啵。」

「村長？很好！」老鬼子鬆開那後生的肩膀，用指揮刀衝神樹廟一指，「喊話的明白？」

在神樹濃密的樹陰下，在山門兩邊土紅色的圍牆上，「抗日除奸堅壁清野」八個半人高的大字渾厚敦實。

老鄉紳用手掌圍住嘴，提起氣，剛喊了一個「喂」，卻一口痰逼上來，好半天才順上氣。他指指前方，不等老鬼子同意，就往前走了十來步。用力吐出一口痰，清清嗓子，用極高亢的聲音大喊：「喂！上邊的弟兄們聽仔細啦！這是棵神樹，火燒不著，煙也熏不著！可不敢下來！當年這一片兒的大樹都燒光了，就這棵樹……」

幾個日本兵撲過去，拳打腳踢將老漢按在地上。

「通通死啦死啦的！」老鬼子氣得眼發黑，高高地舉起指揮刀，再猛然向下一劈，機槍擲彈筒小鋼炮便刮風般地向樹下猛打。

一陣爆炸聲後，大火熊熊燃燒起來。火苗貼著樹身竄了兩三房高，然後沿著下層的枝葉向四外散去。煙火滾滾，樹葉卻愈燒愈綠。俄頃，仿佛有一股寒氣自天而降，火勢眼看著頹敗下來，轉瞬之間，竟火滅煙消。

老鬼子用日本話罵了一長串，又舉起指揮刀一劈，各種輕重武器又猛打一氣。這回，柴堆衹冒了一陣青煙，竟不再燃燒起來。

老鄉紳從地上翻坐起來，稀疏的白髮在春風中抖動：「哈哈！如何，俺說過，這是一棵神樹！」

老鬼子走過去，揚揚指揮刀，向幾個日本兵略一示意。幾個兵便把老漢架起來往地上按。老鄉紳道：「要殺頭？俺老羊皮換你們的羔皮，值當咧！」見老漢硬挺著膝蓋不跪下，兵們掄起槍托，幾下便砸斷了他細瘦的小腿骨，再將他按跪於地。老鄉紳疼得渾身亂抖，見老鬼子提著刀往身後轉，忙說：「慢著，死也要死個屌朝天！俺是中國的武舉人，你是日本的武士道，不能在後面殺，有本事站前邊來！」老鬼子聽了翻譯，想了想，說：「大大的英雄！本事我有！」便站到老鄉紳右前方。老漢努力挺起瘦脖頸，把雪白的山羊鬍撅上了天：「說你那刀快不快啵！」刀光一閃，熱血衝天。白髮稀疏的頭顱一躍而起，在自由的翻滾中朗聲讚道，「好快！」無頭的身子緩慢地睡倒在草芽初綻的土地上……

＊

「呀」一聲街門輕響，李金昌從家裏悄悄閃出來。月光浩蕩，繁星在天頂閃耀。已是午夜時分，村街上靜靜的，與神樹有關的狂熱和喧囂已被深夜的風拭去了痕跡。打著火，點上一支菸，信步往神樹廟而去。唉，人是老咧！他深深感嘆道。今天跟草珠的那一番溫存，實在耗盡了元氣，回家一躺就睡了個天昏地暗。聽說今兒後晌的那場「抗日戰爭」，直打得外鄉人受驚受怕又發顛發狂。裝香火錢的木箱塞滿了，就把五十圓一百圓的大票子往樹上貼。

又聽說樹傷了，還流了不少血，好不易灑了幾盆香灰才堵住。天黑之後，縣城裏又傳來消息：公安局的車走得太急，半道上猛一顛，犯人們在車廂裏一躥，不知是誰一腳踩到老獨眼的襠裏。剛剛蘇醒過來還大躺在車廂板上哼哼的老獨眼，當下就沒了氣兒。車一進城，直奔縣醫院。據說，就算保住一條命，也再不能幹強姦了……種種新聞勾起的好奇之心，終於壓倒了李金昌對神樹的敵意。趁沒人了，到樹下站一站啵？

從倒塌的院牆徑直來到樹下，繞樹一周。那牛頭大小的樹瘤已被善男信女們用大紅綢布裹定。有樹汁湮透出來，就像一片片黑色的血跡。這樹還真能流血？就探出身子，用手去摸那紅綢。果然一手粘膩。

「呔！那是誰們？」有人高聲呵斥。

「我，」李金昌瞥見一條瘦長的黑影從青磚地上爬過來，扭過頭來，說，「是老疤眼，咋呼甚！」

「是活閻王？」老疤眼驚詫道，「半夜三更的，來這兒偷甚哩？」

「偷香灰！偷你娘的屄片子！——你狗日的在這兒偷甚哩？」

「家文子叫俺帶得幾個後生下夜，怕人們偷神樹葉，」老疤眼抬抬胳臂，顯了顯治安隊的紅袖箍，「這一程都累，一人值兩個鐘頭。」

李金昌有點納悶，問道：「偷樹葉作甚?」

「偷樹葉作甚?」老疤眼說，「前兩天，你爹燒樹葉，演了場修廟的『電影』。今日後晌公安局家燒了樹血，又演了回日本人殺趙武舉。知道這樹葉是神物，想偷的人還少?」

「偷來能作甚哩?」李金昌一時還沒明白過來。

「知道哩?」老疤眼天真地一瞪眼，說，「聽說有人想見見死了的人，有人想憶苦思甜，一家子抹點貓尿，許是心裏就舒坦些兒?」

李金昌想了想，低聲喝道：「你偷了多少?分我兩片!」

「那能哩!」老疤眼滿臉嚴肅地說，「這不是監守自盜嗎?」

「擔茅糞不偷吃的主兒!哼，別人不知道你老疤眼，我還不知道?」李金昌冷笑道，「——拿出來啵你!」

老疤眼愣怔一下，忽然回過神來：「你早就下臺咧，這陣兒是俺在這兒下夜看賊哩!」

「牆倒眾人推，鼓破亂人捶。老疤眼，你也不能太勢力眼啵?你這看青下夜的差事，別忘了還是我提拔的。咋，連老交情都不顧咧?」

「老交情，說綁就綁俺一綠豆繩!」老疤眼嘟囔道，想著想著，竟憤然起來，「有便宜占的你去抓，冇油水的讓俺去得罪人，還說甚老交情!」

「對，」李金昌趁風揚土地說：「咱們就看個抓人！」

「看抓誰？」

「抓家文子！」

「抓個小後生有甚好看的？」老疤眼眼珠子一轉，說，「要看就看抓鳳妮子！」

重溫自己活得最紅盛時代的威風，李金昌何嘗不樂意，卻嘴裏不說心裏話：「怕不合適啵？人家鳳妮子的孩兒們都這麼大了。」

「你狗日的也有臉說這話！」老疤眼嘻笑道，「你不看正好，省俺一片樹葉子。哪天俺高興了，叫上鳳妮子她漢一搭裏看。」

「老伙計，可不敢開這玩笑！」李金昌跟著老疤眼往後院走，卻不由得一陣心驚：要是做過的事都重演一遍，皮還不得叫人們給扒嘍？

走進大雄寶殿，老疤眼輕輕閉住殿門，從懷裏摸出一片樹葉，用打火機點燃。悄聲說：「可不敢叫人看見，黑吃黑，俺這是沒收來的！」

「神樹葉不是點不燃嗎？」李金昌不由得也壓低了聲音。大殿裏樹神龍神都被石建富招來的紅衛兵砸了，不知人們從哪兒搬來一尊泥胎臨時充數，黑乎乎的，挺瘆人。

「知道哩？不在樹上長著就能點燃……噓，不敢說話咧！」

「演哪一段不演哪一段，這還能由人咧？」

「要不說是神樹哩！心裏想哪段就給你演哪段……你可給咱們用心想著……」

白煙迅速充滿大殿。神樹那特有的異香令人產生宛若微醉的暈旋。李金昌覺得心裏湧起一種難言的亢奮，趕緊掏出「救心」，先預防上一丸。待他再抬起頭來，眼前已是夜半時分的村街……

一個人在熙微的月光下沿村街悄悄走來……

＊

「瞅，那就是你狗日的。」老疤眼輕聲說。

「你咋知道是我？」

「瞅你那走路的架勢。你的腰不是那年砍神樹跌下來摔彎的？」

＊

那人走到一家大街門上，輕輕地在門環上拴甚麼。然後，隔幾個街門，又在一家大門上作手腳……

＊

「敢說不是你？」老疤眼氣哼哼地說，「正往人家鳳妮子家大街門上拴頭髮絲兒哩！」

李金昌不吭氣了。他明白老疤眼的氣恨。

「學大寨」高潮之中，李金昌悟透了「大寨紅旗」之精髓。用他私下裏跟同僚們的話來說，就是：用階級鬥爭的手段來生產糧食。地裏長出來的是糧食，地裏沒長出來的也是糧食。那幾年，神樹底同太行山所有大小村寨一樣，滿山插紅旗，到處填溝壘壩建設「人造小平原」，「三出勤兩送飯」，「夏幹三伏，冬拼三九」，「大批判開路」，驅使鄉親們為國家「多種糧，多打糧」。浮誇虛報售過頭糧的手段更是四鄉有名。因此，神樹底連續幾年奪「紅旗」。若非文化程度太低，年齡過大，李金昌至少該爬上了縣太爺的寶座。他是一個極有心計的人。他明白，石建富的倒臺，並非喊錯一句口號，而是積怨太深。鄉親們最為痛恨者，莫過於那幾年大饑荒了。學大寨運動一開始，他就看出不過是「大躍進」的翻版。其中心仍然是低價收皇糧。除了「以糧為綱，一切砍光」之外，浮誇虛報照樣是不能不使的傳家寶。但是他比石建富高明，他既售了過頭糧，奪得了紅旗，又沒餓死人。他精明至極地估算著百姓碗裏的米麵，不令吃飽，亦不令餓死。人們事後評價為「饑餓政策」，而他當時的自我評價自然更為精到——「邊沿政策」。這是從抨擊美帝國主義實行「戰爭邊沿政策」的時事術語中套用過來的。祇要把「戰爭」二字改為「死亡」，李金昌的精明與魄力便凸現無遺。祇要踩好了「不餓死人」這條鋼絲，運動高潮中是「先進」「紅旗」，運動糾偏時也當不了替罪羊。

李金昌把神樹底的人們都餓得頭暈腳軟。

李金昌把神樹底的人們都餓成了偷青賊。

對於鄉親們偷青，李金昌是睜隻眼閉隻眼。因為在他的算盤上，高交售而又不致餓死人的「邊沿政策」，必須用偷青來自動調節。人們餓怕了，留多少口糧都叫喚不夠。乾脆，不夠就不夠，要餓死了不會去偷？這樣，一個意想不到的局面出現了：全村是賊，誰家的把柄都捏在他大支書手裏，想收拾誰就收拾誰！神樹底在李金昌的統治之下終於服服貼貼。漸漸地，一個絕妙的好處也出現了：想肏誰就肏誰。李金昌樂此不疲，腰都幹彎了！老疤眼遲來的忿懣，李金昌完全了然於心：這種獨占女人的特權，連當時身為看青小組頭頭的老疤眼也是不能分享的。喊，給你闔村的女人，你受用得起嗎？我那功夫是好練的嗎？也就是在那年，為了解決新形勢下出現的新問題，李金昌練起了鐵襠功。鐵襠功說起來神秘，功法卻極為簡便。衹須將鐵砂袋兜懸於陰囊下，每日辛勤去甩，逐年增加份量。甩來甩去，李金昌卵子壯碩似雞蛋陰囊厚硬如牛皮。甩來甩去，全村妮子媳婦被他收拾得一乾二淨。

＊

……在蒙著一層布的昏黃的手電光中，鳳妮子家門環上拴的頭髮確實不見了。李金昌冷笑一聲，關上手電棒，到街角上一棵老槐樹邊跎蹴下開始打盹。

*

「好狗日的，養起精神來哩！」老疤眼以內行的眼光評價著李金昌的每一個動作，「你這陰招兒到底是跟誰們學的？」

「跟你的停車場一樣，自家發明的唄。」李金昌蒼老的嗓音裏不無得意之情。

這絕招確是李金昌自己發明的。看青有上中下三策。下策是看地，在可能被偷的地塊旁守株待兔。中策是把路，守住必經要道。上策是上房，看見或估計偷青者已經出門，輕輕爬上他家房頂，等偷青者回來剛撂下麻袋便人贓俱獲。中下二策為自視有膽有略的李金昌所不取，而上策的難點在於必須看準或估計準偷青者確實已出門。否則，便在人家房頂上白坐一夜。他想起人們捉奸的老辦法：在兩家門環上都拴了頭髮絲兒。男家的斷了，是出門了；女家的斷了，是進門了。於是，他便在某些時候，在某些大門上拴上頭髮。對於這一發明，李金昌得意非凡卻絕口不提。衹是常常收集他婆姨醜女的頭髮，瞞醜女不過。下臺之後，一次口角中才被醜女宣揚出來。那一次，醜女當他面偷野男人。他氣憤不過，拳腳相加。醜女便站大街門外向闔村的人們哭訴男人的種種「歷史罪行」。

「快瞅快瞅，回來咧！」老疤眼有些激動了，「咋是倆人哩？……哦，那胖的是二旦婆姨。」

＊

……兩個女人緊緊廝跟著走來。暗淡的月光被她們踩出驚心動魄的大響。

李金昌倒背著手，從樹陰下慢慢踱到街心，射出一聲輕輕的咳嗽。對面的腳步聲嘎然而止。

哦，是二旦嬸啊。李金昌淡淡地說，對二旦婆姨身旁的鳳妮子卻連眼皮也懶得抬。作甚去咧？這黑天半夜的。

剜豬草……二旦婆姨把挎在小胳臂上的荊條筐拿下來遞給李金昌看，僵硬的身子這才活泛了一點：這一程不是缺糧嗎，那死豬兒餓得亂嚎，半夜裏也不叫你睡個安穩覺。

五更天剜豬草？李金昌笑道，別人大白天的還尋不見幾根豬草哩，你倆的眼睛也忒好使喚了！他邊說邊感覺了一下份量，心說貨不在這兒，就從筐裏抓出一把草，問：你家的豬兒還吃這草哩？

起太早咧，就是有些兒瞅不清哩。下回可再不敢咧！二旦婆姨哀哀地說。

李金昌裝著沒聽出二旦婆姨的哀求，又從鳳妮子筐裏捏了一撮草：你家的豬兒也吃這草哩？看慌成甚咧！連土都不抖乾淨？

鳳妮子是老陰陽趙茂生的老生閨女。自從老陰陽用老人家捲菸被戴上了帽帽，鳳妮子在人前就再沒抬起過頭。此刻更是嚇得張不開嘴。

李金昌把鳳妮子上下打量了一眼，問道：二旦嬸，鳳妮子多咱嫁人咧？幾天沒見倒肚大咧？

金昌子，你抬抬手讓俺們過去啵！二旦婆姨明白再也瞞不住了，求告道：餓得實在扛不住咧！就掰了幾穗玉茭……

二旦嬸，這可就是你的不是了。李金昌正色道：毛主席講話：前方吃緊，備戰備荒為人民。蘇修在北邊，美帝在南邊印度支那，老蔣在東邊，三面夾攻咱們。西邊是大沙漠。瞅瞅這形勢，多萬惡！勒緊褲帶，多交糧，交好糧，不也是為了支援世界革命！你也拿我也拿，集體跟國家不就盜空咧？

是哩，俺們可再不敢咧！

餓是餓一點。我知道，你們都在背地裏罵我哩，可我也有我的作難處。縣裏公社裏，層層分派得有任務。咱們這地方，又是全國著名的革命老區，咱們都不克服著點，多為國家作貢獻，毛主席還能指靠誰？李金昌擺擺手，口氣和緩地說：把玉茭放倉庫去，這回就不上會大批判了。然後，一背手，徑直往神樹廟走去。

兩個女人挎著荊條筐，低著頭寂寂地跟在後面……

*

「才幾穗玉茭就把人家整了，你可真是個活閻王！」

「才幾穗玉茭？」李金昌說，「二三十穗哩！還專門作了個布袋袋，就跟咱們那陣兒的手榴彈袋一樣，前胸後背別滿了！」

「那俺哩？俺才啃了幾口嫩玉茭，你二話不說，掏出綠豆繩就綁！」

「嘿嘿，不打不成交！後來我不是還封了個挺實惠的官兒嗎？」

李金昌知道老疤眼說的是哪一段事。

多年前，李金昌人生的鼎盛時期。大寨紅旗在神樹底上空高高飄揚，引來了絡繹不絕的各類參觀檢查團。最令神樹底人難忘的是由省委陳書記親自帶隊的「『大寨縣』驗收團」。幾通電話打下來，村子裏忙亂得就像煙熏火燎的馬蜂窩。全體壯勞力在一天之內把靠大路邊的「樣板田」再鋤一遍，標準是參觀者從路上走過看不見一根雜草。小學的老師學生在一天之內把村裏村外所有的大標語用石灰油漆重刷一遍，並打掃環境衛生，黃土鋪路。「向漳河要糧」的打壩墊灘工程要插滿紅旗和語錄牌，領導大駕光臨之時必須龍騰虎躍，人歡馬叫。那一天，全神樹底數李金昌最忙。白天，他跟保管揹著白麵小米挨家挨戶走遍了一百五十餘戶人家，分發細糧。村裏缺糧已久，麥秋裏分的那點不夠吃的麥子，早就揹到河北去換了薯乾等雜糧。有細心而不服氣的參觀者便送李金昌八個字，叫做「幹勁不小，生活不好」。氣憤之下，李金昌決定給每家分上點小米白麵做樣子。分多了，隊裏沒有。分少了，一個甕底兒，不好看。他靈機一動，令各戶縫製兩個高粱秸鍋蓋，不大不小，要正好卡在糧甕大半腰以上。準備拿點細糧往高粱秸蓋子上一鋪，薄薄的一層，看起來不就是滿缸滿甕？高粱秸蓋子早已做好多日，卻猶猶豫豫，沒敢實現。村子裏冤家對頭不少，別弄巧成拙，鬧出個天大的笑話。明日省委陳書記視察，逼得李金昌横下心來一冒風險。不料，這發明實現起來亦非易事。這點細糧，本來分下去就算了，記上賬，下次再扣除。但大多數人家消受不起這細米精麵，一定要用穀兒麥子去河北調換粗糧。也就是說，參觀之後生產隊衹好收回。這瞞哄外人的供參觀用的「樣板糧」，一百五十多戶的村子，分一遍也不太容易。走了十幾戶，一算時間不夠，乾脆撇開秤盤，扛起口袋直接往甕裏倒。怕人們偷吃，便急中生智，在米麵上按下一個巴掌印。分完細糧，已是遲暮時分。李金昌再接再勵，指揮著全村精壯勞力，借用公社的兩輛卡車，連夜從公社糧站拉糧，在糧庫裏如山地垛起來。又是因為時間不夠，便用二百斤一袋的蔴包砌成一個中空的方垛，極是壯觀。明天他將向陳書記們報告，這就是神樹底大隊完成高徵購之後留下的儲備糧。這兩項發明，在他下臺之時自然都成了人們控訴的罪狀。趙家文說：李金昌一手遮天，竟敢欺騙組織，跟省委領導唱《空城記》。鐵根子說：豈止一手遮天，他還一手壓地！一百五十多戶，有誰敢碰一碰他那巴掌印？他一巴掌就把咱五百多口人生生壓死了！但當時他所贏得的巨大聲響，卻是神樹底歷史上空前絕後的！老疤眼至今耿耿於懷的「幾口嫩玉茭」，是發生在第二天的事件了。

第二天小晌午，幾輛小車駛過土橋停到了村口。沒有鞭炮鑼鼓，村子裏靜雅雅的，見不到一個閑人。李金昌要顯示他不搞形式主義的簡樸，同時也要為他驚人的奇蹟作一個平凡可信的鋪墊。簡單握手寒暄之後，李金昌並不急於匯報情況，那會給首長們留下個過於精明的印象。祇是在去看河灘工程的路上，問一答一，問二答二。河灘上，紅旗飛舞，人們幹得正歡。手推車往來如梭。推土機進退不止機聲隆隆。人人汗流夾背，後生們更是精赤著脊梁，汗水濕透了褲腰。陳書記簡單問了幾個投資投工面積效益的數字，便去看莊稼。走到狐子溝口，祇見人影一閃，一個衣衫襤褸的漢子從路邊的玉茭地裏躥出來又躥回去。陳書記輕咦一聲，李金昌忙解釋：一個二流子，一個還沒改造好的二流子。便衝著如森林般茂密的玉茭地呼喊：趙傳狗，你給我出來！早瞅見你咧！喊了兩聲，就聽得一陣窸窣葉響，出來一個蓬頭垢面的老疤眼。

你躲甚哩？李金昌問。

俺……老疤眼低頭瞅瞅自己的破衣裳，說，俺怕給咱村的紅旗抹黑……

陳書記看見他那黑瘦的形容，說：你是不是有病？

老疤眼鬼祟地點點頭。

對於神樹底第一號偷青賊老疤眼的適時出現，李金昌早已怒火填膺。你狗日的真會挑時候！他決心當著省委書記的面好好修理他一番，顯顯他這個抓階級鬥爭的硬手。

有屎的病！是懶病吧？——說，做甚來咧？

不……不做甚，閑串遊哩……老疤眼避開李金昌的眼睛，畏縮地低下了頭。

偷青哩！李金昌向陳書記解釋道。又轉過臉問道：是呀不是？

哪能哩，支書，老疤眼漸漸鎮定下來，咱還是個老民兵老土改根子哩！

李金昌二話不說，幾步就鑽進玉茭地。他估摸老疤眼是返身去藏玉茭穗子，就順著一趟進去的腳印找下去，結果一無所獲。老疤眼，你一撅屁股老子就知道你要拉甚屎！他堅信自己的判斷，又循著最先那趟出來的腳印走去……片刻之後，李金昌鑽出來，笑道：陳書記，我可是發現了一個階級鬥爭的新動向！——這精雜種，每一穗玉茭上給你啃兩口……

有這種事情？陳書記來了興致，弓腰低首地跟李金昌進了玉茭地。

您瞧！李金昌在一株腳印凌亂的玉茭前站下，指著一穗看似完好的玉茭穗子，請陳書記留意。接著輕輕一撕，綠色的玉茭皮垂下一面，裸露出乳白色的嫩玉茭籽和幾排凶惡的齒印……

回到路上，李金昌二話沒有，掏出一團綠豆繩就要綁。

一見繩子，老疤眼渾身哆嗦，潑出大膽，跪在陳書記面前大叫：首長啊，您救救俺啵！……俺實在是餓得不行咧！再不偷著吃上兩口，就讓俺們支書餓死個屎的了！

站起來，有話好好說。陳書記朝李金昌擺擺手，對老疤眼和顏悅色地說，你先回家歇著，我先了解了解情況。好不好？

老疤眼被帶走了。

莊稼長得不錯！陳書記再無看莊稼的情緒。李金昌同志，進村轉轉吧？

老疤眼的出現，使陳書記初步形成了對李金昌的印象。有氣魄有幹勁會緊跟，搞運動抓階級鬥爭都是硬手。報指標定任務，多大的海口也敢誇，多大的牛皮也敢吹。目前形勢需要這種幹部，他這個大寨所在省的一把手也需要這種幹部。但這種幹部，往往交的超購糧多，要的返銷糧不少，民怨也不小。為甚麼找不到這樣的幹部：有氣魄，也有實幹精神，糧食交得多，還不往回要，群眾的生活也有所提高。也許，這就叫求全責備了。毛主席說，金無足赤，人無完人。全國都在一窩蜂學大寨，也祇能如此了吧？

滿缸滿甕的白麵小米和歷年積存的十幾萬斤儲備糧，給陳書記一行留下了極為深刻的印象。

李金昌被樹為全省十面學大寨先進紅旗。

一年之內，李金昌兼職陸續增加，從公社黨委副書記、縣委委員、一氣兼到省人大委員，成為方圓百里最有權勢的人物。

那天陳書記走後，李金昌沒有忘記結結實實地給老疤眼補一繩子。直勒得老疤眼狼哭鬼嚎磕破額頭，這才出了他一口惡氣。過兩天，又任命老疤眼為看青護秋小組組長。想起那天狹路相逢，居然敢在省委書記面前告他一狀，他也不敢把這潑皮無賴逼急了。此外，會偷就會抓，也要利用他這一技之長。

*

……一進做了生產隊倉庫的大雄寶殿，兩個女人忙不迭解下纏在腰間的玉茭棒子，整整齊齊堆放在一起。霉爛的氣息中，玉茭汁液煥發出刺鼻的清香。

還有沒有？都拿出來！

金昌子，就這幾穗玉茭，再冇甚咧！

不行，我得搜搜看！李金昌在二旦婆姨身上草草摸了一把。鳳妮子哩？

鳳妮子慌了神，奪門便跑。

你往哪兒跑？李金昌一把拽住，順手閂上大殿門。敢偷青還不敢讓人搜？這兒咋鼓鼓囊囊的？說著就把手伸進小衫衫裏去揣奶子。

這兒……不是……鳳妮子感覺到一隻粗手緊緊捏住了自己的奶子，便掙扎道：金昌叔，你就饒了俺啵！

二旦婆姨也顫聲說：金昌子，就看在俺跟你叔的老臉上……

起屌開啵，老沒臉的！我叫你們再偷！李金昌一手摟緊鳳妮子的腰，一手猛地拽開她褲帶，一截光溜溜的大腿在朦朧的月光下白出來。

二旦婆姨幾步趔趄過來拽住李金昌的胳臂。金昌子，你可不能幹這傷天害理的事情呀！

真他娘的沒個眼色！李金昌把亂掙的鳳妮子扔在二尺高的玉茭囤裏，又用半褪下來的兩隻褲腿在她腳腕上打了個結。再摸起她的褲帶，三兩下把二旦婆姨背綁起來。鳳妮子一時解不開腳腕上的死結，便拼死滾爬到門邊，扶著門立起來摸門閂。李金昌氣喘噓噓地回過身來，摟住鳳妮子，手就插進短內褲裏往下摸：不讓搜？老子偏要搜，摸摸這底下到底有甚見不得人的玩藝兒！

二旦婆姨大哭道：你這天殺的活閻王呀！……鳳妮子，鳳妮子可是俺沒過門的……兒媳婦……你不能害了這孩兒呀！

你再嚎？清理階級隊伍，小心我把你老二旦定個地主狗腿子！李金昌一邊摸著鳳妮子一邊大喘著罵。土改的那筆賬還沒算哩！石建富好說話，我可是活閻王！

一聽這話，二旦婆姨愣怔了。撲通一聲跪到大殿的方磚地上：金昌子，俺給你跪下咧！俺老婆子好賴算你個嬸子，鳳妮子就是你兄弟媳婦……這是……這是亂倫之罪呀……

真摸到下邊，早就把鳳妮子嚇軟了。李金昌兩把扯下她內褲，摟著光屁股就往糧囤走。別不識好歹，惹急了我可是翻臉不認人咧！他把鳳妮子扔進剛才那矮囤裏。霉氣衝天。狂舞的玉茭籽在青磚地上叩出脆聲。甚叫亂倫之罪？李金昌邊脫褲子邊衝二旦婆姨怒罵，要是這傢具哪天招惹你那老屄了，這才叫亂倫之罪！

夜不觀實。稀薄的月光下，雖然看不真切，但二旦婆姨知道，李金昌是攥著他那根膨硬的陽具在朝自己比劃，便再不言語。

先是一陣撕打。接著就是罵。……高中生又咋？就想肏你個高中生！……見我就繞著走？肏殺你這股傲氣！……肏殺你肏殺你肏殺肏殺肏殺肏殺……

終於不罵了，於是囤子裏漏出各種音響。

霉熱的夜色裏，嘩嘩的玉茭籽流動聲驚心動魄。

二旦婆姨膝行到大殿遙遠的另一邊，把頭扎拱在生長著蘑菇和白色玉茭苗的潮濕的角落……

「咋有動靜？不是有人？」李金昌似乎聽見窗櫺響。

「悄悄的！」老疤眼看得正來勁，「風。」

＊

……待一切都靜止下來，李金昌懶洋洋地爬出囤子，跎蹴在青磚地上點起一鍋菸。

金昌叔，一個哭泣的聲音說，把俺的褲兒還俺唦……

著急甚？我還沒穿哩。李金昌噴出一口濃煙，倦倦地說，等我吃透了這袋菸，再讓你受用一回。

＊

老疤眼手裏的樹葉燃盡了。

最後的一縷白煙與葉柄斷裂開來，迅即消失在大雄寶殿的黑暗之中。

那尊不知移自何處的臨時樹神，黑黢黢地蹲坐在即將熄滅的香火後面緘口無語。

「看那屌子！」老疤眼衷心讚美著鳳妮子白嫩的屁股，停了停，問道，「又幹了一回？」

「那是！」李金昌頗為得意，「尿一泡回來，又消消停停收拾了一回。」

「可肏美咧，人家鳳妮子可真是雙奶泉洗出來的細美人兒，那陣兒還是黃花閨女哩！」

老疤眼緊張地透了一大口氣，覺得褲裏涼了濕濕的一片。

「天曉得！嗯，嗯——」李金昌清清嗓子，覺得口乾舌燥。「不定叫哪個學生娃早整過了。」

「你狗日的也不找個好地方整！那二年隊裏分下的玉茭籽，人們可是洗了個不洗！……墊沒墊蓆袋片？」

「嘻……」李金昌笑出聲來，遞給老疤眼一顆菸，「甚也不用墊。糧囤裏的味道，美著哩！……你就沒試過？」

「哐」！一聲巨響，大殿門被人一腳踢開。

「是哪兩個沒臉的老屌？」一彪黑漢子踢進門來聲震屋瓦地罵，「我就日你倆的萬輩祖宗！」

李金昌一下覺得心臟停了跳。

「還有屄臉看！我還當是又鬧鬼了，原來是你兩個老鬼！越老越沒廉恥，把後人的臉都丟盡了！——嗨！」那黑漢子往明柱上猛擊一掌，轉身衝出門去，腳步砸得地皮發顫。

殿梁上的塵土如陳年的仇恨細細地飄灑下來。

待腳步聲遠去，李金昌才緩上口陽氣。村子裏說「我」不說「俺」的人不多，他大概也猜出了是誰，但還是跟老疤眼問了句。

「哼，能是誰？——鐵根子。治安隊他是隊長。」老疤眼彎回胳臂用衣袖擦著滿頭滿臉的塵土，氣哼哼地說，「瞧有多能，連他老子的祖宗都敢日！」

李金昌終於把心款款放下來。有他爹在，想必鐵根子也不能把他怎樣。他覺得他一點不像老疤眼，倒是有幾分像自己，身上也有一股子衝天殺氣。可惜不搞運動了，你兔崽子能咬我屌！……不會煽惑鳳妮子去告吧？這陣兒共產黨陽打夜症講開了法治。告你也白告，二十年的追訴期早就過屌咧！……二子！對了，二子！鳳妮子當年是青葉子跟二子的「通信員」！二子不光有殺氣，還有一股你琢磨不透的陰氣……他覺得有一種恐懼陰森地升起，就像懸崖上的爬山虎，緩慢頑強生長，用它那細而柔韌的鬚根，越來越緊地攫住他的心。——真要是像老疤眼講的，大家都來偷神樹葉，都來一遍「憶苦思甜」，你就有好日子過嘍！

李金昌忽然心裏一緊，用手碰碰老疤眼——有個妮子在殿門外咿咿呀呀地唱。清冷月色下，那歌聲像一彎閃亮的鐮：

神樹開花舉白幡，

管他死活俺心甘。

神樹開花戴孝帽，

等你等在奈何橋……

唱了兩句，又不唱了。側耳細聽，寂寂無聲。

李金昌輕聲問：「你聽見是誰們？」

「像是青葉子？」老疤眼的聲音有點抖，「闔村的妮子婆姨，數她的開花調唱得最好……」

沉默片刻，李金昌悄悄咬破中指，把血塗在眉棱頂上。

李金昌沉痛地仇恨起這顆開花的神樹！

第六章

李金昌婆姨醜女胳臂上挽了個藍底小白花包袱，去小峁瞭閨女。

順小路一爬上狐子坡，世界就豁亮起來。小風吹著，大朵大朵的白雲彩在藍瓦瓦的天上飄。醜女就想，人要像這雲彩多好！這麼白這麼輕，也不知愁，也不見老。又一想，不盡然，雲彩也有黑的時候。忽雷雨之前，這雲彩就黑沉沉地壓下來，壓得人透不過氣。披山大雨一下，打雷扯閃，不就是老天爺發火生氣嗎？這麼說，這天地人鬼神，也就沒誰真活得不知愁了。這樣一想，心上也就鬆快些兒。一路出村來，醜女盡撿孤陋小巷走，生怕遇見個人彼此難堪。昨夜裏李金昌跟老疤眼看鳳妮子「電影」的事兒，半頭晌就傳得滿村沸沸揚揚。醜女沒話，挽紮起個小包袱就去住閨女家。老東西拈花惹草她不管，禿子不說和尚，自家生就的也是水性楊花。跟草珠子明鋪暗蓋她也不氣，半輩子的伙計不容易，前世修下的緣分。可鳳妮子這事，她還是頭一遭知道得如此細詳。男女這事，米麵不挖圪洞，布兒不短尺寸，衹要你情我願，與他人何干？可這老鬼實在忒惡咧！當著婆婆整沒過門的媳婦子，天底下地浮頭，再不能比這更缺德咧！後來，二旦家退了這門親事，老陰陽家古墓一般靜靜的幾天沒動靜。再開門，一個水蔥樣的俏妮妮就走了形兒。過二年，去遠處大山裏招了個倒插門女婿，草草完了婚。幾穗青玉茭，就坑害了人家閨女一生！走啵，走遠點，耳根清靜。看老鬼面皮有多厚，讓他自家去活人！

平素去小峁，都是到家文子煤窯上找輛便車，順公路搭一程便車少走五六幾里地。今日不想見人，就翻山架圪梁走小路。

山圪梁上的風多清爽！

醜女停了腳，摘下頭上蒙的藍條白毛巾拭去額上的細汗。花兒草兒一搖，山雀兒圪狸一叫，心裏就鬆快多了。還有建富子的林子，金一塊，紅一塊，好比從天上流下來的火燒雲。回頭瞭瞭山下，開著花兒的神樹白了小半個村子，就像給誰們披蔴戴孝。樹下香煙滾滾，就像廟宇著了火。沒有砍倒的玉茭子，葉子枯乾翻捲，黑不黑紅不紅黃不黃的，就像……就像女人們用罷了的月經紙！……哪來這麼多的月經紙哩？莫非全世界的女人們都把月經紙掛到這兒來啦？這個奇妙的想像把醜女自己逗笑了，就扭轉身接著朝前走。這一段山脊叫魚脊梁，窄窄陡陡地向大山裏游走。醜女蹬掉一塊碗大的石頭，石頭滾下半坡，半坡裏驚起一窩石雞，石雞拍起短小的翅膀咯咯大叫著往溝底飛，溝底林梢上抽出一縷炊煙。醜女就想起一個人，臉熱一下。忘了這兒還有個老鬼哩！也不知道這二年活成甚咧？彎下去瞭瞭啵？

土崖下，一排四眼小土窯。沒有磚石窯臉，門窗上嵌著二三指寬的下腳料玻璃條，不像過人家的景象，衹是窯前的花開得紅盛。醜女推開半掩的柴門，透過撲面而來的煙氣，看見石建富正在瓦盆裏和麵。便粗起嗓門嗨了一聲。

石建富回過頭，眯起老眼，打量著堵在窯門口的人影。柴煙水氣和那人身披的陽光，使他一時難以辨認。「誰啦？」

半晌午的陽光斜潑在窯裏，濺起些兒明亮潤在建富老漢臉龐上。皺紋與壽斑織成的一目了然的蒼老，剎那之間叫醜女酸楚難言。

「哦，是金昌家。」石建富看清了，招呼道，「上來了！」

「你的花開得喜人哩！」醜女抻起袖梢揩眼睛，響亮地擤了把鼻涕，「瞅你這滿窯的煙。該你做飯？」她聽說石建富與和尚輪流做飯。二子手不利索，做不了飯。

石建富不明白醜女來意，也不知說甚麼好，忙拎起一個鏽穿了的鐵殼暖瓶給她倒了一碗水。「喝口水，山上也沒茶。」

「去小峁瞭瞭閨女外孫，瞅見你這窯頂上冒煙，就來了。」醜女接過陶碗，順手蹾在土石砌成的灶臺上。

「紅蓮子她小小子也有七八個生日了啵？」石建富感慨道，「倒好幾年冇見咧……」

「哼，娃娃們，見風長，進小學校拴牛鼻子了。你和麵是做合子飯哩？」醜女瞅瞅鍋裏正熬著的小米老南瓜山藥蛋，不待建富老漢回答，從水甕裏舀一勺水，一下扣臉盆裏，兩下洗過手，甩一甩，在衣襟上一擦，就挺胸直腰地和起麵來。

建富老漢也沒話，就低頭去燒火。順牆站得個石條桌，紅石板的桌面，一頭插在土牆裏，省了桌腿。另一頭有腿，是夯在地裏的兩根木棍。一根是楊木。一根是柳木，抽出幾根彎彎曲曲的芽子，生了嫩嫩的柳葉。

和了幾把麵，忽然車過身來，瞅著建富老漢怔怔地說：「老了。」

「可不，老了。該給兒孫們騰地方咧。」

「你的樹長大了。」

「可不，樹長大咧。」建富老漢隨口應道，看看醜女，又接著往灶裏添柴。驀地想起甚麼，又回眸瞥醜女一眼。

醜女眼圈有些兒紅，扎著一雙粘滿濕麵的手……

多年前，醜女就這樣扎著一雙粘滿濕麵的手，跟她男人李金昌鬧了個天紅，在神樹底口碑裏寫下了最為風流的一章……

＊

事情還是起因於幾根頭髮。

那日晌午，醜女從集體大田裏鋤穀回家，見男人並沒去公社開會，而是坐在小兀子上邊燒火作飯邊哼梆子戲。喲，這可真是陽婆打西邊出來咧！醜女沒說甚，把頭上的白羊肚手巾一抹，高高興興地就進了裏屋。卻轉眼母老虎一般跳將出來：活閻王，你跟那臭婊子欺負人欺負到俺炕頭上來咧？李金昌抬起頭：咋啦咋啦，又碰你哪根筋啦！醜女擩過幾根長頭髮：這是甚？李金昌閃一眼，說：不是你自家的頭髮！醜女便罵：瞎了你狗眼，俺是你待見的那號細美人？李金昌常用自家婆姨的頭髮拴人家的門環，一看這幾根頭髮細細的，便也不再分辯。對男人跟草珠子的不清楚，醜女早就很清楚。男人是個十二指耙也摟不住的野鬼，醜女也清楚。鬧過幾回，見兩人是長久伙計，也為了給當支書的男人留點面子，祇好睜眼閉眼地忍下這口氣。這回竟跑到自家炕頭上來滾，實在傷臉傷心。哭鬧一陣之後，定下約法三章：一不准進這家，二不准不避人，三不准偷著給錢糧。李金昌不料事情挑明了竟是如此結局，燒著火又輕聲哼起了戲文。醜女頭發昏，順手切了兩個黃瓜頭，一邊一個貼在太陽穴上。醜女知道吃了虧，一邊和麵一邊罵道：你偷人俺就養漢。算計人俺不如你，不信幹這事俺還會輸在你手上！李金昌笑了：有本事你盡管養，就算你今日當著我面我也不眼氣！滿臉雙眼皮，還說哩！

醜女不醜，大眉大眼，笑起來挺喜人。又愛唱，在村裏的業餘戲班子裏扮演花旦，圍著她轉的後生還真不少。醜女沒心眼，就是性子太花。滿世界丟媚眼，跟誰都好，一來二去，就成了神樹底出了名的花梢妮子。有一日，公社婦女主任在路上碰見她，特意跨下自行車，好心勸告說，可得注意影響醜女，新社會提倡自由戀愛可不是三天兩頭換朋友！醜女不明白，瞪起一雙杏子眼：自由亂愛嘛還不許換朋友？在晉省方言裏，「戀」、「亂」二字讀音不分，「戀愛」就是「亂愛」。婦女主任明知醜女在拿她耍笑，卻一時想不出應答。你說「戀愛不是亂愛」吧，聽起來就是「亂愛不是亂愛」或者「戀愛不是戀愛」。氣得婦女主任大張嘴說不出話，騎上車子走了。最後頭也不回地撂下一句話：「你就『亂愛』啵，有你哭的時候！」這話醜女是真不明白了。換朋友是高興事兒，還要哭？要換朋友了，醜女最多念及過去的種種好處，讓他上上下下摸個夠，起來繫好褲帶各走各的路。愛就是愛，不愛就是不愛。先前愛是先前愛，現在不愛是現在不愛。結過婚，也不管窗外有沒有人聽房，忍不住就哼哼，再忍不住就大呼小叫。可也怪，越是笑話她的人越是想跟她走近。幾年下來，醜女就有了不少伙計，真的花梢起來。就為這，沒少挨李金昌打。可李金昌喜愛的，偏是醜女這風騷勁兒。日子也就哭哭笑笑地往下過。開了懷，養了孩，醜女慢慢收了心，開始跟男人守家過日子。但每當瞧見妮子後生家打鬧調笑，就記起過去的事情，生出一種說不清的煩悶。

滿臉雙眼皮？醜女又氣又恨，一邊和麵一邊心裏發狠：就是這滿臉雙眼皮，就是今日，讓你活閻王開開眼！正是無語間，忽聽得村街上有貨郎的撥浪鼓聲，一聽就知道是公社供銷社的老牛下村送貨來了。就對男人說：幫俺解了褲帶，急尿咧！男人看看她扎著兩手，手上滿是濕麵，祇好放下撥火棍從小兀子上站起來，給她解開褲帶。醜女就用兩個胳臂肘夾著褲腰去茅廁。

茅廁和豬圈一併在院外屋角上，亂石壘的半人多高一段小牆，牆上擺了幾盆草花。醜女先跑到茅廁那頭急急尿了一泡，脫下花褲衩塞到石頭縫裏，再穿起長褲跑到臨街的豬圈這邊。聽到撥浪鼓聲和自行車鏈條聲走近，醜女就從石牆缺口處探出頭來，掐一朵指甲花打過去。

「老牛，這邊來！」醜女笑笑地小聲喊。

「是金昌家。餵豬兒哩？不買點東西？」撥浪鼓不搖了，老牛推著兩邊綁著貨挑子的自行車站下來。

「想買你點貨，把洋車子推過來。……你這些貨裏甚最貴？」

「甚最貴？」老牛把車子拐過牆角，靠在長滿牽牛花的石牆上。心裏起了幾分恍惚：買家還問貴哩？「有個小半導體，三十二塊五……」

「太貴咧，還有哩？」

「三節電池大手電，老虎牌的，走夜路看莊稼亮瓦的，兩塊二。帶電池三塊一。這貨郎挑子針頭線腦的能有甚金貴東西？」

醜女大眼珠一轉，點頭道：「這價錢還差不多，就這吧。給咱裝上電池。」見老牛要從牆頭上遞過來，忙說，「你繞過來，幫俺拿一下錢。」

老牛拿起手電往裏走，一邊納悶這女人在豬圈裏鼓搗甚，豬兒的聲音也不像在吃食。一轉過牆角，就看見醜女舉著粘滿濕麵的雙手，笑盈盈地拋著媚眼：「聽見撥浪鼓俺就往外跑，看這一手的麵！」她側身送胯，「你幫俺往出掏錢！」

老牛送貨上山挺辛苦。老牛也常用塊兒八毛的繡花線香胰子小圓鏡兒占女人們點便宜。卻不料手還沒伸進去，眼前一白，醜女的褲子掉下去，光出兩條大腿和一片毛髮。老牛就有點害怕，轉身要回避。

「站下！」醜女低聲喝道，「再走半步俺就叫喚！」

「金昌家，你饒了我吧！」老牛就半步也不敢挪，哀告道：「……上回在四十公里坡上，咱那些葷話你還真往心裏去？」

「你個有賊心沒賊膽的貨！」醜女嗔怒道，「給俺過來！」

老牛偷偷抬眼，見醜女柳眉倒豎卻並無惡意，便放膽走前一步。

「咋，還要老娘幫你脫褲？一個漢們！」

老牛一看醜女白嫩的大屁股，便慾火亂躥。狗日的這婆姨，看那屌子！一咬牙，摟住醜女就要幹。醜女笑道：看急成甚咧！把你衣裳脫了……

頃刻事畢。老牛從地下爬起，邊繫褲子邊跑。醜女提起褲子，撈起地上的衣裳，又從石牆缺口露出頭，大笑：「嗨，俺這兒拾了件衣裳，換三節電池！咯咯咯咯……」

醜女笑得好開心。就算農村人老得快，咱不也才三十多？離老，還遠著哩！

李金昌聽見門響小聲罵道，真是懶驢上磨屎尿多！掉茅廁裏啦？

醜女喜滋滋地說：「就沒去茅廁。俺站在門口賣了一回，看俺這滿臉雙眼皮還能不能偷人養漢？——還行，辦完事兒，這手上的麵還沒乾哩！」

「諞嘴啵，你也有這本事？」李金昌還坐在灶前低頭燒火，「快和你的麵啵，水滾了！」

「嗨，你咋不信哩？」醜女一鬆肘，三個沉甸甸的大電池把褲子一下墜到腳踝，「不信你檢查呀，俺這大腿根兒裏還在往外流屄哩！」

不像是鬥嘴了，李金昌抬起頭來。

「看不清？俺這兒給你預備下一個大電棒，老虎牌的。」醜女樂不可支地把三節手電遞給男人，「照照看，要不再摸一把，看到底是不是屄！……還給你多預備下一副電池，好叫你狗日的每天檢查！——告訴你，你活老奶辦這事，連褲子都不用自己脫！」

李金昌跳將起來，劈頭蓋臉掄婆姨一手電。醜女也不善，一手提起褲子，一手就從案板上抄起菜刀……

武鬥結束，醜女就在大街門上發表了關於頭髮秘密的那一段著名的長篇哭訴。村裏的評論很多，但較為公允且後來成為定論的是：活閻王太野蠻，上來就打，褲帶還是你自家解的！醜女先文功後武衛，符合了毛主席的教導。而且反戈一擊有功，功大於過。草珠子的頭髮細，醜女的頭髮粗。

＊

醜女揉好了麵，在案板上霜霜雪雪地揚灑了一層薄麵，拿起擀麵杖就擀。麵團越擀越薄，越擀越大。案板擱不下了，就裹在擀麵杖上往前推壓。醜女幹活兒跟她人一樣乾淨俐落。每一回擀到案板邊上，那最外層的麵頭都會有節奏地甩出去，在案板上拍出一聲響。麵擀薄了，醜女用刀順著擀麵杖一拉，薄薄的麵皮豁然攤開。一陣咚咚刀響，柳葉兒般尖尖薄薄的麵片兒切好了。鍋裏滾著小米南瓜山藥蛋，就等幹活的人回來下麵了。

醜女歇下來，倚在案板邊，望著窯外陽光下的花兒和樹林，一邊從生芽長葉的活「桌腿」上掐了兩片圓丟丟的嫩楊葉，清清爽爽地貼在太陽穴上。

「你的樹長大嘍。」

「可不，樹長大嘍。……十年樹木，眨眼就多少年了！」

＊

……一種窸窸窣窣的聲音，把石建富從困倦中驚醒。……是牛哩是人哩？是牛你不要吃我的樹頭，是羊你不要啃我的樹皮，是人你不要捋我的樹葉……剛坐下一霎霎倒迷糊著咧？就用手抵住膝蓋費力地站起來。——是人！他聽出那越來越近的的聲音是人的腳步。一個人，一個女人！一般偷著捋樹葉的不是男人就是孩子。半夜三更，一個女人到這溝裏來做甚哩？他迎著那腳步聲輕輕走去。石建富絕望地守護著他在狐子溝口種下的兩萬多株槐樹苗，甚至不惜得罪整個村莊。但他明白，失敗的命運早已注定。人們耕完地，犁一卸，就把牛趕上山「打夜草」，捋葉子餵豬，偷砍柴禾，放羊……他失去了權力，他獨自一人與全村的男人女人孩子牛羊為敵。樹已毀去大半，連自己都說不明白為甚麼還每夜上山看樹。……樹沒看住，耳朵倒是好使喚了。他聽出這女人在悄悄尋找著甚麼，他還聽出這女人就是醜女……醜女？對，就是醜女！

他從溝崖的陰影中走出來，在明晃晃的月光下向醜女走去。

石建富永遠記得那夜的月光一直像水一樣緩緩地流動。

那緩慢明亮的水流將他們沖捲到一起。醜女看著他眼睛，說：建富哥！他說：金昌家……這麼晚咧，到這搭來尋甚哩？醜女又說：建富哥！他便不知該怎麼回答。

自從和李金昌鬧翻，他跟醜女就斷了來往。過去的事情過去了，他不再是說一不二的掌權者，不再是一些女人畏懼一些女人巴結的神樹底第一條好漢。他不敢相信醜女會如此情意綿綿地叫他，正如他不敢相信有幾十年交情的李金昌會在轉瞬之間將他打翻在地。

建富哥，俺想你……醜女的一雙杏子眼裏汪出了兩朵月光。你還要俺嗎？

石建富腦子裏一團亂蕪。他不知醜女會做甚，但他知道醜女不會做甚。醜女曾給過他的那種顛狂火辣的感覺頓時在血液裏流竄。醜女我也想你哩。

他神智恍惚地看著流動的月光將醜女的衣裳一件件褪去，看著醜女緩緩地躺下躺在明亮的水流中向他張開雙腿……

醜女凝望著夜空，雙目如星……

在醜女留給他的那一方黑草地上，他沉重地跪下……

草葉紛紛折斷……

那清涼的水流將他們合而為一……

他聽見清新醉人的草汁從斷折處汩汩流出，聽見醜女放肆大喊……

你恨不？你恨你就死命夯！……李閻王，你快來看呀，你婆姨讓人家收拾美咧……

那一晚，他們說了很多話。醜女問起那支槍，問他是不是真的要殺李金昌。他想一想，點點頭。

你們幾十年的老伙計，從打日本鬥地主時候的交情，咋轉眼就鬧成了烏眼雞？醜女沉默良久，嘆息道，記得不，過去都好成甚咧？好得連婆姨都夥用咧！

想起換婆姨的事，石建富禁不住輕輕一笑。記得，他怎麼會忘記哩？那還是吃大食堂時候的事情。一天夜半時分，石建富與李金昌兩人摸進食堂，炒了十來個雞蛋，拌了盤豆芽，喝了幾口酒。大饑荒已悄然來臨。幹部們縱然多吃多占，也往往饑腸轆轆。各家鍋都砸來煉了鐵，要吃衹能偷偷去大食堂。酒足飯飽之後，兩人精神抖擻地扯起女人。談得興起，李金昌出了個絕妙的主意：換婆姨！今黑夜就幹，摸上炕就幹！石建富欣然贊成。他早已垂涎醜女的風騷，衹是礙於「朋友妻，不可欺」的古訓，未敢造次。為了遊戲成功，兩人還交換了習慣的做愛程序和方式，以防事未成便被半睡半醒的女人覺察。

按照李金昌進門的方式，石建富大起膽驚天動地地推開房門，脫下褲子嘩嘩啦啦放了一泡尿，就掀開醜女左邊的被子鑽進去。他感覺到女人細膩帶電的肌膚，幾乎難以自持。接下來又按照程序點了顆菸，好不容易抽完，就脫去女人的貼身短褲，翻起小背心，露出兩個滾圓溫熱的大奶子。再往下，就該從左邊上身了……

他感覺女人用雙手兜住了他的陽具。咋，還要自家往裏送？正是喜不自勝，卻一陣巨痛。

「誰？」女人小聲卻威嚴地問。

石建富不知如何作答，下面又是一股疼痛。

「俺叫人咧！」

「是我！醜女你快鬆鬆手！」

「喲，是咱的大支書？」女人鬆開了手，「你是開會開糊塗啦？咋連炕都能上錯咧？」

石建富自認倒霉，把事情說了一遍。女人把被頭一掀，蒙住頭笑得渾身亂顫。又一揭被，把石建富也蒙進來，咬著他耳朵問，你還要不要？石建富極為尷尬，這不就把閉著眼幹的玩笑變成了睜著眼通姦？女人覺出了他的猶豫，側過身把他摟進懷裏。

「建富子，你不幹可就虧大乎咧！」女人笑著說，「你一上炕，俺就覺著有點不對，他是幹完才抽菸。」

＊

「老哥，你別緊著往灶裏添柴咧。看這鍋滾的！等和尚二子他們回來下麵時候再燒火啵……」

＊

「……還有哩，你給俺脫褲，老夫老妻的，這就更不對咧……」月光從窗櫺流進來，拭去了她眼角上開始出現的細密皺紋。

「不對呀，他就這樣告我的呀！」

「還不明白？他小子蒙你哩！你也就真信？」女人又咯咯地笑起來，探手去摸，「還硬著哩！來，俺給你消消火出出氣！」

他便翻身躍起，烈火乾柴地和醜女連幹三回。醜女在他身下應和閃避，哀聲連連，就像一團遊動跳躍勾魂攝魄的鬼火。最後，他嘆息道：醜醜，你這浪貨……醜醜，你把人抽乾咧……

醜女軟軟地笑道：建富哥，你狗的也夠貪心，虧本的買賣眼見著做成大賺……

當晚，醜女跟男人大鬧。第二天，石建富也罵。李金昌喜滋滋地自以為拾了天大的便宜。從此，醜女成了石建富最秘密最火辣的伙計。也不管是白天黑夜高粱地麥秸垛，但有機會就如饑似渴地幹一傢伙。有時候，心滿意足之後醜女還要哼兩句酸曲：馬蓮蓮開花根套根，親哥哥和俺心連心。山丹丹開花背窪窪開，親哥哥和俺背地裏來……

*

末了，石建富還是回答不了醜女的問題。幾十年的老伙計反目成仇，還不是為了那獨霸一方的權力？可這些在心裏思考了許久的道理，他一時無法跟憨憨的醜女講清楚，便說，你不懂，我跟金昌子的矛盾是階級鬥爭。醜女就說，俺解不開階級的事情，俺解不開鬥爭，就知道吃飯穿衣男人女人。唉，都是喝王母娘娘奶水長大的人，你倆鬥得像烏眼雞，把俺夾在當間難活人！

醜醜，這人世間的事我也說不清。

*

常聽老人們說，光陰似箭，日月如梭。年輕時候不信，到老來才知道一點不假！灶火烤得建富老漢周身溫暖。他微合起眼，仿佛入定。月光流呀流，把樹流大了，流成林了，那些跟醜女相好的年月也就越流越遠，越流越淡了。難得醜女還彎到他這深山野窯來瞭一眼，幫他擀一頓麵片兒……

遠遠的有狗叫了。

「是大黃？加把柴禾。」醜女吩咐道，一邊就把切好的麵片下進鍋裏。然後往鐵勺裏倒一股油，讓建富老漢端著勺把在灶火上熱。油熱了，醜女的蔥花也切好了，就把嫩花椒蔥花野韭菜花撒進熱油裏，爆出一股香氣。再調上一股醋一撮鹽，往鍋裏一倒。就說：「喲，晌午還得趕到小峁，俺走了。還有十里路哩！」

等建富老漢立起，醜女已走出窯外，身形一閃，向大山的深處走去。

陽婆拿把梳子，拿把金梳子，柔情萬分地梳理著醜女的頭髮。

那些開始花白的髮綹在眩目的光流中漫天飛舞，燦若銀絲。

縱橫曲扭的樹根像一張網，覆蓋著那些白骨。細一看，又像一雙雙上下合攏的大手，小心翼翼地捧奉著呵護著那一堆堆整齊擺列的肢骨和骷髏。

＊

土坑邊上，打牆的後生們與看熱鬧的香客們擠得風雨不透。

昨日神樹顯靈，一通機槍小炮，打得公安局砍樹的人馬抱頭鼠竄。於是，中斷了一整天的廟牆工程又繼續進行。高價收購蔓菁的告示一貼出，每天都有汽車拖拉機運來成噸的蔓菁。這種北方農村用來做鹹菜疙瘩的香瓜大小的塊莖植物已堆積如山。廟牆外一字排開十來個磚石盤起的霸王灶，炭火熊熊，一鍋接一鍋將蔓菁煮熟。再將煮熟的蔓菁用石碾壓爛，和進新鮮濕土裏打廟牆。神樹廟整個坐落在石崖之上，祇有西面的廟牆外有一塊土地可以取土，就是李二旦的責任田。這塊地裏的黃土又細又粘，據說歷史上打牆皆從此地取土。二旦老漢是修廟「領導小組」成員，又是蔓菁打牆最堅定的倡導者。豆子收了，地正閑著，便二話沒說，撿了幾塊大土坷垃，打量一番，順老牆基擺出一條四五尺寬的長條地，說，順這兒釘一排橛子。不敢再往過挖咧！打牆組組長是老陰陽的倒插門女婿、鳳妮子的男人鑾猴，老成憨厚的一個人，就不走樣地釘了一排木橛，還扯了根紫紅塑料繩。一見修廟，自願獻工幫忙的外鄉人不少，打夯的打夯，挖土的挖土。鑾猴緊著招呼不許傷了神樹樹根，卻招呼不住二旦老漢的界線。那些幹勁十足熱心過分的外鄉人，一眼看不住，就挖過了界。一聽說挖出了亂葬的屍骨，刑警隊長侯某又來了精神。帶著幾個警察下到土坑裏又摳又掃地暴露出許多死人骨頭。昨天傍晚撤退時，孔令熙決定留下侯隊長等幾人繼續維持秩序。對趙家文而言，算是執行協議。對上則可稱密切觀察和控制事態發展。

村幹部們都急匆匆趕來了。趙家文鐵根子等都說不出所以然，在大檐帽們疑心重重地詢問下直冒冷汗。待到李二旦擠進人圈，所有的視線都聚過去。二旦老漢未覺有異，一見屍骨，氣得鬍子直撅。正罵鑾猴，卻被刀疤臉侯隊長打斷：「嗨嗨嗨老頭兒，這是怎麼回事？」

「咋回事？」老漢指著鑾猴斥責道：「告你不敢再往外不敢再往外……」

「嗨，問你話呢！」刀疤臉厲聲打斷，用手戳點著土坑裏的累累白骨，「這些死人是怎麼回事？」

二旦老漢左右一瞧，才發覺不對，冷聲一笑，說：「喊，這是要追凶哩？到日本國去啵！——這些，全是八路，全是總部醫院裏死下的傷員！……咋，你還拿眼瞪俺？到村裏去問問上歲數的，看誰敢說個不是？……這些斷胳臂斷腿上有的還尋得見槍眼兒哩！」

見老漢說得有鼻子有眼，不由得刀疤臉們不信：「有多少？」

「海啦，誰數過？總有六七百吧！」老漢瞧瞧野雞嶺山巔，又瞧瞧神樹，弓起腰，指點著坑壁上一處，說，「鑾猴，你給俺挖，記得這搭有一通石碑。」

鑾猴幾鍬就挖到石頭，果然在屍骨上面起出一通倒臥著的二尺高的小青石碑。

二旦老漢抓了把豆秸，幾下抹擦出字跡，得意地說：「來瞅瞅，千年的石碑會說話！」

刀疤臉看了看，沒作聲。鐵根子念道：「『民族先烈永垂不朽。在八年抗日戰爭中因傷重不治而犧牲的四百五十餘名烈士長眠於此。十八集團軍總司令部醫院敬立。』——二旦叔，這上頭可沒說有六七百呀？」

「許是俺記岔咧？」二旦老漢取下掛在脖頸上的玉石嘴菸鍋鍋，跍蹴在地上抽開了菸，「反正是海了去啦，這五畝地裏上上下下埋了足有三層。」

眾人一陣唏噓。

「那陣兒村裏是我爹當政吧？」趙家文看著亂葬的屍骨似有不忍，「咋這麼個埋法？……還都是些烈士們。」

「死的人忒多，誰當政也是這。」老二旦說，「起先往野雞嶺上抬，咱村的塋地不都在那兒？三天兩頭埋人，誰還抬得過來？再說山上墓子也不好打，盡石頭。這塊地哩是廟產，老和尚也早死了。上海家王院長就跟你爹商議，就近往這兒埋。那陣兒當兵吃糧可不比現今。

今兒個跟日本人打，明兒個跟閻錫山的二戰區打，後兒個還得跟老蔣的中央軍打，咱八路軍傢伙也不硬梆，容易！死下的八路軍可真海啦，前方咱看不見，有的還沒等你抬回醫院，半道上流血倒流死個㞞的啦！全村的門板都拿去釘了棺材，後來你爹就派下兩人，每天起來就是伐樹解板釘棺材。派得多的有金昌子他爹老李木匠，棺材做得好；建富子他爹石老蔫，墓子打得好；俺也幹得不少，俺那陣兒……」

刀疤臉拿著根樹枝扒拉著一個骷髏，說：「哪兒來的棺材？這明明是亂埋的嘛！」「亂埋的？你再細瞅瞅！」二旦老漢吃透了一鍋菸，拾起一片小石頭把菸灰輕輕磕在上面，又把菸鍋探進菸袋，挖出一鍋菸絲，再把菸鍋翻扣在菸灰上，吸兩口接上火。「瞅清楚啊？土改那年捏蛋蛋分地，俺不想捏蛋蛋，指名要這塊地。建富子說，眾人都不要的地，你要它作甚？地不小，七畝多倒有二畝半在樹底下，還埋了幾百號死人！俺說，那不是死人，那是抗日烈士。樹底下的二畝半給咱減了就行！建富子尋思一陣兒，說，你要是真想要，這七畝二分地就算你三畝整。樹底下那二畝半不算，把死人重新埋過，就算你開了一畝七分地的荒，你看行不行？俺尋思先埋的深，後埋的淺，把淺的刨出來重埋一遍，咋不比到山圪梁上新開一畝七分生荒地強？就承認了。你們瞅，這一副一副的骨頭不都歸整得好好的？下面是腿，上面是胳臂，緊西邊是頭，坐西朝東。地理先生說，這塊地，朝東好。就是老陰陽他爹，該算是蠻猴他外爺。看這塊地，連三尺紅布也沒收。說抗戰八年，成了孤魂野鬼，連名字都沒留下。積點陰功啵！未曾想，天有眼，幾十年工夫，這神樹的根倒把這些骨頭一副一副給護住了！到底是烈士，跟咱這些草頭百姓不一般！自打埋了八路軍，這塊地上長出來的東西就怪，黃豆上有一圈紅，黑豆上是一圈白。都說是烈士精氣所化。那年選抗日村長，用的就是這塊地裏的黃豆。」見大檐帽們再沒話，就吹了菸灰，把菸袋往菸桿上一纏，衝蠻猴說，「誰挖出來的誰再給咱歡歡地埋上，埋慢了小心公安局家問你狗的個反革命！」說罷揚長而去。

「蠻猴，這碑不用再埋了。」趙家文又對刀疤臉說，「侯隊長，我的意思是把這碑立在地邊上。先做個大點的水泥碑座，等忙過一陣了，再建個碑亭。先烈們的事跡不能在咱們手上失了傳，逢年過節，也有個地方能祭奠祭奠。你看行不行？」

「還是你主意多老趙！」刀疤臉見趙家文處處給自己臉面，多年來的敵意也在一點點消解，「乾脆馬上就把碑立過去，擺上一張條案，從廟裏挪過些香燭貢獻。咱們是執法部門，不光是在維護社會秩序，保障宗教自由，咱也是在為革命先烈站崗嘛！甚麼他媽的看家護院！」

「好，」趙家文一擊掌，刀疤臉這幾句話正中他下懷：「還是侯隊長想得周到……」

鐵根子打斷他的話，說：「老侯啊，咱倆共事這些日子，你還記著我那句話呢？」

「哪能呢鐵根子，咱們弟兄是不打不成交。我們管得嚴點，就有人說二話。你是沒聽見。」

趙家文趕緊說：「人多嘴雜，您別在意。坡場大了，甚樣的牲口沒有！有的人衹是看見個廟，不知道咱這兒是革命老區。不小心，一腳就踢出個革命歷史文物。現在春秋天耕地，還能犁出鏽成一團的子彈頭。蠻猴，聽見侯隊長說的沒有，帶幾個人，立馬就辦！找張好點的供桌，抱個正經的香爐。」

鐵根子說：「還是我親自去辦。蠻猴哥，你給我三五個人！」

刀疤臉心上一高興，又說：「老趙，鐵根子，我看人家大地方，老碑邊上還要立塊新碑，把這前前後後的事情起根到梢地說一遍。」他熱心地連說帶比劃，「碑亭正中是這通舊碑，後身再立通大碑，把四百幾十號人的名單一刻，那多氣派！」

「好是好，就怕這名單拉不出來。」鐵根子說，「連醫院的這通碑上都沒名單，現在去哪兒找？」

趙家文說：「王院長還活著，在上海，總能想起幾個。村裏上點年紀的也能想起幾個。……可是要想起成百的名字怕不容易。」

「嗨，不用！」刀疤臉給鐵根子趙家文遞菸，「但有十來八個名字，後邊來個『等四百五十餘名』不就妥了？」

「對，就這麼辦。」趙家文說，「我爹當年有一個賬本，記的是起糧捐款派工的事。十多年前我還見過，好像有做棺材埋人這麼一欄，裏頭有不少的名字。我回頭找找看。」

＊

在收割後的豆地裏，趙家文隨手撿了幾個黑黑的豆莢，然後疾步趕上三旦老漢。「三旦叔，您這是去哪兒？」

「回場上去呀。才剛正脫著玉茭，就有人來叫。今年是九成十成的年景，可俺這個種糧大戶連保本都難！行行都比種糧強，誰都不撲鬧糧食。——家文子你說說，是不是那年又快了？」

「怕不能再來那年了吧？」趙家文漫應一句，問，「這五畝地裏的黃豆打出來冇？」

「早打出來了。咋？」

趙家文一搓一吹，幾十粒腰纏紅絲的黃豆便金燦燦地汪在手心。「三旦叔，您瞅這豆子，多喜人！我想能不能十幾顆豆子封在一個小塑料口袋裏頭，再印上幾句甚革命先烈的介紹，當個旅遊紀念品賣？」

「倒也是啊！咱這豆子攔腰一圈紅，天下少有。家文子，你這點子不賴，要真發嘍，有你一股！」二旦老漢停了腳，在村街上順牆根趷蹴下來。思忖一番，又說，「這財怕不好發！你想過冇，如今人們可是膩煩那些事兒。這要是楊玉環趙飛燕墳上長出來的嘛，起個名兒就叫胭脂紅，俺保準賣出金豆兒的價錢！八路軍墳上的嘛，可就兩說嘍！」

「也是啊，現在的人。」趙家文說，「這豆子怪可惜的，總該派點甚用場才對。」

「可惜是可惜，」二旦老漢接著他話把兒說，「用場早就派過。當年選抗日村長，用的就是這豆子。」

「豆選的事，那年我跟李金昌競選村長時候就聽有人念叨過，可至今也沒鬧清楚。」趙家文敬老漢一顆過濾嘴香菸，又幫他點燃，「二旦叔，您隨便給我說道說道！」

「這件事，你都知道些甚？」

「就知道村裏識文斷字的人太少，祇好用豆子，一豆算一票。還知道八路軍想讓石建富當村長。可為甚要用廟地裏的豆子？為甚我爹的票最多？這些就不清楚了。」

秋日的陽光和煦地灑布在李二旦皺紋縱橫的臉上。老漢愜意地眯起老眼，款款而言：「你爺爺讓日本人殺了頭，村裏服氣你們趙家是幾代忠良，把你爺一埋，就公推你爹接茬兒當村長。當時村裏已然成立了秘密的共產黨，仗著八路軍撐腰，早就謀劃著要鬧土改，還能讓地主當村長？你爹領著全村鄉親反對拆廟砸鐘也得罪了八路軍，嫌他有二心。那兩年，八路軍共產黨每天起來就講民主人權，心想窮的總比富的多，一選還不就把你爹選下去了，這就鬧起了村選。你們趙家在這村裏從來是善門，哪回遭了年饉不是趙家借糧施粥？倒是有二百多畝地，那又不是搶的。顧得幾個長工，管飯給工錢。要說收租放債嘍，那也是自古以來的規矩。這麼說吧：比起現今的萬圓戶專業戶，可是仁義得再不能！」

趙家文有點詫異，問道：「拿我爹比我該咋說？」

「那俺可就倚老賣老，給你來個竹筒倒黃豆啵？」二旦老漢笑眯眯地瞧趙家文一眼。

「那是！您老幫我家受了半輩子，我爹歿了那幾年，要不是您暗地裏接濟，我娘和我哪有今天？您還不就跟我親叔一般！」

「好，有你這話，俺老漢可就直說咧。……好有一比：你爹是一架大山，你就是山裏的一條河。起根兒上說，你們趙家的產業是汗珠摔八瓣掙下的，多少輩人才攢了二百畝地兩串院子幾條好牲口。用時新話說就是勤勞致富，靠的是實誠，最是不易。你是光棍急發財，靠的是膽大心靈。這山裏的煤，照說是全村的，開煤窯時候也是全村集資，全村出力。十年下來，你的股份奔上漲，人們的股份往下落。就算你獻樓辦學接濟貧困戶手再大，人們也不服氣。你這財發得太快！你爹是全村頭一份全把式。土改時候，疤眼控訴俺是地主狗腿子，當的個長工頭，跟上俺鋤穀割麥子能把腰累斷。一滿的昧良心話！那還不是東家幹在頭裏！跟你爹比受苦，你就錯得忘遠。有幾年沒下窯頂班受了吧？還有不正之風，到處拿錢打點，你爹那陣兒就乾淨得太多。來運動了，隨便就問你個行賄受賄！要說修廟架橋補路辦冬學打日本，你爹可沒少出錢糧，手大，正經是個出血筒子。要不咋一選就把石建富選下去了！你把金昌子選下去，俺瞧也有你爹的票。一舉手殺了你爹，人們也是心裏有愧哩！——真日怪咧，咱村的兩回大選舉，前後錯得幾十年，你父子倆都把共產黨定下的村長選下去了！俺說呀家文子，打你個反黨不冤枉！」

「二旦叔，可不敢亂說！」趙家文心裏頗為委屈，想不到開煤窯全村沾光倒落下了滿身不是。這商品經濟能跟自然經濟一樣？怪不得你這個轉包了百多畝地的種糧大戶越幹越不起山！滿腦袋高粱花，至今還不開竅？便不想跟他理論，掂著手心裏的黃豆問道，「這豆子又是咋回事？」

「還不是防著貧農協會那一把子人作假！」二旦老漢捏起一顆豆子在陽光下欣賞，「瞧這豆子，黃得像金子，紅得像朱砂，攔腰這一圈兒紅，細細的勻勻的。就那塊廟地裏有，天下獨一份！」

＊

……監選小組組長李金昌接過犟黑牛遞過來的黃豆，在西沉的夕陽下看了又看，最後說：都是自家鄉親，選個村長嘛誰還作假？

犟黑牛瞅瞅廟前小空場上坐的黑壓壓的村民，說：話不能朝這麼講金昌子，選舉這種事，是一卵對一竅，不能有半點含糊。你們預備下的這大紅豆，誰家都有。這場上男女老少幾百口兒，但凡有誰多給你滴下幾顆，選舉不就作廢咧？再說哩，都說這「一圈紅」是咱八路軍烈士精魂所化，用這豆子選舉，不是還有點講頭？

好！山門外石階上幾個曬太陽瞧熱鬧的傷兵齊聲叫好。有點革命意義！

石建富見李金昌還在猶豫不決，趕緊插了一句：金昌子，用甚豆子不行？黃豆就黃豆！

石建富猜測李金昌的計策已被犟黑牛看破。搞村選，石建富沒有選舉工作組樂觀。底下一串聯估算，心裏更涼了半截兒。便建議還是由抗日政府直接委任，但工作組說這是全晉察冀根據地實行普遍村選的試點，一定要搞民主，一定要和鄉村士紳硬碰硬地選。李金昌想出個萬全之策：安排幾個農會的人最後投票，若是石建富碗裏的豆子少，就每人往他碗裏多滴幾個。贏了就贏了，輸了就算總票數。總票數超過總人頭，就宣布有人破壞，選舉作廢。犟黑牛這一換豆子，選舉作不了廢，李金昌的謀劃倒作了廢！

緊接著，摘豆又是一番暗鬥。李金昌要讓他的監票組去摘，犟黑牛卻指著那幾個傷兵，說咱八路軍辦事又細心又牢靠。幾個不摸深淺的傷兵吃了奉承，樂顛顛地就去摘黃豆。

神樹廟裏駐紮著總部醫院，這幾年的村民會便都在廟前的空場上開。高高的青石臺階是主席臺，大香案上並排擺著兩個碗。一個碗前放著一把算盤，另一個碗前是石建富那把繫了紅綢的大砍刀。

待傷兵們一瘸一拐地將黃豆摘回來，當眾報了數兒，李金昌便大聲宣布：選舉這就開始！十八歲以上的每人分一顆廟地裏的黃豆，贊成趙傳牛的，就往算盤後面的碗裏滴一顆豆子。贊成石建富的，就在大砍刀後面的碗裏滴一顆豆子。大夥兒可是瞅好嘍，不敢溜錯！

下面有人嘟囔道：溜錯了又咋？誰上臺咱還不是照樣種地納糧！

還有人叫：要是誰也不贊成哩？

就又有人叫：揣回家往你婆姨肚臍眼裏溜！

滿場哄笑。

犟黑牛開頭沒留意那算盤，以為是算票用的，一聽李金昌這話，頓時明白這就是農會私下串聯講的「剝削」和「階級」。不由得心頭火起，兩步跳上臺階，把算盤一扔，說：不用尋甚替身咧，大活人往這搭兒一立，叫他錯！

趙傳牛，你下去！李金昌急眼了，這投票是秘密的，你臉對臉的叫人家咋投？

這還不容易！犟黑牛就轉過身來，面對會場，嘟嚕道：這好，背過身好！——俺這牛眼不瞪就鈴鐺大，還不把大夥兒的豆子都嚇到了建富子的碗裏……

眾人嘩一聲又笑了。

李金昌臉色鐵青，扭臉瞧坐在石階上的工作組吳組長。吳組長也在笑。本來吳組長介紹陝北解放區豆選的經驗，就是在侯選人背後放碗，算盤大刀純是他的主意。李金昌得不到工作組支持，祇好再扭回臉來對石建富說，建富子，你也站上來啵？

石建富正一正舊軍帽，傴笑著站到他的碗前。

人們排作一長隊，繞過主席臺上的香案，緊張而新鮮地把手中的黃豆滴進兩位侯選人身後的碗裏。

神樹底歷史上第一次選舉開始了。

「一圈紅」黃豆又收穫了三次之後，這一人一豆的選舉結果便被另一種民主用鮮血加以否定。在其後悠長歲月裏，再不為人提及。

*

當一群荷槍實彈的士兵從幾輛卡車上跳下來跑步包圍神樹廟的時候，香客們仍然在燒香叩頭，沉溺在對神樹的無比敬畏之中。寶柱在大雄寶殿換門柱，用他那支墨株劃出了第一千根木料。蠻猴帶著後生們夯實了又一層和好蔓菁的黃土，升起板築的厚木板。侯隊長在偏殿裏審問剛抓到的一個小偷，電警棍在左手上拍出輕響。鐵根子和武斌已在水泥碑座上立起了小石碑，邊擦汗便討論新碑的碑文……

「老鄉們，請你們立即離開此地！」一個手持電揚聲器的青年軍官站在山門外的石階上向廟裏喊，「我們奉命前來驅散封建迷信活動，恢復社會秩序。請大家協助我們執行任務！」頭戴鋼盔身著迷彩服的兵士在他身後組成一彎綠色的圓弧。

「現在時間是四點十分，」青年軍官抬手看看腕表，「五分鐘之內，所有人必須從廟裏出來！四點十五之後，就以聚眾鬧事論處！」

人們一時反應不過來，都泥呆呆立在原地看，仿佛並沒意識到這是軍隊發出的嚴重警告。刀疤臉帶著幾個警察忙慌慌擠出廟門，向包圍圈急步走來。

「怎麼回事？」他走到那青年軍官面前克制地問道，「請問你們是哪兒來的部隊？執行甚麼任務？」

「你是幹甚麼的？」那軍官反問道。

「我是幹甚麼的？」刀疤臉被他輕蔑的口吻氣得滿面通紅，「你問我呢？」

另一個瘦小的警察連忙滿臉陪笑地說：「我們是縣公安局刑警隊的，這是我們侯隊長。我們是奉省委指示來這兒維持秩序的。請問……」

「出去！」青年軍官面無表情，伸出大拇指衝肩後比劃，「對不起，我不認得誰是猴兒隊長。馬上給我從這兒出去！」

「哼，你不認得我，我可是認得你！」刀疤臉掃了一眼軍車的車牌，「你們河北的部隊憑甚麼來管我們山西的事！」

一見警察跟軍隊吵起來，馬上圍過來數百人。那道綠色的弧線便浸沒於百姓斑雜服色之中。

「我們不是地方部隊。」那青年軍官從容地說，然後又舉起小喇叭再次警告道，「現在還有兩分鐘，時間一到，我們就開始執行命令！」

鐵根子問道：「這麼說，你們是野戰軍，執行的是中央的命令？」

青年軍官留心地瞟了他一眼：「你可以這樣理解。」

事情通天了！武斌想起了幾年前那個震驚世界的流血事件，衹覺得心跳加速。他向鐵根子遞了個嚴重的眼色，說：「侯隊長，鐵根子，我看先把人撤出來再說！」

「現在還有最後一分鐘！」青年軍官舉起小喇叭拖長聲調喊道，「這是最後一次警告！」

「一分鐘？我撤不出來！廟裏到處是火燭錢財，一亂就是事，最後還不是算在我賬上！」刀疤臉怒氣衝衝地說，「再延長五分鐘！」

青年軍官稍一猶豫，說：「我沒這權力。」轉身大步流星地走到卡車前，站上踏板，向坐在駕駛室裏的一位中年軍人請示。然後走回來對武斌說：「好吧，再延長五分鐘。全部撤出來，一個人也不許留！」

當刀疤臉、鐵根子和武斌等人連勸帶叫喚地將廟裏的人們悉數攆走之後，兩位軍官一前一後地走進山門。逼在眼前的如山壁一般的樹身，使兩人難以掩飾驚異之情。先捂住鋼盔仰望一番，再緩步繞樹一周，沉默了好一陣兒才輕聲說話。

「團長，這哪是樹？這是一座山。」

「好一棵大樹！怪不得呢！……唉，可惜了！」

「我看咱們的方案對付不了。」

「嗯。……祇說是一棵大樹。……不過，老樹空心的多。」

「噫，你們還在這兒幹嗎？不是說一個也不許留嗎？」青年軍官介紹道，「團長，這幾位是縣公安局的，這位是副縣長，這一位是村幹部。」

「首長，」鐵根子說，「調咱部隊來做甚麼？是要砍樹？」

團長以犀利的目光上下掃他一眼，問道：「哪年的兵？」

「自衛反擊戰，打越南。」

「我們這是執行命令。你是老同志了，要向群眾多作解釋。」

「兩位部隊的同志，」武斌還想做最後的努力，「這棵樹是我們縣最重要的革命文物之一。你們來看看這通碑……」

「我不看。看也沒用。我們衹是執行命令。希望地方的同志們協助我們，說服群眾。二營長，按原方案開始執行。」

青年軍官走到廟門口，一招手，十幾個肩梯負繩的士兵跑步而入。卻一見神樹，都大張著嘴舉頭仰視。

「一排長，你上！」

「營長，梯子夠不著啊！這不是架著梯子摘星星嗎？離天還遠著呢！」

士兵們就哧哧地笑。

「嚴肅點，梯子上肩！限你們十五分鐘上到樹頂，綁好鋼絲繩！」

鐵根子見士兵們扛起梯子，真要上樹，忍不住破口大罵，「拿他媽的雞毛當令箭，純粹是欺壓百姓！」

「你說甚麼？」一排長臉色一變，正要發作，二營長卻吼道：「不要理他，給我上！」

一排長把鋼盔往地上一扔，屈一膝站上兩雙緊挽的手。兩個粗壯士兵將他猛力彈上梯去。

鐵根子再沒話，頭一低，扯開大步夯著方磚地走出廟去。

武斌對刀疤臉說：「侯隊長，是非之地，你們也走吧！」

大檐帽們忽然想起偏殿裏還鎖著一小偷，就打開門，推搡著那年輕人邊走邊罵：「他娘的，這河北的小偷跑到山西來作屎甚……」

士兵們怒目圓睜，直恨不得把這幾個警察一口吃掉。

武斌不打算走。他瞧著那一雙雙充滿仇恨的眼睛和緊攥的拳頭，驀然覺得這一切太荒誕！——河北的野戰軍開到山西來砍樹——山西的警察昨天要砍樹，今天卻反過來跟軍隊摩擦——倒霉的是山西的百姓，可河北的軍隊卻義憤填膺——其中荒誕之最則是最高當局竟然會命令野戰軍長途跋涉來砍伐深山裏的一棵樹！把這寫進小說會有人相信嗎？他俄而覺得，自己也開始像石建富一樣對親眼看見的事實懷疑是真是夢，也像趙家文一樣祇好放棄判斷。也好，是夢寫夢，是真寫真。那麼，如果真是夢呢，就是夢裏寫夢嗎？他覺得自己也開始糊塗了。

一陣緊張而興奮的喊叫聲打斷了他的胡思亂想：滑輪已在樹頂掛好，樹下的士兵們磨拳擦掌，準備拽鋼絲繩了。……這麼高的樹，他們是怎麼把繩掛上去的呢？他抬起眼來。哦，明白了，先揹上去一根小繩，再用小繩拽上去一根大繩，最後才是一根鋼絲繩。——他們是有備而來的。

武斌悲愴地說，神樹已經講述了許許多多神奇的故事。現在，關於神樹的最為神奇的故事，正在一位作家眼前展開。風景，現在最時髦的詞是風景。關於神樹的最為神奇的風景，正在一位第三人稱敘述者眼前展開。

沒有風。

神樹那雍容華貴的花香如瀑布一般從樹頂悄然流下。

*

消息野火趁風迅即燃遍小小山村。

人們紛紛放下手中的農活兒，提了鋤钁棍棒便向神樹廟嘯聚而去。許多人圍在村長兼支書趙家文的二層小洋樓下，發瘋地砸門。

明光鋥亮的黑漆街門緊閉著。

趙家母子暴發了一場前所未有的激烈爭執。趙家文反覆以近年來各地農村抗糧抗捐事件為例向老母解釋：幾鄉幾縣的大亂子人家都敢鎮壓，別說咱一個小小神樹底！再要聚眾阻攔，就是流血。事已至此，毫無周旋餘地，誰也不可能力挽狂瀾。一動不如一靜，避其鋒芒，也許還能保住村子和闔村人的身家性命。

瞎眼老娘就說：對著哩，甚都保住了！神樹哩？你就眼睜睜地瞅著神樹壞在你手上？

趙家文就把說了幾遍的那些話又說一遍。

「你是一村之長，」來弟老婆子說，「大禍臨頭了你不能當縮頭烏龜！保得住保不住你今日也得出去！」

婆姨藍秀說：「娘，照鐵根子說的，今日這事兒不比尋常。要真是頂上邊下的令嘍，家文子他能抗得住？」

「娘，那不就是一根樹嗎？」趙家文有點急了，「是人命值錢還是樹值錢！」

「那不是一根樹，那是一根神樹。」老婆子說，「人命值錢，樹的命也值錢。緊要三關的時候，就有比人命值錢的東西。樹活一層皮，人活一口氣。咱神樹底的剛脈甚時候被人砍斷了？」

「娘，你咋這麼……不明事理哩？」趙家文被逼急了，也顧不得鐵根子在場，幾句不好說的話脫口而出，「我不出去，最多是撤了村長丟了黨票。不怕他屌，狐子溝口還擱得個姓趙煤窯。我出去，就算槍子兒長眼留我一條命，也至少打個策劃者指揮者。多年攢下的這份家業，可就是一場大水漂得光打光！」

「有道理！家文子，到底是全省聞名的人物！」見他母子爭執一直不便插嘴的鐵根子，此時從小沙發上掙起來便往外走，「這個策劃者指揮者的角兒，我來頂了！」

「俺說咱的命咋就這麼值錢咧？原來是有功名有產業了！鐵根子，等等你大娘。」老婆子也抖瑟著往出走，「俺是活得夠夠的咧。——你爺講話：早就活出長頭咧。今日就是俺老婆子的死期。七十三、八十四，不死也是一根刺。你們慢慢活啵，俺的死期是到咧……」

「娘，這可不是執氣的事情。外邊兵慌馬亂的，您老人家這麼大年紀了……」

「閃開！不忠不孝的東西！」老婆子舉杖亂打，「日本人的大洋刀快不快？你爺就敢伸脖子去試他的刀。你爹蹴成一灘肉泥，臨斷氣還自家翻了個屎朝天。——趙家門裏咋就出了你這號孬種！」

藍秀趕緊攙住婆婆，說：「娘，俺陪您出去轉轉。說得還怪嚇人的，俺就不信這夥當兵的能把咱囫圇吞下嘍！」

老婆子一邊奔外走一邊念叨：「黑牛啊，你這野鬼刮甚地方去咧？你咋不回來瞅瞅你這兒？可真是把先人的臉都丟盡咧……」

門一開，等家文娘和鐵根子藍秀一出來，人們便一擁而進。

老疤眼大叫：「家文子，你狗日的拉稀咧？這樹一砍，咱神樹底的風水就絕了！趁著天沒黑，這陣兒村口還有好幾千人，把狗日的們攆回河北去……」

「你叫喚甚！」趙家文陰著臉，呵斥道，「你知道來了多少人馬？人家在平田還屯得一個團哩！」

「不就千數來號人嘛！祇要家文子你給咱出馬指揮，還不夠咱包圍的！」

趙家文讓老疤眼的英雄氣概弄得哭笑不得：「好我的老疤叔，你可是饒了我吧！人家手裏拿的是撥火棍？」

「不是撥火棍又咋？他還真敢開槍！這一仗俺頭一個去堵炮眼！」

「你們都要去堵炮眼？」趙家文掃一眼，見找來的都是最近發了財的那幾家，便挖苦道，「停車場旅店飯鋪代銷店掙下的銀子留給誰花？」

「趙掌櫃，你這話講得太難聽！」草珠子說，「來尋你是瞧得起你，你不敢去就別去，甭拿這些話來腌臢俺們。毛主席死了地球都照樣轉，你是比毛主席還偉大！」說完扭臉就走。

石昌林說：「家文子，你別一竿子打翻一船人。就是因為有了這麼點利益，不想把事情鬧砸。你也不出去瞅瞅，闔村的人們都尋著部隊拼命去了！」

老娘一走，趙家文也心慌，便就坡下驢地說：「我也沒說就撒手不管。人倒是去了，沒定下個策略不也枉然？我可有言在先：千條萬條，不敢把事情鬧大了是第一條！」正待出門，又說，「這樣吧，我先給縣委打個電話，你們先去招呼著。記著我的話，千萬不敢亂來！」

*

當趙家文和米鄉長跑到神樹廟時，眼前展現出一片不太真實的夢幻般的景象。一根粗大的鋼絲繩從神樹高高的樹頂垂下，穿過廟門，另一端延伸到躁動不寧的人海之中。憤怒沉默的人群包圍著幾排手臂緊扣的士兵。士兵們圍作一圈，拱衛著一輛奇形怪狀的進口大卡車。大卡車前的絞盤上，纏繞著準備拽樹的鋼絲繩。趙家文和米鄉長的到來，引起一陣熱烈的歡呼。沿著人們和士兵自動讓出的通道，走進包圍圈。

「哪一位對這件事負責任？」看到士兵們忐忑不安的眼神，趙家文感覺到身後的巨大力量。

「你是誰？」軍容整肅的青年軍官問，「有甚麼話跟我說吧。」

「我叫趙家文，是本村村長兼支書。這位是我們的鄉長。」趙家文操著晉省官話大聲說，「我跟米鄉長剛和縣裏通了電話，縣委跟縣政府都不知道有這麼回事兒，也不知道是從哪兒來的部隊。我們代表兩級地方政府正式通知你們，請暫停一切活動，等候省委指示。」

好！好哇！人群中暴發了狂熱的歡呼聲和掌聲。

青年軍官面無表情，以標準的稍息姿勢穩立不動。

「要平田！」團長吩咐身邊背著對講機的士兵。

士兵接通後把耳機和話筒遞給他。

團長請示一番，拉下臉來對趙家文和米鄉長說：「請你們讓群眾立即散開！」

米鄉長說，「首長，我們縣委確實不知道你們是從哪兒來的。你們這麼幹不太符合組織手續吧？」

趙家文揚起一張報紙，說，「鄧小平老家的鐵樹開花，不光參觀旅遊，還登報紙，怎麼我們的樹開花就不行？」

「你不要再煽動群眾了！」

「你有你的組織，我有我的組織。」趙家文壯起膽說，「我要等省委縣委的指示！」

團長臉色鐵青地大喊，「我有軍令在身，誰再敢抗拒我就不客氣了！」

「鄉親們，都快散開啵！咱部隊有死命令！再不散可就是我在煽動嘍！」趙家文又怕又氣，「──這該行了吧？你們好好執行任務吧，我就不在這兒礙事了！」就分開士兵的人牆走出去，又調回頭說，「不是我多嘴，就你這辦法，完不成任務就算天照應！你要是真把樹拽倒了，車毀人亡，還要壓塌我半個村！到時候就別怪我不客氣了！」米鄉長悄悄拽他衣袖。兩人一前一後擠出人群，揚長而去。

軍人們根本不予理睬，在二營長的指揮下開始向東面的漳河移動。士兵們虛張聲勢地恫嚇著四面的烏合之眾，護衛著巨大的絞盤車緩緩向河灘駛去。神樹廟背臨懸崖河灣。西南兩面，隔過豆地和廟前空場，皆是連片的低矮農舍。唯一的開闊地面，就是東南方向村口外的河灘。看來，他們早已計算好了，在廟前大約祇是為了裝置鋼絲繩。

鐵根子生怕來弟大娘裏經受不住向村口席捲而去的擁擠，和藍秀一起攙扶著瞎眼老人佇立不動，一任洶湧激動的人潮從身邊流過。他聽見兩行古老的詩句從自己心底噴薄而出：獨有英雄驅虎豹，更無豪傑怕熊羆！藍秀問，念叨甚哩鐵根子？沒甚。卻又在心裏念叨出一句俗語：天下烏鴉一般黑！他如釋重負。那個多年來讓他琢磨不透的趙家文今天終於原形畢露。——鐵根子，你總說天下烏鴉一般黑，你那鐵哥們兒趙掌櫃哩？——日後，倘若再有人如此反詰，他終於可以理直氣壯地回答：趙家文也算上！善霸！李金昌石建富是惡霸，趙傳牛趙家文是善霸。誰掌權誰都是霸！一種輕鬆無比的解放感在他全身流走。其實，早就是這樣！想當初，他跟昌林子護樹的時候，他趙家文不也是這樣的嗎？背地裏鼓動他，明面上對活閻王低眉順眼，不敢出頭。念他頂了半輩子地富子弟帽子，他不怨他。誰的膽大？誰的膽也沒拳頭大！說甚膽小怕事，說白了不就是私心忒重嗎？潑出大膽，不就是哽著一股剛骨氣！他從戰場回到村裏那年，剛脫下掛著軍功章的軍裝，就開始了推翻李金昌的政變。

那時候，家文子，你記得不，那時候你還替小弟去滾雷！

鐵根子，我日殺你萬輩祖宗！給老子下來！老子這就開你們的批鬥會！

＊

鐵根子提著斧頭從神樹上爬下來。在一片喝彩聲之後，他面對著的竟然是無奈無言的絕望……

那一年，分地單幹的浪潮沖決了公社制的大壩，如山洪一瀉千里，幾乎在一夜之間席捲蒼茫太行。但李金昌硬是憑著老革命根據地老土改根子老支書老勞模等幾面金字招牌一手遮天，拒不分地。無奈大勢已去，人心思變，綿延了數十年的慢性怠工開始在陽光下公然生長。但最使他感到回天無力的是債務：歷年來拖欠的各種款項，連本帶利已累積到五萬圓之巨。銀行信用社早已宣布停止貸款，電業局化肥廠各有關單位也聲稱再不賒欠。這一來，李金昌搖搖欲墜的龍椅又被抽走了一條腿。

為了明年生產所急需的種籽化肥農藥地膜柴油電力，李金昌決定賣掉村裏唯一值錢的不動產——神樹。縣木業社廠長技師蹬著自行車上山來估算之後，將李金昌開價的五萬砍掉一半。李金昌和他們站在樹下一枝一杈地數算了半日。以最保守的估計，伐倒神樹，不算可能朽空的樹身，至少可出將近二百根大梁或二百五十副壽材。以每根大梁一百五，每根檁條十五或每副壽材一百五的公定價格計算，討價還價的結果是三萬。臨走，廠長墊下一句話：老李啊，賣了這樹，你們的村名兒可就沒來由了。這事兒你跟村裏商量沒有？李金昌說，說你的錢啵！這村裏，咱是一元化領導！

還剩下兩萬的缺口，李金昌急中生智，以令人驚嘆的想像力，毅然決定賣掉神樹底唯一無形的不動產——廟會。連他都沒想到，這竟是他執政以來最得民心的一項決定。近百多年來，神樹底每月逢農曆二十三過廟會。比起那些通衢大邑歷史名鎮的十日一會自然遜色不少，但在這地處深山僻壤的太行山腹地，也算得一件盛事。屆時，方圓幾十里的山民們荷著自家生產的各類土特產，在集市上賣了，買上些食鹽黑醬燒酒煤油布匹鍋碗鋤钁木梳圓鏡香胰子之類日用雜品，然後到沿街支起白布蓬的小飯攤兒抽條板凳一坐，二兩酒，一碟肥厚豬頭肉，一碗灑滿綠生生芫荽的雜碎湯，多擱點辣椒，多倒一股子醋，多滴幾滴香油，再加幾個剛出籠的淨白麵饃，渾身小汗一出，實在是過癮解饞！而最大的樂趣還是入夜以後的一臺大戲。神樹廟戲臺上，兩盞雪亮的氣燈一掛，琴師調好弦，開場鑼鼓一敲打，大幕還未拉開，掛牌領銜的名角兒還沒露臉，山民們的心就先自陶醉起來。待山西梆子那著名的拖腔真一嗨嗨起來，那叫好聲和掌聲就震得檐瓦直跳。戲唱完了，一天的廟會才算正式收場。趕會的人們這才荷上土產山貨換來的百貨，成群結夥地翻山越嶺回村去。黝黑的山道上，遠遠地傳來妮子後生的嘻笑和戲迷們意猶未盡的吟唱……前些年，廟會作為「遺毒」與「溫床」被明令禁止。

再開禁時，神樹底人先前那一份慷慨與驕傲竟變成了一種難言的窘困。戲早就唱不起了。一碗細糧都端不出來的窮苦，更使他們在趕會的至愛親朋面前囁嚅無言。終於，每月二十三的廟會成了神樹底人莫大的精神負擔。李金昌以兩萬的價格將廟會賣給了溯漳河而上五里之外的松寨，人們先是一愣，這廟會還能賣哩？繼而擊掌大笑，好，賣得好！賣了狗日的，省得丟人敗興！人能賣，屄能賣，廟會咋不能賣！

李金昌嚴詞回絕了最後一批反對賣樹的村人，把門一關，心說祇要木業社不變卦，錢一入賬，事情就算做成了。這五萬的大數兒，挖肉補瘡，到底是讓咱湊足了！卻不料應了夜長夢多的老話：事到臨頭，縣木業社不買了。到了約定的日子，李金昌剛剛引導著伐樹的人馬和幾輛大卡車從淺灘涉過漳河，在廟前停穩，就聽得樹上密葉後傳來斧聲人聲：哈哈，木業社家，你們來晚了！我們早把樹釘過一遍咧！就有大把三寸大釘叮叮噹噹跌落在樹底的方磚地上。你們瞅瞅，這號釘子你們那大電鋸幹不幹得動？木業社廠長氣得冷笑一聲，轉身就走：老李啊，你的一元化領導好像還不硬戳！李金昌瞪著車隊駛過漳河，爬上回縣城的公路，扭回頭發瘋般地大吼：他娘那大腿，鐵根子，還有誰們，我日殺你們的萬輩祖宗！給老子下來！看老子不捏死你們！老子這就開你們的批鬥會！

氣急敗壞的鐘聲攪擾了早飯時分炊煙繚繞的寧靜，人們端著大碗稀粥，筷子上插著雜麵窩窩紅薯山藥蛋站下一院。鐵根子與石昌林二人拎著斧子跳下樹來，搏得一片喝彩之聲。樹上釘釘，在舊時有兩種情況。一是樹長偏了，有礙風水，便須在長勢過旺的枝幹上釘釘鎮壓。一是先人怕後世出敗家之子賣掉古樹，便揚言或真在樹上釘了鐵釘，消解其木料之意義。鐵根子等舊法新用，煞了活閻王的威風，自然大快人心。活閻王依舊在恨聲大罵：笑你娘的大腿！吃，就知道個吃！還不了債，看你們明年吃風喝屁！暴怒之後，李金昌見人們差不多到齊了，便宣布召開緊急會議。卻不料李金昌坐上戲臺，並不提賣樹釘樹之事，衹是問眾人明年的生產怎樣安排。

「鐵根子，你給我上臺來！」李金昌已不再罵人，但臉色依然陰沉，「你已然把樹釘了，我已然罵完了。不賣就不賣。你來主持討論：債咋還？開春後的生產咋安排？我看明年就難往過熬！不當家不知柴米貴！銀錢的事情可不是吹糖人，一口氣就中。咱們今天發揚民主，大家夥兒都要說話！——就這！」你瞅清楚了鐵根子，瞧我咋殺你個下馬威！

「上臺就上臺！」鐵根子一個箭步躥上臺去，往臺口一站，說，「今天咱們討論兩個問題：第一，咱們這一屁股還不清的債到底是咋欠下的？第二，明年咋過？是夥夥過還是換個法兒過？」鐵根子拒絕了縣辦工廠的一份工作而要求回村務農，就是瞄準了他的父輩們渴盼了數十年之久而終不可得的那一小塊屬於自己的土地。釘樹之舉，除了對神樹的一份感情，還想激化矛盾，逼迫李金昌分田到戶，並趁勢推翻他悠久的統治。

李金昌坐在臺上，悠悠閑閑點起一支香菸。老子張都不張你鐵根子一眼，就立馬把你的五臟六腑看了個透。鐵飯碗不端，回村鋪蓋捲一扔就忙著四下串聯，要尋找甚的窮人的真理，知道你來者不善！這一年來人們的反抗，確使他心灰意懶。再一看鄉村實行責任制之後，幹部們照樣掌著村裏大權。雖說再也拿捏不住人們的生家性命，但麻煩也少了許多。蓋房批地計劃生育化肥農藥柴油地膜提留糧款等等，權力還是不小，照樣吃香喝辣，每年還有幾百的補貼。識時務者為俊傑。與其死把著大權不放，等著人們往臺下趕，不如退而求其次，趕緊分田到戶，尚能保住半壁河山。狗日的們已然挑事了，要當機立斷，不能再被動下去。

「鐵根子這倆問題是衝我這個當家人來的。」李金昌噴出一口濃煙，扶扶眼鏡，根不動梢不搖地接過鐵根子的話頭，「債是咋欠下的？按中央文件上頭的提法，叫做落後的生產力不適應先進的生產關係。不是集體化公有制不好，是咱的人跟傢伙不過硬，咱還不配！十六七的閨女穿件紅襖挺好看，你六七十的穿上就成了老妖精。集體經濟搞得好的，人家現在還在堅持。咱沒鬧好，吃糧分紅都上不去，還滿世界欠下債！這集體經濟的大紅襖穿在咱身上，咱就成了老妖精！中央左一個文件右一個文件承擔下責任，我不往上推。神樹底窮成這，責任在我李金昌！今兒不說這個，咱們專門找個時候該揭發揭發該批判批判！這事兒講清了，鐵根子提的第二個問題就好辦嘍。鐵根子的口氣是要換個法兒過，責任田口糧田，搞兩田制。這事兒鐵根子與許還不清楚，剛回來，我起根兒上就沒反對。分田單幹，勞力多的戶沒話說，勞力少的孤老病殘的就有意見。原本想一碗水端平，現在端不平。看來，也衹有先把生產搞上去再說其他咧。就這，我先表個態，大家夥兒都發言，咱今兒個能把這事定了盤子，連夜就研究分地方案。」

這一番話說得全場大眼瞪小眼，鴉雀無聲。連鐵根子都愣在臺上醒不過神兒。

二旦老漢站起身來，說：「金昌子，你這話可是當真？」

「嘖，你看你！這麼大的事情，誰還敢耍笑？」

老漢好像還是不相信，迷迷瞪瞪地又盤腿坐在青磚地上。

鐵根子忽然明白，他和全村父老兄弟正站在一個歷史的關頭。出於他目前尚不理解的原因，李金昌既然把主持討論的權力賦予了他，有權便把令來行！他清清嗓子，大聲說：「支書提議咱村也搞兩田制，我舉雙手同意！全國都搞了，咱村早就落後了。同意不同意，大家定出個意見。現在開始發言！」

神樹巨大的陰影下凝結著長久的沉默。

鐵根子掃視著戲臺下一雙雙愣怔無神的眼睛，不由得怒火頓生：「日㞗怪咧，咋一上會都啞巴咧？要是還想夥夥幹也說句話呀！」

石建奎老漢蔫蔫地說了句：「誰們還想夥夥幹？不就是金昌子嗎！他放話了，咱還說甚？」

李銀斗說：「人家先實行兩田制的一年就翻了身，有屎討論的！」

石昌林說：「底下早討論得不待討論了，誰心裏不是明鏡兒似的？實行也得實行，不實行也得實行。就這麼回事兒了，懶得費這吐沫，通過吧！」

「就這麼通過了？」鐵根子反倒有些悵然。這麼一件劃時代的大事，沒有鬥爭，沒有曲折，平平淡淡地就這樣過去了？「總要舉舉手啵？」

草珠子說：「舉手就舉手！——聽見冇，都把手舉起來！」

廟院裏高高低低舉起一片莊稼人的手臂。

「銀斗哥昌林子你倆數數！」

「還數甚？差不多都舉了！」李銀斗說，「鐵根子，你少來部隊裏那套假民主鐵根子！」

鐵根子回過頭對李金昌說：「實行責任制的事兒，可就算通過了！」

「通過了就好，抓緊把土地重新丈量一下，好賴遠近水旱搭配起抓鬮捏蛋蛋。這事兒就這麼過去了。」李金昌臉上風聲不動地繼續說道，「還有件事情得討論討論：你們把樹釘了，這三萬塊的窟窿用甚去堵？殺人償命，借債還錢，這是自古以來的王法。總不能說把地一分，這債就賴了啵？」

「把地一分，就按人頭地畝均攤。這能行不能行？」鐵根子試探著說。

「屎，這賬俺就不認！」老疤眼大喊，「是俺借來還是俺花來？」

「借是我借的，可花是全村花的。」李金昌冷冷一笑，說，「要是把我殺了能抵債，明兒一大早我就到法院去投案自首！」

老疤眼又喊：「反正都是公家的，就不興給狗日的們賴了！」

「賴是能賴，這麼點錢還不能把咱都抓去住了法院。」李金昌說，「可往後就不打算使化肥農藥地膜柴油甚的啦？就說這電業局，你欠他點電費還好說，乾脆賴賬了，立馬就能給你拉了閘。開春不澆地啦？麥秋大秋裏不打糧食啦？還是打算不點燈不碾米不磨麵啦？」

「那就祇有均攤，又不能去搶銀行！」鐵根子說。

「你先問問你爹幹不幹。」李金昌搭拉著眼皮曲掌弄指地估算道，「三萬塊攤到一百五十戶頭上，差不多是個二百塊，大戶還要多些。夥著還還不了，分開就能還咧？喊！」李金昌抬起眼來滿場一掃，見人們皆低頭不語，便提高調門斥責道，「嘴上沒毛，辦事不牢。你鐵根子回村，不分青紅不問皂白，可嚐五四就把樹釘了。你是想讓我坐蠟不是？好，我不坐蠟，你來坐蠟啵！你有本事，這爛攤子你來收拾！反正地也分了，我這個空頭支書也該歇息兩天咧！」說罷，拂袖而去。

場子裏就有人說，左不了還是夥夥過啵？那還是公家對公家！幾戶對兩田制心存疑慮的人家也趁勢站起悄悄往外走，還有人邊走邊念叨，分也好，不分也好，咋也得還債交皇糧……

此刻，鐵根子才明白李金昌多年的支書不是白當的。僅一兩回合，自己便被李金昌置於本來是他所一手造成的絕境之中。

鐵根子頓時覺得回到了那個令人恐怖的開闊地。……炮火急襲之後，連隊發起衝鋒。一個從未發現的雷陣驀然橫亙在面前。那些被炮彈削去樹冠的榕樹和相思樹木棉樹下，越南兵的機槍又開始噴發出長長的火舌。從小丘向滯阻於開闊地上的部隊射擊，有點演習中打靶的味道。鐵根子覺得死神那冰涼滑膩的手輕輕掠過後脖頸……有人滾向雷陣……又有人滾向雷陣……按照著戰鬥序列，最前頭的三班，整整十二個人，在一陣又一陣令人靈魂出竅的爆炸聲中，以血肉之軀開闢出一條生命之路、勝利之路……今天，他向神樹底腐朽的權力發出挑戰，卻無可挽回地闖入李金昌預設的雷陣！該他滾雷了。他可以滾雷。但他不知道該如何去滾雷……

「都別走，等等！」鐵根子看見趙家文站起來說，「我有一個主意還債！」

人們止住腳步，莫名其妙地瞅著副業隊長。

「大家夥兒還記得石龜馱煤山的傳說不？」趙家文環視著眾人，說，「咱村真的有煤！」

人們仍然泥呆呆地滿院子栽著，不相信會出現任何奇蹟。

「我娘說我家祖墳裏刨出過煤。我去掏了一擔，一燒，還真是。就到煤管局去找了兩個老同學來看，人家們在狐子坡上轉了大半天，說儲量還不小，按小窯的生產方式，起碼夠咱村掏上三五十年。煤層不厚，大概是個五尺煤，像我這個子進去要貓腰。但比起好些小窯的三尺煤來，那可是好得太好咧……」

「在甚地方？俺咋沒聽說過？」

「要真有煤，老祖宗們早就挖㞗光了，還會給咱留到今天？」

「你這不是日鬼咱們啵家文子？」

人們議論紛紛，將信將疑，開始有了點活氣兒。

「我娘說，早幾十年就挖出來了。我爺一瞅是煤，也沒敢吭氣，當下就叫人把口子封上了。我爺說，有個南蠻子路過咱村，沒盤纏了，跟他借了幾個錢。臨走，說俺也不能白受你的恩惠，俺會看風水觀天象，你有甚心事俺給你看看。我爺說你看看這村子往後有沒有甚的大磕絆。南蠻子說，十來年之後，大磕絆多了！我爺說，日本人不算？南蠻子說，日本人於你不利，不過蹦達不了幾天了。我爺就叫人把煤又封上一層，說留給兒孫後代啵，實在活不下去時候，挖出來不就是現成的錢?早幾天，我也在發愁這還債的事情，我娘就說，這可是到緊要三關的時候咧。──就這，大夥兒瞅瞅是不是煤……」趙家文打開平日出門總揹在肩上的那個舊挎包，兜底兒一擱，滾出幾十塊核桃大的黑亮亮的煤炭。「要是鄉親們信得過我，我就給咱挑頭開這煤窯。就是用手摳，用牛拉，這一冬下來也保證把債還嘍!」

人們默默地把煤塊搶在手裏傳看。

鐵根子從臺上直撲入人群，一把拉住趙家文，眼淚巴裟地就知道用拳頭擂，半天說不出一句囫圇話。

該他滾雷的時候，忽然有人從身後撲上來，奮不顧身地替他衝向雷陣!

*

士兵們大汗淋漓奮勇突進，終於把絞盤車護衛到廟東南河灘的開闊地上。

車停下來，蛋形的保護圈迅速收縮，緊貼在車的周圍。

鐵根子知道，這是抵抗衝擊最為有利的陣勢。──要硬幹了。環顧四方，不見趙家文身影。鐵根子就說，這回，該我去滾地雷了!他緊握著家文娘瘦細的胳臂，囑咐道，大娘，可不敢過去，看把您老擠壞了。我要去辦點事情!甭大聲叫喚，俺的耳還不背!瞎老婆子說，你快走，人老了是累贅。家文媳婦，咱往前去。俺活夠咧，今日就是俺的死期，俺知道……

鐵根子隨手撈住一個神樹底的後生，說，大娘交給你了！出了問題我找你算賬！然後分開人群，爬上一塊半人高的大石，用帶著濃厚晉省口音的普通話朝著人群大喊：

「停一停，不許拽樹！部隊的弟兄們，鄉親們——不管是山西的還是外省來的鄉親們，我叫鐵根子，是本村村民委員會委員，黨支部副書記。我代表神樹底村民委員會跟黨支部，有幾句話要跟大家說！」

人們停止了喧嚷，將有所期待的目光投向他那張年青英俊的臉膛，靜聽著他那緊張且略顯拗口的普通話。

「天是人民的天，地是人民的地。神樹底村委會，作為中華人民共和國的一級政權機構，特此宣告：沒有各級政府批准，擅自破壞國家財產，破壞革命歷史文物，是非法的！」

——好！幾千人的歡呼聲和掌聲震動著大山，在小小的山谷盆地中久久回旋。

給，用這個講！有旅遊團的人遞給他一個手提喇叭。

「大家看，」鐵根子一手舉起喇叭，一手指著那鬱鬱蒼蒼如山似峁的神樹，熱烈地說道，「這棵古樹和我們同甘共苦已經好幾百年了。一位大作家這樣寫道：『神樹是歷史的見證，還是歷史參與者。它不僅在靜聽著我們草民百姓的生死和哭，而且，我們農民苦難深重的歷史，也在它身上留下了遍體傷痕。』這話是一點兒不假！怎麼說？——日本人用機槍小炮打過它，用火燒過它，大煉鋼鐵砍過它，我們窮得活不下去還賣過它。它身上，有農民起義軍的血，有八路軍的血，還有我們村抗日老英雄——我的一個本家爺爺的血。我們哭，它也哭。我們笑，它也笑。有人說，他們是來砍一棵樹。說得倒輕巧！大夥兒說，這就是一棵樹嗎？」

不是！人們發狂地吼。

李金昌趙家文這兩代支書也被鐵根子的演講所鎮懾。長期開會練嘴，他們自以為是一流的「說家」。但鐵根子沛然的正氣和勇敢使他們暗暗折服。

神樹底的鄉親們從未聽過鐵根子講這洋腔洋調的普通話，一時間裏，他們覺著鐵根子變作了另一個人。某種在面朝黃土背朝天的艱辛勞作中已然磨損、在柴米油鹽的庸碌生活中已然枯槁的高貴魂魄，在鐵根子的話語裏迅速生長出旺盛的綠色。

「對，這不是一根樹！這是我們的村名，是我們的歷史，是我們的生命我們的魂，是我們的一口氣，是我們的一口剛骨氣！」

好啊！說得好啊！人們被感動得如痴如狂。

鐵根子已經完全進入忘我之境，剛開始的那種拿腔做調的生澀了無影蹤。「現在，我代表神樹底全體村民發誓：人在樹在！誰要想用武力砍倒我們的神樹，我們就……絕不答應!」

絕不答應!人們齊聲吶喊,外鄉外縣外省的人都一同舉起了拳頭。

家文娘無力吶喊,祇是把不拄杖的左手捏成拳頭,顫巍巍高高舉起。老人乾枯的眼窩裏,泛起兩點潤澤的淚光。

老疤眼被感動得老淚縱橫,在人叢中大叫:「好小子,是咱趙家的種!」他奮勇擠到大石邊,一時爬不上去,急得舉起一把钁頭高喊一聲:「哪個龜孫再叫喚砍樹砍樹,咱就破出老命敢跟他拼嘍!」

武斌緊張地給鐵根子拍照。每撳動一次快門,心板上就印下一幅英姿勃發的定格。他又開始心慌氣短。沒想到,這個楞頭青復員兵對你寫的那幾句話竟有如此深切的共鳴與闡釋!你頓然領悟,眼前所展開的,不僅是一個悲愴神奇的故事,更是一個壯麗的故事。我的神樹底,我結識了四分之一個世紀的神樹底,你從來也沒有像此刻這樣輝煌!你很想講話,很想和鐵根子並肩站上那塊大石。但是,勇敢要付出代價,有時要付出高昂的代價。不錯,你要謹守歷史的目擊者和代言人之自我定位,但是否也缺乏鐵根子那份無私無畏的勇敢?在作家之中,你以敢言而著名。現在你終於明白,那不過是一種保過險的勇敢。種種打「擦邊球」的技藝,稍有越軌而遭致的有限批判,都使你披上了反抗者的光環而又不必真正被推上流血的祭壇。鐵根子，我的好弟兄，你腳下的那塊大石才是一個真正的祭壇！

「特種兵的弟兄們，我最後再給你們說幾句過心的話……」

——砰砰兩聲槍響。

團長站在卡車引擎蓋上揮舞著手槍大吼：「停止煽動！再動搖軍心我立即處置了你！」

鐵根子甩開巴掌在胸膛上一拍，哈哈大笑：「老子上過戰場！伙計，你別用這小手槍來嚇唬人！」他一手緊握喇叭，一手直指團長，「是誰把軍隊開到咱們和平的咱們村？是誰向咱老百姓開槍威脅？鄉親們，弟兄們！大家可是看清了吧？」

看清了！人們齊聲應和道。有人高叫：把狗日的槍下嘍！

「不許亂來！」鐵根子呵斥道，「弟兄們，我參加過中越邊境反擊戰，立了個二等功。這不是我的功勞，是那些犧牲了的戰友的功勞。我們連奉命攻占一個無名高地，一個小山頭，連山頭都算不上。一個班的戰友滾了地雷……我是踩著他們的鮮血和斷胳臂斷腿衝上去的……那一仗之後，我懂得了甚麼叫軍人的榮譽。軍人的榮譽就是戰死沙場，就是去堵槍眼兒，滾地雷，把和平留給祖國和人民！」鐵根子講得熱血沸騰。他高高舉起的手臂，像一面繡滿彈洞的軍旗，像一把直刺青天的長劍。「把槍口對著老百姓，天下有沒有這號子弟兵？執行這種命令，你們心裏頭愧呀不愧？」

沒有歡呼，祇有掌聲像漳河的流水蜿蜒不息。

許多兵悄悄低下了頭。站在卡車踏板上的青年軍官也默默垂下眼睛。

鐵根子充滿感情地向士兵們呼籲：「弟兄們，命令有各種執行法。把樹給我們留下！我們永輩子忘不了你們！」

在格外熱烈的帶著策反意味的掌聲中，團長瞥一眼二營長，爬下引擎蓋，直接向司機命令道：「開始！」

鋼絲繩開始收緊……

鋼絲繩所穿過的青石雕花山門，像兒童積木一樣被繃緊的鋼絲繩輕輕掛倒……

鋼絲繩無聲地蕩上半空……

上啊！龐大的人群吶喊著向軍人們的警戒圈猛衝。

砰砰砰！又是幾聲槍響。

被激怒的人群根本不顧軍官們的厲聲警告，祇是不要命地往前撲。如山洪拍擊土堤，兩三個浪頭漾過去，裏外三層手扣手的人牆頓然崩潰。

迷彩服迅速消溶於雜色之中。

人們衝到車前，撲上那快要拽直的鋼絲繩。有人拽，有人掣斧便砍，老疤眼則把他手中的钁頭別進絞盤。鋼絲繩不可阻擋地漸漸拽直。一切皆無濟於事，結實的榆木钁柄被絞得粉碎，連鋒利的斧頭也砍捲了刃。一聲怒吼，人們乾脆把站在軍車左右踏板上提著手槍的兩個軍官亂拖下來，隨手扔進身後的漩渦。引擎終於停止。司機看見他四周玻璃上都貼滿了大張的嘴和可怕的眼睛。

被瓦解的一連特種兵在漳河對岸慢慢聚集起來。士兵們疲憊不堪地坐在地上抽菸擦汗。幾分鐘之內，從平田方向又開來幾輛滿載士兵的卡車。重新集結整隊之後，士兵們排成四列縱隊，衝過漳河上的小土橋直撲絞盤車。老百姓們也學著軍隊的樣子手挽手阻擋著他們前進的方向。但在訓練有素的軍隊面前，特別是在新開來的士兵們凶神惡煞的衝擊下，人牆很快就被切開。軍隊重新控制了絞盤車，再次建立起鋼盔閃光的人牆。

馬達轟鳴……

鋼絲繩的巨大長弧漸漸繃直……

在巋然不動的軍隊面前，人們停止了無望的衝擊……

事情終於無可阻攔地就要發生……

綴滿白花的樹冠內部，顯然發生了某種變形……

陡然高漲的引擎聲中，樹冠被鋼絲繩拉曳得慢慢偏斜……

武斌舉起照相機，準備拍下神樹最後的時刻……

啊！——幾千個喉嚨同聲驚嘆——宛若一根巨大的釣魚桿輕巧一彈，神樹又挺直主幹，恢復了它緘默的莊嚴。

那輛奇形怪狀的絞盤車，就像一條出水的大魚，頓時被拽出十米開外，橫倒在滿布砂礫的河灘上。

當武斌扭回頭來，這奇妙的一瞬已經結束。他看見的祇是翻倒於煙塵中的大卡車，十四個車輪還在自由旋轉。士兵們手臂相扣的人牆蕩出了一個大缺口，被撞開掃倒的軍民躺了一地。

一頂染血的鋼盔壓彎了一小叢藍色的山菊花。

對峙消失了。軍人和百姓一齊奔過去搶救傷員。五名重傷員被人們抬上軍車，火速送往平田鄉醫院急救。趙家文留心一下，其中有三個士兵，兩個外地香客。兩名士兵被車輪碾過軀幹，當場氣絕身亡。十餘名輕傷大都是平民，正在用軍隊的藥品進行簡單包紮。

在一片忙亂之中，團長向在平田督戰的師參謀長報告情況。看樣子沒有任何通融的餘地，放下耳機再次組織部隊。幾十個士兵把絞盤車擱起來立正。頭上裹了繃帶的司機放鬆鋼絲繩，把汽車倒至漳河邊的土橋頭。士兵們解開車後的備用鋼絲繩，把絞盤車跟橋頭的石岸連接在一起。人們這才明白：這支得了死命令的部隊，將不惜一切代價，一定要在今晚拉倒神樹。人們看看神樹，又看看怪模怪樣的外國軍車，茫然不知所措。一切稀罕得不可理解！一棵樹！就為了這一棵長在窮鄉僻壤的老樹！

因為軍隊付出的慘重傷亡，也因為軍隊的克制，人們看來已經失去了繼續抵抗的意志。當絞盤又開始轉動之時，對抗變成了圍觀。軍民混雜而鬆散地站在一起緘默無言，祇有神樹底的人們還擠站在車旁，等待著神樹無可挽回的最後的毀滅。

鋼絲繩又一次繃緊。由於絞盤車已與石岸連成一體，神樹祇有偏倒樹冠，向不可抗拒的力量緩緩屈服。

兩聲輕響……

——第一聲是神樹發出的似乎就要折斷的聲音……

——第二聲是尖銳的嘯音……

一道黑色的閃電凌空掃過……

聚在車旁的人們應聲倒地……

拉斷的鋼絲繩像長蛇一般蜷曲在地上顫動……

趙家文老疤眼等十餘人負傷。家文娘與一瘦小警察皆傷在頭上，當即死亡。

來弟大娘安詳地撲臥在地。趙家文顧不得疼痛欲斷的手臂，輕柔地將母親翻過身來。鮮血染紅了老人的滿頭銀絲。

*

陽婆磕山了。

陽婆低懸在西山尖上，像一朵燃燒的山丹丹。也許這就是秋天裏最後的山丹丹了，於是格外溫柔，格外美麗。

晚霞在神樹高高的樹巔悄然熄滅，藍色的暮靄從山谷裏迅速蒸騰而起。成千上萬的紅嘴鴉野鴿麻雀黃鸝從四方歸來，熱鬧一陣兒。再過一會兒，無以計數的大蝙蝠又紛紛從棲息的樹洞裏翻飛出來，在暮色中連成一條彎曲變幻的漫長的黑線，向神秘的無人知曉的遠山飄去。靜謐的太行之夜開始降臨。

今夜沒有炊煙。

*

無線電波在蒼茫暮色中講述著一個不可思議的故事。

以師參謀長親自指揮的一團特種兵部隊從平田向神樹底全速開進。軍車早已無法行駛。大路上浩浩蕩蕩行走著附近十里八鄉的山民。大多是去瞧熱鬧。也有不少神色肅穆的男女，不理會緊急的喇叭聲和軍人們的叫罵。這樣，每輛車前面都須得軍人步行開道。將近村口，對軍隊的攔阻變得露骨而強悍。參謀長遂命令棄車步行，以連為單位向神樹底強行開進。當被群眾隔阻得七零八落的部隊終於在河灘上重新集結之時，天已黑盡。先前抵達的十來輛軍車背靠漳河排成一列，大亮車燈，把神樹廟前的開闊地照得亮如白晝。一千多人以車輛為核心，圍起一個略呈方形的圓圈。然後再派出一連士兵，揹著鋼絲繩向神樹廟突進。

其時，從公路上，從四面八方的山頭山溝以及牧羊的山間小徑流進神樹底谷地的鄉民早已逾萬。黑麻麻的人群同仇敵愾，把軍隊密不透風地團團包圍起來。不要說想到神樹上去繫鋼絲繩的一個連隊，就是整團人馬也休想挪動一步！

參謀長是一位少壯軍人。他手持話筒爬上車頂，向四外眺望一番，嘴角抿出一個輕蔑的微笑。「靜一靜，靜一靜。」廣播車上的幾個大喇叭傳出他沉著的喊話。他的聲音不大，唯其如此，更顯出權力在握的從容不迫。

在他有力地期待下，黑麻麻的嘈雜聲漸漸止息。

他環視著人群，低沉而威嚴地開始講話：

「最近以來，神樹底少數壞人，把大樹開花的自然現象別有用心地偽稱為神跡，非法聚眾，公開宣揚封建迷信，惡毒攻擊黨和政府，大肆斂聚錢財，已造成一定的社會動亂。各級黨和政府曾對此加以嚴厲警告，但是，神樹底一小部分壞人卻以我們的克制為軟弱，煽動不明真相的群眾，對我執行任務的部隊圍困攻擊，造成嚴重的傷亡。

「為此，我部根據上級命令，進駐神樹底，迅速恢復社會秩序。如果繼續頑抗，我部已被授權自行處置！」

哦！士兵們情不自禁，發出經久不息的狂熱的歡呼。

這種無一字廢話的書面語和嚴重的口吻比槍聲更尖利地刺入人心。

「……為了避免衝突，減少誤傷，我們呼籲神樹底領導立即出面解散對部隊的包圍，協助部隊完成任務，戴罪立功，爭取寬大處理。請圍觀的群眾立即散開，回到自己家裏。十分鐘之後，部隊開始執行任務，將無力保證你們的人身安全。」

軍心大振。在群眾的強大壓力下始終惶惑不安的士兵們都抬起了頭。鋼盔下，一雙雙眼睛閃閃發光。

米鄉長和幾位鄉幹部轉身就走。

山民們還沒有離開的意思。知道神樹底的事情鬧大了，但有些人對喊話尚不能完全理解。

「自行處置？甚叫自行處置？」有人大聲問道，「瞅這架勢，舞槍弄炮的，怪嚇人的不是？」

「喊，自行處置都不懂？自行處置就是想咋就咋唄！」

「瞅你們這些土牛木馬！」明白人這樣說道，「自行處置就好比是古時候的尚方寶劍，不問所以，想殺就殺！沒聽見人家說的：小心自家的生命安全！」

「咱這兒起碼沒萬數多人，他還能想殺就殺？」

「殺你這些土老百姓還不是白殺！前幾年軍隊勤王，那是京城大地面，人不比你多？」

「那年是學生造反，那還不殺！咱造反來？」

百姓們正在議論紛紛，軍人們正在不斷看表，一陣若隱若現的歌唱聲從神樹下傳來。人們都莫名其妙地緘口靜默，聽那歌聲在夜空中漸漸明亮起來……

鐵流兩萬五千里，

直向著一個堅定的方向。

苦鬥十年，

鍛煉成一支不可戰勝的力量……

第七章

第一次響槍時，三個人正在野雞嶺陰坡上種樹。

建富老漢跟和尚爬上山巔，向村裏眺望。看得見車輛和如蟻的人群在河灘上聚成一團。渾身披著長毛的大黃就衝著山谷裏不共戴天地咬。和尚說，俺聽見是兩槍。建富老漢說，我耳背，像是兩槍。擺開這架勢要做甚？和尚說，像是要拽樹，不礙的吧？建富老漢說，你問我？和尚說，不問你問誰？你是樹神。你還拿我耍笑？建富老漢摸摸心口，我瞧狗的們辦不了事，心裏一點也不慌。……是兩槍啵？你聽清楚咧？俺聽清楚了，是兩槍。兩人就返回去給二子說了一句，接著種樹。秋天是植樹的好節令。還有萬數來根柏樹苗要趕季節栽上。

第二次響槍時，三個人正在灶房裏做晚飯。活兒一忙起來，和尚就饑腸轆轆。雖說該是過午不食的，也要夾兩根鹹菜，喝幾口稀粥。

先是大黃吠叫，兩人就又走出窯門，聽。祇有晚風輕清梳過暮色中的秋林。

是四槍？

是四槍。

要有事兒呀。

下山瞅瞅去？和尚盯著石建富滿臉的茫然。

瞅瞅去？石建富瞥和尚一眼，回頭跟二子說，你先吃啵，我倆去去就回。

村裏一片兵慌馬亂。

＊

聽說家文娘被鋼絲繩打死了，兩人便直趨趙家樓。

人臨時停在一樓客廳的大沙發上，蒙了一張藍花格子床單。

趙家文正紅著眼，給省地縣委打電話告狀，家文婆姨跟幾個女人忙著準備給老人替換壽衣，沒人顧得上招呼他倆。和尚見狀，便肅立在側開始低誦為死者超生的經文。

建富老漢走出樓外，仰面望天。說走就走了，來弟，你走得好利灑！遲暮的天空一片蒼茫。高樹在若有若無的晚風中翻動葉片。樹長大嘍！老漢看著院子四周的幾排加拿大楊，感慨萬端。比樓都高出半截了！可不，有十來年了。要是立地條件再好些兒，傍渠依河，十年的楊樹就該成梁嘍！白楊樹青灰色的樹幹偉岸峻拔，把樹梢高舉到遼遠的迷惘之中。一股小風掠過，枯黃的樹葉紛然墜落。待飄灑下來，已幻化為冰涼雨滴……

＊

下雨了，快快……

石建富仰起臉，覺得砸下來幾點冰涼。

人們一陣忙亂，把擺在院裏的幾桌酒席往剛落成的小洋樓裏移。

石建富已栽到了後院。心說再有十幾棵，這一院的樹栽子就插完了，就又低下頭，把焊了踏腳鐵條的火柱踩進土裏。再拔出火柱，把樹栽子插進去，踩實。早春天氣，犁牛尚未走動，草芽兒還沒綻綠，正是種樹的節氣。這些年來，他種樹的技藝已入化境。不管甚麼樹，也無論甚麼季節，祇要一過他手，種下去就活。村子裏辦喜事，諸如娶媳婦過滿月暖新房等等，定要請老漢赴宴喝酒。雖然他早已隱居山野，不問世事，但人們總還是忘不了他。盛情難卻，也是隨緣，便提起火柱，揹上一捆樹栽子回村來。酒足飯飽，就在主家宅院四周杵遍拇指粗的窟窿，插滿樹栽子。他的樹栽子用自己發明的黃連水浸泡過，講不出道理，但一栽就活。來年春天，他喝過酒的那宅院必定桃紅柳綠，一派盎然生機。幾年下來，村莊漸蔥蘢起來。登高一望，竟隱在一抹平和的綠意之中。多年前，自從來弟向他挑明心中忍受的那些不情願，他便心冷如灰，自此再不登來弟家門。又是許多歲月過去，人老了，心裏的怨忿也慢慢化為一種人生的悔恨。為趙家新建的小洋樓，他早就準備好了加拿大楊樹栽子。從山上回望村子，看不見來弟母子低矮的小土房。看不見就好，看不見就好……而趙家小樓就像羊群裏的駱駝，突兀地聳立於土房綠樹之上。加拿大楊長得高，也長得快。他要恢復他心中那一片寧靜的綠意。

他覺得有人輕輕走到他身後。

他覺得來弟輕輕走到他身後。

果然有人說：是建富大哥？……下雨咧……

他吃力地將火柱拔出，插進一根樹栽子，用腳踩實。嗯，這就栽利索咧……

一片紅光自腦後罩上來。他覺得雨點沉重地有了音響。

他回轉身，看見了許多縱橫交錯的皺紋。

這些年來，你還好？俺的眼神兒是不濟咧！

奔七十的人啦，還有甚好不好？活一天還能栽幾根樹，甚時候栽不動樹嘍，就刨個坑睡進去，叫和尚把我埋了！……下雨天栽下的好活。你回啵，再有一霎霎就利索咧！

可不，下雨天栽下的好活。想栽你就接著栽，俺給你打著傘。

石建富又栽了一棵，額頭上沁出了細汗。就直起腰來，央求道，走，你走啵！栽完了我就去喝酒。

是嫌俺礙事哩？來弟大娘說著收了紅塑料傘，往牆根一靠，調轉屁股走了。尾巴毛都白了，越老越精怪！

誰們越老越精怪？一人吹笛兒兩人按眼兒！他奮力把火柱踩下去。

一陣鞭炮的炸響。是開席咧？他想，就有一絲兒淡淡的硝煙味鑽進鼻孔。他出神地又想：

那炮仗是趙家放的，那槍是我放的……

＊

你曾說，你永不會忘記那個狂歡之夜。沒想到，接踵而至的仇恨和殺戮關閉了回憶之門。多年之後，祇是當你的年輪已經蒼老之時，你終於再一次走回那個勝利的黑夜與黎明……

哐哐哐哐哐哐……是誰在狂踢你家院門！你婆姨還在迷糊，你已經抱起長槍滾下炕。建富子，建富子，開門來！哐哐哐哐……你聽出是村長犟黑牛。以為有緊急軍情，趿上鞋光著脊梁便衝出去開門。

犟黑牛當胸一拳，大叫：「建富子，俺日你祖宗！——小日本投降咧！」

「你說甚？」你完全懵了。

「投降了小日本！總部才剛從話匣子裏頭聽見的！……你聽，平田都鬧炸了！」

在浮蕩著山菊花濃鬱藥香的夜空中，飄渺地漾來鑼鼓鞭炮的微響。你臉逼臉地瞅著犟黑牛。月光下，他的一雙牛眼瞪得雪亮。你大揹起槍，提上鞋跟就往神樹廟飛跑。

大鐵鐘撞響了……

你奮力推動鐘杵，把鐘聲搖向沉睡之中的無邊太行。那勝利的鐘聲熔化了你的肌膚，熔化了你的靈魂。你覺得自己已化作大鐘，化作悲喜交集的鐘聲在無涯的黑暗裏放聲哭泣……

村莊從睡夢中驚醒。人們提起褲子，披上衣裳就往外跑。有些搭著被子又準備跑反的人，一聽「小日本投降了」，便一屁股歪在地上放聲大哭。年輕的後生妮子們，又蹦又跳喊啞了嗓子。村裏八音會的人們，發瘋地擂起鑼鼓傢伙。有國旗的人家，紛紛掛出了青天白日滿地紅。孩子們列隊遊行，點著小燈籠敲打著鐵盆。傷兵們跟醫院的女護士們舞動繃帶被單兒跳起了秧歌。報社的人連夜出號外。趙家在院門口點燃了幾大掛鞭炮，在驚天動地的爆炸聲與喝彩聲中，犟黑牛像舞龍燈一樣耍起一面大國旗。那隨風飄蕩的硝煙和那挑著竹竿在硝煙裏傻笑的來弟使你暈眩，你摘下大槍，朝著秋天深邃的蒼穹連放數槍。於是來弟瞅見了你，在亂人叢中不露形跡地向你游來。悲喜交集的人們沒有看到你倆的手指纏綿地交握在一起，也沒有看見你倆擁抱著走向夜的深處……

你倆急不可耐地互相揉摸著……

小路彎曲顛簸……

在雙奶泉邊邊開滿山菊花的草灘上你倆摟抱著滾倒在地你不用摸索便準確地直入小溪的源頭你感覺到那小溪溫柔的流動分不清是溪水還是泉水在耳邊呻吟……你覺得背上的步槍磕打著你屁股，槍帶硬硬的使你胸前的肌腱感受不到來弟那高聳的奶子你把槍從肩上摘下一邊還片刻不捨地挺立在溪流之中。卻是她一縮，翻身坐起脫出另一條白生生的大腿晾出了通體潔白。你祇有一條短褲你沒有衣裳可以像往日那樣給她鋪墊祇好看著她又裸仰在山菊花叢中。月色之下黝黑的花叢勾勒出她成熟的胴體。那些開得正盛的八月的野菊花紛紛從她耳邊腰際腿根探出花冠你沒料到她會如此完全地呈獻渾身戰慄著沿那花徑再次進入。戰爭的勝利使你得意非凡你儼如一位久經沙場的勇士躍馬橫槍在戰陣中左衝右殺。戰馬與你合為一體在你胯下奔騰跳躍任從驅使……她被你衝擊得在花叢中亂轉無力地掙扎應和噯聲連連。被蹂碎的山菊花流出衝天芳香那濕漉漉的眩暈之中你們放浪追逐……喘息初定，你俯臥在她身上抿著她耳垂開始一個萬古常新的討論……

「咱倆個……俺肏你在哪天？」

「那個打麥子的大晌午，」你覺得她在你身子下倦倦地扭動了一下腰肢，「那年俺十五。」

「打麥子……不對啵？」你認真地回想，似乎全然忘記你還在她溫軟的溪流中舒緩游動，「……那幾天下過雨。」

「咋下過雨哩？下過雨咋打麥子哩？」

「也是啊，下過雨咋打麥子哩？」你使勁地在她腮上親一口，疑惑道，「可要是沒下雨，蘑菇咋就發起來咧？」

「甚蘑菇？……真本真是個壞種！」就情意綿綿地遞給你尖舌頭。

你囁住她舌頭不放，漸漸又開始大動。幾個回合之後，你緩下來，問道，「那晌午，你咋不回哩？」

「俺乏咧。」

*

這妮子，剛攤開場倒說乏咧！

爹，來弟拖著嬌聲，連著割了幾天麥子，就不興叫人家也歇個晌？

來弟爹看了石老蔫一眼，說，那好，就跟你老蔫伯做個伴兒。爹給你把飯捎來。

麥秋裏，家家都趁著毒日頭趕緊打場。就怕一場忽雷雨，麥子搶收下來卻吃不進嘴裏。神樹底依山傍水，平整點的地勢都蓋了房，各家各戶的場便散布在村邊的礫石河灘上。墊上一層黃土，灑上水，再用石碾壓實，就成了一個圓圓的大煎餅似的麥場。看好天氣，大清早就把麥捆攤開，曬一曬翻一翻。半後晌天，麥子乾透了，就套上牲口碾。碾一碾翻一翻，漸漸地麥粒都漏到下面。陽婆一坐山，不待潮氣上來，就用三齒桑叉挑去浮頭的麥秸，再用推板把麥子聚成一堆。吃罷晚飯，點起馬燈，場上就鬧熱起來。漢們嗡隆嗡隆地搖起一人多高的大扇車，婆姨妮子們抱起大簸箕在風口上溜麥子，耍孩兒們在新麥秸垛上翻滾跳躍。六七尺開外，麥粒流成一堆，而麥殼麥草灰土則隨風而逝。三更天，歡歡喜喜扛著一袋袋溫熱的新麥回家。秋種夏收，莊稼人這小一年的辛苦才算有了結果。

兩家的場靠在一起，場上的活計也不分你我，處得親近。石建富走了一箭之地，把來弟父女的對答記在心裏。等來弟爹一拐進村，便跑回來把爹也日哄回家。其時，石老蔫已是半個瘋癲，乖乖的，婆姨兒子說甚是甚。

四下沒人了。知了卻瘋叫著，令人心慌意亂。

你躡手躡腳走到樹陰下。

來弟真乏了，把草帽往臉上一扣，斜倚在大榆樹上沉沉睡去。兩條腿微屈著，繃得屁股渾圓。汗水打濕的小汗衫塌在胸前，生生鼓出兩個剛剛長成的小奶子。你看得心癢難耐，胯下濕成一片。痴痴的，不明白兩年前在高粱地裏還摸揣過的生澀可憐的小奶頭，竟在不知覺間生發得如此動人心魄。你輕輕撩起小汗衫，想跟過去那樣，半真半假地一把捏住她奶子，努足勁試了好幾回，心虛膽跳地也沒敢上手。你祇好捏了一撮麥殼子，掀開汗衫，撒在她身上。在那一瞬之間，你看見了兩個雪白的蘑菇和兩顆紅豔的桃花蓇朵。

來弟媽呀一聲坐起來，一見是你，罵道：起開，妨主貨！閃開，敗興鬼！然後背過身撩起衫子往外抖。

你趕緊從水罐裏倒出一股山泉水潤濕了手巾，給她遞過去。

她一把奪過，又轉身去擦。擦來擦去擦得冒火，揚手把濕毛巾朝你臉上一摔，哭腔地說，都粘在衣裳上咧，這咋擦得乾淨！

你看見她的洋布小衫衫更濕了，一驚一詐地問：來弟，甚時候下雨來？

甚哩？她驚愕不解地瞪著你。

沒下雨？咋蘑菇倒發起來咧？你也驚愕不解地指指她奶子。

來弟那俊俏的小臉頓時緋紅。你鬼說啵，壞種！

這雨還下的不小哩！一見她臉紅，你便接茬兒說，咋俺這根竹筍也直勁兒往上頂？

來弟這回沒話了。

讓俺瞅瞅這嫩蘑菇！你靠過去，摟住她就要摸奶子。

她死命掙扎，雙手緊緊護在胸前。你乾脆就勢把她翻倒在地。

樹上的知了不叫了。河谷裏頓時靜下來。

你親著她耳垂，恨聲問道，咋啦來弟？前二年還叫摸哩……

她掙個不停，你就用傢伙往她下面亂頂。她拼命跟你扭打，一小會就使盡了氣力，豆大的汗珠兒從額上滾下來。你終於頂對了地方，便穩穩地硬頂著不鬆。她喘息著說，建富子你這壞種，俺可真惱呀！你說，想惱就惱啵，由你！就拽開她褲帶把手插入。漸漸地她不再掙扎，漸漸地她把臉勾下，忍不住緊緊貼在你頸上，咬住牙渾身顫慄……你騰不出手來甩一把汗，眼睛殺得生疼。手濕透了，褲子也濕透了……你發瘋地褪下她褲子，將全身的重量猛壓下去……來弟，你就讓小哥哥這一遭啵……她軟癱了，晶亮的眼淚冒出來。來弟，你別惱呀來弟……看有人，她嗚嗚地哭出了聲……來弟沒人俺的親旦旦……

＊

「眊都不眊一眼，你咋就知道沒人？」

「俺早看好了地形：山上幹活的人看不見，有樹。村裏的人也看不見，出了村還有小半里地的走。你不是也早就看好地形了？」

「俺慌得，哪還顧得上！」

＊

你放心大膽地洞入。她眼一閉，喉嚨裏哼一聲，痙攣地向後仰起頭……她迎著你挺起尚未完全長成的桃花奶……在火熱的擠壓中，她的小蘑菇熔化了……

來弟爹拎著黑陶飯罐子匆匆趕來時，你已經假惺惺地在來弟家的場上翻曬麥子。

嗨，這妮子！來弟爹滿臉堆笑地說，咋還勞動人家你！大晌午天的，也不歇歇！

放羊砍柴，這不是捎帶的活計！你像做了賊一樣不敢正眼瞧他，祇是低頭用三齒桑叉使勁挑麥秸。

來弟，吃飯咧！

來弟仍舊蓋著草帽一動不動。在知了一陣緊似一陣的鳴聲中，汗水沿她腮邊悄悄往下掛。

嗨，這孩兒，瞅熱成甚咧！來弟爹輕輕把飯罐子蹾在她身旁，操起把桑叉跟建富子一搭幹。

你爹哩？

才剛換他回家吃飯了。

今年的麥子不賴。

今年的麥子不賴。

照這二年的光景過下去，冇兵冇匪，風調雨順的，咱也就知足了。

可不。風調雨順的。還咋？

老人們總喜歡講康熙爺咋，乾隆爺咋。叫俺說，就照他們講的那，這幾年比起康乾盛世也不差甚！

要是這地租再輕點嘛！

要是再有上自己的幾畝好地嘛！

＊

「你算是有房子有地了如今！」你恨恨地說。

「那也是人家趙家的。咱是丫鬟帶鑰匙，管事不當家！」靜默片刻，來弟又說，「咋就說開這些咧？要肏今兒就美美地肏！」就又別又挺地把你整得興起。

你摟緊她使出真力猛砸地皮。她兩腿間滑膩的出入聲和屁股下草汁的壓擠聲勾魂攝魄……當她昏厥一般向後死命勾頭，當她像一張繃緊的弓向你射出一對翹奶子，你燃成一團死亡的火焰，在最後的爆燃中轟然滅絕……

你望著星空你覺得她早已如星空遙不可及。今夜的死肏，仿佛暗合著某種預感。近幾年來，你們越走越遠。不管她怎樣脫得精光怎樣在你身下放浪，任何一種聲音和動作，都使你猜想她在犟黑牛那粗壯身胚下的模樣……

她輕環著你脖頸俯在你胸上小憩。

你摸著她溫柔的屁股忍不住問：「犟黑牛咋摸你咋肏你來？」

她倦倦地說，「嗨，能咋？婆姨跟漢。」

「俺要是有千頃莊子萬頃地，俺就是你漢！」

「還總管說那些，這是命。」

「是屎的個命！這是階級！」

「甚喚個階級？那是人家祖上留下的產業，黑牛這人又能死受。」

「起屎開！這階級的事你也懂？」你一把將她推開，奮身坐起，「憑甚麼村裏最好的地是他趙傳牛的？憑甚麼村裏最好的妮子也是他趙傳牛的？——這就叫階級！」

「俺爹是甚階級？」來弟也急了，「俺聽上你的，尋死覓活跳井上吊，急得俺爹把老陰陽尋來，當你面占了一卜。紅嘴白牙，你敢說這就叫階級？」

你冷眉森眼地說：「窮人就得向著窮人，狗不能往外咬！」

「這是說的哪裏的話！建富子，俺正思謀咋跟你講，咱倆遲散不如早散！俺是人家明媒正娶的婆姨，雖說是做小，黑牛待咱不賴。這些年俺破出天大的膽跟你打伙計跑黑道，不落好。階級就階級！俺一個女人家，俺總得顧住一頭。從今往後，咱們大路朝天，各走一邊！」

「話講到這兒就算啦。往後咱也不去高攀人家趙家二奶奶咧！」你套上短褲，提起露水濡濕的步槍。

「建富子，你給俺回來！」你看見她立在水邊，淚水在熹微晨光中閃亮。「給俺洗洗……」

你鼻子隱隱一酸，走過去撩起泉水給她抹背。她寬大豐碩的屁股永遠令人讚嘆。你忍不住說，「看那屪子，看那屪子！」

她淚光一閃，微微一笑。

你看見綠色的草汁印滿她白嫩的屁股和脊背。

你猛然記起她特意脫得一絲不掛，冷笑一聲問道：「怕弄髒了衣裳不好跟你男人交代？」

「咋？咱們受用過了還得往人家臉上撒灰？」

你停了手，在她屁股上拍了兩下，「這臉，你給他洗啵！把屄也洗嘍！」

她定定地瞅著你，輕聲說：「建富子，你有一股殺氣。」

你彎腰提起槍，揚長而去。

你聽見嗵一聲。你知道她跳下了清晨浸骨的泉水。

你光著脊梁綠著膝蓋，揹起長槍揚長而去。你聽見身後有人在輕聲唱：

豆角角開花抽了筋，
打伙計實在太傷人。

白蘿蔔開花空了心，
哥哥你不要昧良心……

你一愣怔，不禁停了腳步。但遠遠地又聽見通宵不息的鑼鼓，終於向村莊大步走去。

戰後的第一顆啟明星在藍幽幽的天穹上閃亮。

＊

你有一股殺氣。

是哩，我是有一股殺氣。

幾十年的事，像夢一樣在眼前一閃而過。一夢套一夢，夢中夢。建富老漢看著他剛剛插下的楊樹栽子，看著來弟靠在牆根的大紅塑料傘，看著淅淅瀝瀝的春雨，這才明白是在給家文子新蓋起的紅磚小洋樓栽樹。一恍惚間，他又看見樹栽子長成參天的大樹，再見滿地落葉，才最後明白來弟剛剛死了。

你有一股殺氣。

我老啦，我已然冇殺氣咧！

我祇想走回多年前長滿山菊花的雙奶潭邊，為來弟撩幾把水，幫她洗去背上的草漿……

石建富沿夢境般的村街來到神樹廟。人們都在廟外和軍隊對陣，廟裏杳無人聲。他緩緩轉到樹後，背靠大樹出溜到青磚地上，從懷中摸出一片發黃的樹葉，又掏出打火機，點燃。

濃白的乳霧沉重地淌下……

讓我回去啵……就是死，讓我回去一霎霎啵……

夜霧漸稀薄……

有人在輕聲唱：

白蘿蔔開花空了心，

哥哥你不要昧良心……

山菊花芬芳襲人的藥香裏，一個白色的人影在水邊唱邊洗，艱難地把手彎到背後……鑲星星的水流從肘尖從她好看的屁股瓣上綹綹滾下，水聲叮咚。一圈又一圈漣漪，搖碎山影，搖碎人心……

「來弟……」石建富高喊著掙進那片夢中的草灘，踢斷的草葉和花瓣在腳下飛濺……

來弟一驚，屈臂護住雙乳。左右側眸，寂無人聲，便又接著擦洗……

石建富再喊，來弟已渾然不覺，雙奶潭與菊香亦迅速淡去……

石建富呆立於院中，怔怔地看著滿地殘花，淚流滿面……

我回不去咧，來弟我再也回不去咧……

＊

歌聲是從廟西的那塊豆地裏冒出來的。

當參謀長講話之時，豆地裏爬起來一些如煙的人形。

他們像傳說裏不死的靈魂一樣從地層下蒸騰而起。

他們互相攙扶著從剛剛收穫了「三圈紅」的土地上爬起來，一茬又一茬，宛若頭場春雨之後破土而出的草芽。

有人輕聲哼起了一個熟悉的曲調，越來越多的人開始應和。那熟悉的曲調終於勾起早已淡忘的歌詞：

鐵流兩萬五千里，
直向著一個堅定的方向。
苦鬥十年，
鍛煉成一支不可戰勝的力量……

他們一邊唱著歌一邊撣掉塵土扶著殘肢堵住流血的傷口開始著裝……他們艱難無比地把

洞穿的胳臂綁好把炸飛的腿摸索著接回原位把折斷的脊梁重新扶直把被砍掉的頭顱重新放上血染的脖頸把被挑斷的腸子挽成死結塞回撕裂的腹中……

一旦強虜寇邊境，
慷慨悲歌上戰場。
首戰平型關威名天下揚。
首戰平型關威名天下揚……

在微弱的歌聲中他們虛軟無力地把被損傷脫落的眼珠手指牙齒頭皮肌肉腳掌睪丸耳朵心臟腳趾筋腱下頷鼻子關節手掌血管一一復歸原位……他們唱著歌把繃帶重新纏好綁腿再次打上揹起鋼槍繫好風紀扣正正軍帽排列成隊……

正其時，趙家文鐵根子李銀斗石昌林李金昌石建富等前後幾任村幹部正匆匆走向神樹廟。他們剛剛開完一個幾分鐘的緊急會議。面對決心動武的軍隊，為了避免繼續衝突流血，決議說服群眾，放棄一切抵抗。他們看見了歌聲中這支遍體血污的復活的軍隊，疾步趨前，卻無人理睬。石建富和李金昌同時認出指揮的軍官是孫團長。第一次負傷後在總部醫院住了整整半年，被日本人包圍上了樹。第二次流血過多，一抬回來就斷了氣。他倆驚喜萬分：孫團長！老孫！孫團長也不理會，祇是和部隊一起唱著歌。手一揮，歌唱著的隊伍成四列縱隊，齊步向河灘上的燈光操去。

嗨，游擊戰，敵後方，

鏟除偽政權。

白刃戰，敵陣前，

堅持反掃蕩……

幾位帶隊的軍官疑惑不解地對望了一眼，誰也不知道這是一支甚麼歌，但聽得出是一支軍歌。那種慷慨赴死之氣，那種豪邁如江河滾滾的拖腔，那種從喉嚨裏直喊出來的渾濁的男聲，明確無誤地向他們宣示：一支他們所完全不了解的軍隊正在黑暗中迎面開來。按照步兵戰術條例，他們應當立刻展開部隊。但在這遠離戰爭的日子裏，面對一支高歌行進似無敵意的軍隊，又陷於群眾鐵桶般的包圍之中，他們祇能無所作為，靜觀其變。

人們讓開了一條通道。唱著軍歌的隊伍走到神樹廟側被車燈照得亮如白晝的空場上，向右轉，槍下肩，與特種兵成為對峙。

太行山的鄉親們首先醒悟過來：八路軍復活了。外鄉人在給隊伍讓路時也看清了他們佩戴的藍底白字臂章：「八路」。「老八路！」再次出現的神蹟使人們歡呼跳躍。特種兵們完全糊塗了。他們開始向身邊的山民搭腔詢問，山民們則得意洋洋地把豆地石碑神樹顯靈簡略道來，聽得士兵們將信將疑，不知今夕是何年。

執槍立正的隊伍繼續唱著最後的幾句歌詞。有的士兵問，唱的是甚麼歌？山民們則訕笑道，連這都不知道？——八路軍軍歌唄！

巍巍長白山，
滔滔鴨綠江，
誓復失地逐強梁！
爭民族獨立，
求人類解放，
這神聖的重大責任，
都擔在我們的肩上！

歌聲剛落，人群暴發出一陣瘋狂的掌聲。

軍官們覺得仿佛在看一場革命歷史題材的話劇。面前的「八路軍」，全部包裹著血跡斑斑的綳帶，一色灰軍裝襤褸不堪，像是剛剛從硝煙滾滾的舞臺上拉下來。手中的武器也是雜七雜八，有老套筒、漢陽造，有日本人的三八大桿、擲彈筒、歪把子，不知是真得太假還是假得太真。但是從山民們的反應看來，似乎甚麼「八路軍」，甚麼死而復活絕非虛妄。從「八路軍」們訓練有素的動作和嚴陣以待的隊列看來，倒也不像是演戲。特別是他們身上那種置生死於度外的軍人氣概，是自己手下這批從未上過戰陣的和平兵絕無半分的。這樣看來，不管是假是真，是夢是醒，總是要認真對付的。

解放軍派出的軍使，軍容整肅的二營長走到八路軍隊前，舉手抬肘，敬了個瀟灑的軍禮。孫團長還禮。

「請問貴部番號？」

「貴部番號？」孫團長笑道，「我這個貴部是雜牌軍！要每人都報報番號嗎？」

一股陰冷的血腥氣浸人肌膚。

「謝謝，不用了。」二營長心裏已明白全是鬼魂，壯起膽問道，「你們到此有何貴幹？

為何妨礙我部執行任務？」

「沒上過陣的軍校生，少給我打官腔！跑這兒來欺負老百姓？老子們早就咽不下這口氣啦！屌的個任務？馬上給我撤回去！」

「我們有上級的死命令。」二營長見鬼們也與常人無異，再掃一眼他們血污的互相攙扶的隊列和手裏那些早該進軍事博物館的雜牌武器，便橫下心來，強硬地問道，「你們真的打算武裝抵抗？」

身材高大的孫團長迎著他的目光，冷笑道：「你是瞧不起我們死過一回還是瞧不起我們手裏的傢伙？郝貴福，出列！撩狗日的們一槍：對面那些車燈忒晃眼！」

一個左手裹著血繃帶的士兵應聲出列，孱弱地舉起步槍瞄了瞄，又放下槍說道：「團長，俺還沒全活過來哩，兩槍啵？」

「一槍就一槍。你不是神槍手嗎？少給咱丟臉！」

那兵臉紅了，再無二話，抬臂抖出一槍。那清脆的槍聲還在山間迴響，絞盤車的左燈已然熄滅。

好！好槍法！打得好！河灘上掌聲雷動。

二營長默默向孫團長敬了個軍禮，轉身歸隊。

＊

參謀長躊躇良久，終於下了決心：「情況有變化，立即請示。命令我們來砍樹，沒有命令我們和一支五六百人的部隊作戰！」

旋即接獲回電：命令參謀長振奮精神，按原定計劃，即刻平息事件，砍倒「神樹」。參謀長閱畢，隨手遞給團長，神智恍惚地懷疑起自己的精神狀態，「你說，難道我神經真有了問題？」

「不會吧？」團長又看了一遍，把電報遞回去，「光是您一個人有問題倒好辦了。這可能是某種集體幻覺。否則無法解釋。」

二營長試探著說，「我看都跟這樹有關係。在平田都好好的，一靠近這樹就出怪事！」

「會不會是空氣？」參謀長說，「這樹的香氣很濃，味道也有點怪。老百姓聞了產生集體幻覺，鬧事。部隊聞了當然也會產生其他的集體幻覺……」

「對！」團長說，「幻覺，或者是某種全息攝影效應。也許對面的那支部隊根本就不存在！二營長剛才僅僅是說話，要有身體的接觸！」

＊

當軍官們正在研究的時候，對方也發生了一場爭論。趙家文帶著幹部們想說服孫團長放棄武裝對抗的意圖，以不擴大事態為原則。老兵們不服氣，說打上門來的就是敵人，既然他們死在這兒埋在這兒了，就有守土之責。

「家文子，你怕甚哩？你娘都叫人家打死了！」犟黑牛紅著牛眼擠進人圈來，「不忠不孝的東西！打就打，共產黨打共產黨，與你屌相干！」

孫團長氣呼呼瞪犟黑牛一眼，欲言又止。

「爹，」趙家文一見是爹，不禁聲淚俱下，「爹，俺娘……死傷下這麼多人了，還有夠沒夠！我好賴是大家夥兒投票選出來的一村之長，我得對全村鄉親的生家性命負責啦！……嗚嗚……誰們要打，誰們來當這村長！……嗚，嗚嗚……」

人群卻雜聲亂喊：

「打，咱自家的命自家負責！」

「屌事吧，大不過摔血罐子抗住嘍！」

「打，打王八日的！咱這麼多人，就不信打不過他們！」

趙家文一抹眼淚，呵斥道：「就算咱今天把這一團人馬打跑了，人家明兒個再來一個師，一個軍，再打不打？……孫團長，還有咱的八路軍弟兄們，你們的心意咱領了！你們這也是護著咱村，你們倒是死了，可咱村的人們還得接茬兒往下活哩！……嗚嗚，我這兒求求你們咧！」邊說邊哭就要跪下。

孫團長們忙亂手將他架住。

鐵根子早就忍不住了，斥道：「家文子，你這是甚麼話！人家是害咱來了？」

聾黑牛也說：「你這話好不難聽，甚死不死活不活的！光是一股魂魄不是咋也好說？有了人形，照樣是血肉之軀。你當是做了鬼就刀槍不入咧？」

建富老漢說：「老孫啊，咱倆還處過一段交情。我就是一句話：千萬不敢開槍。軟抗下去，事情還有餘地。殺戒一開，神樹保不住，村子也難逃一劫。蕭袋莊五幾年鬧教會，還不是軍隊一圍，抓的抓殺的殺……」

對面一陣吶喊，大約有兩個連的軍人摽成一大團向鬼軍右翼壓來，顯然還是想衝進廟去掛鋼絲繩。百姓們猝不及防，紛紛被槍托皮帶打倒在地。

孫團長說：「小石啊，你瞅清楚了？這事恐怕由不得咱們！……欺負到老子們頭上來了！弟兄們，上！」

鬼軍迅速移向右方，堵住兩連特種兵去路。看樣子雙方都有不准開槍的命令，一陣拳腳槍托的肉搏戰，打得殺聲震天，血肉橫飛！鬼軍剛剛返陽，氣血不足，被特種兵打倒不少。一見血，漸也強悍起來。久經戰陣的五百之眾，堵截兩連特種兵，顯得綽綽有餘。百姓們歡呼雀躍，樂得在一旁袖手觀戰。這廂正打得難分難解，對面又悄悄衝出一股隊伍，在燈光不及的黑暗裏飛速向廟後迂迴。這一側的老百姓本來就少，廟門方向的混戰又吸引過去很多觀戰者，薄弱的包圍圈輕而易舉地被軍隊突破。百姓們「堵住堵住」地一哇聲吶喊著，橫過戰陣，追逐而去。後面的士兵很快就被人們零敲碎打地拿下，五七個人扯住一個兵。當兵的祇顧得上死命抱住槍，被人們連罵帶挖苦地推來搡去。有些兵驚恐萬狀，三五成群地死抱成一團，仿佛在風浪中抱著救生圈，一撒手就是滅頂之災。幾名揹著鋼絲繩的高大士兵正要從新打起的廟牆上翻入，最終也被人們拽住腿腳生生撕扯下來……

這一場「戰鬥」迅速結束。其結果大出軍官們的意料：雙方皆頭破血流，鬼軍並非幻象。最令人難以想像的是，部隊徹底瓦解：

——佯攻的兩個連被八路打垮並分割包圍；

——偷襲的一個連被老百姓分散捉拿；

——剩下的六個連被上萬憤怒的群眾完全衝散。

兵無將，將無兵。基本的景觀是七八個老百姓困住一兩個兵，最大的建制已不超過班。對當官的還算客氣，沒有把他們悉數從指揮車上拖下來，接受貧下中農的再教育。

半小時之後，軍官們通過村長趙家文獲得初步戰況報告：解放軍重傷八人，鬼軍重傷十人，群眾重傷五人。輕傷不計其數。沒有死亡。再半小時之後，丁副營長代表鬼軍來和軍官們開始談判：請貴部半小時之內在村外漳河對岸集結，一小時之內撤出五華里之外。參謀長面部肌肉輕輕抽搐：你這不是談判，你這是下最後通牒！丁副營長說：抗日戰爭，日本人是無條件投降。參謀長看看團長，團長默默垂下眼皮。參謀長明白，這個敗軍之將得由他來做了。咬咬牙，問道：我不接受你的條件呢？丁副營長冷笑一聲，說：那也不難，我把你全軍繳械，禮送出境！汗水從鋼盔裏嘩嘩流下來。我要向上級請示！你撤到平田再請示，現在不行！繳械的下場是難以想像的。等待著他的祇有軍事法庭。為了避免被一支幻影部隊和烏合之眾全軍繳械的奇恥大辱，參謀長祇有充滿仇恨地點了點頭。

按照鬼軍的安排，潰不成軍的士兵們被老百姓夾道歡送出村，不准恢復建制，立即登車撤離。團部的軍官們登上最後一輛卡車，丁副營長率領十餘名荷槍實彈的士兵隨車押送。當車隊大亮車燈行駛在險峻的河谷公路上時，參謀長終於絕望地放棄了最後一線關於反抗的幻想。——在每一個山嘴急彎懸崖險道等可以設伏之處，都看得到槍身上反射的月光。

即到平田，丁副營長舉手向軍官們致意。一聲再見，便和一個班的押送士兵悠然消失。

參謀長掃過一雙雙惶然驚懼的眼睛，喃喃說道，也許是在做夢？……一個……一個集體的夢……

*

五名重傷抬進神樹廟進行了緊急處置。四個是外村的，都即刻著人送了平田。其中三名骨折，一名嚴重腦震盪，河北人。神樹底傷的是李二旦，眼耳鼻口七竅出血，傷勢甚是沉重。老漢說，看見一夥人圍住一個當兵的往死打，他好心護住那兵跟眾人說好話，有一股兵扛過來，一槍托就把他打暈了。遊客裏自告奮勇的幾個醫生說，有內出血，看來是亂人踩的。老漢剛打過止痛針，不再叫疼，祇是還咳血。趙家文一邊打發幾個人分頭去尋李銀斗，一邊動員老漢也去鄉醫院。老漢閉起眼死活不允，祇是說要等兒子來。武斌猜想是怕死在村外，回不了村。便勸趙家文不要硬來，還是等等銀斗。老疤眼一陣鬼旋風跳進來。哈哈，是你個老鬼！堵炮眼堵炮眼就真堵了炮眼？二旦老漢睜開眼，苦笑道，這話是老陰陽說的。反正是你們三個老鬼說的！還等甚哩？走，俺帶上幾個人抬你去平田！建富老漢攔住，說，等等銀斗子。老疤眼怒道，再等等？再等等就涼了！正爭執間，副村長李銀斗急煎煎衝進門。爹，你咋啦！二旦老漢扭扭頭，說，咋也不咋，咳咳……就又冒出一大口血。就是……流這些些血……可惜了的！咳咳……李銀斗見爹七竅流血，面如金紙，豆大的汗珠刷地就從額頭上滾下來。爹，您別說話啦，俺這就送您老去鄉醫院！老漢搖搖頭，說：去豆地！李銀斗對趙家文等說，俺爹迷糊啦，快，送平田！二旦老漢睜開眼，怒目而視：去豆地！又抬起一隻血手指著西。李銀斗一擺手，人們祇好抬起擔架急急往豆地而去。

豆地就在廟牆西邊，幾步就到。爹，到了，您有甚事兒？到哪兒咧？豆地呀，到地邊上了。地裏！人們又抬起擔架，移到地中。「爹，到地裏了，就是您當年埋石碑的地方。您有甚話？」

二旦老漢搖搖頭，長出口氣，安詳地閉上了眼。

一位縣醫院姓王的主治醫生忙蹲下去摸脈，接著就把李銀斗拽到一邊，說老人是內臟大出血，肺，至少還有肝臟。必須立即轉送到有手術條件的醫院去，再耽擱就來不及了。

李銀斗跪在老漢耳邊，說：「爹，您老歇好咧？咱這就走啵？」

老漢長長地舒了一口氣，說：「這血可沒白白浪費嘍！」又說，「也甭把俺搬來搬去了。俺不中了……俺有兩句話，要跟你說……」

「爹，俺聽著哩！」

「咱轉包的地，不能退。這些年盡上化肥，把地都種壞咧，往後要把地種好……」

「爹，這些您早說過咧，俺記著哩。」

「俺死了，你就把俺埋這兒。跟咱八路軍們作個伴兒……」

「爹，好好的不說那些不吉利！傷筋動骨一百天，再過三月，您老又滿地轉悠著看莊稼咧！」

「……就埋這搭，埋深點，不要起墓圪堆，跟咱八路軍一樣。」

「爹，俺記下咧。咱趕緊走啵！」

「俺心裏明白哩，不要再叫俺受那洋罪咧……那年，剛分了地，俺帶你跟肉子到這地裏來，你還記得？」

「記得，是剛收了秋。月亮天，肉子不肯跪，說這是封建迷信。大後生了，俺也不能咋。就把雞殺了，拿雞血跟酒祭了地……」

「那回祭地……還記得不？」

「……是土改那年啵？也是一隻雞一瓶酒一籃子吃食香燭。……俺那年該是七歲。下著小雪，挺冷。俺哥跟俺半道上偷吃了一個饃，一人挨了個嘴巴……」

「不打就怕是記不得咧！」馬燈昏黃的燈光下，二旦老漢蠟色的臉上浮出一絲艱難的笑容：「記得不？咱們先去村口的土地廟燒過香……第二天，建富子金昌子闔村裏追查，說是共產黨毛主席給咱分的地，概沒沾土地爺一分光，就把小土地廟……說拆就拆了……」

石建富瞟李金昌一眼，說：「二旦哥，那些年我倆是太霸道咧……我倆這兒給你賠罪……」

「都幾十年了，俺不是這意思……銀斗，你還記得那晚上俺跟你兄弟倆都說了甚?」

「……不記得了。」

「你問為甚要把血往地裏滴，俺說祭地哩，自古以來，土地就要用血祭……」

「爹，咱走吧！有甚話咱日後再說。」

「來不及咧，俺瞅見你哥你嫂他們來接俺咧……趙家祖上有兩代老當家的砍了頭，這就是祭地……八路軍，打日本，也算祭地，俺……俺這回好賴也算祭了地……」二旦老漢正說著，哇一聲又湧出一大口血。他掙扎著說出最後一句話：「……好……好！」

遠處先傳來一陣嚎啕大哭……

金斗夫婦拖著牛牛踉蹌而來。

＊

這一夜，神樹底家家戶戶都敞開大門，殺雞宰羊，把鬼軍和外地香客待如親人。

神樹底的掌權者們卻憂心如焚，邀請各方面人士於神樹廟偏殿裏召開了緊急會議。十幾個小時水米未進，人們邊吃邊談。首先否決了正副村長趙家文李銀斗因料理喪事而不參與工作的請求，然後一致提出第一個議題：立即向省委省府告急。電話被軍隊切斷，神樹底已成孤島。兩位司機代表建議由連夜返回省城的汽車帶信。武斌立刻退席，去起草告急信。李金昌提出的第二個議題是：除剛才交軍隊帶走的五條槍之外，群眾又交上來三條槍，要火速送到平田。趙李二人走不開，鐵根子太衝，村委石昌林表示義不容辭，由他帶幾個人馬上出發。孫團長又叫了三個士兵一路護送，並提醒一定要開收條。石昌林等走後，鐵根子提出第三個議題：如果明天軍隊再上來，怎麼辦？趙家文建議，為了避免更大的流血事件，祇好放棄神樹。今天參與鬧事的人，能撤走的都走。特別是出頭露面的，連夜就撤。鐵根子問：撤到哪兒去？哪兒不是中國？一位大學生說：美國就不是中國，除非像那一茬兒，一撤就撤到美國。趙家文說：我這是非暴力主義。鐵根子說：你那是不抵抗主義。一位廠長說：千萬不能跑，把事鬧大，還有一條活路。你一跑，人家就抓。孫團長提出最後一個議題：他的部隊要天黑才能出動，明天如果解放軍還來，無論如何要拖到太陽落山。要是大家拿不出辦法，他就叫人連夜去把公路炸塌幾段。趙家文堅決反對，說，你這一炸，咱們就真成暴動了。司機們說，今晚至少有上百輛車不走，明天早上開出去一直給他堵到平田村口。趙家文說，不行，這跟炸路性質也差不多。司機們就說，也不用事先堵，祇要當兵的一出動，咱們的車就往平田走，隨便出個小小的交通事故，上百輛車一堵，不出一小時，就能堵千兒八百輛。問題是，怎麼能知道他甚麼時候出村？建富老漢說：這倒容易，我種樹的山頂上就能瞭見平田。我一擺手，你們就趕緊往平田走。抗日時候，那山上就有一個哨位。

這時，武斌已經草擬好信件，進來請大家修改通過。剛念完一遍，李寶柱推門而入，說：

「爹，俺的墨株成啦！」

「你說甚？」李金昌一震，夾在手上的香菸掉到地上。他即刻鎮定下來，慢條斯理拾起菸，把寶柱子推出門外。「你說甚寶柱子？」

「墨株，墨株啊，」寶柱子渾身亂顫，上牙直打下牙，「這墨株已然成啦！」他哆嗦著鬆開手指，掌上托出一支熒光熠熠的墨株。

好一陣兒，李金昌才聽明白事情的經過：今日後晌，寶柱子正劃料時，軍隊開始驅趕廟裏的人眾。寶柱子把墨株隨手一扔，解下圍裙就走進了連續十數小時的混戰。軍隊被驅走之後，寶柱子怕神樹廟不保，連夜收拾工具準備撤走。武斌循燈光而來，借他木工房寫東西。武斌寫畢，他也收拾好木匠挑子，拽滅燈就要開路。就在他彎下腰擔挑子之際，發覺室內彌漫著一種微弱熒光。再一細看，那熒光是從條凳下的刨花堆裏透出來的。刨花翻開：他用了半生的老墨株毫光四射！據這一帶匠人們的傳說，誠心劃過一千根大料的墨株，便成了神物。當年魯班爺做擀麵杖，祇是在木料的端頭劃幾個圓圈，用斧頭一磕，幾根溜圓的擀麵杖就乒乓乓乓跳到地上。魯班爺劃圓圈的墨株，就是這樣的神物。寶柱子在「戰場」上撿了一截砸斷的槍托，一見是民間極難一見的紅柞木，便寶貝一樣揣回來。墨株，做根斧把啵！便將兩頭鋸齊，用墨株在粗頭劃了個一虎口粗的大橢圓，在小頭劃了個斧眼粗的長方，以斧背一磕。槍托應聲而裂，脫出根上好斧柄！

李金昌撫摩著就像細砂紙打磨過的紅柞斧柄，手也開始哆嗦起來。「再試試，再試試……」「試甚？」寶柱子也心慌得沒了方寸。

「你問我？」李金昌滿屋裏看了一圈，最後還是說隨便隨便。

寶柱子從廢料堆裏翻出一小截椿木，每頭都划了個小圓圈，拿斧一磕，說：「出根小擀麵杖啵？擀扁食那種……」那椿木便輕聲開裂，迸出一根兩頭細中間粗的小擀杖。

李金昌拿起小擀杖，兩眼放光。「再試試，再試試！試大傢伙！」

寶柱子一腳蹬開房門，躥到院裏，往一根準備鋸開做正殿門窗的大圓木上劃線。院子裏已經圍了個小場子。開完會的人，聽武斌講了關於墨株的傳說，都將信將疑地跟過來看李木匠後代的神功。

寶柱子在圓木端頭劃好板子的厚度，叫爹幫著拽墨斗彈線。李金昌在八尺圓木的小頭摁住墨線，寶柱子在大頭，左手端住墨斗，右手提起墨線就彈。原想把幾道線都彈完，再用斧頭去敲，卻不料彈一道線裂一塊板。而且平直光潔，就像用刨子細細推過。人們傳看著這根磨禿了的墨株，驚嘆不已。寶柱子喃喃道：爺爺，俺成功啦！您老人家回來瞅瞅啵！

「好小子，到底叫你狗的成嘍！」一位鬚髮盡白的老者驀然出現在面前，頓時滿院飄起松柏楊柳的木香。

寶柱子驚呼道：「爺爺！」

「俺跟你說甚來？」

「心誠則靈。」

「孫子，祇有心誠，才能心想事成。」老李木匠慈愛地拍拍寶柱子肩頭，「現在你可是大工匠咧！你有甚心願，這墨株都能幫你辦成祇要不是邪念。」

寶柱子仰頭瞧著面前高大的大雄寶殿，說：「俺就想立馬把這大殿修好！」

「立馬就修？」趙家文說，「哼，過了這一劫再說唦！——明兒軍隊上來砍樹，捎帶著就把這廟給毀了。」

老人爽朗笑道：「咱修咱的，他毀他的！怕死了孩兒還不敢娶媳婦咧？」

「圖甚哩？」趙家文陪笑道，「做事不都得有個可行性研究，有個預期目標？」

「嗨，甚叫預期目標？死人不還得要裝裹！」老人白了趙家文一眼，說，「咱受苦人，祖祖輩輩還不是擠住眼，泥裏水裏往前爬掙！——柱兒，你說吧，爺聽你的！」

「俺聽爺爺的！說幹就幹，就算練練手藝唦？」

「好！柱兒，爺幫你，咱爺孫倆半夜倒把這大殿修好了！明兒早上叫他們瞧瞧咱的手藝，咱的精氣神兒！」

趁爺孫倆正在謀劃工程，李金昌在手心裏緊緊攥著墨株，從人圈裏悄悄抽出身來。找到正在抄寫告急文書的武斌，要了張紙，貼牆根兒溜上戲臺，褲腿一抽，跍蹴在一個燈光可及的僻靜處，開始畫符。那本祖傳的《魯班秘書》早已背得滾瓜爛熟。尤其是剛下臺時那些難眠的長夜裏，他早就為趙家挑選了幾道咒符。衹是沒有劃完一千根料的墨株，多年來想在心上卻做不到手上。他把紙十字對折再展開，先抖著手畫了一大一小兩口棺材。秘書中，這幅畫下附了一首七言秘詩：一個棺材死一口，若然兩口主雙刑。大者其家傷大口，小者其家傷小丁。記得畫下還有一行小字：藏堂屋內枋內。在第二塊位置，他畫了一個古式的葫蘆大掛鎖，在鼓起的鎖肚子裏，又添了個小人兒。這道符的附詩是：鐵鎖中間藏個人，有頭有手像人形。其家一載死五口，三年五載絕人丁。古時候不講計劃生育，要三年五載的死。這陣兒的家，一年就死絕個屌的咧！這個好，這個厲害！藏於井底或牆內。第三道符最簡單，畫一個代表斗的上大下小之梯形，正中寫個人字。附詩曰：門檻縫中書斗囚，房若久居禍上頭。天大官司監牢內，難出監中作死囚。書門檻合縫內。這道符該蓋房時候畫在木頭上的，這後塞進去的，法力會不會減？不管屌這些了，這三道符足夠狗日的緊招架咧！……還剩下一塊地方，給草珠子也畫上道符啵？他漢待咱也夠意思。給草珠子畫個竹葉青青啵？就畫了三片連在一起的竹葉，在葉上分別寫了「太平」、「平安」、「大吉」。詩曰：竹葉青青三片連，上書大吉大平安。深藏高頂椽梁上，人口平安永吉祥。貼禁柱上。畫好四道符，怕工夫大了寶柱子叫喚，忙爬下戲臺往正殿去。那邊已經在找了。

李木匠迎著他走過來，問：「鬼畫符去了啵？」

「爹。」李金昌無言以辯，把墨株遞過去。

「拿來！」李木匠沉下臉向他伸出一隻手。

李金昌無奈，祇好掏出符放到老人手中。

「金昌子，俺一輩子跟你說害人之心不可有，你概沒耳性？」李木匠一握拳，把符紙捏成一團，隨手向廟牆外拋去。

李金昌也沉下臉來，反唇相譏道：「爹，您不是也畫符坑過人嗎？」

「哈哈，讓你小子踩住腳後跟咧！」老人爽聲一笑，正色道，「你是說俺給平田李三貨蓋房，在他梁背上畫了一盞燈啵？」

「不是你親口跟俺說的？」

「那是坑為富不仁。叫他半年睡不好覺，也不是叫他家敗人亡！」

李金昌不說話了，卻仍然梗著脖頸，一副不服氣的樣子。

見有人過來，李木匠低聲嘆道：「兒啦，你不如寶柱兒。老都老了，還有一股陰邪之氣！」

李金昌走出神樹廟，想了想，繞到廟牆外找到那張符，疊好了放進衣袋。心說，留著，有用。

＊

石建富跟和尚拄著樹棍，一步一喘地摸回狐子溝。小路上游動著迷茫星光，就像一條漂浮不定的雲。走到半山，累了，歇下來喘口氣。

石建富回望著山下神樹廟的燈光，說：「修不修吧，我看明天就不好過。那些當兵的可不君子。」

「修好，修好！」和尚抻起僧袍寬大的袖口掩面抹汗，「不論成敗，講個功德圓滿。李木匠是鬼，寶柱子不信佛，可這爺孫倆頗有點佛性。」

石建富摸著塊石頭坐下來，說，「嗨，說起來，打神毀廟還是我開的頭兒……」

＊

幾十年的事了，你不是早忘了嗎？

我沒忘……

你倒是想忘！頭一回，是造手榴彈？

是咧，八路軍兵工廠造手榴彈，打算拆廟砸鐘。砸了鐘，化鐵鑄彈頭。大殿上的松木椽子，正好旋木把子……

你想起來咧？人家村長聾黑牛不許，領著村民們神呀鬼的暗抗明頂。那時黨組織尚未公開，你這個地下支書看來壓不過民選的村長。一股火，就帶上自衛隊扛起钁頭大錘往神樹廟闖。一進大殿，你順手就給八面威風的四大天王兩钁頭……

＊

「和尚，我耳朵裏又有誰在跟我說話哩。」

「夜涼哩，山上風大，不敢迷糊著了。」

＊

你還記得叫你毀了的四大天王嗎？

記得。四大天王一個橫劍，一個彈琵琶，一個拿傘，一個拽蛇。老和尚講：劍有鋒，就是「風」。調弦就是「調」。傘就是「雨」。拽蛇就是「順」。連下來，就是「風調雨順」。

你一個莊稼人，咋就恨上了「風調雨順」？

那陣兒講是迷信。信八路軍嘛還能信神？

你頭一鐝砸掉了雨王拿傘的右手，再一鐝刨了順王的右腳，露出泥胎裏的木棍。砸了菩薩正要拆房，村民們聚下一院，悄默無言，衹是大禍臨頭一般張著嘴呆看。後來，犟黑牛來了，帶著滿院的鄉親要給你下跪，說拆廟砸鐘抗日政府下冇下公文？說冇。說全村每個人頭認捐三根椽子五斤廢鐵，不比毀廟砸鐘強？要是他八路軍連這還不承認了，開上個價碼碼，長餘的由他趙家捐。滿村住的都是大首長，廝跟上去請示請示：天下有沒有這號砸鍋賣鐵的道理……

是哩，這是第一回。還有第二回。

第二回還是反對迷信？

不是，破四舊，殺雞嚇猴……

運動一來，你把神樹底鬥成了蠍子窩。人鬥人還意猶未盡，你覺得非鬥神不足以洗雪多年前打神砸廟未遂的仇恨，非鬥神不足以建立以你在神樹底的萬年威權。比起上一回，你老多了，老得有身分有方寸老奸巨猾了，你掂量得出來神樹廟及趙李石三姓舊日的老祠堂在村人心中的份量。於是你借力打力，請來公社中學的學生娃，不到半天工夫，泥胎砸得稀里嘩啦，骨架和牌匾經卷堆在廟院當中一火焚盡。開戲你不出面，你知道這將是一齣七狼八虎《鬧幽州》的武戲。收場時你穩穩地邁著方步來代表「全體貧下中農向小將學習致敬」。這樣，你既可坐收「紅色恐怖」之漁利，又可以推脫直接責任。最為重要的是，你要暗示相隔十九年的兩次打廟事件之聯繫。你要讓眾人明白，你石建富想做的事，十八年不成，十九年也終要做成。

我想的沒這麼清楚，意思八九不離十吧。

你駕到之時，已然火光衝天。你看見和尚喊著自家是「三代貧農」潑命地和那些愣頭青學生娃搶奪經書，幾巴掌就被娃們打了個滿臉花。一見血，和尚清醒過來，忍辱負重，肅立合掌，一任口鼻鮮血崩流。你從來善待和尚，這情景不由得令你為之心顫，但這惻隱之心悠然即逝。你就站在和尚身旁，跟學生娃們談笑風生，講起廟院之外的另一個「戰場」。出家人的青衫如血旗在殘煙和你的笑聲中抖動。你要告訴旁人也告訴自己，你不怕天良喪盡，你不在乎。你說：就在學生娃關閉廟門造反的當兒，一些老漢婆姨也堵了你的院門，求你出面管管。你說，毛主席講話「橫掃一切牛鬼蛇神」，甚意思？——這牛自然不是咱莊稼人耕地的牛，把牛鬥倒了咱就冇飯吃咧。這牛，是牛頭馬面的牛，是一種鬼。你們瞅，這「牛鬼蛇神」四個字裏頭，除過蛇是指階級敵人地富反壞右，牛、鬼、神三個字講的都是鬼神，不打倒能行？大夥說，是哩，毛主席的話還能有錯？可咱村這鬼神跟天北京大地面的不一樣，求個雨消個災甚的還真向著咱貧下中農，挺靈驗的不是？你臉一拉，說，那好，我也瞧咱村的鬼神靈驗。從今往後，批返銷糧分救濟款，誰也不要來求我……在一片志得意滿的哄笑聲中，你聽見和尚清晰如鐘的念誦：「罪孽罪孽，你要遭報應的老石。阿彌陀佛！」

＊

「和尚和尚，我又聽見你咒我的話咧砸廟那天。」

「不是耳鳴吧？村裏鬧成這，俺也是神不守舍的。」

「這回村裏決定修廟，咱說多捐點木料，就算悔罪啵，未曾想人家動槍動炮地要鋸樹毀廟。……這廟一毀，你也就冇歸宿了，小和尚也不能招了。」

「阿彌陀佛，有廟沒廟，歸宿早定咧。連菩提涅槃都是繫驢橛，廟不廟吧！」

「你看明天會咋？」

「俺看不太出。」和尚沉默良久，說，「說起來老石，打吃牆那年到如今，又修了三十多年，還是不悟，好像還比不上吃廟牆那陣兒了。……神通俺自來不求，可了生脫死，得大自在，總是放它不下。俺擺下萬緣，心無執著，跟你種了這麼多年樹，還是根除不了求悟貪悟之心。真是有心難成佛，難者在有心。看來俺前世惡業太重，衹有來世再修咧。」

「你看你和尚，開口閉口前世來世，今生還冇活夠哩。不是佛祖說人間最好嗎，慢慢活啵。」石建富輕撫著和尚枯瘦的背，勸慰道，「每回插花，你總要念叨一句話，我都背熟了。

咋說來？——一花一世界，一葉一如來。花草不修不練都有佛性，你修一輩子咧……祇是我不該拽你上山種樹，耽擱了你修行。」

和尚說：「阿彌陀佛，你說的是哪裏話？穿衣吃飯都是修行，別說種樹。你比俺有慧根。一心種樹，心無掛礙。」

石建富說：「誰心無掛礙？還不是你常常度化我。我才真正是惡業太重，祇求重新做人，哪想成仙成佛！我這人根性不好，殺氣太重。你教我忍，要八風吹不動，無一不能忍。——容易？今天這事兒就不好忍，見人們又傷又死，廟門也拽塌了，還要砍神樹，一股火氣就直往上頂！……和尚，歇好咧？慢慢圪悠著回啵……明兒軍隊再要上來，我是不敢下山咧。一根一根地種了幾十萬根樹，這股殺氣也磨它不去。」

兩人又行了一程，山道漸趨平緩。

一輪暗紅色的圓月靜靜從東山上升起，透過林隙，將陰鬱的紅光覆滿林間小徑。

兩人不覺又停了腳步。

建富老漢說，「和尚，你說這是不是個夢？」

和尚笑了，說，「上一遍，你眼瞅見神樹開花還說是夢哩！……話說回來，出家人認為人生本來就是夢。金剛經講，『一切有為法，如夢幻泡影，如露亦如電，應作如是觀。』萬事萬物皆隨緣而生，隨緣而滅。不要過於執著咧。照這麼說，是夢不是夢，也不必認真。」

建富老漢說：「和尚，你一講經，我就糊塗。不管是不是夢，你瞧明天咋說？」

和尚說：「阿彌陀佛，怕是一劫。俺覺得心血上湧。」

建富老漢說：「那你明天也別下山咧。」

和尚說：「在劫在數，難脫難逃。再說，俺還得去給死人念經哩。」

「……我死了你別念經。」

「咋？」

「我可去不了你那西方佛國淨土。」建富老漢苦笑道，「不管我咋死，都是逃債了……你要念，就給咱念句『重罪輕報』啵。」

「俺死了誰給念經？」

「你自家念啵。」

「阿彌陀佛，凡事都有定數。咱們……都隨緣吧。」和尚低聲唱道，「生死涅槃，猶如昨夢！」

＊

雞叫二遍，建富老漢就起身趴上野雞嶺山巔。時辰還早，天宇一派混沌。不要說五里之外的平田，就是腳下的村子也還沉在氤氳霧氣之中。在無路的坡面，老漢攀著雜樹向山腰下去。山腰處有一眼小泉，常有狐子野兔獾子松鼠等小動物在黎明時分來飲水。老漢在一個背風的草窩裏盤腿坐下，隨便將手撫在一棵松樹上合目靜養，等待天明。

*

你摸見甚咧？

我摸見風了。我摸見一股風從山頂沉下來，從林梢上栽下溝去了。

你心還不靜。再摸摸。

我摸見滿山蟋蟀叫……一片楊葉落到泉子裏，水上皺起波紋。

還有哩？

有個小東西過來了……不，是一家，是陽坡紅崖底的那窩黃毛兔兒。走走停停，小心著哩……先前趴在泉子邊上喝水的一隻黑松鼠，趕緊躥上樹去，抖著毛尾巴回過頭往水邊看……從下面又上來一個小東西，是，是一隻笨獾，胖得直扭屁股……喝了幾口水就都走了……我還摸見山風裏有一股腥氣，一對野雞貼著草叢滑過來……不好，有個大東西埋伏在泉子邊，野雞剛落地，那大東西就撲上去，一口叼住了長尾巴的公雞。母雞咯咯瘋叫著朝溝底飛去……那大東西一口就咬斷了野雞的脖子……它聞見了我，抬頭朝這邊望一眼，叼起野雞往山裏慢慢跑去……摸不清楚，好像是一條狗……

老漢放開手中松樹，張開雙臂，撲倒在大地之上。在這種無邊無涯的觸摸中，每一寸肌膚都在微微顫慄。有時他融入群山。有時群山融入他枯萎的軀體。有時悠然消失，無物無我，與浩然地氣合為一體。有時僅存飄渺一念，在山林草坡間自由浮蕩。有時渾然是一苗草、一朵花、一株樹，無念無存，無視無聽。今天他想知道那捕住野雞的大東西，一貼住土地就知道了。不是看，不是聽，不是觸，不是嗅，是全部的感覺，是知道。他知道它慢慢跑到一叢醋柳下開始撕扯那隻長尾巴野雞，血糊住它嘴邊的黃毛……一身濃烈獸腥一條粗毛大尾……它忽然警惕地抬起頭：一隻烏鴉張翅落在它頭頂滿綴漿果的醋柳枝上……

熟透了的金色漿果紛然墜落……

不是狗，是，是一條狼！狼？是一條狼！……天爺，真是一條狼！

你的林子裏有狼了！

淚水從緊閉的眼角淌下，順面頰順草莖無聲地融入土地。

你種的百萬樹苗終於封山成林了！逃了幾十年逃得不知去向的狼又回來了！你怕是看不見熊，看不見豹和鹿了，但你總算看見了最先回來的狼！第一條狼！

這是我的第一條狼！

世間萬物，都是從一而始。多年前，你上山第一天，不就是從一開始的？

是哩，那天我揹了一個鋪蓋捲，提了一把钁，靠住一根歪脖柳，搭了一個草庵，支起一口鍋，一甕一瓢一碗一筷就開始種樹。

這些都不算。你沒有樹苗，就把歪脖柳上的柳條砍下來，在溝底的濕處栽了一片。這一根歪脖柳就變成了一片柳林。

這是武斌的說法。其實柳樹也不算，加拿大楊才正經是從一開始的。

你嫌本地楊樹種不好，就到縣城邊上去找加拿大楊，你知道那是真正的速生優良樹種。加拿大楊長得太高，最低的杈兒都在兩三層樓以上。你沿著環城公路轉了半圈兒，看見一個電工扒在電線桿上幹活兒。你說走了幾十里路，就想要一根樹枝帶回山上去種。那電工說，不會到縣林場去買？樹苗又不是甚值錢東西。你說生產隊沒錢。電工說，沒錢就別種，集體的事兒，你老漢真是瞎操心！你衹好說你先前就當的支書，鬥走資派剛下臺。那電工瞄了你一眼，探出腿去，一腳蹬下來一根樹杈。你捋了樹葉，道了謝，扛回山上，兩寸一節，育出幾十根樹苗。往後，每年都截枝育苗。二十幾年過去，這根樹杈就生成二十幾萬入雲鑽天的白楊。

是哩，還有蓮藕……我先前搭草庵的地方，現在成了十來口蓮塘。

那一回，你去石坎鎮趕會，見有人賣蓮藕，就湊過去搭訕著問人家怎麼種。那後生忙著吆喝，不理你，你就跄蹴著一袋接一袋抽菸。快散會了，那後生白了你一眼，問，哪搭的？你趕緊說平田的。那後生問，五十里外的那個平田？想了想，又問，有水沒？有水。有塘沒？有塘。那後生說，泥厚點，肥大點，沒甚竅門兒。就挑了一截兒肥大的有鬚有芽的大藕，放進秤盤子。你挺為難地說沒錢，那後生把秤一撂：白送你咧老漢。種成了，日後不要到石坎來跟俺欇行！你小小心心地把蓮藕裝進褡褳，捧出一大把紅棗兒就往秤盤裏裝。俺一斤棗兒換你一斤蓮藕，價錢錯不多。那後生止住你，說，一斤換一斤，俺不就占了你老漢的便宜？就這啵，就這啵！說著拈起一顆紅棗兒扔進嘴裏，嚼兩口，說，平田的棗，真是名不虛傳！回來你就挖了第一口塘，還到漳河裏撈了些魚苗放上。頭一年浮出幾片荷葉，開了一朵蓮花。第二年開了半塘蓮花，你還守住不叫和尚折花禮佛。第三年分成四口塘，最大的魚長了十八斤。如今，二十多年前的那一截討來的蓮藕，已繁衍出這一帶太行山區最有名的蓮塘。一入夏，一梯一梯的蓮塘就紅得嬌艷。在無風的夜晚，那荷香會流出狐子溝，香了一村，香了一道漳河。秋收秋種之後，挖蓮藕竟也成了一件需要興師動眾的大麻煩。衹是，每年的蓮藕都往山下賣，從不往石坎方向走。你謹記著當年和那賣蓮藕後生的約定。

是哩。和尚最喜歡荷花跟竹子。竹子也是從一開始的。和尚說荷花竹子好，無心插柳柳成蔭，意無所得而有所得。竹子是菸袋鍋變的……噓，輕點兒，那隻紅狐子飲水來了……

它飲它的。縣林業局叫你去南邊一個林業先進縣參觀。路上停車方便，你看見修路的民工們挖了一片竹林。你揀了一截竹根，怕人家不讓拿，司機又在按喇叭，便急得轉身扒上車，立車門上才舉著竹根跟人家大喊：菸袋鍋！俺老漢拿回去做個菸袋鍋！民工們不知發生了甚麼事，都直起來瞧著你發愣。售票員笑道：菸袋鍋？再拿根來作拐棍也沒人管你！滿車人都笑，你也就跟上傻笑。回村上了山，你在土窯旁挑了塊下濕地把竹根埋好。頭年冒了三個芽，第二年長了八九根，第三年成了一小片。一日，你正要把它移成幾叢，軍用電話的巡線員小馬路過，要碗水喝。一邊喝水一邊說，千萬不要移。你想要它往哪兒長，遠遠地埋塊死豬肉。小馬是南方兵，你信了他的話，一兩丈遠埋了幾塊死豬肉。第四年，果然從埋死豬肉處冒出竹筍來。再往後，竹子猛長起來，門前到處冒竹筍。你到哨所去找小馬，問有治沒治。小馬說，還能沒治？竹子這東西，不過水不過牆的。就在窯旁橫打了堵土牆。從此，你的竹林就像得了軍令一般，不往東南，衹往土牆以北溝水以西瘋狂蔓延。

是哩，竹子滿山瘋長，真是招人喜愛。衹可惜咱這地方沒竹匠。

那個作家在報紙上替你總結，說「道生一，一生二，二生三，三生萬物」，吹你是樹神、創世神。你心裏不愧得慌嗎？

是哩，我從來不叫他這麼講。我哪裏是甚麼樹神，我是一個罪人。

種樹是小善，殺人是大惡。殺人之罪是永遠贖不了的！

是哩，和尚就從不認我是樹神，他跟我說過：重業不可救。我半生作惡，不是半生懺悔就可以相抵的。我上山種樹，其實也是李金昌逼人太甚。上山的日子長了，才越來越覺得自己過去是罪不可赦。和尚上來之後，說重業不可救，大罪不可贖。悔罪也不要過於執著。待悟貪悟都是不悟。沉下心來終生悔罪就是了。開頭我還跟上和尚念過幾天經，肚裏文墨不多，也念不通。和尚就說，念不念吧，這太行山是多大的道場，咱就一心種樹啵。我這才開始以平常心種樹，看見一草一木一花一果慢慢有了歡喜。慢慢的這罪日子也過成了一朵花兒。以我這戴罪之身，知足咧！要是能多活幾年，再種他幾十萬根樹，就更美啦！

你的日子到頭了！

我心靜著哩……天亮了，沒時間了，我最後問你一句話：你是誰？

我就是在你心中的那些被你作賤的人。我就是你。

我明白了。

*

建富老漢和他的樹們小動物們同時一震：平田方向隱隱傳來某種使大地震動的喧囂。

平田咋啦？他問大地。……在沒有陽光的陰霾的黎明，在空蕩的平田村口，出現了一輛……坦克！

他惶惑地睜開眼，翻身爬起，攀著雜樹趴上野雞嶺山巔。

天穹低矮，懸浮著含雨未落的鉛色雲層。太行山層巒疊嶂，一派灰莽，彷彿遠古時代的波濤凝結於沉重的一瞬。神樹依然白花滿樹。村子依然如每日清晨陣陣雞鳴。漳河對岸，一些如蟻的人影在向他招手。這是司機們示意：一切就緒，等待出發。他的目光沿著河谷移向平田：村口空空蕩蕩，了無異常。昨夜的會議上，他主動承擔了瞭望任務。他知道，他的手在第二天黎明輕輕一揮，指揮抵抗的罪名就鐵定地落在頭上。如果必定要有人舉手一揮，也祇有他了。他了無牽掛，死有餘辜。剩下的問題祇是：能不能抵抗，哪怕僅僅是和平抵抗。他確鑿弄不清趙家文鐵根子激烈爭論的「非暴力」和「不抵抗」。可是，當他俯瞰著神樹和世代祖居的村莊，便再無疑慮。讓俺由心去做啵。這是俺的樹，這是俺的村。

在沒有陽光的陰霾的黎明，在空蕩的平田村口，出現了一輛……坦克！建富老漢驚愕至極地揉了揉眼，再一看，已經是三輛坦克。心狂跳起來，呼吸越來越困難……他捂住心口數到第十一，等不到數完就向山下揮舞起雙手。再回過頭來重數一遍：一、二、三、四、五、六、七、八、九、十、十一、十二、十三、十四、十五、十六、十七……十八、十九、二十、

二一、二二……二三！然後，在綠色的坦克之後，綠色的卡車一輛接一輛出現……

他不知怎樣才能通知山下的人們：他們將遭遇的並非軍車而是坦克。他祇有眼睜睜地看著車隊英勇地向平田駛去。

河谷裏捲起了漫天煙塵……

*

第一輛車是日本三菱。陡然看見坦克車隊，一個急剎車停下來。這是一個坡道，可以理解為下坡車對上坡車禮讓，也可以理解為司機看見了坦克過度緊張。

第二輛車是重型自動翻斗車。似乎剎不住，為了避免和第一輛車相撞，車輪尖叫著拐向路左，幾乎與坦克迎頭撞上。

車隊停下來。

當坦克兵跳下來吆喝第二輛車讓路之際，一輛急性子的解放車從路左逆行上來，又堵死了路。當這輛解放車順從地開始倒車之際，又有幾輛車傻呼呼地跟過來，將公路徹底堵死。軍人們彎過山嘴，才發現有近百輛車堵滿了整條公路。司機們驚駭之極，紛紛向軍人們詢問去向何方，發生了甚麼事情。許多人棄車而走，跑到坦克前問長問短。看來，在兩小時之內疏通道路毫無希望。軍方的車隊開始後退，打算先讓逆行的車輛往平田方向疏導。但平田方向也被爭先恐後搶道逆行的民用車輛自動堵死。現在，軍方車隊進退不得，被越來越嚴重的堵車活活困在半道。這種具有中國特色的堵車，最高記錄可達半月以上，堪稱世界之最。司機們談堵色變，附近農村卻高價提供食宿，歡天喜地，大發其財。

從司機們幸災樂禍袖手旁觀甚至掩飾不住的敵意上，軍人們意識到戰鬥已經打響。緊急踏勘之後，發現百米開外有一開闊荒坡，以大約四十五度的傾斜通向河邊。軍用地圖標明，河邊有一條舊路，因平田水庫建成之後被回水淹沒，方修築現在的新路。此地已離開了庫區，雖然舊路年久失修，又要數次涉渡漳河，但對於坦克部隊，還算是一條坦途。在司機們的一片咒罵聲中，由坦克師師長親自駕駛的第一輛指揮車將擋在路上的汽車一輛輛頂開，幾輛車被推得歪在路邊的水渠裏，五輛卡車一輛客車墜下陡崖。一輛東風車滾下斜坡，煤塵飛騰。幾個車輪從煤煙中彈跳起來，直飛谷底，還有一個竟躍到了漳河對岸。

道路終於打通。

指揮車奮勇當先，沿荒坡駛下河谷。二十餘輛坦克如投入戰鬥一般，在開闊的坡面上顛簸前進。司機們沒見過坦克在如此險惡的地形上奔突，不覺瞠目結舌，停止了叫罵。有一輛坦克衝得太猛，突然發覺那輛摔在半坡上的東風卡車正擋在它面前，一拐彎，車身開始傾斜，慢慢地一側履帶離地，一連串側翻滾下長坡，扣入河中。其後的坦克祇是稍微減速，並筆直地對準谷底。沒有一輛停下來救援，全部首尾相繼地衝向神樹底。

昨夜撤回平田的那一團特種兵紛紛下車，緊隨在坦克後面跑步前進。

河谷裏滾動著無堅不摧的雷霆……

*

不足編的坦克團以戰鬥的姿態高速開進，沿著與河流交纏在一起的舊路三次涉渡漳河，以迅雷不及掩耳之勢衝到神樹底村口。

他們驚奇地發現，這是一個沒有設防的小小山村。所有看見坦克的人都驚訝地大張著嘴，轉身就逃。坦克一直開到神樹廟前，擺成一個整齊威武的橫隊，炮口指向神樹。坦克師師長體態肥胖，座位對於他略嫌窄小。他扭扭身子，看了看時間：部隊穿越三千米地形複雜的河谷地帶直抵目標祇用了不足五分鐘。回去之後，要給部隊請功！他費力地鑽出炮塔，點燃一支香菸，等待村民們出來。仁義之師，先禮後兵。他要先宣布了有關命令之後再動手拉倒大樹。一股濃鬱的芬芳從打開的炮塔口灌進，臨戰的緊張氣氛鬆弛下來。坦克兵們紛紛鑽出來，仰起頭來指點著神樹，開始交頭接耳，小聲議論。

當特種兵團跑步趕到時，從村裏流湧出洪水般的人群。平田、谷凹等鄰村的人們也如蝗如蟻地從河谷與四面山梁上聚來。坦克師長彈掉菸頭，看見了一個上萬人包圍軍隊的極其壯觀的場面。他甚為興奮。殺雞焉用牛刀?否則,調我的坦克團來作甚麼!

他通過指揮車上的高音喇叭向山民們廣播:「老鄉們,請肅靜!我部奉上級命令前來平息……鬧事。在開始行動之前,先播放山西省委書記的錄音講話!」

「平田鄉神樹底村的鄉親們,我是你們的省委書記張至清。你們連夜向省委反映的情況我已經知道了。現在的大局是穩定壓倒一切,千條萬條的小道理都要服從這個大局……」

高音喇叭裏傳出十分純正的山西官話。這令山民們感到親切的鄉音卻像一扇磨盤壓在人們的心上……

接到武斌急信漏夜趕來的省市電視臺兩個攝製組,已在房頂上埋伏好,開機拍攝。攝影師扛著機器趴在土房頂上,用激動得發抖的雙手,把鏡頭對準坦克與人群……

「……也許你們中大多數人目的很單純,祇是保護古樹。但情況發生了變化,這棵所謂的『神樹』,已經成為省內外某些勢力興風作浪的中心和藉口。為了防止事件繼續蔓延,為了……」

趙家文心裏最後一線希望熄滅了。不僅流血死人都保不住神樹,而且,一頂「某些勢力」的帽子已經穩穩地扣在自己頭上。面對著坦克和「講話」,許多人都面露懼色。趙家文冷笑道,人心似鐵非似鐵,國法如爐真如爐。古人早就把話說絕了!

錄音講話剛一結束，他便走上山門前的石階，對上萬的群眾說：「都快散了啵！唆？」然後向胖師長舉手致意，「部隊首長，我是這村的村長兼黨支書。我代表我們村黨政兩套班子表個態：堅決擁護黨和政府的決定！堅決擁護解放軍！昨天我們就作出過這樣的決定，但是執行不力，是我的責任。雖然我們還有一點保留，誰是某些勢力，我們不理解。甚麼是興風作浪，我們也不理解。但是，我們一定全力說服……」

「——啊，你就是姓趙的村長！」胖師長一手叉腰，一手直指趙家文，厲聲說，「這就是昨天鬧事的首犯。先給我抓起來！」

幾個坦克兵跳下車，氣勢洶洶地衝上臺階，反剪雙手將趙家文拖下來。

鐵根子幾步躥上石階，劍眉一豎：「把村長放開！昨天的事，我是指揮。抓人不怕，你先給大夥兒講清楚了，這樹怎麼就成了某些勢力？某些甚麼勢力？」

「你就是那個復員兵？——也給我抓起來！」

一見又要抓人，廟門內外的一夥山民護住鐵根子就要走。坦克兵們圍上來拳打腳踢，把山民們打得頭破血流，才把大喊大罵的鐵根子扭下臺階。

胖師長跳下指揮車，拾級而上。他早已風聞神樹的種種傳說，他要在神樹毀滅之前最後瞻仰一下它的遺容。

一個被打倒的老人慢慢站起，抹了一把鼻血，清清嗓子對他說：「這位首長，你先聽我說兩句話……」

胖師長見局勢已完全處於自己的控制之中，便饒有興趣地問道：「你是誰？」

「年輕人，做事情不能太絕。我是誰？我的黨齡比你年齡都大！我叫石建富，是這村的第一任黨支書。我問你，你把這麼多坦克開到這兒來做甚？殺氣騰騰的！……殺人不好，殺人不好……」

「誰來殺人？」胖師長冷冷一笑，「我們是來執行命令！」

「誰都說執行命令！命令你去燒你家房殺你的娘你也執行命令？」建富老漢居高臨下地逼視著他眼睛，「不摸摸良心？和良心頂著的命令是甚屌的命令！開著坦克來打咱空手攥拳的老百姓，你良心讓狗吃嘍？」

炮口下的空氣停止了流動。坦克兵們一個個神色肅然。

「……年輕人，你不要急著掏槍年輕人。」建富老漢褪下黑布小衫，露出瘦骨嶙嶙的胸脯，「你看著，日本人一槍在這兒穿了兩個透亮窟窿，你再給我添兩窟窿我也不在乎。你把我打死你別砍樹……」老漢手指身後巍峨的神樹向坦克兵們大聲說，「當兵的弟兄們，你們看！我老漢一生種了幾十萬根樹，全綁在一起比不上這根樹！這是全世界少有的大樹，這是咱中國最後一根大樹！這罪名那罪名，不就是咱老百姓豁出性命要保住這根大樹？」

對！說得對！山民們齊聲吶喊。人們這才恍然大悟，攪得亂蔴一團的事情原來就這麼簡單！被一種莫名恐懼壓得喘不過氣來的人們油然生出一種保衛家園的正義感。眾人的喝彩聲在建富老漢心底激起一股早已乾涸的熱情。那種和殺氣一起被壓抑下去的血性陡然蘇醒。我要由心去作咧！他鋼腔鐵氣地說：「咱當著大夥兒面發個血誓：就是咱這條老命，就是你的坦克，就是今天！你要不把我老漢打成馬蜂窩，休想動神樹一根毫毛！」

想拼命？胖師長愣住了。他上過戰場，卻從未面對面殺過人。背後可怕的寂靜把他壓迫得呼吸困難。拔出來的槍，你能收起來？殺一儆百吧，避免更大的犧牲！正要抬槍，卻又轉念一想，這老不死不是有甚麼來頭？慢！便扭頭掃一眼他身後的一隊坦克兵，舉起手，向下一揮，吼道：「開槍！」

頗不齊整的一排槍聲響過，老漢慢慢撲倒在地……

人群發出輕輕的驚呼……

胖師長踏著石級健步向坍塌的廟門走去，卻不料老漢竟然又慢慢立起，扶著石獅，伸出一隻血手拽住他衣襟。

「報……報應……」

胖師長手哆嗦著，抵胸上就是一槍。

*

爹，爹……

石建富聽見嫩黃瓜一樣的孩子的脆聲，捏著手中的樹苗直起腰。

彷彿從古老的年代裏，一個孩子沿草坡向他跑來。

狗娃！狗娃！他忽然認出是他遺失得十分遙遠的兒子，忙踉踉蹌蹌迎上去。

那孩子在飄滿山菊花的陽光裏跌跌撞撞跑來，扎著兩隻小手撲進他懷裏。他拾起孩子掉下的芝麻燒餅，塞進孩子手裏。俺孩兒餓咧俺孩兒餓咧……孩子寶貝地抱著燒餅，捨不得吃，又歡喜地拉起他的手，說，爹，爹，回家家！好，好，回家回家。石建富忙放下手中的樹苗，拍拍手，撣去滿身塵土，忽然老淚縱橫。孩子探起小手想為他拭淚。爹，爹，你咋啦？不咋，不咋，咱們回家……

*

這一槍就像信號，士兵們開始發瘋地群毆被捕的兩人。特別是心懷奇恥大辱的特種兵，更是凶悍之極。老疤眼紅著眼，狼樣長嚎一聲：衝啊！群龍無首的人群霎時清醒過來，發出一聲驚天動地的呼號：衝啊啊啊啊啊……萬眾一心的人潮像刀切豆腐一樣把特種兵的幾排人牆衝開。前頭的人，搶出被打昏的人就跑。後面的人則把軍隊切成零碎，短兵相接地投入混戰。很快，二十二輛坦克也被捲進了仇恨的波濤……

聯合部隊總指揮，坦克師師長突然意識到自己也陷入了前任所描述過的那種部隊瓦解的可怕絕境。他站在臺階上大喊：「開槍！快給我開槍！」同時把手槍裏所有的子彈射入天空。

槍聲大作。

赤手空拳的老百姓紛紛倒地。

人們原想衹是出氣解恨，不料當兵的竟敢開槍。就像羊群遇上狼，呼拉一聲四散而逃。

……武斌在房頂上跪起來嚎啕大哭。三個省臺的記者也滿面是淚，望遠鏡頭裏淚濛濛的畫面不斷劇烈抖動。院子裏，草珠子和她男人家新子又遞上來幾捆柴禾。幾個人一邊流淚一邊用柴捆把自己和機器掩蔽起來。武斌又遞下一盤磁帶，說，草珠子，趕緊藏起！我們要是都死了，你就送到省城去……就又忍不住哭起來，這，這帶子比咱們命重要……草珠子點點頭，就哭著拿上磁帶回屋去了。

……當人群逃出一箭之地，士兵們自動停止了射擊。

驚逃的人群立住腳跟，轉回身來，面前的小空場上已是橫屍滿地。有幾個女人哭出聲來。老疤眼濁淚橫流。在他浪蕩無賴的生命裏，勇敢正直的兒子是僅有的一線光亮。趙家文不提殺父之仇，以德報怨。而石建富之死，更令他悲憤至極。石建富對他情同手足，不僅當年戰場上曾有救命之恩，而且，全村老少中也祇有他還記得他的大名叫趙傳狗。粘稠的血腥味像蔓延的野火，將他枯朽的生命燃燒成一支燭天的火炬。他看見一隻紅色的小鞋，便向前走去。他貓腰拾起那紅鞋，將它套在一隻蹺起的小腳丫上。芽芽！他認出是副村長石昌林三歲的小孫女芽芽。把一隻白胖的小腳丫從娘的懷裏蹬出來，嫩芽般指向陰沉的天空。他把小紅鞋給孩子穿好，抱起孩子，迎著槍口走去。

「站住！」

他在一汪血上滑了一下，站穩，把孩子抱好，又繼續向前走去。

三個青年人，兩個後生一個城裏的女學生跑上去扶住他，一起向前走去。

幾十個人跟隨著他們也向前走去。

所有活著的人都不覺邁開步子向前走去。

「站住！再走就開槍了！」胖師長蒼白地大喊。

宛如一波又一波寬闊的長浪，整個人群簇擁著老疤眼向前走去。

槍聲又一次響起……

人群無邊的悲憤早已將軍隊從心理上壓倒。胖師長祇有以攻為守，命令士兵們齊步推進，開槍追殺。

人們就像被割倒的莊稼一樣紛然倒下……

＊

軍官們帶著警衛班以勝利者的姿勢徐步進入寂靜的神樹廟。先繞樹一周，再掃一眼各類碑文。神樹的莊嚴壯美產生出一種難以抗拒的壓力，使殺氣蓬勃的軍人們竟不覺斂息噤聲。穿過戲臺旁邊的磚拱門，就進了後院。軍人們驚詫地看到了一座金碧輝煌的大殿。透過撲鼻的神樹花香，可以嗅到新鮮的油漆味。更令人驚詫的是，這裏居然還有一個人！一個四五十歲的漢子，正在專心致志地油漆殿前的雕花盤龍柱！

天色將明的時候，李木匠說，俺該走啦孫子，這活兒怕是做不完咧。爺爺，您老去歇了啵，俺來做完它。您瞧，還有這麼多人幫忙哩。老李木匠慈愛地撫著他肩膀，孫子，看你的造化咧！天亮之後，寶柱子動手彩繪油漆。油了一半，聽見了坦克履帶的金屬聲。幫忙的香客們都跑出去瞧熱鬧，寶柱子接著刷。爺爺說要功德圓滿，爺爺說來不及了。當槍聲暴響之際，大殿的門窗明柱都油完了，斗拱下的太陽蓮花流雲花紋也彩繪一新。現在，祇剩下正中的兩根雕花盤龍柱還露著新鮮的木色。就是有墨株，這兩根柱子也費了他爺孫倆大半的時間。爺爺交代了尺寸模式，一人一根開始用墨株勾畫。幸好修復古建的活兒近年來還幹過一些，要不然這雕花的手藝也就失傳了。寶柱子幹一幹看一看，爺爺那胸有成竹的嫻熟和流暢的墨線真令人嘆為觀止。天色將明的時候，兩根盤龍大柱終於畫成。畫好墨線的木柱並排躺在院中，兩夥後生用抬槓各抬起一頭。老李木匠說，柱兒，你先來，你已然是大工匠了。寶柱子說，爺爺，你先來，俺在您老面前算甚的大工匠！圍觀的人們就笑，一齊來啵！爺孫倆還挺客氣？兩位絕代神匠互相瞧了一眼，舉起手中的斧頭，高唱聲「成嘍」，一起向柱頭上砸去。一陣木頭的崩裂聲，碎木四濺……在人們的驚嘆聲中，兩條搖頭擺尾的神龍躍然凸現於木柱之上。當盤龍柱換好，竪柱與千斤頂皆撤去，李寶柱撫摸著自己雕刻的的柱子不禁鼻子一酸：爺爺，你瞧還行？李木匠摸著一隻深摳入木柱的龍爪，說：雕花這門手藝，一捉住雕刀，就要眼到手到。後生家有氣力，手到眼不到。年紀大了也不中，眼到手不到。像俺這把年紀，也就不算咧！你這陣兒正好，手眼都到了。使這墨株，就跟使雕刀一樣樣。寶柱子說，爺爺，雖說你手顫了，可精神力道還在。瞧你那條龍，盤在柱上，全身都在動彈，是條老龍哩。老木匠說，嗨，老龍不治水咧！還有最後一層：心到。心一到，就算入了化境。古人寫字，講究力透紙背，就是這個意思。孩兒，你不像你爹，枉到人世上走一遭！寶柱子長嘆一聲，說道，這是俺一輩子最好的活兒咧，衹怕說話就得讓狗日的們毀了，可惜了的，就像一場夢！李木匠說，自古道，轉眼百年，人生如夢。把夢做好了就不易。人這種魚蟲，比起萬物來，不就是會做個夢？爺爺要走了，寶柱子最後問道，這龍油金漆？老木匠說，金龍盤柱，要刷金漆。一般匠人，都喜歡把柱子油成朱紅，花裏乎梢的，俗氣。朱紅裏頭要兌點兒黑，顏色暗一點兒，跟金龍才般配……

當第二根柱子已經油漆到柱底的龍尾，軍人們以勝利者的姿態走進了滿地木屑廢料的後院。

「幹甚麼的！」胖師長一聲斷喝。

寶柱子連頭也沒回，想油完最後幾刷子。

「幹甚麼的！開槍了！」殺氣騰騰的軍人們覺得遭到莫大挑釁，槍栓拉得嘩嘩響。

寶柱子祇好轉過身來，一手拎著漆桶，一手攥著刷子，滿目痴迷。「幹甚麼的？你說幹甚麼的？肏瞎眼咧？」

胖師長沒聽懂那個「肏」字，但明白這是一句罵人的髒話，遂厲聲說道：「任何人膽敢繼續違抗命令，辱罵解放軍，就地處置！」

寶柱子怔怔地瞅他一眼，又趷蹴下去接著刷。

「最後警告，馬上出去！」

寶柱子一邊油漆，一邊喃喃道：「就差這兩刷子咧，就差這兩刷子咧……」

「砰！」一聲槍響，寶柱子被打倒在柱旁。他一軲轆坐起來，瞪大了眼，驚奇的看看胸前的血，看看倒在地上漆桶，看看槍口還冒著煙的參謀長，然後拾起刷子，掙扎著去補龍尾下那最後兩刷。

「砰砰！」又是兩槍。

寶柱子慢慢倒下，夢幻般抱住那根尚未最後完工的盤龍柱。

*

十分鐘後，軍隊成功地控制了神樹底所有的路口。灼熱的槍彈把百姓們驅入了一戶戶土牆圍起的莊稼院。士兵們紛紛擠進院外的茅廁，緊急排尿。有的實在憋不住，等不及跑進茅廁，靠住牆根就急急地尿。在趙家樓外，有個坦克兵彎著腰痛苦地掏出傢具，渾身亂顫了幾分鐘才尿出軟弱細長的一泡。

軍隊占領了全村。

在僅有的三個十字路口，各停一輛坦克，把炮口對準闃無人蹤的村街。

第八章

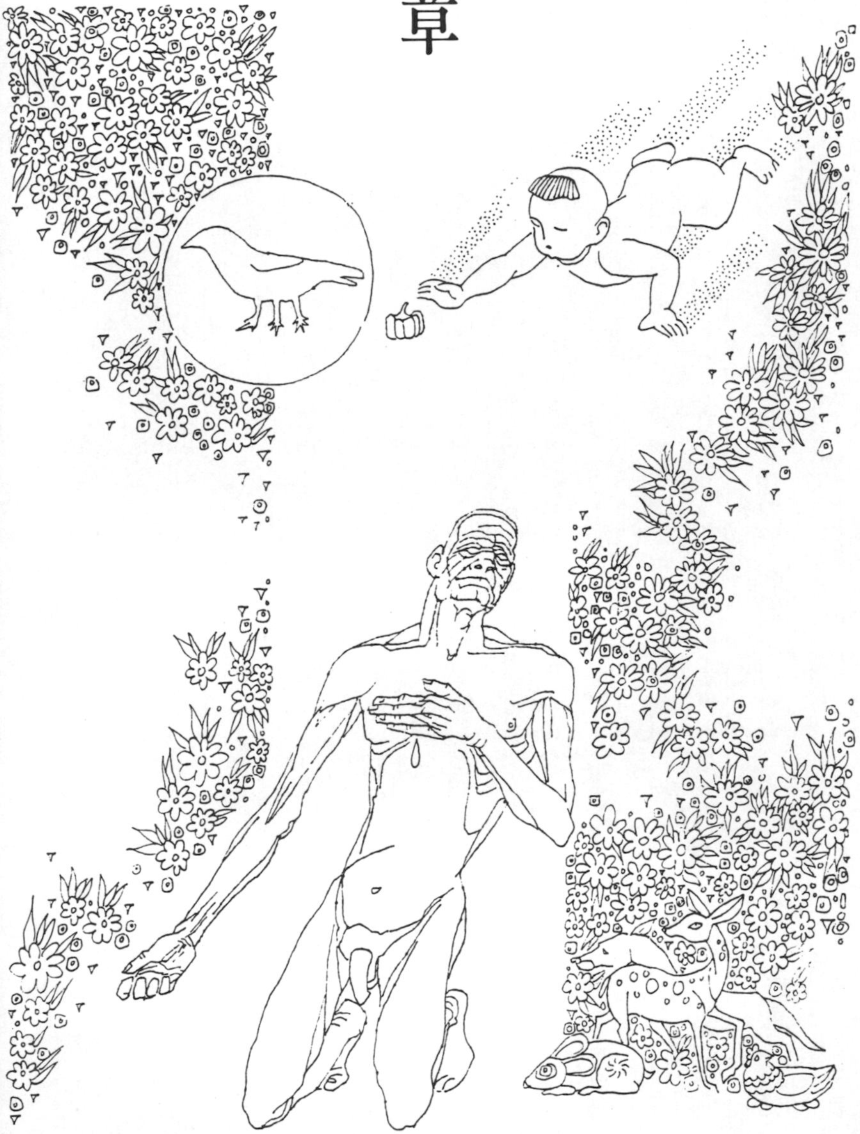

第八章

軍隊灌進村時，武斌先招呼省臺攝製組火速從房上撤下來，托付給草珠家新兩口兒，然後混入滿街驚慌的人群，趁亂向趙家樓跑去。趙家院內，已擠滿了惶恐不安的人群，連樓裏也擠得滿滿騰騰，祇是在老太太停靈的大沙發前尚有一隙之地。他順小鐵梯攀上樓頂，回頭命令幾個本村人把守住鐵梯，不准任何人登上樓頂。

樓頂平臺上，市臺的幾個記者還在冒險偷拍坦克開進村街的鏡頭。一輛低矮寬大漆得像花老虎似的坦克，跟在特種兵後面嘩啦啦駛進土巷。拐彎時，履帶掛到一堵院牆。臨街的土牆本來就被車馬行人刮虛了牆根，僅輕輕一蹭，便無聲地崩塌下來。苫在牆頂遮雨的石片，在坦克上砸出悅耳的脆響。滿院裏躲藏的人們頓時暴露在坦克與士兵面前，就像忽然被剝光了衣裳一樣目瞪口呆。士兵們也同樣大吃一驚，急忙把槍口指向院內……一夥向高處警戒的士兵有目標地將槍口指向樓頂……快撤，發現了！在武斌急速的拉拽中，攝像機繼續無聲地轉動，攝下士兵們對著鏡頭舉槍狂射的最後一個畫面。

「帶子帶子，快換帶子！」

幾個人哆嗦著拿出錄過了的磁帶，又換上一盤空帶。

武斌拿著磁帶鑽下去，塞給家文婆姨。「快，藍秀，要命的東西，藏到老太太身上！」

藍秀把磁帶往懷裏一掖，正要下樓，幾個士兵已經用槍托刺刀開路殺氣騰騰地衝上樓來。

為了掩護藍秀把磁帶藏好，情急之中，武斌雙手一張，擺出一副攔阻的架勢，抬頭朝樓頂上喊「當兵的來了！」

士兵們一把將他從小鐵梯上扔下來，魚貫而上。

「我們是記者！」市電視臺的三個人連忙掏出紅皮燙金的記者證。

話音未落，已被一陣狂怒的槍托打得頭破血流。

一個軍官用手槍頂住攝像師的胸口：「快，磁帶！交出來磁帶！快快！不交出來老子就開槍了！」

年輕的攝像師一手緊捂住鮮血汩汩的額頭，一手指指放在水泥樓板上的攝像機。

軍官抱起機器，翻來調去看了一番，顯然不知道怎樣打開，便用力一摔，從破碎的機器裏摳出磁帶。

「我們……」攝像師吐出兩顆牙齒，聲音含混地囁嚅道，「我們是記者……」

「甚麼他媽的記者？槍一響老子就不認得記者不記者了！」軍官拿著磁帶和士兵遞給他的三本記者證，用手槍戳點著渾身是血的記者們，命令道，「你們，不許出這座樓，等候指揮部處理！」然後帶著幾個兵餘怒未息地鑽下樓去。

武斌腫著半邊臉鑽上樓頂，脫下染血的白襯衣，撕成條子，幫著三個記者包紮起來。然後匍匐到樓邊，從裝滿玉米的蔴袋裏摸出一架照相機，再爬回來，幾個人攙扶著，以白花皚皚的神樹為背景拍了幾張合影。攝像師翕動著豁牙的嘴苦笑道，武斌，你老兄起碼得賠我兩顆牙。武斌顧不得回嘴，也苦笑著擺擺手，又匍匐到樓邊，隱蔽在蔴袋後開始向引擎轟鳴的村街拍攝……

＊

當士兵們用鋒利的槍聲開始收割之時，山道上定住了一紅一黑兩點人影。紅的一點是和尚。今日他特意從自己唯一的小樟木箱底翻出師父傳給他的猩紅鑲金袈裟，要以最虔敬的態度去給每一個罹難者誦經超度。低矮的蒼穹下，多年未穿的袈裟細雨般飄灑著沉重的樟香。黑的一點是二子，依然是那一身襤褸褪色的黑衣褲。在駐足無風的時刻，便蒸騰出柔和的汗臭。他們被槍聲釘在山腰的羊腸小道上，先瞭見一個人在山門前倒下，又瞭見倒下一片，又倒下一片。

和尚聲音顫抖地說，二子二子，俺得先走咧，你自家慢慢來……

二子發抖的雙腿再也支撐不住，緩緩坐在路邊的一盤馬蓮草上，無力地點點頭。

和尚看看二子，就如一朵彤雲飄下山去。

二子看著坦克在狹窄的村街裏鑽行，揉著自己疲軟無力的雙腿，喃喃道，青葉子，我這腿，你看我這人徹底不算咧！

這兩天，我去看你都挺不易咧……

啪啪啪啪啪……

又開槍咧，又往人身上掏血窟窿咧！狗日的們吃飽了就訓練，咱們吃飽了就受苦，狗日的們就訓練，一二一，一二三——四。槍打得挺準，能不準嗎？一槍五毛！那五毛是我交的。兩張兩毛一張一毛，統共三張。交票子時候發了個毒誓：一張票子還我一條人命！五十除以三，一三得三，三除二十，六點六六六六六除不盡，他們殺你子彈費是一槍五毛，他們要還咱們三條人命咱的價錢是一毛六點六六六六六六……六的循環循環小數得讓狗日的們找錢都沒法找！狗日的們槍打得準，每天吃飽了就訓練能不準嗎，咱栽樹一栽一個活可打槍不敢說一槍一個準，這價錢就再便宜點，一顆子彈一分錢，五毛錢賣給狗日的們五十顆子彈。那天打了你們六槍一顆子彈沒浪費狗日的們槍打得準，你喊了一聲他們連一聲都沒讓喊出來喊不喊都是一槍一槍都是五毛。喊誰也來不及咧，喊誰也不頂用咧，他們早就派上人看住了我們，我一看一左一右站得倆外村民兵就知道事情不好，十年，少說是十年！那王八日的院長一說立即執行，就一左一右擰住了我，那王八日的院長滿臉是瘡。我就喊你，你聽見了嗎你不抬頭你抬不起頭，你爹是右派，我是幾代貧農，我不怕狗日的們！我就喊，青葉子青葉子青葉子……

*

——青葉子！

二子一聲大喊，像夜空中一道淒厲閃電，剎那間刺穿了眾人的心。被死刑宣判驚呆了的人們頓時清醒過來。又有個女人一聲獸的尖嚎，家屬們都呼喚著犯人的名字哭喊起來。河灘裏開始騷亂。腿腳快的小後生們從人叢裏擠出來，撒腿往山根下的殺場跑。

青葉子！青葉子！二子和兩個民兵扭打著，盡命絕氣地喊。他看見青葉子被一夥戴著墨鏡的士兵推擁著從臨時搭起的木臺上走下來。他看不見青葉子的臉，看不見青葉子那張俊秀的瓜子臉，滿頭長髮如女鬼四下披散。高入雲天的劍形亡命標，明白無誤地寫著「反動會道門主犯石青葉」。這個從沒用處的大名上，用紅色毛筆重重地劃了大叉。祇喊了幾聲，嗓子就啞得發不出聲。二子再不叫喊。他覺得那個軀體並不是青葉子。他的青葉子已然死去。他木然地看著行刑的士兵們半架半拖把「土地會」六名首犯主犯擁到殺場。殺場上，不知何時已一字挖好六個淺淺土坑。每坑前，摞起半人高一疊砌牆用的土坯。士兵們將青葉子按倒在土坯前跪下，下巴正好支在土坯上。三四個殺手同時舉起上了刺刀的步槍，把刀尖抵住後腦勺。一聲槍響，青葉子頭蓋骨悠然迸起，飛出幾尺之外。二子看清了這種血肉四濺的飛行。

他覺得那拖著長髮的頭蓋骨就像一顆流星，在他黑如地獄的心中永遠掠過……

幾名殺手皆著軍裝戴墨鏡，同時舉槍同時迅速登車離去。使人莫辨真假，不知哪一個是開槍行刑的真正的劊子手。死刑犯們都癱靠在吸飽熱血和腦漿的土坯垛上，等候法醫做最後的體檢。身穿警服的法醫依次走過，往開放的頭顱裏觀看，再例行公事地用鑷子在紅白相間的腦漿裏攪動一番。平田的東宮娘娘似乎還沒死定，法醫便像涼拌豆腐一樣多攪了幾下。再往下，是照相，每人兩張。再往下，就每人一腳，連人帶土坯嘩啦啦踹進前面的土坑。至此，所有參與公判大會宣判、行刑、警戒事宜的公家人全部撤離。一直在警戒線外看熱鬧的人們便無聲地圍攏來，參觀死亡的細節與家屬們收屍。

除了「地皇爺」周二禿家裏事先扛來塊門板，其他五位皇后大臣的家人都毫無準備。

青葉娘早已小死過去，被村人抬走。石建奎父子趷蹴在坑邊，痴著眼發愣。

二子晃過去，慢慢下到坑裏，從跌碎的土坯裏翻揀出頭蓋骨，挽一挽長髮，塞進學生裝的口袋。再抽掉亡命標解開綁繩，幫青葉子翻過身來。他看見青葉子圓睜雙眼，驚訝無比地凝望著他，凝望著他背後的藍天。他輕輕幫她合上眼，拭去臉上的一絲血污。然後抱起她溫軟的身體，慢慢走上坑來。

石建奎說，二子……

二子說，爹，幫我把青葉子奈何到背上。

石建奎便劇烈地聳動起肩膀，淚水無聲地奔湧而出。

石昌林熱淚成河地抱起妹子的腰，幾個本村後生一齊上手，把青葉子扶到二子背上。

青葉子青葉子咱們回家咧你乖乖地在我背上睡啵青葉子咱回家咧……

堵在村口的一夥老婆婆老漢漢，本想按鄉俗阻止惡死者進村，但一看見渾身是血的支書兒子揹著露著腦漿的青葉子，嚇得如白日見鬼一般閃到街邊。跟在後面的人越走越多，那種事不關己的冷漠和鄉親的憐憫漸漸變作某種明確的感情。

青葉子這條路我的親親這條路咱們肩靠肩膀靠膀走了多少回？白天不敢走就黑夜走人前不敢走就人後走這回咱們貼胸貼背地走……親親我的親旦旦咱這就到家咧咱們這就到家咧……你家的門檻不算高你咋就進不去哩你家的大門不算窄你咋就進不去哩？……那是一個晌午天，街上沒幾個人，祇遠遠看見一個小山樣的活柴禾垛。那柴禾垛長得兩條短腿，在街心裏慢慢走。青青你不要急，咱們這就到家咧咱這就到家咧。那長得兩條短腿的柴禾垛在前頭走，走到你家大街門前就慢慢挪上臺階往裏進。乾透了的玉茭秸桿嘩嘩啦啦別在門框上不好進，我撂下鋤頭跑前幾步搭把手才擱進門去。我說，三伯，你少揹些兒，看閃了腰！……青葉子我的親旦旦，咱這就到家咧……

＊

那如山的柴禾垛終於放下來，卻並不見人。

二子又說，「三伯三伯，不是努著了吧？少揹些兒……」

就聽見一串羊鈴般的脆笑，「咯咯咯咯……二子哥，俺多咱成了你的伯？」

「青葉子！」二子繞過去，看見青葉子拽著揹繩大叉腿坐在地上不住地笑，汗水粘住了她的流海，黑紅的瓜子臉上，一雙毛眼眼裏汪著晶亮的淚。因為青葉子跟他唱酸曲兒，這兩天二子不敢答理她。看見青葉子傻傻的這俏模樣，也笑了，伸手去拉，「青瓜蛋子！妮子家腰軟，看閃著！」

青葉子卻不接手，自家一軲轆爬起來。抹下蒙在頭上的花手巾，擦擦額上腮邊的汗，就刷拉刷拉地全身撣，一邊念說，「門搭搭開花兩扇開，是那股風把你刮進來？」

「青葉子！」二子就有點惱，「你再要開口就是酸曲兒，我可真是不答理你咧！」

「呀呀呀，可不敢咧可不敢咧！」青葉子抽出揹繩，三兩把挽好，一探手掛在土牆木橛子上，一邊兀自嘟嚕，「看人家讀洋書讀出了洋規矩，耍笑耍笑嘛還要惱！山裏人愛唱個開花調，不唱開花就憋得慌……」

「看，看，說著說著又來了！」二子聽出她後兩句又是開花調，板不住笑起來。

青葉子就說，「心裏難活就學個唱，那你把俺的嘴縫上！」忍不住噗哧一笑。

二子也笑。笑著笑著，突然發現青葉子手縫的洋布小衫衫下有東西脹脹鼓鼓地頂起來，腰身也變了，就說，「咱青葉子甚時候也長大咧？」

青葉子低頭瞅瞅胸口就不再傻笑了，紅起一張俊臉兒狠狠剜他一眼，說，「咱二子甚時候也變灰鬼咧？」

二子見青葉子要惱，趕緊說，「說是說，笑是笑，青葉子甚時候你也要正經學點文化，可惜了的。」

「俺爹說了，受苦人，就是個受苦。能記工念信就中，文化多了就是害。他就是墨水喝多了，寫了幾句詩，就成了右派。一滿才四句。」青葉子撲閃著一雙睫毛長長的大眼，有點不服氣地說，「俺不是也念過幾年書？」

「你念的那點書！」二子又笑了，說，「要建設社會主義新農村，開拖拉機修水泵科學育種，再把咱這漳河攔腰一截，修水庫建發電站，你念的那點書頂用呀不頂用你算算！」

「人家你們後生們念了書還頂用，鬧好了謀上個一官半職，拿工資吃國庫糧。」青葉子嘻皮笑臉地說，「妮子們嘍，漚得滿肚子是書不還得嫁漢吃漢，給人家生男養女，幾年下來，就成了沒人待見的個爛婆姨。」

二子就伸出一個指頭點著她鼻尖，滿深沉地說，「你這思想太落後！到我家來給你本《青年修養通訊》看看！」

＊

青葉子青葉子你咋直往我臉上蹭血哩你不要鬧你不要急乖乖地跟我回家……

親親我的青葉子我不哄你我多喒哄過你咱這就到家咧……

＊

天擦黑，青葉子就來找二子。借了書，坐了坐，問了些縣城裏的新聞，就沒話了。又坐了坐，就要走。

臨出門，瞟著書桌上大瓷花瓶裏插的一束白丁香，說，「這好看？」

二子不解地瞥了她一眼，「咋？」

「這也是花？」青葉子說，「這是柴禾，稀爛賤。插你這細瓷花瓶裏，真是鞋幫當帽檐兒，抬舉它咧。要插就插月季西番蓮甚的，野花裏頭，就數玫瑰山丹丹，大朵大朵的多喜人！」

二子自然知道丁香在山裏是柴禾，說，「這花素靜，也香。好些外國的文學作品裏都寫過哩，頂高貴的。」

第二天一早，青葉子從坡上揹來一大捆。興沖沖地往院子當間一撂。

二子剛剛起床漱口，張著滿嘴白沫半天合不上。「青葉子嗨青葉子，這又不是燒柴禾！」

「那……那咋？」青葉子囁嚅著，扎著雙手不知所措。

二子衹好把兩條熨得筆挺的褲腿往起一提，半蹲下來折了幾支開盛的，又幫她把沉甸甸的丁香捆子揹上，說，「回啵青葉子揹回去燒火，你這可真是柴禾！」

他看見剛剛出山的陽婆映紅了她的脖根兒。

從此之後，每天清晨石家的門環環裏都會插幾枝白丁香。石建富就問，二子，青葉子咋啦？二子就說，咋也不咋。跟我補習文化哩。

每天晚飯後，不是青葉子來，就是二子去。語文算術，算術語文，春假就過去了。臨回校前一晚，鳳妮子悄悄送來一個練習本紙疊成的八角。二子扭開一看，是青葉子歪歪斜斜的筆體：

親愛的二子：

我想跟你亂愛！

二子想了想，擰開鋼筆，龍飛鳳舞地也寫了兩行字，疊成八角叫鳳妮子帶回去。

青葉子：

戀愛就是戀愛，戀愛不是亂愛。注意錯別字。暑假回來再見！

青葉子我親愛的青葉子你咋這麼沉哩……

我的親旦旦哇你不要哭咱們這就到家咧……

＊

暑假回來，文化大革命同夏日多雷的暴雨一起驟然而至。

青葉子已不再去二子家。村街上狹路相逢，也是臉兒一紅低頭就過。祇是靠著傻傻的小鳳妮子當秘密聯絡員，和二子保持紙條往還。青葉子的紙條已經寫得很好。不光句子通順，諸如懷念希望想念痛苦愛情青春友誼革命奮鬥努力永遠等書面語也都能活學活用。祇有個別詞匯，比如「徘徊」還用得還不太貼切：親愛的二子，高考制取消了，你不要徘徊！毛主席的點子還能有錯？你記著，我愛你！海內存知己，天涯若彼（比）鄰。咱們的心是連在一起的！青葉子學習勤奮，二子給她留的習題從來按時完成。天天戴草帽，臉也捂白了。

第一次「橫掃」鬥爭會後，二子砸開了石建奎家緊閉的街門。兩眼紅腫的青葉子一下子撲在他懷裏，咬住唇啜泣。兩人倚偎著走過漫長的院子，跨過房門，一直走進那冰窖似的屋子。

「三伯……」

「二子來咧，坐。」石建奎從炕上掙起來，在被打腫的臉上擠出一片青紫的微笑。

石昌林用陰沉的目光掃視著輕偎在一起的妹子和表弟，從厚嘴唇裏吐出兩個單字：「賤、貨！」

青葉子索性把頭埋在二子胸前嚶嚶地哭。

建奎婆姨軟軟嘆口氣，說，「二子，你瞅三嬸這家人寒傖的，火沒燒，飯沒做，冷鍋涼灶的，連口熱水都冇。」嘆口氣又說，「你爹這人也是。運動就運動，支應一下不就過去咧，咋還叫活閻王他們動真格的？樹活一層皮，人活一張臉……」

「屁話，人家給共產黨頂得個支書哩！」石建奎摸起菸袋，顫巍巍劃火點燃，吧嗒幾口，低下頭睡著一般自語道，「二子這孩兒仁義……二子這孩兒仁義……」

二子站了站，沒話，轉身出屋，噔噔地大步走出院去。

青葉子一溜小跑攆出來，倚偎著二子在暗含敵意的夜晚裏遊蕩。標語從村街兩邊的土牆上冷冷窺視。二子感覺到她綴滿丁香花和淚花的肌膚沁出顫抖的暗香。二子覺得自己的手摟住了她柔軟的腰肢，有一隻奶子輕貼在胸上。星光下模糊的草徑和模糊的欲念將他們引向雙奶泉下的小潭，鬱悶的風帶來默默勸慰，不知覺間輕輕解開了青葉子單薄惶亂的衣衫。二子閉上眼。二子覺得自己的手在溫柔起伏的白雲上遊走……漸漸地，他覺得她粗糙的小手挽起他胳膊，和他一起從雲端走向泉水潺潺的山澗。他和她留連於溪邊野花閃爍的草地，忘情地涉入溪流，撩撥起層層漪漣……他從她微張的嘴唇上嘗到一種紊亂的渴望，火焰從身體的某處燃起，像蛇一樣緊緊纏繞著他盤旋不止。他不由自主地跪倒在大地之上。當他俯身而下，他看見了青葉子睜開了那雙亮汪汪的毛眼眼，看見那雙毛眼眼裏星空閃爍。一種巨大的罪惡感排山倒海襲來，將他擊倒在地。他裹著渾身火舌躍進潭水，揮臂向深處游去。青葉子惶惑不解地坐起，白色的曲線在黑色的背景上十分好看。青葉子輕聲呼喊，二子，你咋啦二子？二子又游回來，在水中向青葉子張開雙臂。青葉子，你下來青葉子！俺不敢，青葉子說，慢慢涉入潭水，在沒膝處站定。二子站起，緊緊擁抱著她，堅定不移地說，青葉子，我不跟你「亂」愛，我不能趁人之危！青葉子我要娶你！在二子冰涼的懷裏，青葉子打著寒戰笑了。二子掬起泉水，為青葉子洗去背上的草棍和汗污。雙奶泉洗過，女人俊俏，男人勇敢，子孫綿延。二子就說，你要給我生個胖小子青葉子！洗畢，手卻久久放不下來，摸裟著青葉子渾圓的屁股，忍不住推開她側過臉看了又看。潔白的屁股在夜色中如玉雕般優美絕倫，驚心動魄。二子頓時明白了山漢們自古以來對女人之美的最高評價，讚嘆道：「青葉子，瞧你那尻子，瞧你那㞗子！」青葉子噗哧一笑，蒙起臉拱進二子懷裏，嬌嗔道，「真個是灰鬼，真個是灰鬼灰鬼灰鬼……」

幾天之後，一輛綠色的警車停到村口神樹廟前，綁走了正在鋤玉茭唱酸曲兒的青葉子。一個月之後，在平田和神樹底之間的河灘上搭起了大木臺子……

*

青葉子親親我的青葉子咱們這就到家咧……

青葉子你在我背上乖乖睡啵咱這就到家咧……

*

二子一瘸一拐地從開滿丁香花的遙遠歲月走進彈洞累累的村街。他大敞著懷，奮勇前進。仇恨黑色的衣角掃過火燙的槍口。那隻完全報廢的腳在履帶耘鬆的土路上書寫著無人知曉的象形文字。他終於站在神樹廟前。一望無際的死亡在眼前徐徐展開。他的眼睛沒有殘廢，在山腰上就看清了父親這一生最終的結局。他拖著廢腳，吃力地繞過橫七豎八死像不甚優雅的鄉親，在初凝的血窪中一步一滑挪上石階。他看見父親側臥在山門邊，頭撞在一塊倒塌的青色條石上。他猜想父親一定很疼，就費力地把他從條石上移下，放展。從背心上撕裂的衣裳裏，黑紅的血咕嘟一聲傾瀉而出。父親疲憊不堪地閉著眼，臉上密布的皺紋已被風乾。爹，二子說，爹，您種了二十七年樹，您好好歇歇啵。又把青葉子從背上輕輕放下來，拽展了滴血的衣襟。

青葉子，咱總算到家咧！

＊

射殺的瘋狂和奔逃的恐怖在過多的死亡面前漸漸平復。一如大疫流行，人死多了，心便麻木。

士兵們圓睜的槍口下，村街上出現了有限的活動。老支書李金昌、副村長李銀斗、村委石昌林代表死者家屬和神樹底村委會與軍隊進行了富有成果的談判。出於一貫秉持的革命人道主義傳統，軍隊同意群眾在統一安排下立即救治傷員，並將提供部分藥品。允許盡快收屍。本村死者可由家屬領回。外村外地死者一律集中停放在河灘上。允許一百人以下的收屍隊在警戒線內自由行動。考慮到風俗和家屬的情緒，允許和尚念經超度。由於滯留香客太多，允許在院內支鍋造飯。作為交換條件，村委會得協助部隊收繳昨晚被搶走全部槍枝，收繳記者的錄像帶和香客們照相機裏的膠卷。搭建臨時廁所。樹拉倒之後，派出精壯勞力清理現場。最後，軍方再三嚴詞警告：在上級作出處理決定之前，任何人不得離開神樹底。無論死人活人。

*

和尚身披紅色袈裟，手持念珠，肅立於石建富身邊。

老石，你了脫生死，得大自在咧……你比俺有悟老石。明知一死，由心去做。你死得好，你死得好……今日俺才參透「颺下屠刀，立地成佛」之真意。放下屠刀是佛，面對屠刀也是佛，再操屠刀還是佛。佛即是心心即是佛……你叫俺給你念一句「重罪輕報」。無論輕重，你已然成佛了。俺還是要給你念一句。

和尚雙手合十，放聲唱誦一句：「石施主，你重罪輕報了。阿彌陀佛！」

和尚身披猩紅鑲金袈裟，仿佛一朵凝固的火舌。

老石，俺就不給你念往生咒了。你那百萬寶樹，一葉一蓮花，一樹一遍《往生咒》……陰雲低垂。

從神樹那如恆河沙數的密葉上，墨綠的顏色向四外悄然湮開。墨綠的士兵們在樹上爬上爬下，綁紮拽樹的鋼絲繩。墨綠的屍體正在向河灘移動。墨綠的鮮血早已滲入土地。滿天滿地的綠色之中，唯有和尚是一點恍若燈焰的紅。

和尚最後回望建富老漢一眼，緩步拾級而下，在每一個死者的身旁駐足片刻，默誦超度的經文。

時間就在他優雅安詳的歌聲中蹣跚走過。

最後，他走向漳河，在整齊排列的上百具屍體前站定。和尚少年托缽流浪，中年孤守鄉村小廟，晚年入山植樹，一生未見過大世面。這二十輛坦克旁橫陳的百多具屍體，就算是他今生在世間沉浮六十餘年所僅見的最為盛大的場面了。屍體沿河擺作兩排。頭頂頭。一排腳踏漳水，一排足蹬太行。和尚想，這是為了認屍方便啵？他看見荒草沒踝。他看見沒踝的荒草中死亡驚心動魄。本來，和尚勘破生死，對人間諸般橫逆早已不動於心。但是，當他看見孩子艷麗的花裙和老人銀絲般的白髮在河風中與草葉一起拂動，看見凝血的斷肢旁探出一兩朵金色的山菊花，那如古井一般寂定的心中仍然浪花翻湧。他彎腰揀拾起一朵被踩爛的山菊花，感到一種刺骨錐心的美麗。他突發異想：拿這花敬佛，佛歡喜嗎？又立即止住這大不敬的妄想，喃喃道，佛慈悲哩佛慈悲哩……他驀然自省到自己在死亡面前已失去出家人應有的從容與莊嚴。阿彌陀佛，俺又心動咧！便雙目微合，氣沉丹田，繼續給亡者誦念經文。

那如歌如水的唱誦在綠風中流動，無始無終，無涯無際……

*

鋼絲繩已經縛好。

士兵們像拉縴一樣把鋼絲繩從樹下拉到河畔，在坦克上一根根繫牢。

＊

「佛祖，您瞅見啦？他們要毀您的寶樹咧。」和尚嘆息道，「唉，果真是末法時代咧……」

和尚慢慢走到汽車堆裏，似乎在翻揀甚麼東西。俄頃，又翩然橫過小空場，向已經坍塌的山門走去。

風鼓動著袈裟。猩紅一點在綠色的畫面上閃動。

＊

士兵們正在忙碌，沒人理會這身披法衣的世外之人。

和尚走進廟宇，抬頭仰望神樹。良久，向親自坐鎮第一現場的胖師長輕聲問詢道：「首長，這根樹真的一定要毀掉嗎？」

胖師長斜眼瞥了瞥他，不耐煩地揮手讓他出去。

和尚點點頭，知趣地轉身走出廟門，在山門前的石階上面對神樹盤腿而坐。苦海無邊，回頭是岸！

胖師長看著他奪目耀眼的袈裟。給樹念經？這老和尚又要出甚麼怪！他覺得老和尚的手在袈裟下面動作，突然生出某種不祥預感。祇見和尚從袈裟裏掣出一個小號油桶，將汽油從戒疤分明的禿頭上猛澆下來。他覺得全身猛然一震，心臟頓時停止跳動。他想喊叫，卻張不開口。他無助地向周圍的士兵們張望，一邊指點著和尚。他看見士兵們個個呆若木雞……

和尚面帶微笑，嘴唇翕動著念頌起法號，按動了剛才在石建富身邊拾起的打火機……

一個沉默的火球在低矮的雲霾下悄然騰起。

綠色的風被猛然攪動，從四面八方飛奔而來與火共舞。

這火球瞬間燃成火柱直上蒼穹。

和尚雙手合十，坐像極其慈悲莊嚴。

火舌如蓮。

＊

人們的眼睛都被燒痛了。

正在指揮收屍的李銀斗石昌林等跑過來，看著和尚焦黑如炭的坐像痛切難言。

二子拖著廢腿拐來，看著裊裊餘煙，叫了聲和尚，乾涸多年的眼裏剎那間浮上一層薄薄淚膜。他抬起頭，看著胖師長的眼睛，訕笑道：「我爹死了，家文娘死了，二旦伯死了，老疤眼死了，昌林三歲的小孫女芽芽死了，寶柱子死了，河畔上躺下的那一片都死了，這回，和尚也死了……你們，」他抬手戳點著軍人們，夢幻般地吐出兩字：「——凶手！」

士兵們垂下了眼睛。

胖師長強自壓制著內心深處的恐懼，大聲呵斥道，「該做甚麼做甚麼去，都圍這兒幹嗎？中午十二點以前一定要完成任務！」又轉過臉對李銀斗石昌林說，「這是個殘疾人，我先不跟他計較。你們要維護協議，否則一切後果要由你們承擔！」

李銀斗拽著二子站到遠處。石昌林叫幾個後生到神樹上扯下兩副紅綢幛子，將燒成焦炭的和尚包裹好抬下青石臺階。二子暗啞地說，抬我家去吧。跟我爹作個伴兒。人們便簇擁著和尚向石家走去。

*

……所有的鋼絲繩都已經繫好。

局勢已初步平定。胖師長把村街裏的坦克也都調到河灘上來。他接受了特種兵昨天的教訓，集中每一匹馬力，以期一舉成功。而且，情況正在繼續發生變化：據警戒部隊報告，四鄉山民和外地香客還在源源不斷地向神樹底湧來，漫長而單薄的警戒線已難以承受巨大的壓力。不管是一聲槍響還是某個亡命之徒振臂一呼，仇恨的浪潮在一瞬之間就會把他的軍隊再次淹沒。你還敢命令開槍嗎？部隊還敢開槍嗎？幾百傷亡，簡直是一場正規的戰鬥！特別是他親手擊斃的老支書和木匠，還有自焚的和尚，使他自認為堅強的神經幾近崩潰。你還敢命令開槍嗎部隊還敢開槍嗎你還敢嗎敢嗎……他左手叉腰，右手高舉指揮旗。此刻，他恍然幻入某種死亡的夢魘。他怕這些不知死活的山民，怕這棵雍容華貴的神樹。他的視線從神樹那白花盛開的山巔沿二十二根鋼絲繩沉重滑下。坦克已經發動，淡藍色的油煙在綠色無風的天氣裏彌漫。他看著腕表。具有決定性的時刻到了。當長短針重合在「12」時，他用力揮下了小紅旗……硬幹！祇有硬幹才能驅走死的夢魘！

按照事前的布置，二十二輛坦克以最低的速度慢慢倒退。慢慢綳緊鋼絲繩，慢慢將神樹拽倒……

大地隱隱地震動了……

在上萬匹馬力的拖曳下，神樹無聲傾倒……

神樹廟土崩瓦解，夷為平地……

在爆破般的彌天煙塵裏，有些人驚疑不解地看見許多黑蛇飛舞，有些人則看見一個巨網掛上天空……

一絲破裂的鐘聲之後，大地悠然一震……

煙塵落定，一切異象皆得以解釋：

那如蛇如網的物體是神樹其大無比的根系。較為準確地描繪，是一個半陷的老式木製車輪。橫在半空的樹身算是車軸。另一個車輪是撲倒於河灘的樹冠。

爆破效應則來自神樹彈出根系的大力。原來坐落於神樹四周的廟堂，除東面的鼓樓和偏殿被倒下的枝丫所摧毀，西面的偏殿鐘樓、南面半坍的山門、北面的戲臺和剛剛修繕一新的大雄寶殿、以及尚未竣工的蔓菁牆，都被裂石而出的樹根掃蕩成一片瓦礫。

老鐵鐘被彈起，墜落後裂為數片。

廟前的一對石獅也被拋出一丈開外。

地震自然是由於神樹和廟宇的徹底毀滅。祇有兩個人心存疑竇。老陰陽和武斌都以職業性的眼光十分準確地觀察到：大地的震動絕對是在這一切之後。關於這極為重要的一點，武斌在後來重看偷拍的錄像帶時將為時已晚地再次加以肯定。

爆炸的氣浪將滿樹白花衝上雲天。當凝止在十二點的時間又像如歌的經文開始流動之後，花瓣才隨著若有若無的微風飄灑下來，落滿了坦克，落滿了房頂，落滿了河畔的陳屍，落滿了神樹廟遺址，落滿了人們的頭頂。

潔白的花瓣紛紛揚揚，如霜似雪，寧靜溫柔地覆蓋了村莊河谷，宛若一張無邊的屍衾。

數不清的黑蝙蝠如紙灰漫天飄蕩……

＊

警戒圈外面的百姓像出山的洪水衝決了封鎖。當人們從四面八方圍攏過來，事情已經結束。失去了神樹的神樹底就像一首遺忘了曲調的山歌，荒涼而落漠。

軍隊開始肢解。

根據嚴格的命令，作為迷信崇拜對象和事件中心的神樹，必須全部燒毀，「不留一枝一葉，不留任何後患」，以防成為「潛在的不穩定因素」。直徑五十餘米的樹身是點不著的，半空中的枝葉和根鬚顯然也是燒不到的，必須將枝葉根鬚鋸下來，在樹身下堆成巨大的柴垛。士兵們分成小組，像螞蟻一樣爬上神樹的殘骸，從高處開始鋸解。

幾十臺油鋸發出喧天的噪音。

樹葉和木屑如血雨紛然落下……

軍隊是有備而來的。事先派人到縣城找到縣木業社廠長和技師，詢問了他們當年的鋸樹方案。木業社也是第一次遇到這樣的大樹。可行的方案衹能是從高往低分段鋸解。從樹梢到河畔拴上鋼絲繩，鋸下一截便順鋼絲繩滑到河畔一截，鋼絲繩降下一截再鋸一截。軍人們問，這樣鋸要多少時間？技師說，不考慮樹身，二十個人半個月。軍人們說，太慢了！如果不考慮使用木料，還有甚麼更快的辦法嗎？廠長立即說，我們派人去協助，十多年前是三萬，現在翻一番，六萬。怎麼樣？軍人們好一陣才弄明白對方想買樹，便說不賣，接著追問甚麼是最快的辦法？不要木料，又要用最省工的辦法把樹鋸倒。——廠長和技師大惑不解。這一問題完全超出了他們的理解能力。軍人們衹好進一步提示道，如果把樹拉倒了，有甚麼辦法加快鋸樹的速度？廠長還是不明白，笑道，那麼大的樹，怎麼拉得倒？再說，樹往地上一臥，要毀掉多少木料？軍人們終於明白，誰也不可能有在一天之內把神樹鋸成一堆爛柴的辦法。唯一的辦法就是亂鋸。

在幾十臺油鋸充滿快感地瘋狂旋轉中，粗大的樹枝根鬚流淌著紅色的汁液隆隆倒下。從中午到黃昏，直徑半米以下的樹枝已經鋸完。失去綠葉的神樹像一頭史詩中的巨獸，靜靜俯臥在歷史的黃昏。屠宰肢解之餘的骨架，宛如向天空刺出的不祥的詩句。

夜色從漳河上升起。
沉重欲墜的雲下，早已是暮歸的時辰。
鳥雀不見蹤影。
蝙蝠像黑色的漩渦，緩緩地不絕如縷地在河谷上一圈又一圈盤旋。

……

一旦強虜寇邊境，

慷慨悲歌上戰場……

晚飯時分，神樹下傳出一種低沉的歌聲。

士兵們不禁停止咀嚼，面面相覷。尤其是聽過這歌聲的特種兵們，不待命令便放下碗抓起槍。

那歌聲堅硬而沉重。每一個音符都像鐵錘一樣敲打著軍人們的神經。

鋼刀插在敵胸膛，

鋼刀插在敵胸膛……

胖師長看著匆匆急步而來的幾位特種兵軍官，不失沉著地問道：「就是昨天你們遭遇的那支……『影子部隊』？」

參謀長微喘著點點頭，問，「部隊是否要準備戰鬥？」

當他說這話的時候，軍隊已經自動集合起來。坦克炮口也迅速轉向神樹廟廢墟。

「這就是，這就是……八路軍軍歌？」胖師長被軍隊的恐怖情緒所感染，口氣遲疑地問參謀長，「你不是說這是一種集體幻覺嗎你不是說？」

「你們如果也看到了，就可能不是幻覺。」參謀長由衷希望坦克兵今晚也栽在鬼軍手裏。

「怎麼辦？」胖師長面色蒼白地掃瞄著身邊的軍官們，「莫非叫部隊和鬼作戰？」

巍巍長白山，
滔滔鴨綠江，
誓復失地逐強梁……

隨著這歌聲，人們夢遊般從每一個莊稼院裏決堤而出，瘋狂地衝上村街，轉瞬之間便繳了負責警戒的一連軍隊的械。黑夜與夢幻的感覺解除了人們的自我壓抑，對死亡的渴望像旋風一樣直衝雲天。四處在吶喊：死就死屌啵！摔血罐子囉！士兵們還來不及發出示警的槍聲，就陷入了滅頂之災。這一次，再也無人說服講理，不分青紅皂白，钁鋤鍬鎬齊下，直打得士兵們個個抱頭倒臥在血泊裏。奪了槍的青壯年，不是上房，就是占領了神樹廟周圍的制高點……頭裹紗布的鐵根子帶上村裏七八個復員兵，換上軍裝，戴上鋼盔，提著槍到煤窯，砸開倉庫扛出幾箱炸藥雷管……武斌帶著記者們又上了草珠子家的土房，在用糧食垛起的掩體後架好機器，隨時準備開拍……聾黑牛馬隊長金斗等扛起槍參加了傷兵們的隊伍……二子拄著一條槍一瘸一拐地走得不知去向……沒有人統一組織，也沒有人知道到底要幹啥。祇知道反正是在做夢，祇知道殺一個夠本，殺倆賺一個！死就死㞞啵……捽血罐子囉……一股酣暢的死亡之氣如黑色蝙蝠一樣在永輩子失去了神樹的神樹底上空浮蕩……

＊

兩個渾身是血的士兵橫穿遺忘了炊煙的暮色，晃晃蕩蕩地跑回隊伍。

軍官們清晰地理解了目前的局面：

——除了正面的一支五六百人的能征善戰的鬼軍，還有一百多個渴望復仇的槍口在黑暗中將他們團團圍定。

——他們面臨的不再是打活靶，而將是一場真正的戰鬥。

歌聲停息之後，胖師長看見一個身材魁梧的軍官帶著兩名士兵從神樹廟廢墟裏走出來，迎著炮口徑直走到他的指揮車前。這軍官先摸摸坦克漆成偽裝色的鋼板，又輕擂了一拳，自語道，這是個好傢具！然後轉身問道，這兒誰是帶兵的？

胖師長鎮定地問，「有何貴幹？」

「交出下令開槍和下令砍樹的凶手，然後，全給我滾蛋！」

「你憑甚麼阻擋我執行任務?」

「憑甚麼?就憑這神樹救過我的命!」孫團長把帽沿往上一推，一手叉腰，一手直指對方鼻子，「他媽的，你犯甚麼糊塗?——這是老子的地盤兒!」

「誰的地盤?土匪?——八路軍不也是共產黨的軍隊嗎?」

「少給我講大道理，老子們早就為共產黨死過一回了!」

在坦克車燈下，胖師長滿臉迷惑囁嚅道，「就算你不認共產黨，你怎麼能命令我交出我自己呢?」

「敢作敢當。看你是不是一條好漢!」孫團長輕蔑地看了他一眼，扭臉對軍隊說:「弟兄們，你們今天向老百姓開槍，比他媽的日本鬼子還壞!你們的良心讓狗吃啦?我命令你們交出當官的，撤出神樹底!」

士兵們愣怔著，傻傻地無人作聲。

「都是他娘的些沒良心的貨!」孫團長苦笑道，「我給你們五分鐘，五分鐘一過，你們想走也走不了啦!」話音未落，他突然拔出手槍，頂在胖師長的將軍肚上，「我現在就能斃了你!可惜還得留下你這大肚子上法庭!」然後收起槍，帶著兩個士兵徑自向黑暗中走去。

胖師長沒有被授權用大炮同一支正規軍開戰。他一邊命令坦克圍成一圈，一邊向上級緊急請示……

五分鐘在坦克履帶的轉動中過去。

神樹廟廢墟上升起兩顆白色信號彈。

接著，從上下游兩個方向幾乎同時傳來陰沉的爆破聲。繼而又傳來山石崩塌的隆隆巨響。

胖師長立即明白：退路沒了。在今晨向神樹底開進時，他觀察到河谷裏有一處隘口。上游的地形不清楚，但肯定也同樣被截斷了。他記起孫團長那句「想走也走不了」的話，意識到碰上了破釜沉舟的對手。

下雨了。

突如其來的暴雨打濕了軍人們的衣衫。深黑色的雨聲使被包圍的困境變得更加虛幻而恐怖。

「……我被包圍了！敵人馬上就要向我發起攻擊！……不是幻覺，再重複一遍，不是幻覺！下暴雨了，敵人馬上就要趁著大雨的掩護向我進攻！我祇有開炮了……」

坦克炮向廢墟和高架在半空的怪獸般的神樹急速轟擊。炮聲震天。一團團桔紅色的火光極其誇張地把雨中的村莊映照得富麗堂皇……

鬼軍沒有料到對手一點也不顧及他們老革命的面子，一開始就如此狂轟濫炸。在幾挺日本歪把子機槍的掩護下，部隊撤出廢墟，向雨夜中的開闊地轉移。機槍步槍擲彈筒一齊向坦克群拼命射擊，祇在堅硬的裝甲上濺出一束束火花。集束手榴彈！他想起了對付日本人的老辦法。十幾組身揹集束手榴彈的敢死隊員，在輕武器象徵性的掩護下向坦克群匍匐前進……

突然，難以思議的事情發生了：幾個明麗的火球在坦克圈裏爆炸。四五輛坦克頓時燃起熊熊烈火。飛濺的燃油如火箭四射，圈子裏一片火海。在這天崩地裂的大爆炸中還活下來的特種兵們瘋狂地四下逃散。倖存的坦克也不顧一切地奪路而逃，炮口無目的地轉動著，向四面八方胡亂開炮。

孫團長親眼看見自己的敢死隊還被密如飛蝗的子彈壓在地上，不知對方陣地上何以發生如此慘烈的大爆炸，但明白這是一個稍縱即逝的良機。他命令號兵吹起衝鋒號，率部發起衝鋒。河灘上雨絲如銀，火光絢麗。老兵們衝擊前進，彈無虛發，一直把敵軍趕過漳河。鬼軍全部換上新繳獲的自動步槍，主動後撤，然後分兩股從遠處涉過漳河，爬上東山。

胖師長永遠忘不了潰敗的慘狀。他的指揮車顛簸著從卵石河床上駛過，又冒著傾覆的危險衝上公路。他懂得了前進中的顛簸與逃跑中的顛簸是完全不同的兩個概念：當死亡以天旋地轉的形式緊緊包裹著你的時刻，一切都變得無所謂。他打開頂蓋，頂著大雨把身子探出車外，遙遠而陌生地看著他的軍隊以各種姿態搶渡漳河。步兵的情況慘不忍睹，整個是活靶。

一輛坦克誤入河底深坑，引擎熄火，祇好棄車而逃。一輛坦克上岸時撞上了石坎，退回去再往上撞，撞不動，再撞，一直撞到癱在水裏。這種固執給他留下了深刻印象。短短的不過數百米的時間裏，他懂得了甚麼叫兩軍相逢勇者勝，甚麼叫兵敗如山倒，甚麼叫背水列陣。唯一百思不解的，是那一陣引起軍心動搖的神秘爆炸。但沒有時間反思了。他收攏起部隊，沿河布防。天明後，等「八路軍」消失了，再開回去圍殲暴民，燒掉神樹。現在，他不能不惜代價繼續與鬼魂作戰。打勝了，是笑話；打敗了，更是笑話。而且，還要上法庭，軍隊的或者暴民的，肯定總有一個。

特種兵二營長渾身泥水跑到指揮車下，向胖師長建議：馬上派出一支部隊控制背後的東山。如果敵人搶先占領了山頭，我軍的處境不堪設想……二營長含蓄的提示把胖師長驚出一身冷汗。背靠東山，面對漳河，本來是一個誘使追兵背水一戰的形勢。但若是形勢一變，敵人上了東山，居高臨下發起攻擊，他又將背水一戰，二渡漳河。他指著河對岸對二營長說，你注意到沒有，他們已經撤了。帶上你的二營，用最快的速度搶占東山！我給你和二營請功！

當特種兵們剛剛一步一滑地爬上山頂，就看見一片黑黢黢的人影在側面山坡上向山頂攀登。二營長命令部隊一邊進入陣地一邊開火，迅即把敵人壓下去。接到報告，胖師長才恢復了關於戰術的思維能力，又增派了一個營的兵力，占領了可能威脅部隊的兩翼山脊。

軍隊逃脫了一場滅頂之災。

＊

炸毀幾輛坦克之後，鐵根子帶著原班人馬趁亂撤回神樹廟，和孫團長簡單商量幾句，又到狐子溝煤窯扛走了所有的炸藥。當他們上了東山之後，將把這些炸藥和石頭一起綁紮成球形炸藥包，沿陡峻山坡滾下。那時候，雨夜中將出現一條火的河流。

特種兵及時控制了山頭，計劃流產。孫團長和鐵根子不服氣，又帶上小股部隊從山腰裏試了一回。結果被上下交叉火力封鎖，差一點撤不回來。根據打不贏就走的老辦法，孫團長的隊伍迅速轉移，另尋戰機。復員兵們爭吵半天也拿不出好辦法。軍隊占據了有利地形，以優勢火力固守，要想再占大便宜怕是不易了。最後決定分散活動，人自為戰。分手之前，二十幾個人刺血為盟：無論被俘或日後入獄，寧死不暴露同志。

……鐵根子摘下鋼盔，躺在荒草沒膝的在東溝裏。頭開始一抽一抽地疼，被當兵的痛毆過的身體，又難忍地鈍痛起來。在雨聲和時緊時鬆的槍聲裏，他靜靜地平躺著，雙目緊閉，一任大雨沖刷著他刀削的瘦臉膛。真理，哪有屌的甚真理！農民有農民的真理，城裏人有城裏人的真理，官倒有官倒的真理，窮人有窮人的真理……說來說去，還是他娘的毛主席說得對，槍桿子裏面出真理！自從當兵見大世面以來，你就到處尋找屬於你和神樹底鄉親們的真理，你找到了嗎？你沒找到。你祇找到了這支槍！他撫摸著懷裏的槍，指間遊走著說不出的快感。光滑的濕漉漉的槍托，就像久別重逢的女人那摸不厭的㞗子。武斌這小子說得對：哪有甚麼農民的真理？這個國家都是建築在農民的「貢獻」之上！……臭屄！賣貨！你甭跟我賤笑！你上臺給我獻花，還挎著胳膊跟我照相，後來，也讓我摸了你的奶子，為甚不跟我睡？不跟我結婚？你在等著我上軍校，作城裏人，當官！把你那臭屄好好夾著啵！我早就該明白，城裏的屄是留給城裏人日的！那年殺得還不夠！北京人，好吃好喝還造甚的反？要民主，要造反還輪不上你們……沒有農民的真理，沒有窮人的真理！窮人的真理就是砍下老財的頭，掛馬鞍上順官道揚長而去。出了這口氣，釘死在樹上也值得……武斌，你小子甭跟我怪笑！誰代表死的欲望？你甭站遠遠的說便宜話！你也是他娘的城裏人！幾十年上百年才反他一回，咋啦？這就是農民的真理！……你永輩子也懂不了，命中注定，我們不是為了活才活的，我們是為了死才活的……你準備好了嗎？我？我是喝雙奶泉長大的，一生下來就準備好了。鐵根子扣上鋼盔，揹起炸藥包，以槍撐地艱難站起。從一搶過這支槍，我就給自己判了死刑。

綠色的雨腥氣和山菊花的藥香令人精神振奮。

終夜不止的大雨籠罩著天空。看不見啟明星，但鐵根子知道，天快亮了。

＊

拂曉之前，游擊式的進攻驟然加劇。制高點還牢牢控制在軍隊手裏，鬼軍和民兵便憑藉著山腿和公路上民用車輛的屏障，從兩翼步步進逼。最激烈時，上游方向曾衝到離坦克僅一箭之遙處，在強大火力的掩護下，以炸藥包送炸藥包的土辦法，轟過去幾個炸藥包。雖然爆炸聲震耳欲聾，但效果有限。當爆炸的聲浪還在山谷裏迴蕩，從下游方向的一輛日本九十零大卡車下，躍出一個頭戴鋼盔身揹炸藥包的士兵，一邊掃射一邊迂迴地撲向指揮坦克。在最後的幾米，被交叉火力打倒在泥濘裏。片刻之後，化作一個驚天動地的雷霆……

*

守衛在東山上的士兵們，首先看到遙遠的天邊閃出了一抹陰鬱的玫瑰紅。被夜雨淋濕的山的曲線上，士兵們歡呼雀躍，舉起了勝利的槍。

雨住了。

一夜戰火的神樹底從淡淡晨霧裏浮起，怔怔地面對著征服者的狂歡和沒有炊煙的黎明。連夜趕來增援的武警部隊熱心地包圍了整個山間谷地，決心不放跑一個造反者。

十幾輛坦克齊頭並進，再次渡過漳河。昨夜的大爆破已使漳河斷流，河底瘦骨嶙峋。炮口劃開河面上平薄的霧氣。鋼鐵的履帶碾過滿懷敵意的亂石和屈辱的昨夜的槍。

成千上萬的外地人早已在夜幕掩護下逃得了無蹤影。

士兵們逐戶搜查，用槍托刺刀把村民們全部驅趕到河灘上。先憑著性別年齡眼神甄別出參與了武裝抵抗的造反者，捆綁起來扔到河畔。再押著老弱婦孺把犧牲了的烈士們用門板抬到神樹廟前空場上，整齊停放。

槍聲還在稀疏地響著。遠處山頭上，還有尚未完全肅清的造反者在冷槍射擊。

坦克師師長站在坦克上宣讀了上級的嘉獎令。稱部隊不惜犧牲，以鮮血和生命捍衛了改革，平定了事件，保護了人民。最後，嘉獎令特別指出：除惡務盡。部隊要再接再厲，一定要把造成這次嚴重事件的客觀環境徹底清除，使神樹底及附近地區的人民永遠不再遭受類似事件之荼毒……

全軍歡聲雷動，被屈辱與恐懼煎熬得脫了人形的士兵們淚花晶瑩。

在烈士們血跡斑斑的遺體前宣過誓，幾十臺油鋸又轟響起來。徹夜未眠的士兵們放下槍，揹起油鋸投入了最後的戰鬥。本來，胖師長已決定草草燒一把火，馬上撤出這塊死亡的土地，剩下武警去擦屁股，但嘉獎令使他為之一振。上頭不僅沒有追究部隊所付出的慘重代價，反而褒獎有加。他決心按原訂計劃把神樹鋸成柴垛，焚屍揚灰，務必全功而退。

＊

兩個小時之後，油鋸聲終於停息。

神樹已被徹底肢解。

龐大的樹幹如砍掉頭顱四肢的巨人，架在火刑的柴垛上等待著秋天裏最後的葬儀。綠葉和四處散落的白花，宛若自我追悼的無言的嘆息。

十時整，胖師長親自把火炬擲向澆了汽油的柴垛。

嘭，一個碩大的火球爆炸開來。

在富於彈性的氣浪裏，胖師長順勢倒退幾步，然後站定，伸出左手推擋著炙人的烈焰。

一個可怕的火柱騰然升起。

剎那之間，大風驟起。空氣從村莊和田野呼嘯而來，夾雜著牛欄馬廄的糞香和幾十代人的不絕哭唱。所有的衣襟都猛烈地飛揚起來，扣子像仇恨的子彈射向燃燒的天空。

胖師長向火堆踉蹌不止。幾個士兵衝過去，從颶風中將他搶救出來。

火焰在樹汁飽滿的枝葉上噼啪爆裂，無數的故事化作乳白色的濃煙升上天空，漸漸聚成一根巨大的煙柱，緩緩旋轉著莊嚴地伸向天穹。

群山頂禮。

太陽蒼白低懸。

胖師長一手拉緊士兵的皮帶，一手扶著鋼盔，抬首仰望。他看見那緩緩旋轉著的煙柱直抵低矮的雲層，又緩緩地在雲層下向四方擴散。蘑菇雲！他想起了原子彈、能量與死亡的釋放等等。一種莫以名狀的恐怖在心中如荒草叢生。他揮揮手，士兵們向遠處撤離。

天空迅速暗下來。

根據以往的經驗，神樹底所有的村民都翹首以待神樹的最後一場「電影」，連被捆綁在河灘上的人們也忘記了他們面臨的厄運。祇是難以猜測：無數的葉子將再現哪一段歷史。

昨日遲暮的感覺順著胖師長的脊梁冰涼地爬上來。仿佛有某種感應，士兵們也恐怖地把視線和炮口轉向那塊生長黃豆與歌聲的墓地。

「電影」沒有開演，歌聲沒有出現，卻塌天的豪雨從黑綠色的雲層裏傾瀉下來。

令人驚恐的是，這雨卻打不濕衣服，仿佛夢境。

胖師長看一下腕表，發現已經是十一點。他覺得這一切不過發生在半小時之內，好像指針悄悄跳過了半小時！隨手抓住一個兵，一捋袖口：十一點。又抓住一個兵，一捋袖口：十一點。

他轉過身來，問特種兵參謀長和二營長，「不要看表，估計從點火到現在過了多少時間？」

兩人莫名其妙，異口同聲回答半小時左右。

「你們看看表！」

兩個人看看自己的表，又不約而同看看對方的表，一時驚訝得說不出話。

「怎麼回事？」胖師長問。

參謀長說，「表沒壞……可能，可能我們的心理時間和鐘表時間產生了差距？」

二營長說，「還可能……這棵樹確實很怪，按超常狀態解釋，還可能是我們提前看見了半小時之後的時空……」

「甚麼意思？說下去。」

二營長說，「這意味著我們現在看見的是半小時之後的未來……你們看，這麼大的雨，打不濕衣服裝備，火也沒熄。如果我猜得對，半小時之後，真的雨就來了。」

胖師長看著二營長問，「你們看部隊現在該做甚麼？」自從昨夜二營搶占東山，挽救了部隊，便對他青眼有加。

二營長垂下眼躲過他的視線。

參謀長說，「我看，也衹有收攏部隊，做好各種應變準備。」

「對，」胖師長點點頭，「二營長，說說，你有甚麼想法？」

「我們參謀長說得對，要收攏部隊。」二營長說，「恐怕還要有防水的準備。一夜大雨，接著又是這樣的暴雨，肯定要爆發山洪。步兵好辦，坦克部隊就可能被困住。這一段公路被民用車輛堵死了，司機也都跑了……不知道能不能在四五十分鐘之內打通開進時的河谷舊路，搶在洪水下來之前把坦克撤出去。否則就又要在這兒過夜……」

一聽說要在這裏過夜，胖師長的臉色就有變，「上下游都派人去偵察過了。把山炸塌了，土石方極大。」打開軍用地圖鋪在滂沱大雨中乾燥的坦克鋼板上，「兩處爆破點：下游二千五百米，在這兒，」用紅鉛筆在平田與神樹底之間的河谷上畫了個圈，「上游五百米，在這兒，」又畫了個圈，抬起頭來用鉛筆點著大雨中墨綠色的谷凹方向，「不下雨，肉眼都可以看得很清楚。」

二營長看著自己的參謀長，說，「我有個想法，不知道……」

參謀長眉頭一皺，說，「都甚麼時候了？不要總隔著我，我們都要對全軍的安危直接負責。」

二營長尷尬一笑，說，「漳河斷流，上游實際上已經形成了一個小水壩。流量不大，下一夜的雨，也該蓄了不少水。開兩輛坦克上去，衹要轟開一個缺口，水流自動就會把塌方沖走。衹要趕在山洪下來之前，坦克就可以順河道撤出去！」

胖師長收起地圖，說，「時間不多了。我給你三輛坦克，馬上出發！」

那巨大筆直的煙柱還在旋轉著上升……

雨滴夾帶著白色的花瓣，淋不濕手臉衣衫，卻花香四濺……

＊

二營長從坦克上跳下來，手足並用，爬上昨夜鬼軍炸出來的自然水壩。這是一個狹窄的山口，一個大爆破便把峭壁切在河谷之中。被攔蓄了一夜的洪水已經漫上公路，距壩頂最低處僅有一米。二營長把一面紅色的指揮旗插在壩頂低凹處，讓坦克退出河道，開始炮擊。不過十幾炮，便轟開了缺口，泥漿般的河水越壩而出。坦克兵們看到水勢越流越大，停止了炮擊。二營長看看手表，衝著對講機大吼：「要命的時候了！不許停！對著缺口繼續打！把炮彈全給我打光！」在坦克炮急速地連續轟擊下，缺口迅速擴大，決堤般的洪水滾壩而出。停止射擊！撤出來！快！剎那間，大壩崩潰，消失在洶湧的河水之中。溢出河道的疾浪追逐著坦克履帶，嚇得三輛坦克全速逃離河畔，駛上岸邊的臺地。

＊

決壩之處距神樹底不過一里之遙。翻波捲浪的水頭還沒沖到村口，那塌天的狂雨便真實地打擊下來。軍人們覺得鋼盔上一聲悶響，仿佛天塌下來。百姓們紛紛抱住腦袋，手又被雨打得痛不可支。天即刻黑暗了，幾米之內，除了綠光明滅的水簾，一無所見。每個人都覺得這世界祇剩下一個孤獨的自己。除了死人，所有的老百姓拔腿就跑，頭上頂著石片或衣裳。連捆綁在河畔的造反者也四散而逃。士兵們亦無心顧及，心慌意亂地往一起靠攏。

*

二營長意識到全軍安危繫於一身，冒險走到河邊觀察水勢。當他發現河水已降到正常水位，便指揮著一輛坦克沿河畔逆流而上。在強大的車燈下，他隱約看見土壩已消失，河谷裏祇留下一些黑黝黝的如棋陣錯綜擺列的大石。他命令坦克涉水穿越石陣，為全軍開通道路。時間緊迫，他必須趕在新的更大的山洪到來之前把部隊帶出絕境。探路坦克像醉漢一樣在石陣中進進退退，顛簸繞行，終於爬上高岸，停在公路上。二營長報告了成功的消息，幾乎用命令的語氣建議全軍以戰鬥的速度立即撤出。山洪馬上就要爆發了！也許祇有幾分鐘了！然後，命令探路的坦克原路返回。車長不解地看他一眼。時間不夠了，回去帶路！坦克又栽下河谷，再次穿越隘口，向神樹底全速前進……

坦克車隊大亮車燈，首尾相接地在狂雨中強行開進……

步兵們成群結隊建制混亂地夾雜在坦克間奔跑……

如劍的光柱被耀眼的水牆所阻斷，幾米開外一片茫然。三輛先行坦克的印痕被沖打得無影無蹤。實際上，坦克在跟著步兵走，而步兵則是摸著河邊走。行至一半，與迎接的坦克會合，速度驟然加快。坦克艱難地撞擊著堅硬的水牆。數以噸計的水塊不斷崩塌在坦克上，把厚重的鋼板砸出大響。步兵們早已耗盡體力。有的還勉力緊貼著坦克尾流奔跑，有的前傾身子扛著水浪踉蹌慢行，有的已被打倒在地……

探路的坦克帶領著坦克車隊趕到隘口前，正要駛下河床，忽然發現裸露的石陣消失了。二營長鑽出炮塔，跳下坦克，向水邊奔去。幾分鐘前剛剛打通的道路，已淹沒在湍急的濁流之中。透過均勻的雨聲，他聽到一種野性的低嚎……他絕望地轉回身來，迎著耀眼的燈光推出雙臂。坦克迅速後退。一個黑綠色水頭從天而降。在坦克師長的印象裏，這位特種兵軍官就像一截樹幹，被水頭輕輕一彈，飛出車燈的暈圈之外……

坦克及時爬上臺地，避開洪峰，又被橫溢的大水一直攆上山根……

*

當天塌般的狂雨分不出雨點地傾倒下來之際，武斌已把兩個攝製組的五位記者送出險地。早晨軍隊重新占領村子時，他們和趙家文一起下了他家秘密的地下室。等軍隊搜索完畢，又爬上樓頂，開機拍攝神樹被焚的最後的鏡頭。巨大的煙柱升起，攝影師驚詫莫名地發現，一盤才裝上不久的磁帶剎那之間走到了頭。武斌根據他對神樹的了解，意識到這一次不是回到了歷史，而是提前進入了未來。當天地為之變色的幻雨驀然橫掃神樹底時，武斌進一步意識到，這可怕的幻雨和大約半小時後才會降臨的真雨，比黑夜更徹底地改變了被圍困者的處境。每個人都成了隱身人。祇要不直接撞上士兵的槍口，就可以安全撤離。天賜良機！把幾盤錄像帶分散綁在身上之後，武斌沿記憶中的村街，帶著記者們走向遠離軍隊的方向，走向西邊的大山。摸出村後，突然遇到一條湍急的河流。走錯了方向？武斌仔細回憶著剛才走過的路線，恍然大悟：眼前該是狐子溝裏流出來的那條小溪，奔騰的大河則是真雨下來之後將暴發的山洪。為了確證自己的猜測，他小心翼翼地朝洪流走去。果然是幻象。那可怕的急流並沒有將他吞噬，祇是浸濕了褲管。他又一次向朋友們講述了通往狐子坡的那條小路，小路盡頭的那幾孔土窯。又一次囑咐他們先生火做飯，雨過天青，再越過大山，去尋找外面的世界。朋友們勸他一道走。他說他是神樹底的人，不能在此危難之機一走了之。而且，藏在石草珠家裏兩盤帶子還要他去取。就在記者們涉過那咆哮的洪流離去之際，他高舉雙手，在狂暴的雨聲中高喊：要活下來，要把真相告訴人民……

＊

大雨如霹靂一般在頭頂爆炸。一瞬間裏，武斌覺得自己被無數火辣辣的彈片擊中。他佝僂著腰抱著頭，拼命跑到不知是誰家的街門下。雨點在街門的瓦片上敲出冰雹般的脆響，把土牆打得土屑橫飛。片刻之後，村街上平地起水，在凹凸起伏的街石上激起波浪。大雨如劍，不好……大雨如瀑，不好……他媽的這是一種人類語彙中尋找不到的新經驗，每一個格式化的詞彙都無法與之取得對應。也許需要一組詞彙，每一個詞衹能近似地描摹其某一側面，同時浪費掉語意之大部。這許多詞的交點，許多能指的中心，或許多詞組結成的大網，才能大致捕捉到這種全新的經驗現象與感受。於是，武斌不再為自己的詞不達意感到困窘，開始不停地胡謅……大雨如死神鋒利的鐮刀，大雨如地獄之門豁然洞開，大雨如百年仇怨一朝宣泄，大雨如江河倒懸如他媽的天地翻覆……

武斌似乎看到一些如夢的蝦形人影從眼前模糊飄過。揉去滿眼雨水，正待細看，驀地一個黑影顛到門前，飛起一腳踹開大門，一邊驚叫一聲：誰們？

「你是誰們？」武斌頂過頭去，半天沒認出是誰。

「他娘那大腿是武……」沒說完就順門框出溜到地下。

武斌還是沒認出是誰，衹是從話音裏覺得是活閻王李金昌。再一細看，才明白是眼鏡沒了，臉也腫得厲害，雙手還背綁著。突然記起他有心臟病，趕緊扶他在門樓下泥水裏躺下，從口袋裏找出小藥瓶，倒出兩丸藥填嘴裏。見李金昌緩過一口陽氣，才把他背進屋裏。濕透了的小繩一時解不開，尋來菜刀割斷。在炕上放展，又倒了碗熱水餵下。

又有三條人影衝進來，哭喊著就往炕邊撲。鬼一樣的長髮甩著驚心的雨滴。這一回認出來是醜女和寶柱婆姨母子。

「哭，哭他娘那大腿，」李金昌無力地睜開眼皮，「要不是人家老武，你們就等著給我收屍啵……」

「好狗日的解放軍……好狗日的解放軍……」醜女忙慌慌給他剝了濕衣裳，拽過條被子捂上。

李金昌頓時暖和過來，吩咐道，「拿鏡兒來。」

「給，」寶柱婆姨趕緊從五斗櫃上抓過圓鏡遞過去，「咋啦，爹？」

「頭沒砸破。」李金昌滿意地鬆口氣，「這叫雨？狗日的比冰雹還凶險……臉腫了些，龜孫們摑了我五個大嘴巴……」

武斌說，「咋，還打你來？」

「咋不打？一聽說我是老支書就開打！」李金昌冷笑著說，「共產黨打共產黨，打得好打得好！把眼鏡遞我在衣兜兒裏……那二營長還有點人味兒，給我撿起來塞兜兒裏……你們都快回屋去換衣裳啵快去！」

「外邊情況怎麼說？」

「怎麼說？」李金昌從炕頭摸出一包菸，抖出一根點上，狠吸兩口，說，「都跑屎了！

這雨一來，天昏地暗，把狗日的們活活嚇跑了！虧得這雨！往谷凹那邊跑㞗了，坦克車把自家的人都軋死了不少！」隔著濃厚的菸氣，李金昌又說，「老武啊，你走南闖北，見多識廣，你說這事能咋收場？」

「肯定要抓一批，」武斌想走，心不在焉地敷衍道，「判幾年刑。」

「美得你！我看咋也得殺一批。那些扛了槍跟人家對打的，到頭來是個沒下場！」

「是他打進來，又不是咱打出去！他拿坦克轟咱，就不許咱回他幾槍？」

「話不是這麼說的。自古以來，跟官軍打，幾個有好下場你說說！……嗨，事情壞就壞在狗日的石建富和尚鐵根子他幾個身上！還有老疤眼……砍樹就砍樹，咱下顆軟蛋不就結了？……把我柱兒也連累了……」想起了兒子，就鼻涕眼淚地哼哼起來。

「我走了，」武斌心裏一陣憐憫一陣厭惡，臨出門，扭回頭給李金昌撂下一句話，「老李啊，你當年殺地主，抗日本，打國軍，不也是一條好漢嗎！」

醜女見老漢並無挽留之意，順手遞給武斌一個鍋蓋：「老武啊，要不再歇歇啵？天都下塌咧！」

「謝了！」武斌接過鍋蓋，頂在頭上，推門而去。

李金昌冷冷目送武斌離去，又抽了一支菸，穿衣下炕，披上雨衣操起個臉盆就要走。醜女一把扭住，問，「還要去甚地方？不要老命咧！」李金昌說，「到村裏轉轉，死下人的，牆倒屋塌的……」「咱柱兒的事還……」一想起橫死的兒子，醜女就淚水長流，「天塌了，地陷了，這是各顧各的時候了！權也早八輩交了，你可真賤！」李金昌眼圈也紅了，低下頭擤了把鼻涕，軟聲道，「權是早交了，可鄉親們遭了這麼大的難，我在居舍就真能歇心躺住咧？」「那俺跟你相跟上，」醜女橫起胳臂抹把淚，說，「長短也有個照應！」李金昌輕撫著婆姨的肩，長嘆一聲，喃喃道，「唉……你給咱招呼著柱兒媳婦啵……」頂起臉盆響亮地鑽進墨色狂雨之中……

*

緊閉的大門裏，石草珠失魂落魄。止不住的戰抖從精濕的衣衫上直刺入人心。剛才在河畔，她親眼目睹男人的慘死。一輛醉了的坦克。他和一個兵。家新子！她發瘋地衝過去，那一攤泥濘裏的已不成人形。就有兩個後生架起她跑，從恐怖的黑雨中逃進家門。那兩個後生是誰哩？在大街門下幫她解開綁繩，喊道，草珠嬸，顧住自家性命！俺們遲早給你報仇！是誰們哩？她怎麼也記不起了。軍隊不再可怕。軍隊已被無法穿越的雨牆隔絕在另一世界。男人的慘死也顯得很不真實，怕真是一個夢。點燃神樹後那一炷天香和無雨之雨、以及死亡叢生的黑雨等大異象，才使人真正感到一種末日來臨的絕望。石草珠忽然覺得很餓，夢遊般在屋裏轉了幾圈，找出平日捨不得吃的細掛麵，豬肉罐頭，做熟了盡命地吃。好像有人敲門，仔細聽，衹有雨聲隆隆。抬眼，看見門在晃動，碗一扔，幾步躥過去。家新子！她一頭抱住男人哇哇大哭。男人扔了臉盆，連聲喚道，草珠子草珠子！這才覺出是李金昌。她說，家新子真死了。李金昌說，我瞅見了。就反手閉上門，把她擁到炕前。看濕成甚咧看濕成甚咧……她順從地任由他脫得精光，捂上被子，又看著他脫了鑽進來。在男人的摟抱中，她漸漸停止了戰抖。你咋進來的？院牆塌了一截子。她覺得他的鬍子在奶子上很扎，又覺得很喜歡，就張開腿，讓他纏緊。她覺得他今天很體貼，緩緩地有味道……慢慢地，那種模糊的絕望向遠處飄去……李金昌忽然撐起身子，拽過衣裳，摸出一張紙片，瞅瞅，用寶兒那根墨株畫的！她看見三片竹葉，還有些歪扭的字。這是一道保家口平安的符，靈驗哩！就赤條條爬起來，拎把椅子架炕桌上，念念有詞地把疊成小塊的符紙塞進檁縫。草珠子不信驅精誅邪，她衹需要一個男人。在男人的重壓下，在欲望的潮汐裏，感覺那種錐心而溫存的遺忘……

李金昌忘情地玩味著那潮汐的漲落。他陰森地預感到，在這天崩地裂的黑雨裏，世界將變成一團生死雜蹂的泥濘。當雨點冰雹般襲來時，他看見綁在旁邊的家新子驚恐萬狀抬腿就跑……幾個兵追上去……那個剛剛抓住家新子的兵正要打……一輛暈頭轉向的坦克……他想跑，又不敢。他全力肩起雨水，直腰窺探，看見所有的人都在這火雨的炙烤下瘋狂舞蹈，連頭戴鋼盔的士兵們也不例外。他突然覺得生死模糊，便放膽狂呼一聲：跑啊！天塌咧……現在好了，他可以放浪地在生與死的波峰浪谷遊戲，將絕望與空虛一浪一浪排去。黑雨片刻不停地搖撼著土房。房頂漏了，泥漿崩塌。女人略一遲疑，男人就說，不礙，有我的符護著哩！繼續抱緊女人的屁股發狠地砸炕面。炕頭漏了，就滾到炕梢。炕梢漏了，再滾回炕頭。祇有這樣，才感覺到生命仍然在地獄裏緩緩穿行……

＊

雨勢轉弱。天也亮起來。

武斌找上李銀斗石昌林來到趙家樓，正要跟趙家文談死傷者和洪災的善後問題，家文婆姨藍秀紅著眼進來，說雨停了。幾個人連忙登上樓頂，俯瞰劫後的神樹底。

天放晴了。

金子一樣漂亮的陽光在湛藍杳渺的天頂上顫動……

漳河與狐子溝泄出的山洪一濁一清，像兩條滾動的雷霆夾擊著村莊……

焦黑的神樹弓起脊梁，無聲地跪伏在瓦礫堆上……

村子已是一片殘垣斷壁，泰半農舍牆倒屋塌……

一里之外，看得見躲避在山根的軍隊。坦克散射著遙遠柔和的光……

環視一周，趙家文凝望著漳河冷冷地說，「——鑾好，我瞧用不著咱們在這兒瞎操心。都開始生產自救了！」

順著他的視線，武斌看見金波起伏的漳河畔有百十號人在忙活。再一細看，原來是在撈「水貨」。近世來，山洪頻仍。每次暴雨過後，上游村莊的樹木家具牲畜農具瓜果及沖毀的房屋木料都在濁流裏載沉載浮，稱為水貨。世風日下，鄉俗早已不如「罰隔伙」時代淳厚，便誰撈到歸誰。上游的倒也從不來追尋，因為上游的上游也從不追尋。山民們一年四季，日出而作，日落而息，三百六十五日勞苦平淡。唯有此時握一鉤槁立激流邊雄姿英發，後生妮子們也有了說笑打鬧的場合，還可以公開發點小小的不義之財，極是令人興奮刺激。於是，撈水貨便成了山民們灰敗生活中最鮮亮的日子。就是在學大寨強迫出工的時代，幹部們也不敢多加干涉。最多規定，撈到大梁以上的木樹，與隊裏三七分成。知青們入鄉隨俗，照撈不誤。又個個會水，穿上游泳褲，露出一身疙瘩肉，手持丈八蛇矛立於洪流之中，十分英勇了得。木頭漂過來做箱櫃。豬羊瓜果漂過來進灶房。對於此道，武斌自然熟悉。今日這種千百年不遇的特大暴雨，不知有多少村子遭殃，水貨當極為豐富。祇是想不明白，在這場血戰浩劫之後，神樹已焚，村莊半毀，軍隊未撤走，傷者未救治，死者未掩埋，從哪裏來的這種「堤內損失堤外補」的心力與雅興？

遂再不提救災之事。

但傷亡慘重，總還有需要盡人事之處。

趙家文指著漳河說，「外地外村的死人不用咱操心，這陣快漂到汾河了！」變得寬闊的河面，早已淹沒了原來停屍的河畔。「本村的，破了皮兒裹上，死了埋，還能咋？」他冷酷地說，「你瞅瞅北邊，當兵的沒撤出去。這麼大的水，一兩天退不下去。誰都不服輸，今黑夜還有一場仗好打！」

李銀斗說，「不能吧？兩邊都死成這了，樹也燒了，還打甚？」

「那你得問鐵根子孫團長他們去！」趙家文聳聳披在肩上的西服，冷笑道，「哼哼，銀斗，老武不清楚你還不清楚？——咱們的人，要不就是怕，要不就是殺！要不就是好死不如賴活，要不就是賴活不如好死！哪有個顧大局，識進退的！」

武斌看見他的目光絕望地飄向狐子溝，漸漸理解了他的憤懣。炸隘口炸坦克的炸藥都是趙家窯上的，又是村長兼支書，如此大戰一場，萬萬脫不了干係。十多年辛苦創建的家業毀於一旦，殺頭坐牢也不過是早晚的事情。他想安慰他幾句，可事到如今，能說甚麼呢！

「他呢？」趙家文問。

「你說誰？」石昌林問。

「還能是誰？鐵根子唄！」

「尋不見。問誰誰都沒見。」

「哼，早跑㞗了吧？」趙家文恨得直咬牙，「無產階級就是好，把天捅漏了轉身就能跑！尋找窮人的真理？別他娘的唱高調了！原先最多是砍一棵樹，現在好了，樹沒保住，還連累得全村家敗人亡！」

「老趙，這事怎麼能怪鐵根子？」武斌忍不住說，「就說是打，不也是軍隊先動手的嗎？」

「我不跟你講道理！就算你有千條萬條道理，結果是甚？結果是甚？」趙家文也忍不住了，「武斌，連你也算上！都他娘的成事不足敗事有餘！共產黨是咋回事，我不比你們清楚？我趙家文好賴也算是一條六尺高的漢子，我不想一個夠本倆賺一個？我不想跟你們一樣逞英雄耍光棍？我不想痛快痛快？——我能嗎你說說？我是一村之長！死傷百口，你叫我咋向鄉親們交代！還不知道有多少人得殺頭坐牢？」

武斌看見他淚光閃閃，也一時語塞了。他知道他的慷慨激昂背後還有自己家業功名的小算盤。但是，這慷慨激昂本身，似乎也是言之成理的：神樹底確實付出了血的代價。武斌掃視著劫後的村落，覺得這結局似乎是一種宿命。問題在於，人這種動物，是否可以承受壓抑而永不宣泄？挨一個耳光忍了，挨一拳忍了，挨一刀也忍嗎？再忍還是人嗎？所有可稱之為爆發的東西，大約都是不計利害的。正是因為計較利害才忍受，忍不住了當然就是豁出去了。人這種動物，如果當得起萬物之靈的稱謂，總還是要有一點尊嚴有一點精神的！……所以，人類才會給那些弱者的反抗付出沉重代價的反抗甚至絕望的反抗賦予高尚的意義。對，邏輯很簡單……算了吧，你有甚麼可說的？你沒流血你有甚麼可說的？你沒拿槍，你最多坐牢，你不會殺頭你有甚麼可說的？你是有公眾影響力的著名作家輕易殺不到你頭上要殺就殺山漢就殺沒名沒姓的草民你有甚麼可說的？

「已然到了這步田地，就甭說甚責任不責任咧。」李銀斗說，「事情是大家夥兒做下的，殺頭坐牢，俺這個副村長跟昌林子不是也有一份兒？鄉親們遭了這麼大的劫難，總有些最打緊的事要做。你說，小繩繩沒把咱綁走之前，咱不是還得再頂上一半天？」

「收槍！一呼隆就把人家一個連的槍給下了！挨家挨戶給我收！……全都給我記上名兒！天塌眾人死，誰也別他娘的想滑脫！」

「這名兒……」石昌林有所不忍，「這名兒就不用記了吧？」

「沒名沒姓的咋向人家交代？」

武斌說，「就說是在河畔在街上亂撿來的不就得了！」

「哄鬼哩？」趙家文臉色鐵青地說，「法不裁眾，他不能把百八十號人都給斃了！不記名兒，就得我們幾個去頂死，反正死不到你頭上不是？」

武斌徹底沒話了。他瞥一眼趙家文那張冷冷的生鐵臉，覺得他曾多次在筆下描摹過的這個人物變得十分陌生。卻驀然轉念，不是陌生，是今天才真正生動起來。

石昌林李銀斗一時也默然了。

突然，小樓晃悠了一下。幾個人互相拉扯了一把。站定腳跟，就聽見從谷凹傳來一聲低沉的怪嚎。祇見帽兒山頓時矮下一截，一股泥浪從山腰湧出，直撲山根上避水的軍隊。

泥石流！

幾個人驚呆了，像煙囪一樣定在樓頂上。

軍隊開始移動。玩具似的坦克在童話般燦爛的天空下四散而逃。在這粘稠的幾秒鐘裏，一些事情顯得冷漠而久遠。

有些坦克消失了。

也許是埋了，也許被泥石流隔到了另一邊。

武斌聽到趙家文喃喃嘆道：「老天爺不長眼，咋不把他們隔到谷凹那邊！……收槍！快收槍！挨家挨戶收！十萬火急！」

＊

泥石流是從半山上突然噴發的。

先是一股燥熱的風沿山坡滾落下來，已成驚弓之鳥的軍人們都轉過臉來緊盯住頭頂的大山，接著就有土石順坡溜下。軍官們正要發令轉移，就看見一面山坡整個地從山腰上滑下。幾乎是同時，像一頂尖帽的山頂也無聲地坐下來，把慢慢滑動的山坡擠破，泥浪臨空騰起，直撲漳河。軍隊早已落荒而逃，那股泥浪祇埋了一輛坦克。大約是車組人員睡得太死。其他及時發動的坦克都逃離了險境。步兵發揚了機動靈活的優點，不待命令，撒腿就跑。逃出一箭之地，放慢腳步，這才感覺到大地的震顫。待回首之際，隆隆推進的泥石流已衝過漳河，在河谷裏築起一座高壩。

救援是毫無意義的。剎那間地貌全非。

軍隊在凶險的山與河之間走投無路，祇有回過頭，沮喪地返回神秘可怕的神樹底。

胖師長看著疲憊不堪的軍隊在泥濘中艱難跋涉，不禁在心中慨然長嘆：天啦！為甚麼大滑坡不把部隊跟神樹底隔開！這種被命運捉弄的無奈感，一直到看見交槍的村幹部們時才稍有緩解。

趙家文揮動著雙手，軍隊停止前進。

一種深懷敵意的空氣凝結在履帶和人之間。

村長趙家文趨前幾步，向胖師長點點頭，恭敬地說，「首長，昨晚上……昨晚上的槍，差不多都收上來了，祇要是在我們村的。」他回過頭抬抬手。李銀斗和石昌林一起揭開地上蒙的大帆布，露出一堆長槍。

胖師長覺得有一塊燒熱的烙鐵慢慢從臉上熨過，卻忍著，點點頭說，「好啊，歡迎。你們這種將功贖罪的表現，將來最後處理時一定會加以充分的考慮。」

「首長，」趙家文說，「時間倉促，我們的工作也不夠深入細致，可能還有一些槍枝沒收上來。我們幹部們已經分片包乾，保證盡快全部收繳上來。……部隊已經有一天一夜沒吃過一口熱東西了。我們做了些熱麵條，煮好了就給同志們送來。」

胖師長心裏一酸，不禁怒火中燒，冷笑一聲，「哼，你們要早是這態度，事情能惡化到這種地步！」

「不要再搞爭論了，一庫水頂在頭上！」武斌走上前來，簡捷地說，「馬上安排部隊休息吃飯，吃完飯還得想辦法一起撤出去！上邊一開口子，全都得完蛋！」

胖師長瞪起網滿血絲的眼睛，問道，「估計還得多少時間？」

趙家文思忖片刻，說，「天黑之前吧？」

武斌說，「這麼大的洪水，我看最多再有三五個鐘頭的時間！」

一陣恍若隔世的鑼鼓聲從村裏傳來……

*

帽兒山的崩塌，搖動了全村的房屋和人心。老陰陽趙茂生糾集了一夥老漢婆姨扛起成捆的紅燭線香，敲打起鑼鼓傢伙向村口走來。由於山林草坡被嚴重破壞，近年來，太行山出現了一種先人們未曾聞見的新災難——泥石流。與拖拉機、塑料薄膜、社會主義、敵敵畏、雜交高粱、環境污染等新生事物一樣，在本地土語裏找不到稱謂，而祇有正式的學名。當帽兒山化作一股混合著大石的泥漿沖過河谷之時，村人們都驚惶不安的奔走相告：泥石流，泥石流，泥石流……同每次泥石流暴發一樣，祈神的隊伍火速集結起來。

科學文化的流傳，使雷電風雨等現象得到了令人信服的解釋。而山民們堅定地認為，泥石流是無法解釋的。泥石流不像水。再大的洪水，出溝後總要流展。泥石流則像一條蛟龍，高聳著隆起的背脊向前扭動。山崩是不會流動的，會流動的水是勻速的。泥石流則走走停停，表現出一種十分神秘的性格。看似馬上就要攆上你腳跟了，卻止步不前，縱你一命。看似淤滯在那裏了，卻又突然潰決，一湧十丈。落水之人，尚有得救之望。一旦被泥石流裹住，立時碾作肉醬。有時穿村而過，所到之處，房倒地陷，而一尺之外的鄰舍卻安然無恙。有時陰險肆虐掃蕩一切，卻同時可把一個院子連根鏟起，平穩地漂送至十幾丈遠之新址，煙囪還在冒煙，槽上的灰毛驢還在吃草……——泥石流遂成為不可理喻的最後的神蹟。

老陰陽走在祈神隊伍的最前面。

把最後的一根引火柴都燒咧！天塌咧！

老陰陽一生驚險坎坷，平素輕易不肯出頭露面。衹是在村莊面臨決境的危難之機，才毅然決然鋌而走險。終生廝守的鄉親們，一日之間，死的死傷的傷，使他隱隱感覺到冥冥之中天地的震怒。和尚之死是使他最為感動的。他親眼看見大紅鑲金袈裟在烈焰中化為一種至為高貴的黑色。他覺得和尚的殉難中暗含為世人贖罪的慈悲，以自己的捨身一死，祈求神對人世間種種罪孽的寬恕。老陰陽清楚地記得自己在村民大會上關於「頂炮眼」的那些話。你是全村年紀最大的老不死，黃土早淹到脖根兒咧！建富子死了，和尚死了，家文娘死了，二旦也死了，連二桿子疤眼都死屎了，你還真成了老不死咧？劫數到咧，悔罪啵！他挺起乾枯蒼老的胸膛，走在祈神隊伍的最前面。他覺得自己一生也沒活得像現在這樣瀟脫。

*

正蹲在地上喝酸辣湯麵的軍人們，滿頭滿臉冒著汗，眼看著一支從傳說中走出來的隊伍抬著活豬活羊敲打著鑼鼓傢伙，沿著他們潰不成軍的來路向泥石流走去。為首者是一風乾的老漢，乾得像隔年的棗兒，乾出了霉味。懷裏死抱著一隻驚恐的紅公雞。下巴上三綹山羊鬍鬚英勇地前撅著。一雙唐老鴨式的外八字腳板，踩著鑼鼓的節拍一步三滑地莊嚴前進。這支隊伍目不斜視地從坦克的縫隙中流過，消解了敵意，使綳緊的面皮鬆弛出某種笑意。

祈神的隊伍沿著再次斷流的漳河前行。一邊是黃色的坦克履帶印，一邊是黑色的河床。在這兩種帶狀花紋之間，鑼鼓聲漸行漸遠，孤獨得沒有回音。

又一股熱風從東山上滾下。

軍人們紛紛停了嘴，捏著筷子，警惕地注視著一河之隔的大山。

大地抖動了。東山沒有崩潰。東山側面的山溝裏，衝出低沉如巨獸的咆哮。緊接著呼喇喇一聲響亮，東山如釋重負地一彈，滿溝泥浪噴濺而出……

祈神的隊伍剛剛走過石龜，陡然一驚，調頭便往回跑……

狂泄的泥石流一出溝，便把堵在公路上的車隊切斷。十幾輛汽車被輕輕鏟起，推下漳河。再切斷公路，隆隆灌入河谷。一時間山搖地動，巨石滾撞之聲如遠方萬炮齊鳴……

當老陰陽一夥跌跌撞撞跑到東溝口，泥石流已將河谷填得與公路相平。裹夾著大小石頭的泥漿還源源不斷地從溝裏流出。隆起幾層樓高的泥石流開始沿河道向上游倒灌，直逼村莊。祈神的人們跪倒在泥石流緩緩推進的鋒前，焚香點燭，磕頭不止。幾個身體尚健的老漢，抬起活豬活羊扔進泥石流。翻滾湧動的泥漿剎那之間便把犧牲全部吞噬，然後不動聲色地繼續前進。老陰陽毫不退讓地站在高聳的泥石流前，從懷裏掣出一把柳葉快刀，一刀揮去雞頭，把掙扎的紅公雞高舉過頭。雞血湧出來，噴灑在粘稠的泥漿裏，也噴灑在老漢的頭上。在低沉的悶聲中，聽不清他在喃喃祈禱甚麼。兩個試圖衝上去拖他的老漢，聽到了他最後的狂呼：「老天爺！老天爺！你要收神樹底這茬兒人，就先把俺收走啵……」高高的泥牆傾倒下來，猛進十幾丈。老陰陽蒼老的聲音轉瞬淹沒在渾厚的傳說之中……

老漢那向蒼天高高舉起的雙手，化為武斌眼中兩滴清冷的淚。

*

胖師長看著步步進逼的泥石流，明白他的時間不多了。上游，滑坡與泥石流形成的大壩也許還要三五個小時才會崩潰，但下游方向的泥石流已直接威脅到部隊的生存。他不能再靜待千里之外允諾的救援和其他任何僥倖。他要立即行動，以拯救部隊和自己的生命。

「武縣長，趙村長，」胖師長親切地說，「現在形勢嚴峻，我們軍民要同舟共濟，一定要突出去！你們熟悉地形，我們一起研究研究！」

武斌說，「請你馬上用電臺報告上級，山崩滑坡泥石流形成的大壩裏已經蓄積了大量洪水，隨時可能崩潰。下游百里之內，河畔的村子，要立即轉移。尤其是平田等四五十里之內的村子，越快越好！」

「好，你起草個電文，立即發出去！」胖師長轉過臉，急不可待地向趙家文發問，「趙村長，依你的意見，還能從甚麼方向突出去？坦克的越野性能是很好的。」

「甚麼？」趙家文眼裏漂浮著村莊毀滅的噩夢，恍恍惚惚地說，「人咋也出去了，坦克不容易……」

「為甚麼？」

「上下都堵死了。東邊的情況你清楚，沒想。」趙家文強打起精神，指著狐子溝裏泄出的山洪，「西邊是水，坦克能過去？」

胖師長十分艱難地蹲下，在河灘的砂礫上攤開作戰地圖，把毫無希望的方向劃上紅線，最後用鉛筆敲著唯一的一處缺口，說，「從這兒呢？」

趙家文看著那一圈圈的等高線，問，「這兒是哪兒？」

武斌已交出電文，看看地圖說，「有點門兒！狐子溝北坡。不用過山洪，就可以上山！」

「有屌的門兒！」趙家文說，「你咋上山？那兒都是學大寨時候修的梯田！」

「你們村的地我還不知道？」武斌扭臉對胖師長說，「都是半人多高的梯田，坦克一拱就把地堰拱塌了……」

趙家文說，「拱塌了又咋？他頂多拱上半山，西邊自古就沒大路。坦克又不是飛機，他還能上了天?」

武斌說,「這陣兒是死馬當作活馬醫,停在半山總比被水沖了被泥石流埋了強!」

胖師長舒了口氣,在缺口處畫了個大大的紅箭頭,把地圖遞給身後的參謀,命令道:「立即出發,上山!」

坦克發動了,淡藍色的輕煙彌漫在雨後清新的空氣中。

胖師長爬上坦克,向趙家文等揮揮手,說,「我們在前面開路,你們也組織群眾趕快撤吧……」

啪!有誰甩了個響鞭。

胖師長大睜著一雙困惑的眼睛從坦克上滾下來。

人們這才明白那是一聲不太清脆的槍響,而不是有人在趕羊。

鮮血從左肩流下來,把綠褐色斑紋的野戰服染出一塊黑。

士兵們緊張地把師長圍起來,槍口對外,隨時準備開槍還擊。

啪!又是一槍。

方位確定了。士兵們一邊射擊一邊呈扇形包圍前進……

*

埋伏在房頂上的槍手找到了，早已飲彈自盡。

當士兵們惱悻悻地離開了石建奎家，趙家文等才爬上房頂。一個漢子仰面朝天地躺在秋天的泥房頂上，骨瘦如柴。半個頭被轟掉了。一支染血的長槍摟在懷裏。十幾顆彈殼整整齊齊擺列在一起，在陽光下發出純金般的光芒。頭不全了，認不出是誰。從現場看來，一是埋伏了很久，心情十分平靜。二是自殺，脫掉左腳上的鞋，槍口塞進嘴裏，用大腳趾扣扳機。

石昌林有點惱火，嘟囔道，「這是他娘的誰們？要拼命不會上自家房！」

武斌終於認出來了，拾起那隻用舊輪胎補過的軍用球鞋，說，「是二子……」

「哼，」趙家文冷笑一聲，說，「到底還是我娘說得對，咱神樹底就是有一股剛脈！」

李銀斗說，「是倒是二子。他一人咋上的房？」

「是二子！」石昌林哽咽道，「一準是青葉子幫他上的房……昨黑夜青葉子回來了，說了幾句話就出去找二子……光二子他不會上俺家的房……」

當院裏，石建奎老漢依杖而立，仰臉問道，「認出來沒有？到底是誰們？」

石昌林趕緊爬下梯子，扶住他胳臂，說，「爹，您別急……是，是二子……」

老漢霎時木了，蒼老地喃喃道，「是俺二子，是俺二子，俺早就猜出是二子……二子，你給俺青葉子報了血海深仇咧……」說完便雙目一閉，栽在石昌林懷裏。

*

不等村幹部們組織，神樹底的人們牽著牲口馱著糧食細軟搭著被子兵慌馬亂地緊跟在軍隊後面逃出村去。尚未走出一里地，野雞嶺毫無預兆地坐下來，排空的泥浪覆蓋了走在前頭的部隊，橫掃整個河谷，直抵漳河對岸。殘存的軍隊和村民調頭就往回跑。女人們哭聲震天：老天爺！老天爺！老天爺這是咋咧？這是咋咧？其時，從東溝裏出來的泥石流已經從村中推過，將神樹底勻勻稱稱切為兩半。南邊已是空村。北邊的軍隊和百姓爭先恐後地擁向村中的最高處——神樹廟。

*

因為包紮傷口，胖師長的指揮車這次走在隊尾，親眼目睹了全軍的覆滅。僅見泥浪一閃，一個坦克團，一個特種兵團就悠然消失。他恍惚覺得從大山腹部噴出的泥浪，仿佛是從久遠的年代從仇恨的深處噴出的血漿。他後悔自己主動請戰，率部深入這片凶險的群山。他覺得每一個山頭都像這裏的山民——那伸出血手阻擋在神樹前的老支書，那抱起孩子屍體迎向槍口的老農，那神意痴迷地描畫金龍的木匠，那紅色袈裟在烈火中翻飛的和尚，那在泥濘的火網裏躍向坦克的爆破手，那以肉身去祭祀泥石流的鬍子朝天的老漢，那射出最後一彈坦然自殺的伏擊者……他覺得這裏的山和人都具有一種愚昧的迷狂和死亡的渴望。這種泯頑不化是軍隊也無法制服的。兩天來，他一直處於這種原始情緒的壓迫之下。克服恐懼的辦法祇有一個，就是開炮開槍。現在，他的周圍已然沒槍沒炮了，人們眼裏的仇恨就如同燦爛的陽光一樣無可遮擋地照耀著他！他不敢同絕望的暴民去爭奪神樹廟遺址，一輛坦克幾十個軍人孤聚在廟前的空場上。發出了最後的求救電，點燃了一個大火堆，等待命運的裁決。

＊

一覺醒來，李金昌殺了逃回屋裏避雨的雞，煮半熟，和草珠無語對酌。酒意上來，又脫了幹。先是感到了大地的震顫和遙遠的人聲，後來就覺得一種沉穩的飄流。及至李金昌的鐵襠功再也把不住關，軟癱下去，草珠才穿衣攏頭，懶懶地開門去看。旋即面無人色地跳回來，話不能出。李金昌抓塊布單躥到門口，已是景色全非……

院牆已經消失……

街樹一棵接一棵傾倒……

鄰舍在泥漿中慢慢漂移……

泥石流！他草草套上衣褲，拽住草珠往後牆繞。後邊的景色與前邊毫無二致，鄰居的房屋院落也在慢慢漂移。沉下心來研究一番，才看出不是鄰居，而是自己在泥石流上漂流。四面皆是粘稠的泥漿，院子像一張大筏。女人回屋像是掖了些細軟，忙慌慌要從泥漿裏踹出去，被李金昌一把拽住。他知道這泥漿之下懸浮的石頭凶險無比，院子都能連根鏟起，何況血肉之軀。隨手拿起一根舊椽子，用力插進。碗口粗細，祇剩下幾聲咔嚓。他看清形勢，明白他們正在泥石流的主流上漂流。忽然一震，停止漂移。土房無聲坍塌，院子漸傾斜，並被泥石流迅速蠶食。你的時候到了你的時候到了……李金昌顫抖著用三根椽子綁成搭板，搭上對面堅固的土地。他急呼女人先過，女人事到臨頭卻慌亂了。他祇好跳上椽子，過給她看。女人見他過去，祇有絕望地踏上椽子。張著雙手晃了幾晃，一屁股騎下來再不敢動彈。金昌子救救俺！其時，院子已被啃噬得所剩無幾。站起！站起來過呀！要不就爬，爬也算呀！拉俺一把！救救俺呀！女人光叫喚不動彈，祇是急得眼淚巴裟地向他伸著一隻手。來不及咧！李金昌罵道，妨主的貨，你這是要我的老命哩！一拍屁股，爬回去拉。女人拉住他的手顫巍巍跪起，一寸一寸挪。兩盒黑色的錄像帶從女人懷裏散落下來，一盤斜夾在椽子縫裏，一盤掉進泥漿。女人猶豫著想探手去撈，卻一歪翻了下去。李金昌一驚，正要撒手，卻見女人半陷在泥漿中向他仰起頭。心一橫，又伸過一隻手……已然晚了，「搭板」頃刻顛覆……

人不見了，祇有一根椽尖在泥漿上緩緩抖動……

*

武斌看著人們你推我搡地衝上神樹廟高地，又看見軍人們聚在小空場上點起了求救的火堆，頗感無聊地轉身向村中走去。東溝的泥石流已經吞噬了半個村子。他走到跟前，靜靜地欣賞力量與毀滅。他突然覺得有甚麼東西輕輕蹭他褲腿一下，低頭一看是二子的大黃狗。大黃，你好嗎？大黃狗一躍而起，把前爪扒在他胸前，哀哀地從喉嚨裏發出尖叫。大黃大黃你咋咧？狗便往村街裏跑，跑幾步回過頭看他。武斌走過去問道，大黃大黃你也怕泥石流嗎可憐的狗！狗就又跑，跑幾步又回頭看他。他明白它想帶他去一個地方，便跟著它。大黃狗頂開大門，把武斌領進一家院子，衝著房頂嚎叫。

武斌認出是石建奎老漢家，想起房頂上還躺著二子，就問狗說，大黃你想去看二子？你這麼重我能把你抱上去嗎？狗就往他懷裏拱。他衹好雙手抱起狗，小心翼翼地登上木梯。大黃狗哀哀的嗚咽著，圍著二子的屍體轉了兩圈，然後趴下來，把頭枕在前爪上靜靜地再不作聲。武斌拾起二子的那隻軍鞋墊在屁股下，坐在大黃狗身邊，摸著牠潮潤的皮毛，紛亂喧囂的世界頓時遠去。白丁香在腿間茂盛生長，素白的花香令人沉靜。他對狗說，大黃大黃，你明白你是誰嗎？狗抖抖耳朵，斜過眼瞅他一眼，又耷拉下眼皮一動不動。我插隊的時候見過你爹。是一條好狗，青葉子的狗。青葉子死了，二子就把你爹帶走了。你爹死了，你就跟著二子種地，後來又上山種樹……大黃大黃你沒聽見？……哦，那是我沒講明白。——甚麼叫死？死，簡單地說來，就是到另一個世界去了。你呀，不要傷心，二子死了，就跟青葉子和你爹在一搭了。咱們要死了，大家就都在一起了……

不過大黃這可能祇是一個夢。這件事太複雜，眾說紛紜，把我也攪暈了——開頭是石建富摸山，批准神樹開花，又將信將疑，再來看又沒開花，就以為是夢；趙家文聽見了，心想神樹開花大吉大利，就按老石說的時間又去看，真開了；趙家文又叫李金昌看，李金昌說他說的祇是一個夢，但又不得不肯定神樹開花的事實；再後來，老石又夢到趙家文按自己的話看見了神樹開花，同時還有兩人也看見了，就來問他。趙家文肯定了老石開頭不是做夢，因為神樹確實開了花；再下來，他倆正說著話，老疤眼看見神樹白天開花，證明了老石後來的夢成了真，因為老疤眼正是他夢裏的第三人；後來，我說他們以真為夢，以夢為真，是沒有搞清楚一個關鍵問題：夢是缺乏邏輯的。我的結論神樹開花不是夢——現在看起來，他們都有一定的道理。當時我過分強調了夢與非夢在邏輯上的差別，忽略了它們在感覺上的同一。其實，感覺是生命中最重要的元素，感覺是生命的基礎。祇要感覺真實，夢與非夢的區別是沒有多大意義的……

大黃，你在聽嗎？是夢自然好。夢醒了，你接著跟二子上山種樹，我就開始寫一本新書……不過不是夢也好，大家就都到一起去了。祇可惜不能寫書了……不過，也沒聽說過那兒不能寫書，說不定比這兒的讀者還多呢，真的！說到這兒，武斌就撫著大黃金燦燦的長毛，笑了……

*

突然群山發出一種恐怖的低音，宛若一萬隻野狼齊聲嚎叫。

上游那泥石流形成的壅塞壩崩潰了。

山崩般的水頭，噴濺著漫天水沫撲向神樹底。

片刻之後，神樹底最後的遺跡已在滔天黃浪中消失。除了西山上那片依然明麗的秋林，再不存在任何生命的跡象。

這塊曾生長過神樹和各種針闊葉樹，生長過山菊花野丁香山丹丹，生長過玉茭高粱山藥蛋灰毛驢大青騾，生長過土房窯洞陶甕粗碗，生長過微薄希望生長過情欲夢想生長過受苦人百代歌哭的土地，已經不復存在。

滔天洪水抹去了千年歷史，祇留下一個傳說，祇留下一個夢和一片永不受孕的洪荒。

一陣山歌，如春風溫柔撫慰，宛若關於這片土地的最後的絕唱……

神樹開花香千里，
是死是活都想你。

神樹開花起風雨，
淚蛋蛋好比連陰雨。

神樹開花高又高，
想哥哥想得上了吊。

神樹開花落下地，
真魂魂尋著哥哥去……

一九九二年四月初擬提綱於香港皇家警察新屋嶺羈留所。
一九九五年四月二十三日初稿於美國新澤西州普林斯頓。
仲春時節，普林斯頓玉蘭花方謝，迎春花與蒲公英正盛。
感謝《神樹》。在一年半之久的時間裏，我生活在太平洋那一邊的祖國，生活在我的太行山父老鄉親中間。

後記

神奇的樹葉

寫這株大樹起念於十多年前。

常去青年時代插過隊的太行山走動，生長在村頭高地或鄉民記憶裏的老樹，無一不鐫刻著興亡歌哭，令人感動。隨便走進一山村，問起老樹，就會聽到這個樹瘤裏裹著綁殺過義軍的鐵環，那根大杈上掛過蹾殺老財的繩索，這根旺枝釘過鐵釘，那根殘幹毀於「大煉鋼鐵」，這片樹皮被饑民剝食，那片樹皮被善男信女摳去……我常常如夢似幻地看見歷史如粘稠暗紅的血漿，從蒼老的樹葉掛下，打濕貧瘠的土地，打濕我眼手。我以為這是一種暗示，一種對於樹和我都極為重要的暗示。我知道我遲早要寫一株大樹了。

七、八年前，過度的書寫造成右肘神經損傷，遵醫囑住院開刀。同室病友是一位年輕瘦小的煤礦工人，被井下運煤的大皮帶溜子捲進電機縫裏，二十來公分的狹縫，居然再捲出來，祇是沒剩下幾根好骨頭，人成了軟體動物。療程漫長，一次大手術，祇能將一處鉚接修理一番，於是長年在無休止的痛苦中呻吟。我住院時，他又要大修一次，每日哀聲不絕，念叨自己是冒犯了神樹的報應。終於有一日高興，笑著講了他的故事。他的不幸起源於一株大楊樹開了幾朵碗口大的紅色花。這無法解釋的異象被當地百姓視為神蹟，聚起成千上萬的人頂禮膜拜。數日後傳遍十餘縣，車輛人群堵塞了省際公路。警方屢驅不散，怕釀成事件，祇好砍樹。軍警不很信神，卻也無人動手，遂通告懸賞。幾個傻大膽煤礦工人思謀著要去領那賞錢，方起念，他就被壓成了麵片。後來就調囚犯，囚犯們卻抗議，說「我們也是人啊」，至死不從。最後還是不信神的軍警動的手，下場如何就不得而知了。

出院時向他告別，說要寫一棵神樹。他剛修了一條腿，躺在病床上苦笑著說千萬不要寫他，丟人敗興的。在農村混了多年，兜兒裏好歹裝了些兒人物，當然不必寫他。就在兩年前，抗議圍剿「精神污染」，我騎上我那破舊的自行車沿黃河漫遊。在河曲拜訪了植樹造林的傳奇英雄苗混滿，在鄉寧拜訪了賀金榮，在芮城拜訪了一切皆始於「一」的程文有老人……——與樹有關的人物也有的是。這些代全民族補過悔罪的「樹神」，加上老樹再加上開花的故事，一部長篇的大模樣有了。

＊

我說過我極怕「魔幻」。前面有卡彭鐵爾、馬爾克斯、魯爾福、阿圖斯里亞斯、博而赫斯等一大串響亮的名字。作家這個行當，一旦被歸入主義，總是一樁令人尷尬的事情。獨特的藝術個性與首創的才華，早已被先行者享盡。留給你的，祇有不幸的平庸。雖然我從來不自詡為才華如春水滿溢橫流者，但也想找到一條繞行的小徑。祇是我所面對的世界神奇地圍困著我，使人舉步維艱。我的眼睛充滿孩子的驚奇。一切神奇的景色一旦落入視野，便會在眼底生根長葉。我不可能改變我的眼睛，於是幾片成熟了的樹葉自動飄入構思。

寫大饑荒的文字不算太少了，但我還是忍不住又加上一筆：吃牆。高原上的屋牆院牆皆黃土板築而成，古樸也貧困。自太原西去數十里，大山中有古交。在古交，我看見了一則有文字記載的故事，稱大饑之年村人吃掉了一整座廟牆。因先人們在板築之時加進了一種塊莖植物——蔓菁。吃樹皮草根泥土甚至吃人都可以想像，那麼吃牆呢？吃掉一整座廟牆而那廟牆居然正是留給後人吃的呢？無論這築這吃，還是靠啃牆接著往下活，都是我們中國人神奇的智慧與生命。十數年前訪問拉美時，陪同的翻譯是一位年輕的比較文學學者。說起吃，他講了他插隊的農村在毛時代吃過的一種植物：灌木，葉八角形，生有八根小刺，就叫八角刺。微甜，可食，祇是吃得進拉不出。餓到生死同一之境界了，就吃。拉不出來就摳，摳不出來就死。那時節，茅廁裡村街上到處血跡如桃花絢爛。我於是想像村街上那成串的血腳印，總該比馬爾克斯的那一滴流呀流流過街道流上臺階流進家門的血要壯觀好看。而且，這是一種超越了藝術超越了存在的神奇。也不是作家生花妙筆裏流出來的色彩。這血使文字黯然失色。

還有坦克。有人說把殺人機器開進小說是一種「魔幻」的主義。至少，這種現代機器為我的作品增加了某種摩登的色彩，而且也並非始於主義。最早知道這種機器用於民間，是一次到南方採訪，友人遙指一山頭，說有山民毆打貪官搗毀政府，回寨築壘想拼命。結果命沒拼成，一隊機器開來，乾淨利索轟平了。後來在皇城發生的事情，叫全世界都開眼。那機器不論列陣還是追逐百姓，都威風了得。祇是世人的閱讀習慣還有待改進，親眼見，還總以為是魔是幻。我曾多次與同行們談起，在我們中國，祇有因你想像力不夠豐富而想不到的事情，而絕無不可能發生的事情。不管你寫得多神奇，一定還有更神奇的東西叫你瞠目結舌。寫《老井》時，我到過許多旱山。打井不易，一眼井，就能打得全村傾家蕩產。緩兩年，再打。再不出水，再緩兩年再打。就這樣打打停停停停打打，有的村從明朝打到清朝，再民國、共產的一氣打到今天。我到過的村莊，最多有打四十眼井不見水的，叫松煙。根據經驗，我放膽讓筆下的老井村打了七十眼井。結果拍電影時撞上個小村石玉峧，竟打了一百二十眼井，第一百二十一眼方打出水來。貴州松桃，某地主兒子放了個響屁，由此追出一個「反革命暴亂集團案」，波及十餘鄉五縣兩省一千三百五十九人，致死三十二人，致殘二百六十三人。北京中國科學院一位女化學家因騎了一輛紅色自行車被認為是美國間諜，關入中國的巴士底獄——秦城監獄長達七年。某「偽保長」，自文革失蹤到被人發現，在自家地窖裏藏了十七年，成了雙目失明的穴居動物。九十年代初，廣西某監獄將犯人關進「小號」懲罰，長達一年，不准出室排便，祇好睡糞便上，最後被氣體薰死之時，糞便已高達三十五公分。廣西武宣，文革中因「階級仇恨」不同政見而成百吃人，將人體各部位煮、烤、炸、煎、炒、燴製成菜餚，從校園、醫院直到縣政府食堂，到處大擺「人肉宴席」，飲酒猜拳，論功行賞。許多倖存者逃入深山，十多年不敢下山，因缺乏食鹽，通體毛髮盡白……

我的眼睛無可救藥地充滿孩子般的驚奇。我所看到的，是無涯的神奇現實。

*

歐洲超現實主義鼻祖布勒東曾在墨西哥神奇的現實面前感到一種心靈的震動。在絢爛自然的土地上，刻意為之的寫作技術如陶瓷花朵跌得粉碎。卡彭鐵爾在他所發現的神奇的美洲面前陶醉不已。他知道他看見了魔幻般的奇蹟。在海地璀燦神秘的星空下，他意識到他的使命就是表現這個神奇的美洲。當我為時已晚地閱讀了拉美的作品特別是文論之後，感到一種深深的沮喪。我的眼睛所發現的中國的神奇現實，幾十年前便被前輩作家在拉丁美洲發現過了。當然，他們最初所發現的，多為美洲神奇壯闊的自然景觀與像亞馬遜河般滔滔不絕的神話，而我所發現的，則更多是神奇的社會、歷史與人格。但這並不十分重要。重要的是，我走不出一條沒有紛然足跡的新路。在那個幾乎所有的中國作家批評家都被現代派這條狂犬攆得滿街亂跑的年代，我所能做到的，祇有僅守藝術的誠實而保持緘默。但在心裏，我幾乎把所有的花樣都緊張地過了一遍。我找不到一支合用的筆。

*

正當焦躁彷徨之際，八九年狂飆突起。作為一個人，一個內涵遠大於作家的中國人，我別無選擇地撲向那個痛苦的百年大夢。接踵而至的通緝和逃亡，祇有接受命運的挑戰，開始了另一種寫作。百餘萬字的長途跋涉之後，方才回到我夢魂縈繞的太行山和神樹。此時我所旅居的普林斯頓，向我展現了另一種存在。

秘密逃亡寫作三年之後，我和妻提著印有難民標誌的大塑料口袋來到美國。嚴冬時節的普林斯頓一片綠茵。大雪紛紛，我無論如何不能明白那綠色是從哪裏生長出來的。祖國相同的緯度上，連石頭都早已枯萎了吧？我用手指摳起泥土，看不出與太行山有如何的絕然不同。新澤西州的人們自豪地把這塊瀕臨大西洋的土地稱為「花園州」。不足一年，我已領略到它的美麗。春來迎春花如浪如潮，那些幾層樓高的玉蘭花更把普林斯頓鬧得天翻地覆。記起學生時代，每到這時節，同學們就會互相打問：頤和園的玉蘭花該開了吧？便結伴去看玉瀾堂那幾顆瘦樹，撿拾起一片落英夾進書頁。美東之秋，紅葉似火，整個東岸從南至北，燒透了半邊天。著名漢學家林培瑞教授講了件他遊學北京時的趣事：秋天裏，人們皆相約去香山看紅葉。他不明就裏，祇是從中國同事們高漲的遊興中感到有一個重要的事物值得一看。在山上山下轉悠了半天，終於忍不住開口問你們看甚麼呢？人們指著遠處的黃櫨樹說看紅葉呀！這位美國人愕然了：這有甚麼可看的呢？滿普林斯頓滿新澤西滿東海岸都紅得透亮，他家門口的那棵，就沒準兒比香山所有的都高大，每年深秋打掃落葉都是一件須全家動員的大事哩！這些小小的趣事，每每使我痛心地感到：「我們」和「他們」不一樣。住在新澤西是個甚麼概念呢？簡略說來，就是住在森林裏。砍伐出一塊空地，就蓋一木房。木房連成了片，一座教堂一個郵局一家銀行一個加油站幾家小店就成了小鎮。清晨開車上班，傍晚開車回家，晚上看看電視，周末旅行或栽花剪草洗車，下雪發愁鏟雪，駕車小心撞鹿，日出日落，一年的日子就這麼平靜地旋轉。平靜得沒有故事。平靜得連野鴨都遺忘了祖先留給它們的遷徙本能，習慣於善良居民的麵包片，習慣於等待它們橫穿街道的耐心的汽車、習慣鄰人門口冬青樹下生兒育女的小巢……當然也有洛杉磯暴亂、阿科拉哈馬爆炸、辛普森案件，但終攪不動這份兒平靜，卻是在這平靜裏憑添一撮細鹽。

當這種風景在一位剛剛經歷了屠殺顛沛藏匿偷渡且書稿上沾滿血淚的流亡作家眼前展開，他終於明白了這是另一個世界。他曾在歐洲大陸匆匆行走，從未如此站下來端詳風景。「他們」是生命中不可承受之輕，「我們」是生命中不可承受之重！他驚奇的眼睛撫過綠草和樹梢兒上的樹葉，撫過微風中輕捲的星條旗，淚水晶瑩。猶如布勒東一九三八年站在「超現實主義的」墨西哥，卡彭鐵爾一九四三年站在「魔幻的」海地。所不同者，僅在於他們讀懂了展現在眼前的風景，而他卻從眼前的風景裏讀懂了他萬里之外的故國。他終於開始理解西方現當代文學的許多主題與技法：厭倦、虛無、晦澀、解構、無意義、無主題、無故事、無情節……等等，也領悟到喬伊斯為何以尤利西斯之名流動意識，普魯斯特為何風波不興地追憶似水年華，布勒東與蘇波為何試驗在催眠狀態的磁場裏「下意識寫作」，羅伯－格里耶為何運用幾何術語進行「純視覺寫作」而用橡皮拭去理性的存在……於是他無比鮮明地確認了自我：他不屬於這邊。他屬於充滿神奇現實的「那邊」。——這裏沒有價值判斷，他祇是確認了一個古老而簡單的問題：他從哪裏來？他是誰？

＊

我想起了搖擺著油亮樹葉如婀娜少女的小白樺，想起了那片密布白樺林的俄羅斯。同中國一樣，俄羅斯生長過輝煌的歷史，也生長過漫長的苦難。可以說，幾乎在一切方面，我們中國人的苦難更為深重，但結果大不相同。俄國歷史上群星燦爛的偉大的作家藝術家，用他們的作品，把苦難昇華為偉大的人類精神。一提起俄羅斯，每一棵小白樺樹都會隨口吟唱出許多不死的名字：托爾斯泰、陀斯妥耶夫斯基、屠格涅夫、列賓、柴可夫斯基、帕斯捷爾納克、蕭洛霍夫、索爾任尼琴……他們不僅表現了俄羅斯苦難，更表現了在苦難面前從不沉淪的俄羅斯精神。通過他們，苦難昇華為這個民族繼續生存下去所不可或缺的精神支柱。俄羅斯的苦難沒有白受。而我們是白受了。整整一個半世紀以來，中華民族災難疊起，蔚為奇觀，但沒有產生一本真正的傳世之作。歷史是靠教科書傳諸後世的，而人類精神是靠文學藝術薪火相傳的。因此，從這個意義上可以說，我們的苦難是白受了。作為一個中國作家，我感到羞恥。也許我可以寫點甚麼，那怕祇是必將出現的堪稱偉大的作品之墊腳石。

後現代主義理論家詹明信提出了「第三世界文學都是民族寓言」的論說。想起我所醉心的俄羅斯、拉丁美洲、還有敝帚自珍的習作，我覺得可能被擊中了要害。不知這話在客觀描述之外，是否也暗含著某種西方中心主義的價值判斷？民族寓言又怎樣呢？極而言之，是比個人命運、深層心理低級嗎？就像沉重的大地永遠在高遠的藍天之下就像躁動的青春永遠不及睿智的老年成熟嗎？就算是這樣——問題是——你能逃脫嗎？我們的土地上茂盛生長著不可承受之重，就像他們的雲空中隨風而逝皆是不可承受之輕。如果誠實，我不可能「為賦新詩強說愁」，表演另一個摩登世界的文學姿態。祇要深刻，任何形而下的枝頭，都搖曳著形而上的綠葉：一花一世界，一葉一如來。一個聲音輕輕對我說，你不必試圖逃脫「民族寓言」，正如你無法改變皮膚的顏色，這是你的宿命和幸運。於是我頂禮了。——在今天這個急匆匆的浮淺的世界上，還有甚麼比生活在真實之中更千金無價的呢？還有甚麼比在自己的詩行中歌詠深悲極樂更浪漫的呢？還有甚麼比這種隨心所欲淚花晶瑩的吟唱更幸福的呢？我驚奇的眼睛撫過普林斯頓的草葉和樹梢兒，撫過許多木房外低懸的星條旗，心底淚水長流。感恩了，我的上帝！你讓我出生入死，飄泊流離，難道正是為了給我以如此的啟示？而且，是你讓我無家無國一貧如洗而僅存文字嗎？我終於懂得了，象形文字是我的誰也無法奪去的永遠的祖國。我背負著這文字流亡，便是背負著祖國和她苦難的史詩流亡。承領了如此的恩寵，我還有甚麼可孤獨與彷徨呢？

*

在那個多雪的冬天，我沉浸在舊日的採訪筆記裏摸索著故國的感覺。一則古老的中國哲學寓言，深刻闡釋了中國人關於感覺與存在的悖論。它是根，是賦予樹幹生命的潛流著的樹汁。

略薩提到過的「中國套盒」，我真正將它一層層套起來，又一層層打開。這自由的開合之間，節奏響亮起來。它成為撐起大樹的疏密有致的枝幹。

一句「無鬼不成村」的民諺，使我決心回溯我們人鬼不分、生死同一的古老傳統。於是，「一切歷史都是當代史」在我的世界裏成為事實。它是我的老樹裏雖不同生卻永遠共時的年輪。

「鬼秧歌」是一個以潦草字體即時錄下的夢，憑直覺放在開頭。直至終卷，方理解這個一時說不清楚的怪夢竟在冥冥中早已穿透歷史，指向生命。它是直指蒼穹的樹幹，是樹的精氣神。

而神樹葉的妙用，使時空從冷漠的框架變成了情節的熱心參與者。事實上也正是這樣，誰能不說樹葉是樹的生命中最熱情的舞蹈者呢？

我喜歡樸素而略帶文氣的語言。寫在我的村野裏，它不跳。就像一片樹葉，自然舞蹈而不事炫耀。我也同樣喜歡華麗、典雅，祇要菩提葉沒長在竹上。我大抵憑直覺把握語言。因為我很難信服當今那種顛狂的語言拜物教。我一直疑心那種虛張聲勢的姿態背後掩飾著某種難言的自卑與貧困。誰能說樹葉是樹的工具呢？可誰又能說樹葉是存在的本質與目的，而樹不過是現象與工具呢？有這樣的樹葉，埋在土裏可長出一棵樹。樹葉裏含有樹的本質，不等於樹葉就是本質。這可能是我們這個相對主義、虛無主義和目的論橫行時代的人造問題。樹葉和樹從來沒有這種問題，祇是自自然然生長。

這樣，我終於用與那片神奇現實共生的神奇形式完成了構造。我終於用樹完成了樹的構造。對於我所創造的這個世界之自然自洽，我很滿意。我再不關心主義了，祇要形式是從它自己的土地上抽芽生葉的。而且最後，在我的山野裏流漾著的，沒有一絲令人擔心的爛熟的番石榴香，祇有山菊花與牛糞的清香。

最後說性。總會有人指責。自信寫得不媚俗，也真實。早就發現，文人文學與（未經文人清潔的）民間文學在性生活與性意識上大異其趣。也許，自孔子刪改《詩經》始，民間生動露骨的性意識便被歷代文人閹割為「中華民族所特有的」「含蓄之美」。虧得我在農村泡過六年，見過些沒被閹割的好男女。我這樣寫來並無撥亂反正之意。文學並不是為反對甚麼活著，文學是自足的。就《神樹》而言，真實潑辣的性描寫試圖幫助作品超越歷史而直達生命。這裏有創作心得五字經供讀者諸君一哂，叫做「鬼神生死㑳」。前二字講形式，指呼風喚雨，上天入地，絢麗奇詭，汪洋恣肆。後三字講所謂「永恆的主題」，將「生死愛」篡改為「生死㑳（音透）」。一字之差，蠻野了些兒，卻將愛戀情欲裏深藏的生命意識彰顯了出來。生就是死，死就是生，㑳就是死，㑳也是生。如此，這生死㑳三字便都指一層意思了。用字話來說，就是所謂「終極關懷」吧？

＊

就這樣，我焚燃了一片神奇的樹葉。濃鬱的白煙如乳汁流下，又彌漫天宇……

剎那間光影變幻，展開一個神奇的夢……

＊

感謝普林斯頓。在我落難之際，普林斯頓寬厚地接納了我，使我在較尊嚴的生活中完成了寫作。六四之後，普林斯頓老校友艾理略（John B. Elliott）先生默默地走進校長室，為流亡者捐出一百萬美元。加之余英時教授之力促並接續籌措，一批流亡青年學生和知識分子得以繼續自己的學業與文化藝術研究。我與艾理略先生和余英時教授素昧生平，後來亦絕少過從，因此，我把他們的義舉更多地視為普林斯頓值得驕傲的自由主義傳統。

感謝我的天安門戰友華傑。他精心繪製的插圖和封面使拙作有了收藏價值。華傑也來自那塊生長著山菊花與俏女人的高原，但他毫不惋惜地捨棄了他所擅長的鄉土味兒濃鬱的服飾器皿，以難度較大的男女裸體高揚了生命意識。一盞孤燈、一杯清茶、一卷書、再加上這樣精美的一組畫——他的誠實的勞動使我們找回了久違的書趣。

感謝我的鄰居、電腦專家郭陶然先生給我的長期幫助。他是文友們中文軟件的守護神。

感謝三民書局劉振強先生。當拙作不能在大陸出版之際，他們把它在另一個自由的中國變成了鉛字。

感謝我的妻子北明，沒有她的理解與支持，一切都是不可能的。

一九九六年一月廿四日於普林斯頓

三民叢刊書目

①	邁向已開發國家	孫　震著
②	經濟發展啟示錄	于宗先著
③	中國文學講話	王更生著
④	紅樓夢新解	潘重規著
⑤	紅樓夢新辨	潘重規著
⑥	自由與權威	周陽山著
⑦	勇往直前・傳播經營札記	石永貴著
⑧	細微的一炷香	劉紹銘著
⑨	文與情	琦　君著
⑩	在我們的時代	周志文著
⑪	中央社的故事（上）・民國二十一年至六十一年	周培敬著
⑫	中央社的故事（下）・民國二十一年至六十一年	周培敬著
⑬	梭羅與中國	陳長房著
⑭	時代邊緣之聲	龔鵬程著
⑮	紅學六十年	潘重規著
⑯	解咒與立法	勞思光著
⑰	對不起，借過一下	水　晶著
⑱	解體分裂的年代	楊　渡著
⑲	德國在那裏？（政治、經濟）・聯邦德國四十年	郭恆鈺、許琳菲等著
⑳	德國在那裏？（文化、統一）・聯邦德國四十年	郭恆鈺、許琳菲等著
㉑	浮生九四・雪林回憶錄	蘇雪林著
㉒	海天集	莊信正著
㉓	日本式心靈・文化與社會散論	李永熾著
㉔	臺灣文學風貌	李瑞騰著
㉕	干儛集	黃翰荻著

㉖作家與作品　謝冰瑩著
㉗冰瑩書信　謝冰瑩著
㉘冰瑩遊記　謝冰瑩著
㉙冰瑩憶往　謝冰瑩著
㉚冰瑩懷舊　謝冰瑩著
㉛與世界文壇對話　鄭樹森著
㉜捉狂下的興嘆　南方朔著
㉝猶記風吹水上鱗　余英時著
・錢穆與現代中國學術
㉞形象與言語　李明明著
・西方現代藝術評論文集
㉟紅學論集　潘重規著
㊱憂鬱與狂熱　孫瑋芒著
㊲黃昏過客　沙　究著
㊳帶詩蹺課去　徐望雲著
㊴走出銅像國　龔鵬程著
㊵伴我半世紀的那把琴　鄧昌國著
㊶深層思考與思考深層　劉必榮著
・轉型期國際政治的觀察
㊷瞬　間　周志文著
㊸兩岸迷宮遊戲　楊　渡著
㊹德國問題與歐洲秩序　彭滂沱著
㊺文學關懷　李瑞騰著
㊻未能忘情　劉紹銘著
㊼發展路上艱難多　孫　震著
㊽胡適叢論　周質平著
㊾水與水神　王孝廉著
・中國的民俗與人文
㊿由英雄的人到人的泯滅　金恆杰著
・法國當代文學論集
(51)重商主義的窘境　賴建誠著
(52)中國文化與現代變遷　余英時著
(53)橡溪雜拾　思　果著
(54)統一後的德國　郭恆鈺主編
(55)愛廬談文學　黃永武著
(56)南十字星座　呂大明著
(57)重疊的足跡　韓　秀著
(58)書鄉長短調　黃碧端著
(59)愛情・仇恨・政治　朱立民著
・漢姆雷特專論及其他

(60) 蝴蝶球傳奇　　顏匯增 著
・真實與虛構
(61) 文化啓示錄　　南方朔 著
(62) 日本這個國家　　章　陸 著
(63) 在沉寂與鼎沸之間　　黃碧端 著
(64) 民主與兩岸動向　　余英時 著
(65) 靈魂的按摩　　劉紹銘 著
(66) 迎向眾聲　　向　陽 著
・八〇年代臺灣文化情境觀察
(67) 蛻變中的臺灣經濟　　于宗先 著
(68) 從現代到當代　　鄭樹森 著
(69) 嚴肅的遊戲　　楊錦郁 著
・當代文藝訪談錄
(70) 甜鹹酸梅　　向　明 著
(71) 楓　香　　黃國彬 著
(72) 日本深層　　齊　濤 著
(73) 美麗的負荷　　封德屏 著
(74) 現代文明的隱者　　周陽山 著
(75) 煙火與噴泉　　白　靈 著

(76) 七十浮跡　　項退結 著
・生活體驗與思考
(77) 永恆的彩虹　　小　民 著
(78) 情繫一環　　梁錫華 著
(79) 遠山一抹　　思　果 著
(80) 尋找希望的星空　　呂大明 著
(81) 領養一株雲杉　　黃文範 著
(82) 浮世情懷　　劉安諾 著
(83) 天涯長青　　趙淑俠 著
(84) 文學札記　　黃國彬 著
(85) 訪草（第一卷）　　陳冠學 著
(86) 藍色的斷想　　陳冠學 著
・孤獨者隨想錄
A・B・C全卷
(87) 追不回的永恆　　彭　歌 著
(88) 紫水晶戒指　　小　民 著
(89) 心路的嬉逐　　劉延湘 著
(90) 情書外一章　　韓　秀 著
(91) 情到深處　　簡　宛 著
(92) 父女對話　　陳冠學 著

⑨③陳冲前傳　嚴歌苓著
⑨④面壁笑人類　祖　慰著
⑨⑤不老的詩心　夏鐵肩著
⑨⑥雲霧之國　合山　究著
⑨⑦北京城不是一天造成的　喜　樂著
⑨⑧兩城憶往　楊孔鑫著
⑨⑨詩情與俠骨　莊　因著
⑩⓪文化脈動　張　錯著
⑩①桑樹下　繆天華著
⑩②牛頓來訪　石家興著
⑩③深情回眸　鮑曉暉著
⑩④新詩補給站　渡　也著
⑩⑤鳳凰遊　李元洛著
⑩⑥文學人語　高大鵬著
⑩⑦養狗政治學　鄭赤琰著
⑩⑧烟　塵　姜　穆著
⑩⑨河　宴　鍾怡雯著
⑪⓪滬上春秋　章念馳著
⑪①愛廬談心事　黃永武著
⑪②吹不散的人影　高大鵬著
⑪③草鞋權貴　嚴歌苓著
⑪④是我們改變了世界　張　放著
⑪⑤夢裡有隻小小船　夏小舟著
⑪⑥狂歡與破碎　林幸謙著
⑪⑦哲學思考漫步　劉述先著
⑪⑧說涼　水　晶著
⑪⑨紅樓鐘聲　王熙元著
⑫⓪寒冬聽天方夜譚　保　真著

⑫1 儒林新誌

周質平　著

本書是旅美普林斯頓大學周質平教授，將其多年在國內外的華文報章上所發表的四十多篇論述雜文結集成冊。書中呈顯出所謂海外學人的千般樣態，嘲諷中不失幽默，值得您細心體會。

⑫2 流水無歸程

白　樺　著

大陸知名作家白樺繼《哀莫大於心未死》之後又一本長篇小說。他的書取材是當代的，是改革開放後大陸所面臨的經濟文化與人慾的衝擊。書中的人物如高幹、富商、少女、情婦、歌星等，在金錢的誘惑下，一一呈顯出深沈黑暗而扭曲的人性面。

⑫3 偷窺天國

劉紹銘　著

善人走完了人生路途上天國，會幸福到什麼程度？天國的幸福，會不會只是塵世快樂的延續？在本書作者引領之下偷窺天國的結果，是否會發覺天國的無趣？永恆實在可怕，幸福和快樂如果遙遙無盡期，一樣會變為無聊、乏味。天國，是否就在當下。

⑫4 倒淌河

嚴歌苓　著

屢獲各大報文學首獎的嚴歌苓，繼《陳沖前傳》、《草鞋權貴》後又一本小說新著。內容包括十個短篇及一部中篇〈倒淌河〉。全書無論在寫景、敘事或對話，都極老練辛辣，辣得幾乎教人流出淚來。

⑫⑤ 尋覓畫家步履

陳其茂 著

出國旅行，是許多人心神嚮往的事。而世界各著名的美術、博物館，更是文人雅士們流連佇足之所。與其走馬看花、對大師們的作品僅留浮光掠影，淺嘗輒止；不如隨著畫家陳其茂教授的引領，在其敏銳且情感深致的筆觸下，一起尋覓畫家們的步履。

⑫⑥ 古典與現實之間

杜正勝 著

在古典與現實之間，一幕幕動人心弦的故事正激盪著你我的心。古典的真貌在不斷的探索中漸漸澄澈而透明。而現實的我們且懷著古典的情愫，在史學家杜正勝院士古典新詮的筆下，淺嘗歷史的滋味。

⑫⑦ 釣魚臺畔過客

彭歌 著

北京釣魚臺之盛名，並非全因這片神祕的迎賓貴地，而是在於它的歷史背景。是緣的牽引，將離去故都半世紀的作者引入這神祕的釣魚臺賓館……本書作者以纖細的筆觸，將自己多年飄泊生涯中的聞見感想，一幕幕真實清晰地展現在您眼前。

⑫⑧ 古典到現代

張健 著

涵泳於中國文學數十寒暑而樂此不疲的張健教授，在本書中除用粗筆勾勒歷代文學抽象的思潮外，更以細筆描述陶淵明、杜甫、孟浩然、王國維、魯迅、張愛玲……等文學家具象的風格與作品。篇篇都以作家的詩文為其依據，引領讀者一覽文學之美。

⑫⑨ 帶鞍的鹿

虹影 著

由一幅帶鞍的鹿畫中，牽引出一樁奇異的命案，主角和死者有著什麼樣的糾葛？帶鞍的鹿畫中又暗示了什麼樣的命運？作者以其深沈的筆調，藉著本書各篇小說，帶領讀者走向人類心靈的深處，去探索深藏於內心的桎梏。

⑬⓪ 人文之旅

葉海煙 著

本書作者以「人鏡」自任，用經世的情、關懷的筆，鏡映出人文百態。全書集結作者對自我、社會和文化等面相的諸多觀察及反思。一字一句，皆為知識分子的圓融智慧與淑世熱忱；一言一語，盡是紛乘社會的暮鼓晨鐘。

⑬① 生肖與童年

小民 著
喜樂 圖

十二生肖在每個農曆新年來臨時，都為年節的歡樂帶來一股高潮。這些可愛的動物們，為童年的生活增添了無限的趣味。本書紀錄了作者對於十二生肖的情感，和童年難忘的美好時光。加上喜樂先生細膩的插畫，讓生肖與童年的故事，一一鮮活起來。

⑬② 京都一年

林文月 著

京都是一個新舊互容的都市，有著高樓矗立及寬敞的街道，又存有古典風味的低矮木屋與不平的石板路。作者在京都的一年中，品味著這古都對文化保存、人情往來及文藝活動的諸般樣態，藉由她的生花妙筆，使讀者沈湎於京都典雅、優閒的情調。

⑬³ 山水與古典

林文月 著

山水景致，勾起了幾許文人的多愁善感；而古典文學，又蘊含著多少古人的人生情懷。本書探討著古典作品和詩人之間的關係。筆調輕鬆而不輕浮；題材古典絕不枯燥。且邀您一同進入詩人的筆墨之間，翱遊在山水作品的世界裏。

⑬⁴ 冬天黃昏的風笛

呂大明 著

旅居法國的作者呂大明女士，以其一貫典雅柔美的風格和精致細膩的筆觸，表達出她對生活、自然的樂觀態度。她如詩般的作品，彷如一幅幅精美瑰麗的圖畫，靜靜地訴說著對美好人生理想的浪漫情愫。

⑬⁵ 心靈的花朵

戚宜君 著

本書作者一生從事文化的傳播工作，積累數十年的工作經驗及閱讀習慣，創作出一篇篇詞美意深的勵志散文。除了用以傳達理性的知識和感性的情懷外，並深切期望本書能敲開你的心扉、溫暖你的心靈，進而耕耘你的心田，綻放出美麗的心靈花朵。

⑬⁶ 親　戚

韓　秀 著

人間真情不分種族國界；世間的溫暖存在每一角落。在有風有雨的日子裡，亦或在恬淡如鏡的歲月中走過，是否有如詩般美麗的故事令人難以忘懷？是否忘了去感激那些曾經陪著你、關懷你的人呢？靜下思慮，就讓韓秀的慈心慧語洗滌你久未感動的心。

⑬⑺ 清詞選講

葉嘉瑩 著

清詞之盛，號稱中興，其作者之多、流派之盛，以及其對詞集之編訂整理，對詞學之探索發揚，種種方面之成就，固已為世所共見。作者以其豐富的文學涵養，旁徵博引地賞析其所鍾愛的清詞，相信定能讓讀者流連忘返於清詞的世界中。

⑬⑻ 迦陵談詞

葉嘉瑩 著

本書為以詩詞涵養享譽國內外的葉嘉瑩教授，繼《迦陵談詩》之後又一精緻力作。從詩歌欣賞入門到分析溫韋馮李四家詞風，兼論晚唐五代時期在意境方面的拓展等，作者以其細膩的詩心，帶領讀者一起感受詞中的有情天地。

⑬⑼ 神樹

鄭義 著

曾以《老井》獲東京影展最佳編劇的作家鄭義，在因八九民運遭當局通緝而流寓異國之後，他以一個村落、一棵「神樹」，具體而微地映現當代中國的重重劫難。形象化的語言，原始潑辣的書寫，在魔幻詭麗的背後，透露出對生命與死亡的真實關懷。

⑭⑽ 琦君說童年

琦君 著

每個人都有童年，不管是苦是樂，回憶起來都是甜美的。善於說故事的琦君，與您一起分享她魂牽夢縈的故鄉與童年。篇篇真摯感人，字裡行間充滿了愛心與情義，在欣賞琦君的散文之餘，更別有一番溫馨感受，是一本老少咸宜的好作品。

⑭ 域外知音

張堂錡 著

本書作者張堂錡先生歷年來針對世界各國知名漢家進行訪談，透過感性的筆觸，生動的文字敘述，道盡了這群域外知音漢學研究生涯的甘苦，因這一路執著不渝的採拾和耕耘，呈現繽紛絢麗的色彩，並給予中國人新的研究觀點，重新檢視自己的文化。

⑭ 遠方的戰爭

鄭寶娟 著

當地理上應該是遠方的戰爭，而我們已能同步掌握其狀況時，地球村的思維方式已不是口號，而是現實。以更宏大的視野看待這世界，以更深入的態度反省既存的觀念，將曾經事不關己的遠方納入思維，於是你會發現心可以更寬廣，生活也會更豐富。

⑭ 留著記憶・留著光

陳其茂 著

作者的刻畫世界總讓人有無盡想像的空間，又傳遞著溫馨美麗的情感。此書收錄作者生活及其於國外遊歷時所記下的作品，點點滴滴，時而讓人會心一笑，時而讓人溫情滿懷，更有異國風光、園野之美呈現在版畫及真摯的文字裏，值得細細品味。

⑭ 滾滾遼河

紀剛 著

那是個遙遠的年代，那是個古老得近乎神話的故事。大時代的洪流中，上演的是一幕幕民族興亡、兒女情長。今日的人們也許早已淡忘，但歷史永遠不會忘記他們。就讓本書來為你溫習，屬於那個時代的中國人以血淚寫成的不朽傳說。

⑭⑤王禎和的小說世界

高全之 著

以〈嫁妝一牛車〉、〈人生歌王〉等小說及劇本著稱於世的王禎和，擅長描繪臺灣社會中的倫常、愛情，以及患難互助的友情，筆觸真實感人，在臺灣文學史上有很重要的地位。本書以專業的分析及討論，帶您進入這位文學巨擘的筆下世界。

⑭⑥永恆與現在

劉述先 著

本書為當代思想泰斗劉述先教授，繼《哲學思考漫步》之後又一結集力作。透過文字，讀者不僅可以了解作者如何通過自己的哲學理念去面對當前政治社會的現實；更有甚者，也可在作者哲學思路的引領下，重新思考，再對現實有深一層的體悟。

國家圖書館出版品預行編目資料

神樹／鄭義著. --初版. --臺北市：三民，民85

面；　公分. --(三民叢刊；139)

ISBN 957-14-2472-2（平裝）

857.7　　85008322

國際網路位址　http://sanmin.com.tw

著作人　鄭　義

發行人　劉振强

著作財產權人　三民書局股份有限公司

臺北市復興北路三八六號

發行所　三民書局股份有限公司

地　址／臺北市復興北路三八六號

郵　撥／〇〇〇九九九八一五號

印刷所　三民書局股份有限公司

門市部　復北店／臺北市復興北路三八六號

重南店／臺北市重慶南路一段六十一號

初　版　中華民國八十五年九月

編　號　S 85347

基本定價　柒　元

行政院新聞局登記證局版臺業字第〇二〇〇號

ISBN 957-14-2472-2（平裝）